LAUREN
GRODSTEIN

ALLES GLÜCK
EINES LEBENS

atb aufbau taschenbuch

LAUREN GRODSTEIN lehrt Kreatives Schreiben an der Rutgers University-Camden und lebt mit ihrem Mann und ihren Kindern in New Jersey. Ihre Romane wurden mehrfach ausgezeichnet und waren *New-York-Times*-Bestseller.

Mehr Informationen zur Autorin unter: www.laurengrodstein.com

Für Karen Neulander, erfolgreiche politische Beraterin aus New York, ist ihr sechsjähriger Sohn Jacob ihr Ein und Alles. Aufopferungsvoll kümmert sie sich um ihn und meistert die Herausforderungen des Alltags einer Alleinerziehenden – denn Jacobs Vater machte ihr damals unmissverständlich klar, dass er weder ihr Kind noch ihre Liebe wollte. So hat Karen ihm nie erzählt, dass sie entschied, das Kind ohne ihn großzuziehen. Aber nun steht sie kurz davor, ihren Kampf gegen den Krebs zu verlieren. Nach ihrem Tod wird Jacob bei der Familie ihrer Schwester aufwachsen. Vorher soll Karen ihm jedoch noch seinen größten Wunsch erfüllen: Er will seinen Vater kennenlernen. Als Karen dies widerstrebend ermöglicht, entsteht sofort eine liebevolle Bindung zwischen ihm und Jacob. Und auf einmal muss Karen sich fragen, was schwerer wiegt – wie sehr sie einst verletzt wurde oder der Wunsch ihres Sohnes, seinen Vater Teil seines Lebens werden zu lassen?

»Bemerkenswert, authentisch und mutig erzählt.« LIBRARY JOURNAL

»Mitreißend.« THE WASHINGTON POST

LAUREN GRODSTEIN

ALLES GLÜCK EINES LEBENS

ROMAN

Aus dem Amerikanischen von Marie Rahn

aufbau taschenbuch

Die Originalausgabe unter dem Titel
Our Short History
erschien 2017 bei Algonquin Books, New York.

MIX
Papier aus verantwortungsvollen Quellen
FSC® C083411

ISBN 978-3-7466-3450-0

Aufbau Taschenbuch ist eine Marke
der Aufbau Verlag GmbH & Co. KG

1. Auflage 2018

Umschlaggestaltung www.buerosued.de, München
unter Verwendung eines Bildes von © Plainpicture/Frank Baquet
Gesetzt aus der Chaparral Pro durch die LVD GmbH, Berlin
Druck und Binden CPI books GmbH, Leck, Germany
Printed in Germany

www.aufbau-verlag.de

Für Jessie und Elliot,
in Liebe

Gegangen, sage ich und verlasse die Kirche,
verzichte auf die steife Prozession zum Grab
und lass die Toten allein im Leichenwagen fahren.
Es ist Juni. Ich bin es müde, tapfer zu sein.

Anne Sexton
»Wahrheit, die die Toten kennen«

TEIL I

MERCER ISLAND

KAPITEL 1

Als ich ein Kind war, nicht viel älter als du heute, wollte ich unbedingt Schriftstellerin werden. Mein Vater hatte mir auf dem Trödel eine Reiseschreibmaschine besorgt, an der ich nachts, wenn alle anderen schliefen, am Küchentisch saß und mühevoll meine kleinen Szenen und Erzählungsschnipsel tippte. Ich mochte rätselhafte Geschichten, die spannend waren, mit ihren Momenten des Schauderns und der stets überraschenden Auflösung. Eines Tages, so hoffte ich, würde ich etwas über die dunkelsten Kapitel der Geschichte wie den Holocaust schreiben, aber immer mit einem glücklichen Ende. Das war, als ich schon ein Teenager war, überzeugt, wie man es in diesem Alter ist, auch wirklich jede Geschichte neu schreiben zu können.

Heute bin ich erwachsen und weiß, dass nur wenige Menschen zu dem werden, was sie sich als Kinder einst ausmalten. Und so habe ich nie einen Roman oder auch nur eine halbwegs passable Kurzgeschichte geschrieben. Doch es gab andere Erfolge zu feiern, andere Freuden zu entdecken in meinem Leben, und ich misse nur weniges von dem, was ich nicht getan habe. Und noch bleibt mir Zeit, Jacob, und nach wie vor habe ich Freude daran, Worte zu Papier zu bringen. Daher habe ich beschlossen, dieses

Buch für dich zu schreiben. Dies soll mein Weg sein, dir alles zu sagen, was du von deiner Mutter wissen solltest. Und Mercer Island, diese Insel, auf der ich bin, das Gästehaus meiner Schwester und der wolkenverhangene Nordwesten laden zum Schreiben geradezu ein. Ich habe hier einen bequemen Stuhl und einen funkelnagelneuen Laptop. Und es gibt so viel, was ich dir sagen will.

Du weißt natürlich, was diese Insel, auf der meine Schwester mit ihrer Familie lebt, ausmacht: hohe Kiefern, Lacrosse-Felder und entkoffeinierte Americanos. Wohin man auch blickt, sieht man die unruhigen Wogen des Lake Washington, meist eisengrau, manchmal auch unerklärlicherweise blau. Seattle liegt nur wenige Meilen westlich der Insel. Schon immer empfand ich diese Umgebung als friedvoll und wohltuend für uns, obwohl ich, wie stets, unser Zuhause in Manhattan vermisse. (Erinnerst du dich noch, wie du früher immer gefragt hast, ob wir nicht einen Tunnel von der 74th West nach Mercer Island bauen könnten? Und wie ich antwortete, später vielleicht, weil ich damals noch davon ausging, alle Zeit der Welt zu haben?)

Dies wird ein wundervoller Ort sein, um aufzuwachsen, wenn du erst einmal hergezogen bist. Du wirst deine Cousins und deine Cousine um dich haben, und deine Tante Allie wird dafür sorgen, dass du immer dein Gemüse aufisst. Dein Onkel Bruce ist ein so erfolgreicher Mann, dass du für alle Zeit aufs Beste versorgt sein wirst. Du kannst im Winter Ski fahren gehen oder Weihnachten auf Hawaii verbringen und im Sommer lange Wochenenden im Ferienhaus der Familie in Friday Harbor verleben. Wenn du alt genug bist, Autofahren zu lernen, wirst du einen eigenen Wagen bekommen.

Ich habe Allison gebeten, dich auf eine der staatlichen Schulen der Insel zu schicken und nicht auf eine der Privatschulen, auf die ihre Kinder gehen. Ich will, dass du siehst, wie es in der echten Welt zugeht – oder wenigstens in jener Welt, die hier auf Mercer Island als die echte gilt. Die Vorstellung, dass du inmitten von Privilegierten aufwächst, ohne ein Bewusstsein dafür zu entwickeln, dass es Menschen gibt, die auf die kostenlose Schulspeisung angewiesen sind, könnte ich nicht ertragen. Denn vergiss nicht, Jacob, ich habe meine Kindheit in einem winzigen Zweifamilienhaus auf Long Island verbracht, mit meinen Großeltern in der Wohnung im ersten Stock. Ich hoffe, du erinnerst dich noch – dass meine Mutter das fünfte Kind eines Postboten aus der Bronx war, während mein Vater das einzige Kind ungarischer Einwanderer war, die den Zweiten Weltkrieg mit nichts als dem, was sie am Leibe trugen, überlebt hatten. Luxus war all diesen Menschen unserer Familie so fremd, wie er es meiner Schwester und mir in unserer Kindheit war.

Heute unterhalten Allison und ich uns oft über Privilegien, über Wohlstand. Sie findet, wir müssten unsere Kinder nicht in Armut aufwachsen lassen, bloß weil wir selbst es mussten. Finanzielle Ungewissheit mache einen Menschen nicht zwangsläufig mitfühlender und freundlicher, sondern beschere einem manchmal nur lebenslang Sorgen und Unruhe. Natürlich weiß ich, dass sie recht hat, dennoch stört mich der Gedanke, dir könnte vielleicht nie bewusst werden, in wievielerlei Hinsicht du großes Glück hattest. Wenn ich das sage, widerspricht mir Allison, dass du zumindest in einer Hinsicht gar kein Glück hattest. Keiner von uns beiden.

Und das kann man nicht wiedergutmachen, weder mit Geld

noch sonst wie. Ich ziehe dich allein auf; ich bin dreiundvierzig Jahre alt, und ich habe Eierstockkrebs im Endstadium. Mir bleiben vielleicht noch zwei oder drei Jahre, und wenn ich nicht mehr da bin, wirst du nach Mercer Island ziehen und bei meiner Schwester Allison und ihrer Familie leben. Du kannst deinen Hamster und all dein Spielzeug mitnehmen. Du kannst alles mitnehmen, was du willst. Das alles weißt du, Jake, genauso wie du weißt, dass ich, wenn es nach mir ginge, ewig gegen diese Krankheit kämpfen würde, nur um für dich da zu sein.

Schon jetzt bekomme ich eine Ahnung davon, was für eine seltsame Erfahrung es sein wird, all dies für dich aufzuschreiben. Es fühlt sich an, als würde ich von jemand anderem erzählen. Als könnte das nicht mir oder uns passieren. Und dann, auf einmal, spüre ich den Zugang an meinem Brustkorb, und die schwindelerregende Wahrheit wird mir nur allzu bewusst.

Ich habe keine Ahnung, was ich mir wünsche, wie oft du später an mich denken sollst, Jake, oder wie du mich in Erinnerung behalten sollst. Natürlich möchte ich, dass du dich an mich erinnerst: Du sollst wissen, dass es mich gab, dass ich dich liebte, dass wir glücklich waren, mal mehr, mal weniger. Aber ich weiß nicht, ob du dich an alle Einzelheiten unseres gemeinsamen Lebens erinnern sollst, denn dann empfändest du dein Leben auf Mercer Island vielleicht als dein »neues Leben« und würdest es mit dem davor vergleichen, was dir womöglich als das eigentliche vorkäme.

Ich möchte, dass du dies hier als dein echtes Leben betrachtest und Allison und Bruce als deine Eltern und ihre Kinder als deine Geschwister. Dass du dich als einer von ihnen fühlst. Im Schoß dieser Familie sollst du dich geborgen fühlen, sie sollen dein Nest sein, dich immer auffangen. Denn das ist das Beste, was eine Familie für einen tun kann.

Dennoch möchte ich, dass Tage wie der letzte Montag nicht für immer aus deiner Erinnerung verschwinden, als wir zusammen in den Zoo gingen und fünf Dollar für ein Blatt bezahlten, das wir an eine Giraffe verfüttern wollten. Doch statt das Blatt zu nehmen, leckte die Giraffe mit ihrer überaus beweglichen Zunge an deiner Hand. Als du vor Schreck erstarrtest, tat sie es gleich noch einmal. Du schriest auf und ich auch, und dann lachten wir, bis wir Schluckauf bekamen. Der Tierpfleger sagte: »Das habe ich bei ihr noch nie gesehen, du musst ein echter Leckerbissen sein.« Du wurdest rot und sagtest: »Genau das meint meine Mom auch immer. Dass ich ein Leckerbissen bin und sie am liebsten in mich reinbeißen würde.« Ach, das bist du wirklich, Jacob, und wie! Ich werde mich niemals an dir sattsehen können, an deinem weichen, langen Haar, deinen fedrigen Wimpern. Du hast ja keine Ahnung.

Manchmal ertappe ich mich mitten am Tage dabei – bisweilen sogar mitten in einer Unterhaltung –, wie ich ins Tagträumen entgleite und mir vorstelle, wie du in ein paar Jahren aussehen wirst. Wird sich dein Haar noch locken? Wie lange werden Baseball-Trikots das Einzige bleiben, was du trägst? Seit du laufen konntest, warst du Fan der New York Yankees, doch neulich, als ich schon lange nicht mehr gewaschen hatte, sah ich dich in einem alten Seattle-Mariners-Shirt deines Cousins Dustin und dachte: ein erster Blick auf den Jungen, den ich nie kennenlernen werde. Der Gedanke ließ mich eher neugierig als melancholisch werden; fast fühlte ich mich wie eine Anthropologin, die dein zukünftiges Ich erforscht. Dein Cousin Dustin jagte dich über den Rasen, während Allie euch zum Essen hereinrief, und ich saß nur am Steg und beobachtete alles. Dein Leben ohne mich. Doktor Susan meint, dieses Beobachten sei vollkommen normal. Das Sichentfernen. Du hattest eine Schramme am Schienbein, die mir vorher nicht aufgefallen war.

»Wie viel Uhr ist es jetzt in New York, Mom?«, fragtest du mich beim Frühstück. Als ich antwortete, es sei elf, sagtest du, das habest du dir schon gedacht. Du sagtest: »New York ist immer der Zeit voraus.«

Jacob, ich verspreche dir, dass ich dir meine Erinnerungen an unser gemeinsames Leben aufschreiben werde, und wenn es das Letzte ist, was ich tue. Denn diese Seiten sollen all das, was ich dir mitgeben möchte, beinhalten – alle Erkenntnisse, alle Erfahrungen, von denen ich dir später erzählen würde, wenn ich noch da wäre und du in das Alter kämst, wo du sie hören solltest. Ich hoffe, dass du, wann immer du mich vermisst oder wann immer du mehr darüber erfahren willst, was für ein Mensch deine Mutter war, diese Seiten zur Hand nimmst, liest, was hier geschrieben steht, und dich an mich erinnerst. Und so werde ich dir immer, zumindest auf diese Weise, nahe sein, auch wenn wir nicht für immer beieinander sein können.

Ich werde ehrlich sein, von Grund auf, selbst wenn es weh tut. Ich werde die Wahrheit nicht schönen, nicht versuchen, mich besser darzustellen, als ich war. Als ich wirklich bin. Was für einen Sinn hätte das Ganze, wenn ich dir nicht die Wahrheit sagte?

Also fange ich einfach mit dem heutigen Morgen an, der wirklich schön war, der sonnigste seit unserer Ankunft vor anderthalb Wochen. Der 18. Juni 2013. Eine meteorologische Überraschung.

Du und ich wohnten im Gästehaus meiner Schwester, von wo aus man auf den Lake Washington blickte, mit den vielen Booten darauf, die an den Stegen festgemacht sind. Jenseits einer weiten, sanft abfallenden Rasenfläche stand das riesige Wohnhaus meiner Schwester mit Schindeldach und unzähligen Schornsteinen. Von meinem Schreibtisch aus konnte ich dich auf dem Rasen spielen sehen – du versuchtest, dich vor Dustin zu verstecken, bliebst jedoch immer deutlich erkennbar. Im Verstecken warst du noch nie besonders gut.

Von den drei Kindern meiner Schwester ist Dustin zwar nicht unbedingt das hervorstechendste, aber das freundlichste. (Trifft das immer noch zu, Jake?) Es gibt noch die aufmüpfige Camilla mit den gefärbten Haaren und den Musterknaben Ross, der zum damaligen Zeitpunkt irgendetwas Ehrenamtliches in Guatemala machte. Dustin, der Jüngste, war fast elf, mopplig und hatte Angst vor lauten Geräuschen und war damit der perfekte Kumpel für einen frühreifen Sechsjährigen wie dich. »Dusty!«, brülltest du, um dich gleich darauf in dein neues Versteck unter der Hemlocktanne zu verziehen. Der arme Dustin wirbelte herum, doch diesmal warst du verschwunden.

Ich hätte aufhören sollen, dich zu beobachten, und mich an die Arbeit machen müssen; ich war politische Beraterin, und die heiße Phase der Wahlkämpfe hatte wieder einmal begonnen. Als du noch in den Kindergarten gingst, habe ich es tatsächlich geschafft, vier große Kampagnen gleichzeitig zu leiten, wobei von Januar bis November rund um die Uhr Assistenten, Meinungsforscher und Redenschreiber um mich herumsprangen. Doch das war, bevor mein Bauch sich so eigenartig aufblähte und die Rückenschmerzen einsetzten, die ich zunächst dem Stress zuschrieb. Für die jetzige Runde hatte ich nur einen einzigen Kandidaten zu betreuen, Jimmy »Ace« Reynolds, den Chef der Mehrheitsfraktion im Stadtrat, dem ich dankbar sein konnte, dass er mir die Treue hielt, obwohl ich immer versuchte, ihn das nicht merken zu lassen.

Erinnerst du dich noch an Ace? Ich hatte ihn vier Jahre zuvor kennengelernt, als ich noch so sehr mit dir und dem Aufbau meiner Firma zu tun hatte, dass ich einen Wahlkampf für den Stadtrat für Peanuts hielt. Aber Ace war in einen schrecklichen Skandal verwickelt: Die Boulevardpresse hatte seine Affäre mit einer blutjungen Angestellten aufgedeckt (*Mach's wie Clinton, Ace; Stadtrat kümmert sich um die Jugend*, und meine Lieblingsschlagzeile: *Ace in the Hole*). Nur zwei Tage nachdem ich engagiert wurde, hatte ich alle in Stellung gebracht: den reumütigen Ace, seine liebende Ehefrau, seine nachsichtigen Kinder und seine treuen Wähler. (»Ist mir egal, was er in seinem Privatleben anstellt, wenn er doch für mein Viertel das Richtige tut.«) Wir veranstalteten einen medialen Blitzkrieg und setzten dabei sogar auf die Witwen des 11. September in Ace' Wahlbezirk und die asthmakranken Kinder, die im dortigen Krankenhaus kostenlos behandelt wurden. Sie alle standen zu Ace. Am Ende gewannen wir haushoch.

Seine Eskapaden waren seitdem vergessen, dennoch hatte Ace gute Gründe, mich weiterhin zu beschäftigen, denn er wollte in naher Zukunft Bürgermeister von New York werden. Meine Aufgabe bestand darin, ihm den Weg dahin mit einem großen Wahlerfolg im Stadtrat zu ebnen. Diese Kampagne war sein Stapellauf und zum damaligen Zeitpunkt genau der richtige Auftrag für mich: anspruchsvoll, aber keine Überforderung, geographisch begrenzt, erfolgversprechend.

»Mom!« Ich konnte dich nicht sehen, aber umso deutlicher hören; wenn die Sonne schien, hatte ich die Fenster immer geöffnet. »Mom! Wo bist du?«

Ich klappte den Laptop zu und lief die Stufen des Gästehauses hinunter, wo mich Dustin und du erwarteten, Tennisschläger unter dem Arm. »Wir gehen Tennis spielen«, sagtest du. »Zum Abendessen sind wir zurück.«

»Seit wann spielst du Tennis?«

Deine haselnussbraunen Augen verengten sich kurz. »Seit wir hier sind. Ich übe die ganze Zeit.«

»Jakes Aufschlag ist ziemlich gut«, bemerkte Dustin im beiläufigen Ton eines ausgewiesenen Experten. »Für sein Alter, meine ich.«

»Wirklich?«

»Willst du es sehen?«

Selbstverständlich wollte ich es sehen.

Wir gingen die Straße hinunter bis zum Park, wo du auf einem öffentlichen Platz tatsächlich einen ziemlich guten Aufschlag für jemanden in deinem Alter hinlegtest. Dustin spielte dir den Ball zurück, und dann ging er vier-, fünfmal hin und her, bis du ihn verfehltest. Ich konnte es nicht fassen – du spieltest Tennis, ohne dass ich es geahnt hätte. Ich feuerte dich vom Spielfeldrand an wie eine dieser völlig durchgedrehten Mütter. Begeistert lief ich zu dir und hob dich trotz deines Gewichts und meiner zittrigen Arme in die Höhe. Du warst völlig verschwitzt. »Jakey!«, rief ich. »Wieso wusste ich nicht, dass du Tennis spielen kannst?«

Du zucktest nur die Achseln und lächeltest. »Ich wollte dich überraschen.«

»Die Überraschung ist dir gelungen«, erwiderte ich.

»Können wir jetzt weiterspielen? Du zerquetschst mich.«

Ich setzte mich wieder hin und sah zu, wie ihr eine Stunde lang spieltet, wie dein kleiner Körper – obwohl Dustin es langsam angehen ließ – über den Platz tobte und auf einmal gar nichts Kleinkindhaftes mehr an dir zu erkennen war. Stattdessen hattest du etwas Athletisches an dir, was mir selbst völlig abging. Statt des Babys von einst sah ich nun einen Jungen vor mir, der Tennisspielen lernte und eines Tages, davon war ich überzeugt, wirklich gut darin sein würde. Bei deinem Anblick wäre es nur allzu leicht gewesen, mir auszumalen, wie du anfingst, Pokale einzuheimsen, während ich schon nicht mehr da sein würde, doch das verbot ich mir. Stattdessen streckte ich mich unter der seltenen Sonne Seattles aus – was könnte kostbarer sein als ein Stündchen Sonne in Seattle? – und verfolgte, wie ihr den Ball mit einer grimmigen Entschlossenheit über den roten Ascheplatz jagtet, die umso dramatischer wirkte, weil es nicht den geringsten Anlass dafür gab. Ich beobachtete dich; nichts anderes musste ich mehr tun, als dich zu beobachten.

Als es Zeit war, nach Hause zu gehen, warst du schweißgebadet und deine Knie hatten Schrammen von einem Hechtsprung gegen Ende des Spiels. Wir liefen die Straße hinauf, und der ferne Verkehr auf der Interstate 90 summte wie Strom in meinen Ohren. Du schwangst den Schläger in deiner Hand.

»Das war umwerfend, Jakey«, sagte ich.

»Ich hab dir doch gesagt, dass er gut ist«, bemerkte Dustin.

Du erwidertest darauf nichts, was typisch für dich war.

»Willst du Tennisstunden nehmen, Schatz?«, fragte ich.

Es kam uns ein Mann entgegen, der einen riesigen, sabbernden Hund dabeihatte, einen regelrechten Bären. Wir blieben stehen, um ihn zu streicheln, und unterhielten uns kurz mit seinem Herrchen. Dann gingen wir weiter, und du sagtest: »Ich weiß nicht, wo ich das noch unterbringen soll.«

Während unseres kurzen Aufenthalts auf der Insel sahen meine Tage meist so aus, dass ich ein bisschen arbeitete, ein bisschen schrieb und Zeit mit dir verbrachte. Für mich hätte das Leben für immer so weitergehen können, und weil das nicht möglich war, kamen mir diese Tage umso kostbarer vor. Zum Abendessen im Haupthaus wärmte deine Tante etwas von meinen überbackenen Ziti auf (deine Lieblingspasta, deren Zubereitung ich Allie beizubringen versuchte und wovon ich tausend Portionen einfrieren würde, bevor ich ging, damit du, wann immer du mich vermissen würdest, etwas hättest, das ich mit eigenen Händen für dich gemacht hätte). Währenddessen ließ ich mir ein Bad einlaufen und entwarf ein Mailing für die Kampagne. Da hörte ich es an der Tür klopfen.

»Mom, ich bin's.«

Zu dem Zeitpunkt klopftest du schon an, und wir liefen nicht mehr nackt voreinander herum. Ich zog meinen Bademantel zusammen. »Komm rein.«

Du trugst immer noch dein verschwitztes Tennis-Outfit, an deinen Schienbeinen klebte rote Asche. Mit kummervoller Miene ließest du dich auf dem dicken Berberteppich nieder. »Jake?«

Du fuhrst dir mit dem Handrücken über die Nase. Dafür hätte ich von meiner Mutter was zu hören bekommen. »Gehst du in die Badewanne?«, fragtest du.

»Ich wollte mich ein bisschen entspannen.«

»Und das Abendessen ausfallen lassen?« Du mochtest es gar nicht, wenn ich Mahlzeiten ausließ.

»Nein«, sagte ich. »Ich komme nach.«

Du nicktest und schautest aus dem riesigen Panoramafenster. Da es bereits dunkel wurde, blickte dein schmales Gesicht zu dir zurück.

»Ist alles in Ordnung?«

»Ich möchte immer noch, dass du es tust.«

»Wirklich?« Ich brauchte eine Sekunde, um zu begreifen, wovon du sprachst. »Oh«, sagte ich. »Bist du sicher?«

»Ja, das bin ich«, sagtest du, wichst meinem Blick jedoch aus.

Es war wohl naiv von mir, aber eine Zeitlang hatte ich tatsächlich geglaubt, du würdest nicht mehr wollen, dass ich ihn suche. Du warst so glücklich hier und schienst dich so gut einzuleben. Was solltest du von einem fremden Mann in New Jersey wollen? Du hattest ihn ja nie kennengelernt, wusstest nichts über ihn und hattest immer erfreulich wenig Interesse an ihm gezeigt. Vielleicht lag es daran, dass so viele deiner Kindergartenfreunde ohne Vater aufwuchsen, bestimmt jeder dritte von ihnen – ihre Mütter waren entweder lesbisch oder fünfzigjährige Alleinerziehende, die ihre Kinder mit Hilfe von Samenspenden bekommen hatten. Vielleicht lag es auch daran, dass ich stets wild entschlossen war, dir alles zu sein, Mutter und Vater zugleich, damit du nie auch nur die Gelegenheit hättest, das eine Große zu vermissen, das du nicht hattest.

»Ganz, ganz sicher?«, hakte ich nach.

Wieder zucktest du mit den Achseln. Als du an deinem Schnürsenkel herumfummeltest, fiel mir wieder ein, dass ich dir dringend beibringen musste, wie man sich die Schuhe anständig zubindet. »Ganz, ganz sicher«, sagtest du.

Wahrscheinlich hatte ich nie damit gerechnet, dass das Thema zur Sprache kommen würde. Denn unsere Geschichte, wenn man es so nennen will, war so verlaufen, dass dein Vater aus meinem Leben verschwand, als ich schwanger wurde, was für mich in Ordnung war, weil ich mich unendlich freute, dich zu bekommen, egal ob ich dich allein aufziehen würde oder zu zweit.

Doch dann, ein paar Wochen vor unserer Abreise nach Mercer Island, hatte ich eine besonders schlimme Nacht; ich hockte schluchzend und würgend im Bad, wo du mich sahst. Und in jener Nacht fragtest du mich, ob ich deinen Vater finden könnte.

Ich sagte, ich würde darüber nachdenken, was auch du noch einmal tun solltest. Ich sagte, ich würde eine Weile brauchen, einen Monat vielleicht, um herauszufinden, wie ich ihn erreichen könnte. Natürlich wollte ich nur Zeit schinden.

Ich überprüfte das Datum auf meinem Handy. Es war genau ein Monat vergangen.

»Kannst du seine Telefonnummer herausbekommen?«, fragtest du.

»Wahrscheinlich.«

»Gut«, sagtest du. Du sahst genauso aus wie er. Dieselben haselnussbraunen Augen, dasselbe weiche braune Haar, dieselben vollen Lippen. Wahrscheinlich war er auch ein guter Tennisspieler. »Wann?«

»Bald«, antwortete ich.

»Wie bald?«

»Sobald ich kann.«

»Gut«, sagtest du noch einmal, und dann sahst du mich an – argwöhnisch.

Dein Vater in Kurzfassung: Durch eine Rebellion gegen Bush landete er für kurze Zeit als demokratischer Abgeordneter im Kongress von New Jersey, wurde jedoch schon bald wieder hinausgefegt. Er war ein eingefleischter Junggeselle mit einer Vorliebe für Bud Light, Rockmusik und die Rangers, der für Notfälle stets tausend Dollar im Gefrierfach versteckt hatte. Als ich dich in Manhattan zur Welt gebracht hatte und über den Fluss blickte, während ich dich zum ersten Mal stillte, war ich mir sicher: Was auch immer dein Vater in diesem Augenblick tun mochte, er würde nicht zurückblicken auf das, was zwischen uns gewesen war.

Ich wusste, dass ich ihn finden konnte.

»Du hast versprochen, nicht wütend zu werden.«

»Ich bin nicht wütend«, sagte ich.

»Du siehst aber wütend aus.«

Ich stand auf und drehte das Wasser ab. »Jake, mein Liebling, ich hab dir gesagt, ich würde es gern für dich tun, und das stimmt auch. Er ist nett.« Lügen waren mir zuwider, diese jedoch war mir einfach so herausgerutscht. »Ich rufe ihn noch diese Woche an.«

»Ist gut«, sagtest du. Du warst alt genug, um vorzugeben, du würdest mich verstehen, aber zu jung, um es wirklich zu tun. »Danke.« Als du gingst, ließest du im Bad rote Flecken auf dem Teppich und mich zurück. Mein Handy klingelte. Allison. Die Pasta war fertig. Ich ließ mich dennoch ins Wasser sinken und schloss die Augen.

Um die Wahrheit zu sagen, Jacob, hatte ich deinen Vater seit jenem Tag nicht mehr gesehen, als ich ihm erzählte, schwanger zu sein. Mittlerweile könnte er durchaus verheiratet sein und selbst Kinder haben. Er könnte sogar tot sein. Das heißt, nein, tot war er auf jeden Fall nicht. Selbst Kurzzeit-Abgeordnete bekamen einen Nachruf in der *New York Times*.

Während meiner gesamten Schwangerschaft (die rundum schön war, ohne die üblichen Leiden) dachte ich ständig an ihn, fragte mich, was er gerade tat und ob er wohl auch an mich dachte. Ich betreute damals Griffith' Wahlkampagne für den Senat und reiste quer durchs Land, blieb dabei stets in unmittelbarer Nähe meines Kandidaten, gleich hinter ihm, ein Stück nach links versetzt, allzeit bereit, eine passende Rede aus dem Hut zu zaubern, mit Journalisten zu sprechen, Debatten vorzubereiten, Busse zu mieten und mehr Geld vom Democratic National Committee zu erstreiten. Ich hatte bislang nur bei Kommunalwahlen gearbeitet und zog die Kampagne größer auf und arbeitete härter, als nötig gewesen wäre. Aber ich konnte nicht anders, denn allein das hielt mich davon ab, deinen Vater anzurufen. Nacht für Nacht in den ewig wechselnden Hotels streichelte ich meinen Bauch und erzählte dir alles, was ich den Tag über erlebt hatte. Ich fuhr mit dem Zug zu meinem Gynäkologen, und Griffith – ein netterer Politiker, als man ihm nachsagt – nahm sich immer Zeit, meine Ultraschallbilder zu bewundern. Doch aus einem dummen Versprechen heraus, das ich mir selbst gegeben hatte, rief ich deinen Vater nie an.

In der Woche vor der Wahl führten wir mit acht Prozentpunkten, und ich wusste, was das bedeutete: einen Bonus. Noch mehr Aufträge in Zukunft. Vor allem aber bedeutete es, dass ich eine Nanny einstellen und dich in den nächsten Jahren immer bei mir haben könnte. Was ich unbedingt wollte.

Und es bedeutete, dass ich ihn niemals anrufen und auf Unterhalt verklagen müsste.

Er wusste, wie er mich erreichen konnte, Jake, dennoch versuchte er es nie. Das solltest du über deinen Vater wissen. Er war ein Mann, der hätte wissen sollen, dass er ein Kind hatte, der jedoch nie versuchte, es kennenzulernen, der niemals die Mutter seines Kindes anrief, nie einen Schritt auf die andere Seite, jenseits des schlammigen, träge dahinfließenden Hudson, machte, um seinem neugeborenen Kind zu begegnen, das friedlich in den Armen seiner Mutter lag, geschweige denn, um den Tränen der Mutter entgegenzutreten.

Verdammt, Jake (entschuldige!): Ich drohe sentimental zu werden und, noch schlimmer, in Selbstmitleid zu versinken. Dabei gibt es nichts, worüber ich traurig sein müsste. Du warst das Beste, was mir hätte passieren können, und ich hoffe, dass ich es umgekehrt für dich genauso war. Und die Familie, in die du geboren wurdest, ist groß genug: Hier auf Mercer Island sind Allie, Bruce und die Kinder für dich da, zu Hause in New York gibt es mich und Julisa und deine Freunde und Lehrer und Kelly, den Hamster, der hoffentlich trotz Julisas Fürsorge noch am Leben ist. Und ich weiß, du wirst, je älter du wirst, dafür sorgen, dass deine Familie größer wird, wirst neuen Freunden und Menschen begegnen, die du liebst. Und eines Tages wirst du den Menschen finden, der zu dir gehört, und Kinder haben.

Es ist spät. Ich zittere, das Abendessen habe ich verpasst. Ich hoffe, das kannst du mir verzeihen, mein Engel. Ich tue mir gerade selbst so leid, dass ich kaum noch tippen kann. Ich hasse Selbstmitleid: Es ist wirklich das erbärmlichste aller Gefühle, zersetzt es doch die Würde und den Anstand eines Menschen. Aber in diesem Augenblick fehlst du mir so sehr, dabei bin ich immer noch hier in diesem Zimmer in diesem Haus. Ganz in deiner Nähe und dennoch fern. Wie konnte ich nur das Abendessen mit dir ausfallen lassen? Diese Stunde ist unwiderruflich verloren.

Natürlich geht es bei dem, was ich dir schreibe, auch darum, zu erkunden, was war und wie es sein wird, und Doktor Susan würde an dieser Stelle sagen, dass ich mir meine Gefühle nicht vorwerfen soll. Für sie ist Selbstmitleid etwas Normales, das in bestimmten Situationen wie zum Beispiel dieser durchaus seine Berechtigung hat. Sie meint, ich solle mich darauf einfach treiben lassen wie auf einer Welle. Ich solle nie vergessen, dass es selbst im tiefen Tal dieser Welle noch so viel gibt, das mich glücklich macht. *Es ist ein Privileg, Karen, dass Sie so viel haben, was Sie glücklich macht. Das müssen Sie sich immer wieder bewusstmachen.*

Meine Arbeit.

Meine Schwester Allison.

Meine Nichte und meine Neffen.

Die Sonne in Seattle. Offenbar sollen wir morgen einen weiteren sonnigen Tag erleben.

Das Wasser, das ans Ufer schwappt.

Dich, dich, dich, dich, dich.

Ich drücke auf den Knopf auf meinem Telefon, um dein Gesicht auf dem Screen zu sehen. Dann wende ich mich wieder diesen Seiten zu, dieser Aufgabe, die ich bald zu Ende bringen muss. Ich hoffe, dass mir genug Zeit bleibt, alles für dich aufzuschreiben, Jake.

Denn du bist mein Happy End.

KAPITEL 2

Wie du dich vielleicht erinnerst, bemühte ich mich, während meiner Behandlung so viel wie möglich zu arbeiten, denn noch mehr, als mich um dich zu kümmern, gab mir meine Arbeit das Gefühl, etwas für mich zu tun. Sie gab mir ein Ziel und die Hoffnung, dieser Welt etwas hinterlassen zu können, was auch noch eine Rolle spielen würde, wenn ich nicht mehr da wäre. Durch meine politische Arbeit bereitete ich Veränderungen den Weg, die Millionen Menschen betrafen. Wenn nur der Richtige gewählt würde, würden die richtigen Veränderungen folgen, daran habe ich immer geglaubt, Jake, und ich hoffe, das tust du auch.

Trotzdem war ich in letzter Zeit einfach zu krank, um mich für meine Klienten starkzumachen, und es war mir unangenehm, so vieles nicht mehr tun zu können. Gerade zu Beginn meiner Karriere war ich wie ein bissiger Terrier. Als ich etwa die Wallace-Kampagne betreute, fand ich heraus, dass die Tochter unseres Konkurrenten, ein junges Mädchen, das auf eine noble Privatschule ging, eine Woche vor ihrem Abschlussball eine Abtreibung hatte. Zwar lag es mir eigentlich fern, eine Sechzehnjährige wegen so einer Sache bloßzustellen, aber ihr Vater war einer dieser bigotten Enthaltsamkeitsdschihadisten, die Abtreibungen sogar bei Vergewaltigung oder Inzest verbieten wollten. Wer im Glashaus sitzt, mein Freund. Ich ließ die Sache gegenüber einem mir gewogenen Reporter durchsickern, und Wallace gewann mit fünfzehn Prozentpunkten Vorsprung.

Mittlerweile ging ich bei meiner Arbeit mit sehr viel mehr Augenmaß vor. Wenn ich denn überhaupt arbeiten konnte. Mein Partner Chuck (erinnerst du dich noch an ihn?) füllte die Lücke gut aus, und wir hatten einen Trupp Jungspunde eingestellt, die sich um den Kleinkram kümmerten. Außerdem war es ein wahlarmes Jahr, daher verpasste ich nicht viel. Und dennoch. Mochte ich zuvor ein regelmäßiger Gast bei den großen Nachrichtenkanälen gewesen sein, war ich seit meiner Diagnose kein einziges Mal mehr im Fernsehen aufgetreten.

Eines Morgens rief ich, um sechs Uhr Ortszeit in Seattle, Ace an, um über einen Flyer oder irgendetwas in der Art zu reden. »Geht es dir gut?«, erkundigte er sich.

Es ging mir nicht gut. Die rätselhaften Schmerzen in meiner Seite waren schlimmer geworden, am Abend zuvor hätte ich mich fast übergeben, und ich wusste, dass ich eigentlich zum Hutchinson Cancer Research Center sollte. Aber die Vorstellung, in Seattle ins Krankenhaus eingewiesen zu werden, war mir einfach unerträglich. »Alles wunderbar, Ace.«

»Hast du immer noch Krebs?«

»Ich bin in Remission.« Was sich besser anhörte, als es war.

»Also kannst du deinen Job machen?«

»Sonst hätte ich ihn nicht übernommen«, erwiderte ich. Wir rechneten damit, dass eine Frau namens Beverly Hernandez gegen ihn antreten würde, eine Tochter von Immigranten aus der Dominikanischen Republik: Sie hatte im Gesundheitswesen Karriere gemacht und würde ganz andere Wählergruppen ansprechen als Ace. Dennoch hatten Stadträte in der Regel große Chancen, wiedergewählt zu werden. Wir hätten es schon gründlich vermasseln müssen, um das zu gefährden. Es war unser Ziel, den Gegner vernichtend zu schlagen.

»Übrigens hat Hernandez auch Krebs, genau wie du. Brustkrebs. Sie trägt immer eins von diesen rosa Schleifchen.«

»Ich habe Eierstockkrebs«, entgegenete ich. »Das ist was anderes.«

»Weiß ich doch«, sagte er. »Amani wird dich wegen der Termine in der nächsten Zeit anrufen. Ich habe gerade eine neue Assistentin eingestellt, sie heißt Haley. Wenn du Amani nicht erreichst, rede mit ihr. Für nächste Woche hat Jill eine Reise zum Hochzeitstag gebucht, aber im Notfall kannst du mich erreichen. Ansonsten: Amani oder Haley.« Haley – das klang jung. »Und während ich weg bin, findest du alles über diese Hernandez heraus«, fügte Ace hinzu. »Zwar kommt sie mir wie ein Leichtgewicht vor, aber wir müssen trotzdem etwas gegen sie in der Hand haben.«

»Genau das ist mein Job, Ace.«

»Zwanzig Punkte«, sagte er.

»Lass uns dreißig daraus machen.«

Ace gluckste. »Grüß deinen Sohn.« Damit beendete er das Gespräch, bevor ich noch etwas sagen konnte.

Trotz all seiner Fehler erreichte Ace Reynolds auf der Karen-M.-Neulander-Skala unangenehmer Despoten höchstens die Fünf. Im Gegensatz zu einigen dieser Sprücheklopfer, die mir in der Politik begegnet sind und für die ich teilweise sogar gearbeitet habe, wusste Ace immerhin, dass ich Krebs hatte. Er wusste immerhin, dass es dich gab.

Also füllte ich ein paar Unterlagen aus und schickte sie ihm zurück, und da ich schon mal dabei war, bat ich Julisa per Mail, nach deinem Hamster zu schauen. Gegen sieben klopftest du an meine Tür – auf der Insel gingst du immer früh schlafen und wachtest beim ersten Tageslicht auf –, und wir beschlossen, im Ort zu frühstücken, denn es war ein Samstag, und alle anderen würden noch mindestens zwei Stunden schlafen. Außerdem schien draußen die Sonne, es war ein herrlicher Tag im Juni. Und du hattest Hunger, und ich würde dir zuliebe so tun, als ginge es mir genauso.

Das Bell Café am Wasser bot ein Frühstücksbuffet mit verschiedenen Sorten Schlagsahne und Ahornsirup; dorthin gingen wir oft in der Früh, bevor die Heerscharen verkaterter Musiker und Eltern in Fleecepullis aus Seattle uns vertreiben konnten.

»Hast du ihn schon angerufen?«, fragtest du, als wir in der Nähe des Cafés parkten.

»Soll das ein Scherz sein? Ich weiß noch nicht einmal, wie ich ihn kontaktieren soll.«

Du wirktest betroffen, griffst jedoch nach meiner Hand, als wir die Straße überquerten. »Ich dachte, das wüsstest du schon.«

»Ich habe gesagt, ich könnte es herausfinden«, entgegnete ich, »nicht, dass ich es wüsste. Aber so schwer kann es nicht sein. Ich werde ihn googeln. Wir können heute Nachmittag im Internet nach ihm suchen.« Das war viel früher, als ich geplant hatte.

»Was, wenn er nicht gefunden werden will?«

»Das ist unmöglich, selbst wenn er es wollte. Echte Privatsphäre gibt es nicht mehr. Außerdem«, sagte ich und nickte der

Kellnerin zu, die uns mittlerweile kannte, »ist er Anwalt. Und Anwälte wollen gefunden werden, damit die ganze Welt sieht, wie großartig sie sind.«

Du nicktest, als hätte ich dir eine Offenbarung verkündet. »Wird er sauer sein, wenn du dich bei ihm meldest?«

»Nein«, sagte ich. »Überrascht vielleicht, aber nicht sauer.« Ich hoffte nur, dass das stimmte.

Wir griffen uns die Speisekarte und ließen uns Zeit beim Aussuchen, obwohl doch längst feststand, was wir nehmen würden. Ich ging so gern mit dir essen, schon seit deiner Geburt. Damals stillte ich dich sogar im Restaurant, was für mich ziemlich untypisch war, denn bevor ich dich bekam, war mir der Anblick stillender Frauen immer unangenehm. Aber was denkt man sich nicht alles, bevor man selbst ein Kind bekommt. Ich liebte es, dich zu stillen, und tat es, bis du fast ein Jahr alt warst und meine Brust wegstießest, als hättest du genug davon.

Damals hatte ich ständig Angst um dich: Wenn du in meinen Armen einschliefst, blieb ich trotz meiner ewigen Erschöpfung wach vor lauter Angst, dich fallen zu lassen (als hätte ich dich je fallen lassen!). Doch jedes Mal, wenn ich versuchte, dich in dein Bettchen zu legen, bist du schreiend aufgewacht. Also saß ich einfach nur in meinem Schaukelstuhl und zwang mich, wach zu bleiben, indem ich über deinen schweren kleinen Körper hinweg Scrabble auf meinem Handy spielte. Eines Tages, als du fünf Wochen alt warst, besuchte uns Allie und nahm dich, als du gerade eingeschlafen warst, aus meinen Armen, und wie durch ein Wunder, so als hätte sie dich mit einem Zauber belegt, wachtest du nicht auf. Dann schob sie ein Kissen unter meine Füße, und wir schliefen in deinem Kinderzimmer, wir beide, tief und fest, sechs

Stunden am Stück. Das war der beste Schlaf, den ich in diesem ganzen ersten Jahr bekommen sollte.

»Guck mal, das Kind«, sagtest du, nachdem die gutgelaunte Kellnerin mit Lippenpiercing unsere Bestellung gebracht hatte. Als ich mich umdrehte, sah ich am Ahornsirup-Buffet ein Kleinkind in voller Batman-Montur, mit Cape, Maske und glänzenden Schuhen. Es balancierte einen Riesenteller mit Waffeln und Schlagsahne, und wie einst Cassandra wusste ich, was gleich passieren würde, ahnte jedoch, dass niemand meine Warnrufe erhören würde.

Dennoch sagte ich, ganz leise: »Vorsicht!«

Da rannte Batman los, und das Unvermeidliche geschah: Er stolperte über sein Cape, flog in hohem Bogen zu Boden und fing an zu heulen, während die anderen Gäste überrascht aufblickten und der Vater des Jungen, der es schon bis zu seinem Tisch geschafft hatte, sich umdrehte und brüllte: *»Herrgott noch mal!«*

Im ganzen Café wurde es mucksmäuschenstill. Einen Augenblick schien die Zeit stillzustehen. Dann rief der Vater: *»Was zum Teufel ist bloß los mit dir!«*

»Harry!«, sagte die Mutter mit hochrotem Gesicht. Das Kind heulte laut wie ein italienisches Klageweib.

»Wieso passt du nicht auf, wo du hinläufst!«

Aber Batman schlug zurück. Er wälzte sich auf dem Boden und kreischte: »Ich hasse dich! Ich hasse dich!«, woraufhin beide Eltern zu ihm stürzten und versuchten, ihn vom Boden zu heben und zum Schweigen zu bringen. Mittlerweile war eine Brigade von Kellnern damit beschäftigt, die Sahne aufzuwischen und die Scherben aufzusammeln. Schließlich ging die Mutter auf den Vater los, weil er Batman seine Waffeln ganz allein zum Tisch hatte tragen lassen, was der Vater sich nicht kampflos gefallen ließ. Wir beide konnten nicht anders: Wir blickten uns an und brachen in Gelächter aus.

Und du hattest Schlagsahne in deinen Haaren, was mich noch mehr zum Lachen brachte.

»Finden Sie das etwa lustig?«, rief der Vater, zu uns gewandt. Er war deutlich aggressiver als der durchschnittliche lokale Familienvater.

»Tut mir leid«, sagte ich und wischte mir mit der Serviette die Lachtränen aus den Augenwinkeln.

»Nur zu Ihrer Information: Mein Sohn hat schwere Verhaltensprobleme – *und das ist alles andere als lustig!*«

»Tut mir leid«, wiederholte ich.

Immer noch wälzte sich Batman herum, trampelte mit seinen glänzenden Stiefelchen auf den Boden und brüllte: »Ich will einen Raketenrucksack! Ich will einen Raketenrucksack! *Ich hasse dich!*«

»Ich glaube, wir sollten diesem Jungen einen Raketenrucksack bestellen«, sagtest du, worauf wir von neuem in Gelächter ausbrachen.

Batman schrie: »Kauft mir einen Raketenrucksack! *Sonst töte ich euch!*«, da klemmte seine Mutter sich ihn unter den Arm.

»Ich sagte, das ist nicht lustig!«, brüllte der Vater uns an, doch das war es, und wie! Wir lachten noch, als wir zwanzig Minuten später das Café verließen. Erst an der frischen Luft konnten wir uns wieder beruhigen.

»Mann«, sagtest du, als wir unsere Fassung wiedergewonnen hatten. »Das war voll übertrieben.« *Übertrieben* war eines deiner neuen Wörter; du benutztest es ständig. Ich zog den Reißverschluss deiner Jacke zu. »Der Vater des Kindes war echt verrückt«, sagtest du. »So durchs ganze Café zu brüllen.«

»Ich weiß«, sagte ich. »Ich hasse solche Typen. So angespannt, dass sie jeden Moment überschnappen können.«

»Was meinst du damit?«

»Du weißt schon, schnell auf die Palme zu bringen«, sagte ich. »Gestresst.« Nach kurzer Pause fügte ich hinzu: »Viele Väter sind so.«

»Hmmm«, brummtest du. Anstatt zurück zum Wagen zu gehen, zog es uns zum Wasser wie die Möwen. »Ich weiß nicht, ob das stimmt«, sagtest du nachdenklich. Mir tat vom Lachen der Bauch weh, du hattest noch immer Schluckauf. Wir gingen an den umgebauten Lagerhäusern entlang, über die Licht- und Schattenflecken, die sie auf die Straße warfen.

»Kyles Dad ist nicht so«, sagtest du. Kyle war – wie du wohl noch weißt – dein bester Freund zu Hause in New York. Er wohnte in der 74th West zwei Stockwerke unter uns.

»Da hast du recht, er ist nicht so.«

»Und Onkel Bruce auch nicht.«

»Das stimmt«, gab ich zu.

»Eigentlich«, sagtest du, nachdem du Luft geholt und angehalten hattest, »glaube ich nicht, dass die meisten Dads so sind.«

»Aber einige schon«, beharrte ich, bevor mir aufging, dass ich mich bereits mitten in einer Kampagne gegen böse Väter befand. Wir erreichten den Park am Ufer, wo am frühen Morgen noch nichts los war, und setzten uns auf zwei nebeneinanderhängende Schaukeln, die noch feucht vom Morgentau waren.

»War dein Dad so?«, fragtest du. »Gestresst?«

»Grandpa? Manchmal.« Heute, Jacob, kann ich dir sagen, dass

mein Vater während meiner gesamten Kindheit geradezu katatonisch wurde vor lauter Stress und sich zu jeder Tages- und Nachtzeit in den Keller zurückzog, um in Ruhe Pfeife rauchen zu können, während die Waschmaschine neben ihm bollerte. Er arbeitete an zwei verschiedenen Colleges als freier Dozent für Geschichte, und meine Mutter setzte ihm ständig zu, endlich seine Doktorarbeit zu Ende zu schreiben und sich eine richtige Stelle zu suchen. Meine Schwester jammerte indes ununterbrochen darüber, was wir uns alles nicht leisten konnten. Meine Mutter arbeitete als Buchhalterin in einer Anwaltskanzlei, und nur ihr hatten wir unsere Krankenversicherung und die hebräische Sonntagsschule zu verdanken sowie das Gefühl, das Leben unserer Familie wäre um einiges gesegneter, wenn sich unser Vater nur ein bisschen mehr ins Zeug legen würde.

Woran ich mich aus meiner Kindheit am deutlichsten erinnere, sind die Auseinandersetzungen, an deren Ende meine Mutter stets in Tränen aufgelöst war und mein Vater sich in den Keller zurückzog, von wo dann der Rauch seiner Pfeife durch die Bodendielen drang. Wenn es richtig schlimm wurde, tauchten meine unergründlichen ungarischen Großeltern – die Urgroßeltern, die du nie kennengelernt hast – aus ihrer Wohnung über uns auf: mit verhärmten Gesichtern und immer in Morgenmänteln, als wären sie ein bisschen neben der Spur. »Liebes«, sagten sie dann, »die ganze Nachbarschaft kann euch hören«, als stünden neben uns Wohnhäuser und nicht die Metzgerei und daran angrenzend die Reinigung.

Wenn meine Mutter aufhörte zu weinen, schlurften sie wieder nach oben und widmeten sich dem, was sie den ganzen Tag taten: Karten spielen und Nachrichten schauen. Mein Vater behauptete, sie wären so glücklich, in Sicherheit zu sein und ihre Enkel aufwachsen sehen zu können, dass sie nicht mehr vom Leben verlangten. Als ich fragte, ob sie sich deshalb nie richtig anzogen, bekam ich für meine Frechheit einen Schlag gegen den Hinterkopf.

Es heißt immer, die Kindheit sei die glücklichste Zeit im Leben, doch das fand ich seit jeher lächerlich: Schließlich sind Kinder ständig der Gnade anderer ausgeliefert, ohnmächtig und den Gezeiten von Umständen ausgesetzt, die sie nicht beeinflussen können: Schulaufgaben, Pflichten im Haushalt, Tischgespräche, bei denen man nicht mitreden darf. Die meiste Zeit hasste ich es, ein Kind zu sein und mich den Stimmungen meiner Eltern entsprechend verhalten zu müssen, je nachdem ob meine Mutter einen Bonus bekam oder mein Vater einen zusätzlichen Kurs am College. Im Gegensatz dazu fand ich es regelrecht berauschend, erwachsen zu sein: Ich hatte mein eigenes Geld und mein eigenes Bad. Und da du so ein friedliches Kind warst, musste ich in meinem eigenen Haus niemals Geschrei hören, sofern ich nicht selbst damit anfing.

»Schreie ich dich oft an?«, fragte ich dich.

»Nicht besonders«, antwortetest du und schwangst höher mit deiner Schaukel. »Nur, wenn es dir wirklich ernst ist.«

Draußen in der Bucht fuhren langsam riesige Schiffe, hoch beladen mit bunten Containern, vorbei, auf dem Weg nach China, Russland und wer weiß wohin. Als ich noch auf der High School war, fragte ich meinen Großvater einmal, ob er mir nicht eines Tages seine Heimat zeigen wollte. Er war in Budapest geboren, und damals fiel gerade der Eiserne Vorhang, und man konnte wieder problemlos nach Ungarn reisen. Aber mein Großvater sah mich nur an, als wäre ich verrückt, und sagte, lieber würde er mit mir zur Hölle fahren. Ein paar Wochen später starb er.

Mag sein, dass ich ihnen allen gegenüber ungerecht war. Sie machten schließlich nur das Beste aus dem, was sie hatten. Und als meine Großeltern gestorben und Allie und ich aus dem Haus waren, schienen meine Eltern sich tatsächlich zu entspannen. Sie verbrachten noch viele friedliche Jahre miteinander, bis meine Mutter starb. Und selbst als es meinem Vater anfing schlechter zu gehen und auch meine Mutter nicht mehr ganz auf dem Damm war, wirkten sie immer noch glücklicher als in unserer Kindheit.

»Ich finde, wir sollten ihn heute anrufen«, sagtest du.

Ich tat so, als hätte ich dich im Wind und Geschrei der Möwen nicht verstanden. Irgendwo da draußen erklang ein Schiffshorn.

»Mom«, sagtest du. Während du deine Füße über den Boden schleifen ließest, um deine Schaukel zu stoppen, wollte ich noch nicht aufhören. Ich konnte über die bunten Container hinweg auf die bewaldeten Inseln dahinter blicken und holte immer wieder Schwung und flog höher und höher, bis sich mein Körper beinahe von der Schaukel löste – diese Leichtigkeit war herrlich, das Gefühl der Flüchtigkeit, und ich stellte mir vor, bis hoch in den Himmel geschleudert zu werden, wenn ich nur noch ein wenig mehr Schwung aufnehmen könnte.

»Mom.«

Ich hörte dich weit unter mir. Du klangst halb verärgert, halb verängstigt.

»Mom!«

Ich seufzte. Als Mutter durfte man sich keine Höhenflüge erlauben. »Ja«, sagte ich, nachdem ich selbst schlitternd zum Stehen gekommen war.

Du hattest die Augen zu Schlitzen verengt und die Arme über deiner schmalen Brust verschränkt. »Ich finde, wir sollten ihn jetzt suchen«, sagtest du.

»Ist ja gut.« Ich wollte noch einmal schaukeln, aber du hattest dich bereits umgedreht, um durch den Park zurück zum Auto zu gehen. »Doch zuerst«, sagte ich, denn ich war die Mutter und es war mein Recht, dich zu Dingen zu zwingen, die du nicht tun wolltest, »zuerst besuchen wir deinen Großvater.«

»Mom!« Nun warst du derjenige, der sich wieder auf die Schaukel fallen ließ und Schwung holte.

»Keine Widerrede«, sagte ich. Mein Magen zog sich schmerzhaft zusammen, vielleicht weil ich zum Frühstück mehr gegessen hatte als in der letzten Zeit; vielleicht weil wir so viel gelacht hatten. Trotzdem konnten Magenkrämpfe alles Mögliche bedeuten: Flüssigkeitsansammlung, Verstopfung, Probleme mit dem Narbengewebe. Es konnte auch ein Hinweis auf einen Rückfall sein, früher als erwartet, aber das war unwahrscheinlich. Zumindest sollte es das sein. Ich ignorierte die Schmerzen und schwang meine Beine nach vorn, ich wollte wieder in der Luft sein. Und du solltest nicht merken, dass etwas nicht stimmte. »Wir sollten ihn besuchen, solange es noch geht.«

Du kanntest meinen Vater nur als stummen, einsamen alten Mann, den eine früh einsetzende Alzheimer-Erkrankung auf einen Schatten seiner selbst reduziert hatte. Er mochte bisweilen furchteinflößend auf dich gewirkt haben, weil er unablässig auf etwas starrte, das außer ihm niemand sehen konnte. Aber früher war er ganz anders. (Früher war ich ganz anders.) Als du noch ein Baby warst, schaffte es mein Vater sogar noch, seine letzten Kurse am College zu geben. Und ich weiß noch, wie gerührt er von deinem Anblick war, als du geboren wurdest – er und meine Mom kamen noch am selben Abend zu mir ins Krankenhaus. »Er ist einfach perfekt«, sagte mein Vater, als er dich in seinen altersmageren Armen hielt. »Dieses Kind ist das Schönste, was ich je in meinem Leben gesehen habe.«

»Nicht wahr?«, fragte ich, begierig, die Begeisterung über meinen Sohn teilen zu können.

»Das Aller-, Aller-, Allerschönste«, bekräftigte er. »Hast du dich endlich für einen Namen entschieden?«

»Jacob«, gab ich preis, was ich bis zu deiner Geburt geheim gehalten hatte. »Nach Janos, weißt du?«

»Janos«, flüsterte mein Vater und drückte dich eng an sich. Janos war der Name seines Vaters, jenes Mannes, der vor den Nazis einst in den Gemencer Wald geflohen und sich dort von Eichhörnchen ernährt hatte, jenes Mannes, der seine letzten Jahre in der Sicherheit Amerikas im Bademantel verbracht hatte. »Oh, Jacob ...« Mein Vater weinte, was mich sonst peinlich berührt hätte, nicht aber damals, weil ich ebenfalls weinte.

»Gil, halte ihn nicht so nah an dein Gesicht, du wirst noch irgendwelche Krankheitserreger auf ihn übertragen«, mahnte meine Mutter, die neben mir auf dem Bett saß und meine Hand hielt. Meine Mutter war eine spröde Frau, schon ihr ganzes Leben kantig und knochig – wie ein Vögelchen, sagte mein Vater immer –, aber ihre Hände ... Ich werde nie vergessen, wie warm sie waren und wie viel Geborgenheit sie zu spenden vermochten.

»Jacob, Jacob ...« Mein Vater sang deinen Namen und tanzte dazu langsam durch das triste Zimmerchen in der 168th Street, wo du deine erste Nacht auf Erden verbrachtest. Ich hatte mir ein Einzelzimmer geleistet, und da ich eine alleinerziehende Mutter war, zeigten sich die Krankenschwestern bei den Besuchszeiten nachsichtig. Auf dem Gang war das Licht gedämpft, aber in meinem Zimmer herrschte Festtagsbeleuchtung.

»Du wunderschöner Junge«, sagte mein Vater und drehte sich langsam mit dir im Kreis. Einst war mein Vater ein ganz annehmbarer Backgammon- und ein hervorragender Schachspieler gewesen, er sprach ein bisschen Ungarisch und ein passables Französisch. Doch du erlebtest ihn nur, als er bereits in einem teuren Pflegeheim in Bellevue untergebracht war und achtzehn Stunden pro Tag in einem Sessel mit Blick auf das Meer verbrachte, das er aus irgendeinem Grund für die Ostsee hielt.

Ich fragte mich, ob du als Erinnerung etwas von ihm haben wolltest. Vielleicht würdest du dir später etwas von dem Großvater wünschen, den du nie richtig kennengelernt hattest. Seine Homburgs zum Beispiel, jene hohen altmodischen Filzhüte, die sehr gediegen und teuer waren. Vielleicht werden sie, wenn du dies hier liest, schon wieder in Mode gekommen sein. Ich hatte in meinem Schlafzimmer einen großen Karton mit Sachen deiner Großeltern, die du aufbewahren solltest, nicht nur die Hüte, sondern auch die Bücher deines Großvaters und Fotos von ihnen und all dem, was in ihrem Leben von Bedeutung war.

Wieder krampfte sich mein Magen zusammen, vielleicht nur aus Sorge. Es gab noch so vieles, das ich für dich erledigen musste. So vieles, das ich auf dieser Welt zu erledigen gehabt hätte.

»Ich will da nicht hin!«, sagtest du und fingst wieder an zu schaukeln, weil du alles getan hättest, selbst den ganzen Tag neben deiner Mutter in diesem mickrigen Park auf der Schaukel zu verbringen, nur um nicht dorthin zu müssen. »Ich hasse das Altenheim.«

»Ich weiß«, sagte ich. »Ich auch.«

»Wirklich? Ich dachte, du magst es.«

»Ich mag Grandpa«, erklärte ich, »nicht das Heim«, was ich aus den gleichen Gründen hasste wie jeder andere Mensch: wegen des Desinfektionsmittelgeruchs, der mümmelnden Alten und der sabbernden Todkranken, die irgendwo auf dem Flur in ihrem Rollstuhl abgestellt wurden. Und ich hasste es, weil ich einfach nicht fassen konnte, was aus dem Mann geworden war, der einst mein Vater war. Als meine Mutter im Vorjahr an seiner Seite zu Boden fiel und an einem Aneurysma starb, bekam er nicht einmal mit, dass sie umgefallen war.

»Also gehen wir nicht?«

»Wir müssen«, sagte ich und wollte vernünftig sein, aber es fühlte sich so gut an, durch die frische, taufeuchte Luft zu fliegen, dass ich einfach nicht aufhören konnte. Vor mir lag der Puget Sound, diese einmalig schöne Meeresbucht mit ihren glitzernden Schaumkronen, den Möwen, den umliegenden Bergen, den großen Schiffen, die von hier aus in die Welt aufbrachen, jene Welt, die sich immer weiterdrehte.

»Wir könnten doch stattdessen in den Buchladen gehen.«

Wie gerissen du warst. Du wusstest genau, wie sehr ich den Buchladen in der Nähe liebte. Ich antwortete nicht, sondern schaukelte einfach weiter, genau wie du.

Du sahst mich grinsend an. »Mom«, sagtest du, »wir fliegen.«

»Ich weiß«, erwiderte ich. »Lass uns fliegen.«

»Aber was ist –«, doch dann verstummtest du. Gut. Wenn du mich nicht zwangst, deinen Vater zu suchen, dann würde ich dich auch nicht zwingen, deinen Großvater zu besuchen. Jedenfalls heute nicht. Morgen hätte ich mehr Kraft. Morgen könnte ich alles schaffen, was du von mir brauchtest. Ich würde mich dem stellen können.

Morgen, schwor ich mir, werde ich den Arzt anrufen.

In dieser Nacht konnte ich nicht schlafen. Stattdessen nutzte ich meine nächtliche Unruhe, mich über Ace' Gegnerin kundig zu machen: Beverly »Bev« Hernandez war 57 Jahre alt, Verwaltungsleiterin am Roosevelt Medical Center und im Großen und Ganzen ein Mensch, den man einfach mögen musste. Neben ihrem Studium hatte sie drei Kinder aufgezogen und ihren Master mit einem hervorragenden Abschluss gemacht. Ging sonntagmorgens zur Kirche, um sonntagnachmittags in der Suppenküche im Kirchenkeller mitzuarbeiten. Bev hatte noch keine offizielle Webseite für ihre Kandidatur, und ich fragte mich, ob sie wohl eine Vorstellung davon hatte, was es bedeuten würde, diesen Wahlkampf durchzuziehen. Ich meine: nicht einmal eine Webseite? Kann man sich heute überhaupt noch eine Zeit vorstellen, in der das möglich war?

Aber bis zur Wahl waren es noch fünf Monate. Wenn Ace es also nicht vermasselte – genauer gesagt, wenn nicht irgendeine Zeitung irgendetwas über irgendeine Haley ausgrub –, dann hatten wir die Sache im Sack.

Auf der Webseite des Roosevelt Medical Center, in dem sie arbeitete, gab es ein paar Angaben zu ihrer Vita nebst Fotos von gesellschaftlichen Anlässen, dazu ein vollkommen ungeschütztes Facebook-Profil voller Familienbilder von pausbäckigen Enkelkindern in Taufkleidchen, von Volljährigkeitspartys und Hochzeiten. Außerdem waren hier immer wieder Links zu Kampagnen gegen Brustkrebs und Aufrufe zu Spendenläufen zu finden sowie Updates zu Beverlys Gesundheitszustand. Als ich ein aktuelles Foto von ihr anklickte, sah ich die Anzeichen der Remission nur allzu deutlich: die leicht wächserne Gesichtshaut, das kurze, krause Haar. Aber sie lächelte, und ihr Lächeln war großartig: warme braune Augen, schöne, volle Lippen, ein gutes Make-up. Ich fragte mich, ob sie nach ihrer Diagnose so wie ich all die Webseiten dieser Unternehmen angesehen hatte, die einen dazu aufforderten, sich zu verwöhnen, Wellnesstage einzulegen, sich umzustylen und so weiter und die all das für Krebskranke kostenlos anboten. Als ich meine Diagnose erhielt, war ich dummerweise zu sehr damit beschäftigt, mich um dich zu kümmern, als mich ins Spa zu legen oder mir Gedanken über mein Styling zu machen. Aber als ich erst einmal zehn Kilo verloren hatte und mir nichts mehr passte, ging ich tatsächlich mit meiner Schwester zusammen shoppen und kaufte mir eine enge grüne Jacke von Prada, in die ich mich verliebt hatte, und beschloss, dass ich sie meiner Nichte Camilla vererben würde. Hinter mir hörte ich dich tief aufseufzen. Du warst in meinem Bett eingeschlafen. Wir hatten mit Julisa geskypt und diskutiert, ob der Hamster einsam aussah oder nicht (Erinnerst du dich noch daran, Jake-aus-der-Zukunft? Wie du vor dem Zubettgehen manchmal mit einem Mal nicht mehr aufhören wolltest zu reden und anfingst, Sachen aus der Schule oder von irgendwelchen Game Levels zu erzählen, die du unbedingt schaffen wolltest? Erinnerst du dich, dass du mit sechs Jahren noch einteilige Schlafanzüge trugst?), und dann schliefst du plötzlich, von einem Moment zum anderen, so tief und fest, dass ich mich, als du noch ein Baby warst, manchmal gesorgt hatte, du könntest tot sein. Ich sah dir eine Weile beim Schlafen zu und ging dann an meinen Computer. Als ich mich kurz darauf wieder zu dir umdrehte, lagst du in genau der Position, in der du schon als Baby schliefst: auf dem Rücken mit nach oben geworfenen Armen, als wolltest du kapitulieren.

In der Hoffnung, dass dein Atem mich beruhigen würde, legte ich mich zu dir. Früher, vor alldem hier, hatte das immer funktioniert.

Aber an diesem Abend ging mir zu viel durch den Kopf: Ace, Bev, mein Vater, der ein Nickerchen machte, als wir endlich, mit Allie und Dustin im Schlepptau, im Heim eintrafen, so dass wir, statt Zeit mit ihm zu verbringen, in ein Café gingen, wo wir ziemlich überzeugend die Szene mit Batman und seinem durchgeknallten Vater nachspielten. Und ich muss an diesem Tag zu viel gelacht oder zu viel nachgedacht haben, denn mein Magen tat weh und mein Kopf auch. Ich war zu müde zum Einschlafen.

Bevs Updates bei Facebook: *Bluttests sehen gut aus! – Wieder im Büro! Nie war Arbeit so schön! – Der Katheter ist endlich weg! Ich fühl mich so frei!*

Ich entdeckte ein Bild, auf dem sie auf Hawaii ihren Mann küsste: *In Wikiki, unendlich dankbar, dem Krebs seit einem Jahr ein Schnippchen geschlagen zu haben!* Beide strahlten so glücklich in die Kamera, dass ich sie einfach nicht hassen konnte – dafür, dass sie gesund und glücklich verheiratet war, dass sie gegen Ace antrat und Waikiki falsch schrieb. Früher hätte ich Bevs angeschlagene Gesundheit vielleicht dazu benutzt, Zweifel an ihrer Befähigung fürs Amt zu säen, aber solche gemeinen Tricks waren bei dieser Kampagne wohl nicht nötig. Und auch nicht fair.

Es war zwei Uhr morgens, in Manhattan ging bald die Sonne

auf. Ich musste schlafen und wusste, dass ich dazu nicht in der Lage sein würde.

Also wandte ich mich wieder dem Computer zu, der schon so lange lief, dass er sich heiß anfühlte.

Ich hatte mir geschworen, das nie zu tun, aber dann batest du mich darum.

Er heißt Dave Kersey, und als wir uns kennenlernten, war er zweiundvierzig.

Er arbeitete als Partner bei Wales & Heinrich, einer Kanzlei mit Niederlassungen in Florida, Philadelphia und Englewood Cliffs. Keine große Sache also. Er hatte in Maryland Jura studiert und verdiente jetzt mit Schadensfällen ein kleines Vermögen. Er gehörte nicht zu den Anwälten, die mit Plakaten für sich warben, sondern wollte Klienten mit berechtigten Ansprüchen vertreten. Er versuchte wirklich, das Richtige zu tun. Zumindest behauptete er das.

Ich lernte ihn bei einem Fundraising-Dinner kennen, wir saßen nebeneinander. Dein Vater war groß und liebenswürdig, hatte schütteres Haar und genau jene Art grünlich haselnussbrauner Augen, die mich schon immer dahinschmelzen ließen. Ich erzählte ihm, wie ich an jenem Tag meinen Vater angerufen hatte, der meine Stimme erst nicht erkannt hatte. Ich erzählte das als witzige Anekdote, die ihn zum Lachen brachte. Am Ende des Abends fragte er mich, ob ich nicht mit ihm essen gehen wolle, worauf ich antwortete, ich sei in den nächsten Wochen in Maryland unterwegs. Er sagte, er könne warten.

Dave Kersey, Dave Kersey. Früher diente mir sein Name als Schlaflied, ich sang ihn dir leise vor, als ich am Ende der Schwangerschaft schwitzend und fett wie ein Wal in meinem Bett lag. Ich konnte nicht anders. David Michael Kersey. Ein netter Sohn irisch-katholischer Einwanderer, in Baltimore geboren. David Michael Kersey, der sagte, dass er mich liebte. Was gelogen war.

Laut dem Internet wohnte er noch am selben Ort, in einem monströs hässlichen Hochhaus oberhalb der Palisades am Hudson River. Sein Apartment war eine derart typische Junggesellenbude, dass ich kaum darüber hinwegkam: schwarze Ledersofas mit gläsernem Couchtisch davor, ein riesiger Fernseher und sonst nichts. Im Kühlschrank ein Sixpack und schimmliges Brot. Als ich ihn fragte, ob er sich nicht wie ein wandelndes Klischee fühle, seufzte er und antwortete: »Manchmal schon.« Abgesehen von einer Ehe, die er irgendwann Mitte zwanzig einging und die nur zehn Monate hielt, hatte er keine längeren Beziehungen gehabt. Er fuhr einen BMW, auf den er (natürlich) penibel achtgab. Er war fünf Jahre älter als ich.

Das, sagte Google, war er, in einem Gremium einer Konferenz für Prozessanwälte. Und dort hielt er an einer juristischen Fakultät in Alabama eine Rede gegen die Reform des Schadensersatzrechts. Da war er, auf Facebook, und hatte den Arm um eine Frau gelegt, die möglicherweise die Seine war. Er sah genauso aus wie früher, vielleicht noch ein bisschen kahler. Die Frau war hübsch, blond und jünger als ich. Ich klickte mich durch, um mehr herauszufinden, aber im Gegensatz zu Bev Hernandez hatte dein Vater Privates auf seinem Facebook-Account klugerweise nicht öffentlich gemacht.

Soll ich zugeben, dass allein der Anblick von Dave Kersey mit dieser schönen Frau im Arm ausreichte, um mich ins Bad stürzen zu lassen, wo ich wie ein Teenager zu weinen begann? Bis aus dem Schluchzen ein Würgen wurde und ich mich übergeben musste wie das Klischee einer verschmähten Liebeskranken? Ein Teil von mir wollte laut heulen wie der kleine Batman oder brüllen wie sein Vater, aber damit hätte ich dich geweckt, und immerhin war ich erwachsen. Und es war sieben Jahre her. Wahrscheinlich sollte ich es dir besser nicht erzählen, aber das war es, was sein Anblick bei mir auslöste.

Als ich damals auf dieser Dinnerparty neben ihm saß und mit ihm lachte und redete und lachte – anstatt Großspendern Geld für politische Kampagnen aus der Tasche zu ziehen –, hatte ich das Gefühl, uns würde nie der Gesprächsstoff ausgehen. Dann hielt Griffith, der Gastgeber des Abends, eine kurze Rede, bei der er meine besten Formulierungen benutzte, was mich normalerweise immer etwas selbstgefällig werden ließ. Doch als ich damals neben deinem Vater saß, hörte ich kaum zu und spürte nur Schmetterlinge im Bauch. Alles in mir schlug Purzelbäume, so glücklich war ich, dass das Schicksal mich mit diesem Mann zusammengeführt hatte.

Ich trank fast nie etwas, aber an diesem Abend gönnte ich mir zwei Gläser Champagner.

»Wo übernachten Sie?«, fragte er, und ich ließ mich von ihm zu meinem Hotel an einem merkwürdigen künstlichen See in Bethesda fahren. Zwei Wochen später gingen wir das erste Mal miteinander aus, es war ein Freitagabend, und wir trennten uns erst wieder am Montagmorgen.

Ich hoffe, es ist dir nicht unangenehm, das über deine Eltern zu erfahren, aber ich gehe davon aus, dass du jetzt erwachsen genug bist. Und obwohl wir ewig Kinder bleiben, wenn es um das Liebesleben unserer Eltern geht, sollte ich dir wohl sagen – ganz unabhängig davon, was danach geschah oder was in Zukunft geschehen wird –, dass dein Vater damals ein echter Gentleman war.

In diesem Augenblick seufztest du auf und tratst deine Decke weg, und ich war froh, in diesem Augenblick nicht in deiner Reichweite zu liegen wie damals, als du mich einmal in den Bauch getreten hast, direkt auf die brennende Narbe.

Bevor ich es mir anders überlegen konnte, klickte ich in das Messenger-Feld bei Facebook und schrieb:

Lieber Dave,

ich weiß, es ist lange her, aber ich würde gern mit Dir reden. Es gibt etwas Wichtiges, das ich mit Dir besprechen muss. Ruf mich an, wenn Du möchtest, oder schick mir Deine Nummer. Da es etwas Persönliches ist, würde ich es lieber nicht per Mail schreiben. Danke für Dein Verständnis.

Grüße

Karen Neulander

Ich fügte meine Telefonnummer hinzu und drückte auf *Senden*. Danach ging ich ins Bad und ließ mich zu Boden sinken, um auf den Sonnenaufgang zu warten oder auf dich und vielleicht auch auf meinen Raketenrucksack – was immer zuerst käme.

KAPITEL 3

Diesen Donnerstag kehrte dein Cousin Ross aus Guatemala zurück, was alle in helle Aufregung versetzte. Ross war der Brad Pitt in der Familie meiner Schwester: unglaublich gutaussehend, vielseitig interessiert und redegewandt. Weißt du noch, wie er um neun Uhr morgens am Flughafen auftauchte, verschwitzt, mit verstrubbelten Haaren und einem echten Bart, und unter seinem Hemdsärmel lugte tatsächlich ein Tattoo hervor? Zu Hause angekommen, schlief er mitten auf dem Sofa ein, weswegen wir einen Großteil des Vormittags auf Zehenspitzen um den schlafenden Prominenten in unserer Mitte herumschlichen und ihn bestaunten. Dustin, der seinen Bruder vergötterte, briet ihm eine große Pfanne fragwürdig aussehender Rühreier, die Stunden später unter Klarsichtfolie geronnen. Du hingegen warst von Ross weniger beeindruckt und ärgertest dich bloß, dass er das Zimmer blockierte, wo du mit Dustin an diesem windigen und regnerischen Tag Wii spielen wolltest.

Mein Magen hatte sich beruhigt, was mich den Anruf beim Arzt aufschieben ließ. Dennoch war deine Tante Allison unablässig hinter mir her und behauptete, ich äße zu wenig. Ich hätte ihr die Wahrheit sagen können – dass mir beim Gedanken an

Dave Kersey der Appetit vergangen war –, aber dann hätte ich über ihn reden müssen, und das wollte ich auf keinen Fall. Außerdem schienst du das Thema vergessen zu haben, was ich als Zeichen nahm, wie wankelmütig du in deinen Wünschen warst, wie wankelmütig Kinder doch überhaupt waren.

Andererseits hattest du am Vortag wieder Tennis gespielt.

»Er ist wach!«, brüllte Dustin um ein Uhr mittags und brachte sofort die Pfanne mit kaltem Rührei heran. Und tatsächlich war Ross aufgestanden, hatte sich geduscht und saß nun wieder, nur in Jeans, auf der Couch. Man sah seine gepunkteten Boxershorts dekorativ über den Hosenbund lugen, über seinen Arm schlängelte sich ein bizarres Tribal.

»Ach du Scheiße, ist das ein *Tattoo?*«, fragte Camilla, noch bevor Allie etwas sagen konnte.

»Aus Henna«, erwiderte Ross. »Geht wieder weg.«

»Sieht schön aus, Ross«, sagte Allie, woraufhin Camilla die Augen verdrehte.

Wir machten es uns auf dem dicken Teppich bequem, um Ross' Abenteuergeschichten zu lauschen. Wie Habseligkeiten aus einem Wanderbündel hatte er auf dem Couchtisch einige Gegenstände platziert, Steine, Objekte aus Metall und Holz.

»Was hast du da?«, fragte Allie mit mäßigem Interesse und zeigte auf eine kleine Holzstatue, blickte dabei jedoch bewundernd zu ihrem Sohn, der so stark war und so engagiert für die Armen und Schwachen dieser Welt. Ich kannte diesen verzückten Ausdruck auf dem Gesicht meiner Schwester, weil ich ihn auf Fotos von mir selbst gesehen hatte: Genauso sah ich aus, wenn ich dich anschaute.

»Die ist für dich, Mom«, antwortete er. »Ich habe sie aus Petén mitgebracht, wo wir uns mit den dort ansässigen Holzarbeitern getroffen haben. Sie soll Ixchel darstellen, die Fruchtbarkeitsgöttin der Maya.«

»Ist nicht wahr.«

»Asha«, fügte er hinzu, »die mir mein Tattoo gemalt hat, sagt, wenn man damit meditiert, hilft das gegen Schlafprobleme und Stress.«

»Wer ist Asha?«, fragte Camilla.

»Sie kommt aus Indien«, erklärte Ross, »und hat bei der NGO gearbeitet, die unseren Trip organisiert hat. Eine NGO«, erklärte er uns Ahnungslosen für den Fall, dass wir es nicht wussten, »ist eine *Nichtregierungsorganisation.*«

»Gibt es nicht genug Arme in Indien?«, fragte meine Schwester. »Was wollte sie denn in Guatemala?«

»Sie hat besondere Qualifikationen«, erwiderte Ross. »Sie ist so was wie eine Sozialarbeiterin.«

»Was hast du mir mitgebracht?«, fragte Dustin und nahm daraufhin erfreut einen verzierten Lederball entgegen. Für Camilla und mich gab es Kupferarmbänder und für Bruce eine Tüte frische Kaffeebohnen aus Guatemala, damit er mal *echten* Kaffee schmecken konnte.

»Und das«, sagte er, nahm ein handgroßes Objekt und reichte es dir mit großer Geste, »ist eine magische Kraftkalebasse.«

»Was?«

»Gibt's so was wirklich?«, fragte Camilla, aber du nahmst einfach den verschrumpelten Kürbis und begutachtetest ihn in aller Ruhe.

»Was bewirkt die?«, fragtest du.

»Sie schützt dich vor bösen Menschen und allen, die dir schaden wollen. Sie macht dich stark. Wenn du sie beim Schlafen unters Kopfkissen legst, hält sie die bösen Geister von deinen Träumen fern.« Ich dachte nur: *Ernsthaft, Ross? Was Besseres ist dir nicht eingefallen?*

»Danke«, sagtest du. »Ich glaube, das kann ich brauchen.«

»Aber du weißt schon, dass es keine Geister gibt, oder?«, fragte ich, denn auf gar keinen Fall solltest du wieder Alpträume bekommen. Das hätte mir noch gefehlt. »Du weißt schon, dass das alles nur Einbildung ist?«

»Ja, das weiß ich«, erwidertest du abschätzig. »Nur für alle Fälle«, fügtest du hinzu und hieltest den Kürbis in beiden Händen, während Ross den restlichen Plunder verteilte und sich dann auf sein Zimmer zurückzog, um Asha anzurufen, solange es in Mumbai noch Tag war.

»Ich fasse es nicht, dass er den ganzen langen Weg nach Guatemala gefahren ist, nur um dir einen Kürbis mitzubringen«, sagte ich zu dir.

»Mom, das ist eine *Kalebasse.*« Der Unterschied war sehr wichtig für dich, und zwar seit dem Tag im letzten Jahr, als wir ins Hudson Valley gefahren waren, um Äpfel zu pflücken, und mit mehr Äpfeln, Kürbissen und Kalebassen zurückkamen, als in unsere winzige Küche passten. Einen Teil schenkten wir dem Obdachlosen aus unserem Viertel, damit er sie an Touristen verkaufen konnte.

»Asha also«, bemerkte Allie. »Wie finden wir das?«

»Hübscher Name«, sagte ich.

»Wurde auch Zeit, dass er eine Freundin hat«, verkündete Camilla und rollte sich auf den Bauch. »Ich dachte schon, er wäre schwul.«

»Sei still, Camilla.«

»Was ist schwul?«, fragtest du, was komisch war, weil du normalerweise alles ignoriertest, was du noch nicht verstandst. So war es mir auch gelungen, einen Großteil meiner medizinischen Behandlungen vor dir verborgen zu halten.

»Das ist, wenn Jungs mit Jungs zusammen sind oder Mädchen mit Mädchen«, erklärte Dustin. »Ist komisch.«

»Nein, ist es nicht«, widersprach Camilla. »Ich meine, es ist schon anders, aber nicht komisch. Ich kenne mindestens sieben Homosexuelle.«

»Ehrlich?«, fragtest du mit weit aufgerissenen Augen.

»Mindestens. Eher mehr. Und ein paar Mädchen in meiner Klasse sind bi.«

»Stopp, ich finde, das reicht«, unterbrach ich sie. »Ist es nicht Zeit fürs Mittagessen?«

»Was bedeutet bi?«

»Ehrlich, Camilla«, mischte Allie sich ein. »Ich mach schnell einen Salat.«

»Es bedeutet, dass man sowohl mit Jungen als auch mit Mädchen zusammen sein kann«, erklärte Camilla. »Die menschliche Sexualität bietet eine große Bandbreite.«

»Ach so«, sagtest du. Ich beschloss, mich nicht weiter einzumischen. Schließlich würde es immer so sein, wenn du erst hier lebtest und Dustin und Camilla praktisch deine Geschwister wären. Wahrscheinlich hätte das auch was für sich. Ich hatte nie ältere Geschwister, und mit meinen Eltern konnte man weder über Homosexualität oder Heterosexualität noch überhaupt über Sexualität reden.

In der Grundschule hatte ich – als letzte Unwissende – eines

Tages erfahren müssen, woher die Babys kamen, was mich so schockierte, dass ich sofort nach Hause raste, um meine Mutter zu fragen, ob das stimme.

»Ja«, seufzte sie.

»Du und Dad habt – *das* getan?«, fragte ich entgeistert. »*Zwei Mal?*«

Ich weiß noch, dass sie mit dem Rücken zu mir stand und irgendetwas am Herd machte. Da ihre Schultern leicht zuckten, dachte ich, sie würde weinen, weil sie sich schämte, dass es herausgekommen war.

»Ja«, sagte sie zuckend. »Zwei Mal.«

»Hmpf«, machte ich, noch immer empört, aber ein kleines bisschen stolz darauf, was meine Eltern alles auf sich genommen hatten, um mich und meine Schwester zu bekommen.

Ehrlich gesagt hatte ich mich schon gefragt, ob ich dir nicht die ganze Geschichte erzählen sollte: woher die Babys kommen, was Sex ist und all das. Du warst zwar erst sechs, aber in manchen Büchern wurde dazu geraten, es möglichst früh zu erklären, um die Kinder mit einem gesunden Verständnis menschlicher Sexualität aufwachsen zu lassen. Ich war eigentlich der Meinung, das beste Verständnis eines sechsjährigen Kindes von menschlicher Sexualität sei *gar keines*. Ein Kind, das noch an die Zahnfee glaubte, brauchte doch nichts über Erektionen und Eileiter zu wissen. Andererseits: Selbst wenn ich dir nichts erzählte, bestand durchaus die Möglichkeit, dass du schon frühzeitig alles von deinen Cousins erfuhrst, und das wahrscheinlich wesentlich plastischer, was unter Umständen keine gute Alternative war.

Doch ein Gespräch über Sex und Babys könnte allzu leicht zu

den ganz heiklen Themen führen. Etwa zu deinem Vater und dem Umstand, dass dein Vater und ich diese sehr speziellen und leicht abschreckenden Dinge miteinander getan hatten, über die ich sprach, und dass ich es mit ihm hatte tun wollen, weil ich in ihn verliebt war, und so weiter – welch ein Graus, sich seine Mutter in diesem Zusammenhang vorzustellen!

Und noch schlimmer wäre es, wenn wir wirklich über so etwas wie Gebärmutter, Eierstöcke und Samenleiter redeten und du verstündest, dass genau das, was dich ins Leben gerufen hat – der beste, magischste Teil von mir –, gerade dabei war, mich umzubringen. Das erschien mir ein wenig überladen.

Daher dachte ich mir, dass ich dir meinen Rat in Sachen Sexualität auch einfach aufschreiben könnte, den ich dir sonst – sofern ich zur rechten Zeit den Mut dafür aufgebracht hätte – als Teenager gegeben hätte. Wenn dir das also zu peinlich sein sollte, kannst du das jetzt ruhig überspringen. Wenn nicht und wenn ich davon ausgehe, dass du eines Tages hetero wirst (wobei ich, das musst du mir glauben, keine Präferenz habe, was deine Sexualität betrifft – folge einfach deinen Neigungen, aber schütz dich immer dabei), dann solltest du stets im Hinterkopf behalten, dass Sex für junge Frauen etwas komplizierter ist als für junge Männer. Auf jeden Fall ist Sex fast nie wie im Kino, zumindest nicht für die meisten Frauen. Mein Rat lautet also: Sei geduldig mit ihr und so aufmerksam wie möglich – und ruf sie um Himmels willen am Tag danach an. Sei niemals fies zu jemandem, wenn es um Sex geht.

Am nächsten Morgen schaute ich reflexartig bei Facebook nach Nachrichten, bevor ich nach meinen E-Mails sah. Als das kleine

Mailbox-Icon aufblinkte, wusste ich, was los war. Ich holte tief Luft und klickte darauf. Der Bildschirm erstarrte kurz, und diese Sekunde hätte ich nutzen können, um mich auszuloggen und alles abzublasen. Ich stellte mir schon vor, wie ich zu dir sagte: »Tut mir leid, Schatz, aber er hat nie zurückgeschrieben«, doch ich hatte versprochen, bei der Wahrheit zu bleiben, und sah kurz vom Bildschirm zu dir hinüber, wie du mit Dustin und Ross Uno spieltest. Es gab kein Zurück. Ich hielt den Atem an und klickte.

Liebe Karen,
schön, von Dir zu hören. Ich hoffe, es geht Dir gut. Ich rede gern mit Dir, worüber auch immer. Am besten morgens vor acht im Büro oder in der Mittagspause, obwohl ich da manchmal mit Klienten essen gehe.

Darunter stand seine Büronummer, und das war's.

Es kam mir absurd vor, dass er nicht wusste, worum es ging – warum sonst hätte ich mich je bei ihm melden sollen? Wieso konnte er nicht einmal jetzt zugeben, dass es um unser Kind ging? Er hatte doch gewusst, dass ich schwanger war. Hätte er sich da nicht wenigstens fragen müssen, ob dieses Kind geboren worden war?

Allie ist der Meinung, er müsse davon ausgegangen sein, dass ich dich nicht bekommen hätte – dass ich dich abgetrieben hätte. (Es tut mir leid, Jacob, das auch nur zu erwähnen, doch vergiss nicht, dass ein Kind für seine Mutter zu diesem Zeitpunkt noch so fremd ist wie der Mond. Allerdings hatte ich deinem Vater erklärt, dass eine Abtreibung für mich nie in Frage käme. Das gehörte zu all dem, was ich mir sorgsam zurechtgelegt hatte, um es ihm bei jenem Treffen zu sagen, das sich als unser letztes erwies. Aber ich kam nicht dazu, meine Rede zu Ende zu bringen.)

Als ich schwanger wurde, waren dein Vater und ich fünf Monate zusammen. Zwar hatte er immer erklärt, er wolle keine Kinder, doch ich ging davon aus, dass er mit der richtigen Frau seine Meinung schon ändern würde. Ehrlich gesagt ging ich auch davon aus, dass ich nur »Ich bin schwanger« sagen müsste, und sein Gesicht würde vor lauter Zärtlichkeit weich werden, und er würde mich in die Arme nehmen und etwas wie »Heirate mich« sagen, und bei deiner Geburt hätten wir uns längst ein schönes Nest im Norden von New Jersey gesucht.

Stattdessen sah er mich befremdet an und bat mich, das zu wiederholen. Ich saß halbnackt in seinem Bett und hätte zumindest eine zärtliche Geste oder etwas in der Art erwartet.

»Das kann nicht stimmen«, sagte er, nachdem ich es noch zweimal wiederholt hatte, zuerst sehr zurückhaltend, dann lauter. »Ich habe mich vor drei Jahren sterilisieren lassen.«

»Was bitte?«, fragte ich. »Im Ernst? Und das hast du mir nie erzählt?«

»Ich hab dir erzählt, dass ich keine Kinder will«, entgegnete er. »Ich sagte, ich hielte es angesichts der Erderwärmung und der nuklearen Bedrohung und all der anderen globalen Probleme nicht für richtig, noch mehr Menschen in die Welt zu setzen. Außerdem habe ich mir in meinem ganzen Leben nicht eine einzige Sekunde ein Kind gewünscht. Ich hatte einfach nie den Wunsch.«

»Du willst wegen der *Erderwärmung* keine Kinder?«

»Ich will keine Kinder, weil ich einfach keine Kinder will«, sagte er. Tut mir leid, Jacob, ich weiß, dass es möglicherweise schmerzhaft für dich ist, das zu hören, aber es ist die Wahrheit. »Wollte ich nie.«

»Aber wieso nicht?«

»Wieso? Ich hab dir doch gerade erklärt, wieso nicht.«

»Es fällt mir nur schwer, das zu glauben – ich meine, du wärst ein großartiger Vater.«

»Ich kann kein großartiger Vater sein, wenn ich keine Kinder will, Karen.«

»Ich versteh es einfach nicht«, sagte ich. »Alle wollen doch Kinder. Tief im Innern, meine ich.« Oder nicht? Tief im Innern, wo es darauf ankam?

»Ich nicht«, wiederholte Dave.

»Ich fasse es nicht, dass du dich hast sterilisieren lassen, ohne es mir zu erzählen.« Ich zog mir das Laken bis zur Brust und wünschte nur, ich hätte außer dem schwarzen Kleid, was ich am Vorabend getragen hatte, etwas zum Anziehen mitgebracht.

»Karen, ich habe dir alles erzählt, was du wissen musstest«, sagte er und klang so verärgert, wie ich ihn noch nie gehört hatte. »Ich sagte, ich wollte keine Kinder. Das weiß ich genau. Das sage ich *allen* Frauen, mit denen ich zusammen bin. Und dann glauben sie mir nicht. Sie glauben, sie könnten mich ändern. Meine erste Ehe scheiterte daran, dass meine Frau einfach nicht glauben konnte, dass ich keine Kinder will.«

Das war also der Grund gewesen? Das hatte ich nicht geahnt. Kurz barg er sein Gesicht in den Händen. Er fasste mich nicht an. Dann streifte er sich ein T-Shirt über und stand da, halb angezogen, halb kahl, lächerlich. »Bist du sicher, dass es von mir ist?«, fragte er. »Denn Sterilisationen sind zu neunundneunzig Prozent sicher. Hat zumindest der Arzt behauptet.«

Das war der Moment, als ich zu weinen anfing.

Nun warf ich einen Blick auf die Uhr, und als ich sah, dass es in New York gegen Mittag war, dachte ich, scheiß drauf, ich habe in den letzten sechs Jahren sein Kind allein aufgezogen, also tut's mir wirklich leid, falls es gerade kein passender Zeitpunkt sein sollte.

»David Kersey«, meldete er sich gleich nach dem ersten Klingeln. Da ich mit einer Sekretärin gerechnet hatte, legte ich spontan auf. Schwer atmend presste ich mir die Hand aufs Herz, um mich zu beruhigen. Ein paar Minuten starrte ich das Telefon an, weil ich dachte, es könnte jede Sekunde klingeln. Aber das tat es nicht. Ich holte tief Luft und überlegte, ob ich ein Xanax nehmen sollte, oder ein halbes, verbot mir dann jedoch, so albern zu sein. Außerdem hatte ich eine Vereinbarung mit mir selbst, auch in Zeiten schlimmster Krebskrise keine Beruhigungstabletten vor dem Lunch zu nehmen. Ich griff wieder zum Hörer und wählte langsam, wobei ich versuchte, gleichmäßig zu atmen.

»David Kersey.«

Seine Stimme klang wie früher, vollkommen unverändert. So hatte er auch geklungen, als er »Ich liebe dich« sagte, und ebenfalls, als er sagte: »Genau so eine Situation wollte ich vermeiden.«

»Dave, hier ist Karen Neulander.«

»Karen«, erwiderte er. »Hey, schön, von dir zu hören.«

Was denn, waren wir etwa alte Baseballkumpel? *Schön, von mir zu hören? Hey?* »Ja, also«, sagte ich. Ich hätte mir vorher einen Spickzettel machen sollen. »Hallo.«

Eine Pause trat ein, deutlich länger als in einem normalen Gespräch.

»Alles in Ordnung mit dir?«

Ich holte tief Luft und schloss die Augen. Mit der einen Hand umklammerte ich den Hörer, mit der anderen den löchrigen Rand meines T-Shirts und zwirbelte ihn wie wild.

»Dave, ich habe einen Sohn«, erklärte ich. »Ich meine: *Wir* haben einen Sohn. Ich weiß nicht, ob du dich erinnerst – was ich sagen will …« Herrgott! Jetzt hatte mein T-Shirt noch ein Loch. »Vor knapp sieben Jahren habe ich dir gesagt, dass ich schwanger bin. Wir haben einen sechsjährigen Sohn. Sein Name ist Jake.«

Jetzt herrschte auf der anderen Seite der Leitung Totenstille, obwohl ich meinte, deinen Vater Luft holen zu hören.

»Und er möchte dich gern kennenlernen«, fügte ich nach einer weiteren Minute Pause hinzu. »Ich habe ihm versprochen, dich zu fragen, ob du ihn auch kennenlernen willst, doch wenn nicht, ist das vollkommen in Ordnung. Ich kenne ja deine Einstellung zu Kindern.«

Immer noch Schweigen. Ich wusste nicht, was ich noch sagen sollte.

Schließlich kam etwas, halb erstickt: »Wir haben einen Sohn?«

»Ja«, sagte ich.

»Einen Sohn?«, wiederholte er.

»Ich hatte dir doch gesagt, dass ich schwanger bin«, erwiderte ich. »Ich gehe davon aus, du weißt, dass Schwangerschaften in der Regel zu einem Kind führen?«

»Aber ich hätte nicht … nicht in einer Million Jahre hätte ich gedacht, dass du das Baby behalten würdest. Du hast gesagt …«

»Was habe ich gesagt?«

»Du hast gesagt, du würdest …«

»Er wurde im Columbia Presbyterian geboren«, sagte ich mit immer noch zugekniffenen Augen. »Am 20. Januar 2007.«

»Karen … ich …«

»Was!« Ich öffnete die Augen, mit einem Mal auf Streit aus. Komm schon, Dave Kersey, sag irgendwas. Nur ein falsches Wort!

»Sein Name ist Jake?«, fragte dein Vater.

»Ja«, antwortete ich. Dein Vater hat deinen Namen erst erfahren, als du sechs warst, Jakey. Er forderte mich mehrfach auf, ihn zu wiederholen. »Jake«, sagte ich. »Jacob.«

»Er will mich kennenlernen?«

»Ja«, sagte ich.

»Jake?«

»Ja, so lautet sein Name.«

»Jake?«

Und da dachte ich, dass Dave Kersey vielleicht schwachsinnig geworden war, denn hatte ich das nicht gerade erst gesagt? Zugegeben, wenn man erfuhr, dass man einen Sohn hatte, stellte man vielleicht ein paar Fragen wie: Wo lebt er, und wie sieht er aus? Aber dieser Kerl, dein Vater, fragte immer wieder nur nach dem, was ich ihm bereits mehrfach gesagt hatte, und zwar in einem Tonfall, den ich vorher noch nie bei ihm gehört hatte.

»Jacob«, sagte er, als probierte er diesen Namen aus.

»Er möchte dich treffen«, fügte ich rasch hinzu, um einen Tobsuchtsanfall zu unterdrücken. »Ich habe ihm versprochen, nachzufragen, ob du das auch möchtest. Wenn nicht, ist das überhaupt kein Problem. Mir ist es völlig egal. Aber er ist mein Sohn, und ich liebe ihn, also habe ich versprochen, es wenigstens zu versuchen.«

»Wann?«

»Wann was?«

»Wann kann ich ihn treffen?« Und jetzt klang die Stimme deines Vaters wirklich erstickt, Jake. Beinahe, als würde er weinen. Herrgott noch mal. Dieser verdammte Idiot!

»Wir sind gerade in Seattle.«

»Wohnt ihr dort?«

»Wir wohnen in Manhattan, besuchen aber gerade meine Schwester. Erinnerst du dich noch an sie, Allie?« Ich wusste, dass er sich nicht erinnerte. »Wir verbringen hier den Sommer und kommen danach wieder zurück nach Manhattan. Dann kannst du ihn treffen.«

»Muss ich bis dahin warten?«

»Wie bitte?«

»Ich dachte nur ... bis zum Ende des Sommers?«

Das sollte wohl ein Scherz sein. Vor sieben Jahren wollte er um keinen Preis Kinder, und jetzt konnte er keine zwei Monate abwarten, um eins kennenzulernen? Wie war das möglich? Noch vor zwei Minuten hatte er nicht einmal gewusst, dass es dich gab, und nun konnte er es nicht aushalten, so lange zu warten, dich zu treffen? Vor zwei Minuten hatte er sich wahrscheinlich gerade erst daran erinnert, wer ich war.

»Tut mir leid, Dave«, sagte ich. »Wir verbringen den Sommer in Seattle. Aber wenn du interessiert bist, können wir gern etwas vereinbaren, sobald wir –«

»Ich könnte nach Seattle kommen.«

»Was? Nein, bist du verrückt? Nein.«

»Doch, das könnte ich«, beharrte er. »Ich könnte kommen. Also, wenn es für dich passt, das ist klar, aber wirklich, ich könnte jederzeit kommen. Zum Beispiel übers Wochenende oder wenn ich ein paar Termine verschiebe.«

»Wieso?«

»Wieso?«

»Wieso willst du ihn plötzlich unbedingt treffen? Wozu die Eile?«

»Ich wollte nur …« Er klang verwirrt. »Du hast doch gesagt, er wolle mich kennenlernen. Und ich will ihn auch kennenlernen …«

»Schon klar, aber …« Ehrlich, Jake, einer der Gründe, warum ich in meinem Job so gut und so gefragt war, war, dass ich nie um Worte verlegen war. Ich wusste immer, was ich sagen, wie ich ein Argument vorbringen sollte. Es verschlug mir sonst nie die Sprache. »Dave, wir wohnen zwanzig Minuten von dir entfernt. Wieso musst du da unbedingt in einen Flieger steigen? Kannst du nicht einfach warten, bis wir wieder zurück sind?«

»Ich hatte ja keine Ahnung …«, stotterte dein Vater. »Wirklich, ich wusste es nicht. Ich wusste nicht, dass ich einen Sohn habe. Du hast nie …«

»Wieso kann es sein, dass du es nicht wusstest?«

»Weil du es mir nie gesagt hast!«

»Ich habe dir gesagt, dass ich schwanger bin!«

»Aber als wir das letzte Mal miteinander redeten … da meintest du, du würdest nicht …«

»Du hast gesagt, dass du Kinder hasst. Dass du nie eins wolltest. Weswegen du dich sogar hattest sterilisieren lassen, Dave! Also entschuldige bitte, dass ich den Eindruck hatte, du wolltest im Leben dieses Kindes keine maßgebliche Rolle übernehmen.«

Daraufhin verstummten wir beide. Ich schätze, deinem Vater verschlug es als Prozessanwalt ebenso selten die Sprache, und ein winziger unschuldiger Teil in mir war gerührt, dass er so … so engagiert wirkte. So bewegt. So verzweifelt.

»Karen, ehrlich, mir ist nicht ein einziges Mal in den Sinn gekommen, dass du das Baby bekommen könntest.«

»Ich habe nie gesagt, dass ich es abtreiben würde.« (Jacob, von dem Moment an, als ich den Test sah, wusste ich, dass du zu mir gehörst, dass ich dich bekommen würde, dass ich dein wunderschönes Gesicht sehen würde.)

»Ich habe einfach angenommen ...«, setzte dein Vater an.

»Angenommen? Wer nimmt denn so etwas einfach an?«

»Ich dachte nur ... du weißt schon. Eine alleinstehende Frau mit einer großen Karriere vor sich. Ich dachte ... Alles, was du sagtest ...«

»Was sagte ich?«

»Dass du ... ich weiß nicht. Du hast immer so darauf gepocht, dass jede Frau das Recht hat abzutreiben.«

O mein Gott. »Und deswegen bist du davon ausgegangen, dass ich es natürlich abtreiben lassen würde?«

»Du warst doch bei dieser Demo in DC«, sagte er und klang mehr als zerknirscht. Jetzt wusste ich mit Gewissheit, dass dein Vater ein Brett vorm Kopf hatte, ganz gleich, was sich sonst noch über ihn herausstellen mochte.

»Und als ich nichts mehr von dir hörte, schien es so klar ... ich meine, ich ging einfach davon aus, dass du das Baby nicht bekommen hattest. Denn sonst hättest du mir doch davon erzählt.«

»Wieso hätte ich dir das erzählen sollen?«

»Weil ich der Vater bin!«

»Und die Erderwärmung?«

»Wovon redest du?«, fragte Dave.

»Du hast gesagt, du möchtest keine Kinder! Und du hast angedeutet, das Baby wäre nicht von dir!«

»Ich war in Panik«, erwiderte er. »Aber du hast es mich danach nicht mehr in Ordnung bringen lassen. Ich hab dich angerufen … und du hast nie zurückgerufen.«

»Du hast nie angerufen!«

»Natürlich habe ich das!«

Er log – dein Vater war ein Lügner.

»Du hast mir gesagt, du wolltest keine Kinder.«

»Karen …«

»Wegen der Erderwärmung«, wiederholte ich schrill. »Und der nuklearen Bedrohung!«

Daraufhin schwieg er. »Karen!«, sagte er schließlich mit brechender Stimme. »Wieso hast du mir nie gesagt, dass du dieses Baby bekommen hast?«

»Dave«, erwiderte ich. »Wieso hast du nie gefragt?«

Wir waren in einer Sackgasse gelandet, in der wir wohl noch eine ganze Weile feststecken würden, während jeder von uns beiden an seinem Ende des Kontinents ins Telefon weinte. Dennoch wusste ich ganz sicher, dass ich recht hatte, dass mir, als er mich an jenem Tag rauswarf, bevor ich ihm auch nur die Hälfte dessen hatte sagen können, was ich ihm sagen wollte, nur eines zu tun blieb: mich aufzurappeln, das hinter mir zu lassen und ein neues Leben für dich und mich aufzubauen. Trotzdem fragte sich ein winziger, argloser Teil in mir, ob die letzten sieben Jahre unseres Lebens unter dem Schatten eines schrecklichen Missverständnisses verlaufen waren.

Und dann fiel mir wieder ein, dass Dave Kersey in seinem ganzen Leben nur eine Sache gut gemacht hatte, nämlich mich zu schwängern, und dass er davon abgesehen ein schrecklicher Mensch war und ich jeglichen Gedanken an ein Missverständnis aus meinem Kopf verbannen musste, weil ich mich sonst nie davon erholen würde. Ich würde auf der Stelle tot umfallen, und das, obwohl mir doch offiziell noch Zeit blieb.

»Ich würde wirklich gern nach Seattle kommen«, sagte er. »Wenn du nichts dagegen hast, meine ich.«

»Aber du hast gesagt, du wolltest keine Kinder«, flüsterte ich, damit er nicht hörte, dass ich weinte.

»Ich habe mich verändert«, sagte er.

Er hatte sich verändert. Na großartig. Wenn du nicht gewesen wärst, Jakey, hätte ich das Telefon genommen und es in den See geschmissen. Stattdessen wischte ich mir mit dem löchrigen T-Shirt die Nase ab und atmete kurz durch, um mich zu beruhigen. Vor meinem Fenster sah ich hinter der Rasenfläche, wie der See unter dem aufziehenden Unwetter in Unruhe geriet. Auf der I-90, auf der Brücke nach Bellevue, stauten sich die Autos. Mehr als einmal hatte ich daran gedacht, einfach in unseren kleinen Mietwagen zu steigen und loszubrausen, hoch nach Kanada, die I-90 bis zur I-5, fort von diesem verdammten Ort, vom Krebs und sogar von dir, mein Liebling. Einfach allem entfliehen und in Ruhe sterben.

»Erzählst du mir etwas über ihn?«, fragte Dave.

Ich wischte mir die Tränen von den Wangen. »Über Jake?«

»Ja«, sagte Dave. »Erzähl mir ... erzähl mir irgendwas. Wie ist er?«

Mein Gesicht war heiß und feucht. »Herrgott, Dave, ich weiß nicht, wo ich anfangen soll. Er ist ein wundervoller Junge«, antwortete ich. Und dann, weil es der Wahrheit entsprach: »Er sieht dir sehr ähnlich.«

Das hätte ich nicht sagen sollen. Denn dein Vater fing wieder an zu weinen, ganz leise, aber ich hörte sein unterdrücktes Schniefen.

Ich blendete das aus. »Er ist sehr klug, aber schüchtern. Er handelt intuitiv. Mit vier hat er angefangen lesen zu lernen. Er liebt Videospiele und hat eine Menge Freunde in seiner Vorschule. Er geht auf die PS 199. Gerade hat sich herausgestellt, dass er ein Talent für Tennis hat.«

»Kann ich ihn sehen – kannst du mir ein Foto schicken?«

»Natürlich, aber ... Hier«, sagte ich und wischte mir noch einmal Nase und Wangen ab. »Ich habe dich gerade zu meinen Facebook-Freunden hinzugefügt. Wenn du mein Profil anklickst, kannst du alles sehen. Eigentlich sein ganzes Leben.«

Daraufhin herrschte am anderen Ende der Leitung Stille. Ich hörte nur leises Klicken, jedenfalls kam es mir so vor.

Und da er sich durch mein Profil klickte, klickte ich mich selbstverständlich auch durch seins. Dave Kersey. Dave Kersey. Wie oft hatte ich davon geträumt, Dave Kersey übers Internet zu stalken. Ich hatte es mir nie gestattet. Nun konnte ich es.

Dave hatte sich gerade ein Sommerhaus gekauft, ein schönes auf Long Island. Er fuhr immer noch einen BMW. Seine Ehefrau – natürlich gab es eine – hieß Megan.

Sie war jung, blond und ziemlich hübsch.

Er scrollte sich durch mein Leben, während ich mich durch seines scrollte, und dabei hörten wir einander atmen, erschauern, manchmal wimmern und hofften, der andere nähme unsere Rührung vielleicht doch nicht wahr oder sähe es dem anderen nach. »O mein Gott«, seufzte dein Vater mehr als einmal. »Er sieht genauso aus wie ...«

»O mein Gott«, sagte ich, als ich ihre Hochzeitsfotos sah. Drei

Jahre zuvor im Sommer. Im Botanischen Garten in der Bronx, wo ich immer hatte heiraten wollen, wenn es so weit gekommen wäre. Megan hatte rote Frangipani-Blüten in ihrem Brautstrauß und trug seinen Nachnamen mit Bindestrich an den ihren angehängt.

»Er sieht wundervoll aus«, sagte Dave schließlich. »Du hast recht.«

»Ich weiß«, erwiderte ich. »Und das ist nicht annähernd das Beste an ihm.«

»Er will mich wirklich kennenlernen?«

»Ja«, sagte ich.

»Darf ich kommen?«, fragte er. »Nach Seattle?«

»Wirst du deine Frau mitbringen?« Das hatte ich eigentlich nicht fragen wollen, es war mir rausgerutscht. Seine Frau. Vermutlich war sie der Grund für seine Veränderung.

»Megan ist beruflich viel unterwegs«, erklärte er. »Ich käme eher allein.«

»Okay«, sagte ich.

»Heißt das, ich darf kommen?«

»Kann ich darüber nachdenken?«

»Natürlich«, sagte er, und obwohl es eigentlich nichts mehr hinzuzufügen gab, beendete keiner von uns das Gespräch.

»Herrgott, ich fasse es einfach nicht, dass du mir nie von ihm erzählt hast, Karen«, sagte er schließlich.

»Tut mir leid«, erwiderte ich. Auch das hatte ich eigentlich nicht sagen wollen, aber es war mir eben so rausgerutscht.

»Mir auch«, bemerkte er. »Ich war so ein … so ein Idiot! Ich fasse es nicht, was ich verpasst habe.«

»Tja«, sagte ich. »Wenn du willst, kannst du ihn jetzt kennenlernen.«

»Das möchte ich sehr gern.«

»Okay«, sagte ich. »Dann sag ich dir Bescheid, wann es passt.« Und damit stand fest, dass dein Vater nach Seattle kommen würde.

»Danke, Karen«, sagte dein Vater. »Danke. Ich weiß ... ich weiß ...«

Was wusste er? Was hätte er denn schon wissen können!

»Danke, dass du dich gemeldet hast«, sagte er schließlich.

»Ich hab es für Jake getan«, entgegnete ich und beendete abrupt das Gespräch, bevor mir noch etwas herausrutschen konnte.

Irgendwie überstand ich den Rest des Tages und des Abends, brachte dich ins Bett und las dir deine Gutenachtgeschichte vor, ohne deinen Vater zu erwähnen. Du warst voller Vorfreude, weil Ross am nächsten Tag mit Dustin und dir nach Alki Beach fahren wollte, wo es geraspeltes Wassereis nach hawaiianischer Rezeptur gab und du bei gutem Wetter mit den Füßen durchs Wasser toben könntest.

Nachdem du eingeschlafen warst, lag ich noch eine Weile bei dir und streichelte dein hellbraunes Haar. Als Kleinkind warst du immer blond, deine Haare waren erst in letzter Zeit dunkler geworden, doch fühlten sie sich immer noch so weich an wie der zarte Flaum eines Babys, wie Engelsflügel. Ich fuhr mit den Fingerspitzen über deine winzigen Ohrläppchen, und hätte ich damit nicht riskiert, dich zu wecken, hätte ich auch die geschwungene Kontur deiner Lippen nachgezeichnet.

Später kam Allie zu mir ins Gästehaus, und wir sahen uns gemeinsam das Facebook-Profil deines Vaters an. Es war nach Mitternacht, wir tranken Weißwein und wunderten uns darüber, wie wenig er bekanntzugeben hatte. Seit seiner Hochzeit mit Megan schienen die einzigen größeren Ereignisse in seinem Leben der Kauf des Hauses auf Long Island und eine zweiwöchige Kreuzfahrt nach Alaska gewesen zu sein. Im Sommer ging er oft zu den Mets und im Winter zu den Rangers, genau wie damals, und wie seine Fotos zeigten, trug er immer noch gern Polohemden und ordentlich gebügelte Chinos.

Megan schien uns da schon interessanter: Sie arbeitete für eine Großbank auf den lateinamerikanischen Märkten und sammelte emsig Vielfliegermeilen, wie man aus Daves wehmütigen Kommentaren schließen konnte: *Meine Herzensdame ist wieder in Lima. Trinke einen Mojito auf sie.* Oder: *Meine Frau ist in Chile, und ich muss mich mit einer fiesen Erkältung herumschlagen.*

Weder seine Freunde noch seine Familie schienen sich groß verändert zu haben, selbst sein Wagen schien der gleiche zu sein, allerdings wahrscheinlich ein neueres Modell. Unwillkürlich fuhr mir durch den Sinn, dass, während ich dich also zum Kinderarzt oder zum Friseur brachte, verzweifelt ein gutes Kindermädchen suchte und genervt deinen Hamsterkäfig säuberte, dir voller Stolz dabei zusah, wie du den weißen, den gelben und den orangen Gürtel bekamst, dein Vater in New Jersey einfach sein konfliktarmes Leben voller Rangers-Spiele und seichter Vergnügungen weitergelebt hatte.

»Keine Kinder also?«, bemerkte Allie, nachdem wir uns jedes einzelne seiner Bilder angeschaut hatten.

»Nein, sieht nicht so aus.«

»Wie alt ist er jetzt?«

»Fast fünfzig.«

»Und wie alt ist Megan?«, erkundigte sich Allie. »Frag Google.«

Ich klickte mich bis zu Megans biographischen Angaben bei ihrer Bank durch, wo stand, dass sie in Yale ihren Abschluss gemacht hatte. Yale. Ein paar weitere Klicks ergaben, dass sie 1992 die Schule beendet hatte. Genau wie ich.

»Sie ist in meinem Alter.«

»Sie sieht toll aus«, bemerkte Allie und vergrößerte ihr Foto. »Ich meine, du natürlich auch, aber ...«

»Sie hat keine Chemohaare, schon klar«, erwiderte ich. Stattdessen hatte Megan einen schicken Bob und so strahlend blaugrüne Augen wie eine Disneypuppe. Sie trug immer graue Etuikleider mit schwarzen Blazern, offenbar die Uniform ihrer Wahl. Ihr Lächeln war – trotz allem, was man von Frauen in ihrem Beruf denken mochte, trotz ihrer furchtbar beeindruckenden Qualifikation und ihrer schlanken, zierlichen Figur – geradezu nervtötend warmherzig.

»Ich frage mich, wieso sie keine Kinder haben.«

»Weil er sterilisiert ist.«

»Mag sein, aber das kann man rückgängig machen. Und wir beide wissen ja, dass eine Sterilisation, vor allem diese, nicht hundertprozentig sicher ist.«

»Aber sie ist auch schon zweiundvierzig oder dreiundvierzig. Wenn sie vor drei Jahren geheiratet haben, dann ...«

»War sie zu alt«, nickte Allie. »So viele Frauen warten einfach zu lange.«

»Nicht jede trifft die Liebe ihres Lebens schon auf der High School, Allie.« Meine Schwester war die einzige Frau, die ich kannte, die klug war und trotzdem schon mit zweiundzwanzig heiratete und sofort Kinder bekam. Damals hielt ich es für Wahnsinn, mit dreiundzwanzig eine Familie zu gründen, genau wie unsere arme Mutter, die unter der Last dieser Aufgabe fast zerbrochen war. Aber Allie liebte es, schwanger zu sein, Mutter zu sein, und natürlich machte ihr Mann – im Gegensatz zu dem meiner Mutter – Karriere und wurde schwerreich, was das Abenteuer der Mutterschaft wohl etwas komfortabler gestaltete.

»Was, glaubst du, wird sie davon halten, wenn sie von Jake erfährt?«

»Megan? Was kümmert mich das?«, entgegnete ich. »Sie wird ihn nie kennenlernen.«

»Wieso nicht?«, fragte Allie und vergrößerte ein Foto von Megans Schuhen. »Schließlich ist sie die Frau von Jakes Vater.«

»Und?«

»Und du meinst nicht, dass sie ihm eines Tages begegnen wird?«

Ich war gereizt. »Allie, ich arrangiere dieses Treffen nicht, damit Jake und er eine enge Beziehung oder so was aufbauen können. Er will Dave kennenlernen und Dave ihn. Schön und gut. Aber weiter wird das nicht gehen. Sie werden nicht … du weißt schon, miteinander abhängen.«

Allie sah mich an, als wäre ich verrückt geworden.

»Hör mal, im Augenblick habe ich vor allem Angst, dass er es verbockt. Er wird sich steif und ungeschickt wie ein Trottel benehmen und meinem Sohn vermutlich das Herz brechen.« Allie starrte ins Leere. »Weißt du noch, wie sehr ihm auch nur die Vorstellung, ein Kind zu bekommen, zuwider war?«, fuhr ich fort. »Wie er ausflippte, als ich entdeckte, dass ich schwanger bin? Glaubst du, so ein Kerl weiß, wie man mit einem Sechsjährigen umgeht?«

»Nun«, sagte Allie langsam. »Immerhin will er ihn kennenlernen, oder?«

»Ja, aber ... ich glaube, er ist bloß neugierig. Ich jedenfalls wäre es. Aber das heißt noch lange nicht, dass er plötzlich Vater sein will.«

»Und wenn er seine Meinung geändert hat?«

»Das wäre ein Schock«, räumte ich ein. »Aber selbst wenn: Solange ich noch da bin, wird es kein Vater-Sohn-Zelten oder etwas in der Richtung geben. Und wenn ich nicht mehr da bin, wird Jake in Seattle leben. Dreitausend Meilen von New Jersey entfernt. Was bedeutet, dass es keine Beziehung geben wird.«

Allie zupfte an ihrer Nagelhaut. »Aber was ist, wenn sie eine haben wollen?«

»Dann können sie sich E-Mails schicken«, erwiderte ich. »Dave kann meinetwegen zu seinem High-School-Abschluss kommen oder so. Sofern er das will.«

Allie, die mich nicht noch mehr aufwühlen wollte, als ich es ohnehin schon war, klickte gütigerweise von Daves Facebook-Profil weg, weg von Megan, hin zu den Rangers. Aber ich merkte ihr an, dass sie ins Grübeln gekommen war.

»Allie, viele geschiedene Mütter halten es genauso. Sie wollen den Vater ihres Kindes einfach nicht in ihrem Leben haben, aus welchen Gründen auch immer, also sorgen sie dafür, dass er eine Randfigur bleibt. Übrigens ist das normalerweise genau das, was sie sein wollen. Nicht jeder Vater ist ein Superdad wie dein Bruce.«

»Ich weiß«, sagte sie. »Nur ... Was ist, wenn Dave und Jake Zeit miteinander verbringen wollen? Von sich aus?«

»Auf keinen Fall. Das lässt du nicht zu.«

»Nicht?« Allie hatte mit dem Klicken aufgehört. »Verlangst du da nicht ein bisschen viel von mir? Jake von seinem Vater fernzuhalten?«

»Ich verlange von dir lediglich, dass du ihre Beziehung nicht förderst. Dave und Jake werden sich kennenlernen und bestimmt irgendwie miteinander zurechtkommen, oder auch nicht, ich weiß es nicht. Und dann kann Dave sich wieder in seine Ecke verziehen, und wir können unser Leben normal weiterführen. Ohne ihn.«

»Aber wenn sie mehr als das wollen?«

»Mehr als das kriegt Dave nicht.«

»Aber –«

»Was – aber?« In Seattle kam und ging der Regen normalerweise ganz allmählich, aber an diesem Tag goss es ohne Unterlass wie verrückt, und wir hörten, wie der Regen mit aller Macht gegen die Fenster prasselte.

»Karen, er ist sein Vater.«

»Na und?«, gab ich zurück. Ich hatte immer noch mein löchriges T-Shirt an, Jake, und begann nun von neuem, am Saum zu zerren. Ich wollte unbedingt, dass Allie verstand, was für ein Mann dein Vater war. Aber aus irgendeinem Grund weigerte sie sich. »Allie, entschuldige, wenn ich etwas überspannt klinge, aber auf welche Weise erfüllt Dave die Rolle eines Vaters? Ich meine, inwiefern unterscheidet er sich von einem x-beliebigen Samenspender? Schließlich war *ich* diejenige, die sich sein ganzes Leben lang um Jake gekümmert hat; *ich* habe an seine Impfungen gedacht, mit seinen Erziehern geredet, habe dafür gesorgt, dass das Essen auf den Tisch kam, und war die ganze Zeit *Vater und Mutter* für ihn, also, so leid es mir tut, aber –«

»Karen, nicht –«

»Bitte, Allie. Bitte«, sagte ich. »Lass nicht zu, dass er sich in Jakes Leben schleicht. Das steht ihm nicht zu.«

»Ich würde es nicht ihm zuliebe tun«, entgegnete sie, »sondern Jake zuliebe.« Dabei sah sie mich nicht an, sondern blickte aus dem Fenster, auf den Regen und den aufgewühlten See.

»Aber Jakey wird daran nicht interessiert sein«, widersprach ich. »Er ist doch noch ein Kind. Möglicherweise hat er die ganze Sache schon wieder vergessen. Er hat ihn ... er hat ihn den ganzen Tag nicht mehr erwähnt.«

»Er hat ihn gewiss nicht vergessen.«

Raketenrucksack, dies war eindeutig eine Situation, in der ich ganz dringend meinen Raketenrucksack zum Davonfliegen gebraucht hätte. »Bitte, Allie«, sagte ich. »Respektiere meinen Wunsch.«

»Karen ...«

»Sieh es als meinen letzten Willen.«

»Karen ...«, wiederholte sie. Morgen würden wir beide so tun, als hätte dieses Gespräch nie stattgefunden, als hätte ich niemals versucht, meine Schwester auf diese Weise zu manipulieren.

»Es ist nur diese eine Sache, um die ich dich bitte, Allie«, sagte ich. »Und wenn du das nicht zusichern kannst, weiß ich nicht, ob ich Jake hierlassen kann.«

»Karen!«, rief sie, als hätte sie eine Ohrfeige bekommen.

In unserer Jugend stritten wir beide uns oft. Unser Zimmer war so vollgestopft mit Allies Kram, ihren Kleidern, ihrer Kosmetik, ihren Hockeyschlägern und ihrem ganzen Zeug, dass es nahezu unmöglich war, auch nur ein wenig Raum für mich zu haben. Als ich schließlich aufs College floh, genoss ich die unfassbare Freiheit eines spartanischen Zimmers mit seinem herrlich leeren Schrank. Und jetzt saß ich hier, in ihrem Haus, und wäre bis über meinen Tod hinaus von ihr abhängig.

Eine Weile sagte ich nichts mehr und sie auch nicht, aber dann wechselte eine von uns das Thema, noch etwas steif, doch wir kriegten die Kurve. Schon bald sprachen wir über das kommende Wochenende, an dem wir entweder nach Friday Harbor oder zum Shoppen fahren wollten, und natürlich würden wir bald unseren Vater besuchen, und wie fanden wir eigentlich Ross' Tattoo? Wir würden das natürlich nie zugeben, aber sah es nicht ziemlich cool aus? Und eine Freundin aus Indien! Indien hatte uns beide schon immer interessiert, vielleicht würden wir eines Tages hinfliegen. Selbst ich könnte wahrscheinlich noch dorthin reisen, wenn ich es versuchte.

Doch dieser Themenwechsel bedeutete noch nicht, dass ich dem Frieden wieder trauen konnte. Bis sie »Mom fehlt mir« sagte, denn genau das hatte auch ich in diesem Moment gedacht, wie sehr ich unsere Mutter vermisste. Und weil wir beide genau dieses Gefühl und genau diese Erinnerung an diesen Menschen teilten, vertraute ich wieder darauf, dass wir als Schwestern auf genau derselben Seite standen.

(Jake, in deinem Leben wird es immer Tage geben, an denen du mich vermisst, selbst wenn du dich kaum mehr an mich erinnern kannst. Man hört nie auf, seine Mutter zu brauchen.)

Allie und ich sahen uns an. Denn wir hatten beide die Augen unserer Mutter, und darin fanden wir Trost.

KAPITEL 4

Am nächsten Morgen spieltest du gerade Angry Birds auf meinem iPhone, als es klingelte. Obwohl du das eigentlich nicht durftest, gingst du ran. »Hallo!«, sagtest du viel zu laut – denn obwohl es dir großen Spaß machte, abzunehmen, wusstest du noch nicht genau, wie man telefoniert. »Ja, ich weiß, wer du bist – Ja. Seattle. – Ja.« Dann ließest du das Handy aufs Bett fallen und legtest dich daneben.

»Jake –« Verdammt. War das sein Vater? Mir drehte sich der Magen um, mein Herz hämmerte. »Ist da jemand am Telefon?«

»Da ist Ace.«

»Herrgott, Jake.« Ich nahm das Handy, wobei mir die Finger kribbelten, was vor Aufregung sein mochte oder weil die Nerven von der Chemo geschädigt waren. »Ace, tut mir leid, mein Sohn steht auf Handys.«

»Wenigstens ist er nicht schüchtern, ist doch gut«, erwiderte Ace. »Hör mal, kannst du mir was über Frankreich erzählen? Da werden wir nämlich hinfahren. Ich will in die Normandie, um die Strände zu sehen, wo die Alliierten gelandet sind, aber Jillie will unbedingt Schlösser besichtigen. Kennst du irgendwelche Schlösser in der Normandie?«

»Ich bin deine Wahlkampfmanagerin, nicht deine Reiseführerin.«

»Weiß ich doch, Süße«, sagte er glucksend. »Ich wollte nur mal deine Stimme hören.«

»Ach«, sagte ich. »Nun, hier ist sie.«

»Alles in Ordnung bei dir? Geht es dir gut?«

Das bestätigte ich. Ace war doch ein ziemlich anständiger Kerl. Er war um mich besorgt, auf seine Weise. Und trotz seiner dummen, phantasielosen Seitensprünge liebte er seine Frau.

»Hör mal, Karen, eigentlich rufe ich an, weil meine Tochter ein paar Familienvideos von Hernandez auf YouTube entdeckt hat und fand, dass wir uns die mal anschauen sollten. Hernandez ist nicht gerade ein Profi, aber sie hat eine gewisse, ich weiß nicht – Glaubwürdigkeit? Sie steht für diese gefühlsseligen ›Mein Vater war noch ein Schäfer‹-Geschichten. Du weißt doch, was ich meine.«

»Wirklich? Ihr Vater war ein Schäfer?«

»Metaphorisch gesprochen«, sagte Ace. »Ich habe mich gefragt, ob wir nicht auch etwas Biographisches zu mir rausschicken sollten. Du weißt schon, um zu zeigen, dass sie nicht die Einzige ist, die auf einer Farm groß geworden ist.«

»War dein Vater nicht Lkw-Fahrer?«, entgegnete ich. »Hör mal, ist auch egal, hier geht's nicht um Werdegänge, sondern um Ergebnisse. Wer dem Bezirk die städtischen Gelder verschafft. Wer die Interessen der Einwohner vertritt. Das hast du die letzten vier Jahre gemacht, und das wirst du auch weiter machen.«

»Ja, aber ich muss auch an die Bürgermeisterwahl denken.«

»Bis dahin sind es noch vier Jahre«, sagte ich. »Darum kümmern wir uns danach. Lass uns eins nach dem anderen erledigen.«

»Dies ist meine letzte Chance, mir vor den Vorwahlen zum Amt des Bürgermeisters einen Namen zu machen.«

»Ace, das schaffen wir«, sagte ich, wusste aber, dass er nicht zufrieden war. »Ich schau mir die Videos an.«

»Danke, Süße.«

»Viel Spaß in Frankreich.«

Mittlerweile hatten auch meine Handflächen zu kribbeln begonnen, dennoch holte ich meinen Laptop hervor und rief YouTube auf. Beverly Hernandez, Beverly Hernandez – ich musste mich erst durch verschiedene Videos einer kolumbianischen Halbwüchsigen klicken, die sehr engagiert Popsongs zum Besten gab, bevor ich die richtige Beverly Hernandez fand. Sie saß unter einem grässlichen Ölgemälde auf einer Couch, neben sich ein Mädchen von höchstens acht Jahren. Ich ließ das Video abspielen.

»Hi«, sagte das Mädchen. »Mein Name ist Monica O'Neil, und für mein Referat über Einwanderer in Amerika befrage ich heute meine Großmutter Beverly Hernandez zu ihrem Lebensweg.«

Das Mädchen holte tief Luft. Dunkle Locken umrahmten ihr Gesicht; sie trug Kreolen und ein rosa Sweatshirt. »Meine Großmutter Beverly Hernandez wuchs in der Dominikanischen Republik auf einer Zuckerrohrplantage auf, bis Diktator Trujillo die Bauern von der Plantage vertrieb.«

Sie behalf sich bei ihrem Vortrag mit Stichwortkärtchen und sprach *Trujillo* mit makellosem spanischem Akzent aus. »Ihre Mutter beschloss, mit ihren Kindern zu fliehen, und zog nach New York in die Bronx. Nun werde ich meine Großmutter fragen, ob sie sich noch erinnert, wie es war, als Immigrant in Amerika zu leben.«

Beverly lächelte in die Kamera und rückte ihre Halskette zurecht, ein riesiges silbernes Kreuz. In dem Video sah sie noch besser aus als auf den Facebook-Fotos – ihr Gesicht war so sanft wie ausdrucksvoll –, doch die Aufnahme stammte eindeutig aus einer Phase, in der sie zur Chemotherapie musste, denn sie trug eine grässliche Perücke, die nach Kunsthaar aussah.

»Hallo, liebe Schüler. Ich freue mich, euch von meinem Lebensweg zu erzählen.« Ihr Akzent zeugte von ihrem Hintergrund in der Bronx und ihren lateinamerikanischen Wurzeln gleichermaßen.

»Wie ihr schon gehört habt, wurde ich in der Dominikanischen Republik geboren, einem sehr kleinen Land auf einer Insel in der Karibik. Dort lebte ich in einem kleinen Dorf, und in meinem Haus gab es keinen Strom, was für euch vielleicht kaum vorstellbar ist. Aber wir hatten eine große Familie, und ich spielte gern mit all meinen kleinen Cousins und Cousinen draußen.

Als ich nach New York City kam, war ich gerade einmal sechs Jahre alt – und ziemlich verängstigt. Alles an diesem Ort war anders als in meinem kleinen Dorf in der Dominikanischen Republik. Ich hatte noch nie so viele Menschen oder so große Gebäude gesehen, und alles um mich herum machte mir Angst: die Autos, die Menschen, sogar die anderen Kinder, so dass ich meiner Mutter kaum noch von der Seite weichen wollte. Außerdem konnte ich an meinem ersten Schultag noch kein Englisch, nicht ein einziges Wort. Ich hatte keine Freunde, und mir fehlte die Sprache, um Freunde zu finden.«

»Wow«, sagte das Mädchen in einem Tonfall, der signalisierte, dass sie das nicht zum ersten Mal hörte.

»Und genau deshalb, Monica, finde ich, dass es gar keine gute

Idee ist, in der Schule Klassen für Einwanderer einzurichten oder Unterricht auf Spanisch abzuhalten. Auf diese Weise wird man die Sprache nie lernen. Das schafft man nur, wenn man ins kalte Wasser geworfen wird. Ich zum Beispiel lernte innerhalb eines halben Jahres Englisch. Was womöglich nie richtig gelungen wäre, wenn ich in eine Einwandererklasse gekommen wäre. Und dann wäre ich nicht der Mensch, der ich heute bin. Wahrscheinlich würde ich von der Fürsorge leben und hätte keinen Job, weil ich die Sprache dieses Landes nicht beherrschte.«

Das klang, als wäre sie eine dieser *Sozialleistungen-nur-für-Amerikaner*-Faschistinnen. Natürlich, sie kandidierte ja auch für die Republikaner.

»Und du musstest schon arbeiten, als du noch zur Schule gingst, richtig?«, fragte Monica.

»Schätzchen, manchmal habe ich das Gefühl, dass ich schon vom Tag meiner Geburt an arbeiten musste.« Wieder rückte Beverly ihre Kette zurecht. »Selbst als meine Kinder noch ganz klein waren, hatte ich teilweise zwei Jobs gleichzeitig. Nun könnte man fragen, wie ich denn mit Babys arbeiten gehen konnte. Aber ich liebte und brauchte meine Arbeit genauso, wie ich meine Mädchen liebte und brauchte.« Daraufhin zeigte die Kamera eine ganze Weile nur den Fußboden, bevor sie wieder auf Beverly gerichtet wurde, und ich dachte, dass sie wahrscheinlich von einer ihrer Töchter bedient wurde. »Ich wollte beides. Außerdem hatte ich gar keine andere Wahl.«

»Und dann gingst du aufs College?«

»Ja, ich ging aufs College, und danach studierte ich, was unbedingt notwendig ist, wenn du in diesem Land etwas erreichen willst. Aber das ist das Besondere und Großartige an diesem

Land. Hier hat jeder die Möglichkeit, eine gute Ausbildung zu bekommen, zu arbeiten, aufs College zu gehen und so den Grundstein seines Erfolges zu legen – wenn er nur will. Heute bin ich die Verwaltungsleiterin des Roosevelt Hospital, des größten öffentlichen Krankenhauses von New York City. Ich bin sehr weit gekommen, weil ich mich entschieden habe, eine Ausbildung zu absolvieren und hart zu arbeiten.«

Als Bev nun strahlend in die Kamera lächelte, begann ich mir Sorgen zu machen. Dieses Lächeln würde ihr, wenn sie es wollte, den Weg bis in den Kongress ebnen.

»Daher wünsche ich mir für dich und all deine Klassenkameraden, dass ihr eure schulischen Aufgaben ernst nehmt. Ihr müsst euch immer bewusst sein, dass ihr – wenn ihr ordentlich lernt und euch keine Pause gönnt – erfolgreich sein werdet. Erlaubt euch keine Ausreden. Auch wenn ihr müde oder frustriert seid, was macht das schon? Das ist jeder mal. Ihr habt kein Geld, na und? Ich hatte auch kein Geld. Dies ist der Weg zum Erfolg in diesem Land, ganz einfach. Viele glauben nicht daran, dass sie es aus eigener Kraft schaffen können, erfolgreich zu sein. Aber das stimmt nicht. Lernt fleißig. Arbeitet hart. Macht keine Dummheiten.«

Liebe Güte, normalerweise hasste ich diesen republikanischen Schmalspursermon, aber als Bev ernst nickend in die Kamera blickte und ihre Enkelin es ihr gleichtat, ertappte ich mich dabei, dass ich ebenfalls nickte. Nur für die Zeit eines Wimpernschlags. Und wenn Bev mich für sich gewinnen konnte, dann galt das umso mehr für ihre Wähler. Sie wirkte sympathisch, sie hatte den Krebs besiegt, und ihre Geschichte inspirierte einen ebenso, wie man sich damit identifizieren konnte. Selbst ich. Habe ich dir das je erzählt, Jake? Ich blieb nur drei Wochen im Mutterschutz, dann ging ich wieder arbeiten.

»Und wenn ihr das für euch tut, hart arbeitet und etwas aus euch macht«, fuhr Bev fort, »dann stehen die Chancen gut, dass ihr auch eurer Familie damit Gutes tut.«

Ich nahm dich von Anfang an mit ins Büro, wo du in deinem Reisebettchen schlafen konntest, während ich Meetings leitete. Als wir dann das erste Mal auf Wahlkampftour gingen, stellte ich eine Nanny ein, die uns begleitete. Damals wohnten meine Eltern noch in Rockville Centre, und wenn die Nanny freihatte, kam meine Mutter zu uns und passte auf dich auf, während ich meinen Kandidaten bei seinen Wahlkampfterminen coachte. Ich weiß noch, dass ich eines Abends krank wurde und nur noch stöhnend im Bett lag. Was in Ordnung gewesen wäre, hätte ich nicht noch unbedingt eine Rede schreiben müssen. Aber mir war so übel, dass ich mich nicht mal aufsetzen, geschweige denn etwas Mitreißendes schreiben konnte.

»Los«, sagte meine Mutter und nahm an dem wackligen Schreibtisch des Hotelzimmers Platz. »Gib mir den Computer.«

»Du hast doch schon den Kleinen.«

»Ich kann mich durchaus um zwei Dinge gleichzeitig kümmern.«

Du warst so ein hinreißendes Baby, Jacob, mit rosigen Wangen und samtweichen blonden Haaren. Ich weiß noch, wie ich dich im Arm meiner Mutter sah und neidisch war, weil sie genug Kraft hatte, dich zu halten. »Was willst du denn mit meinem Computer?«

»Deine Rede schreiben.«

»Nicht, Mom.«

»Was denn, meinst du, das könnte ich nicht?«

»Du weißt doch nicht, wie man so was schreibt!«

»Ich habe jede Rede gehört, die einer deiner Kandidaten von sich gegeben hat«, sagte sie. »Ich werde schon wissen, wie das geht.«

Und das stimmte. Sie war so stolz auf mich, dass sie wie ein Groupie jede Demo und jedes Spendenevent besuchte, auf dem ein Politiker eine Rede von mir hielt. Also zeigte ich ihr matt, wo ich meine verschiedenen Vorlagen abgespeichert hatte. Ich sagte ihr, dass sie allen Menschen auf einer bestimmten Liste danken musste. Und persönliche Details hinzufügen.

»Schon klar«, erwiderte sie. Dann schlief ich ein.

In dem Wahlbezirk gab es in diesem Jahr ein hartes Rennen: Die Republikaner versuchten, den massiven Verlust ihrer Sitze im Repräsentantenhaus zu stoppen, indem sie die Ressentiments der Alteingesessenen gegen jene vermögenden Neuankömmlinge schürten, die die Ufergrundstücke im Lower Hudson Valley aufkauften. Das Democratic National Committee geriet in Panik und überschüttete uns mit Geldern. Ich wusste, wenn ich diese Kampagne vermasselte, sähe es finster aus. Aber was konnte ich schon tun? Fieber und Schüttelfrost ließen mir abwechselnd heiß und kalt werden, und ich dämmerte verschwitzt vor mich hin. Schließlich machte sich meine Mutter mit dir auf den Weg, um meinem Kandidaten ihre Rede zu übergeben, dann fütterte sie dich mit Süßkartoffelbrei. Ich hingegen gelangte gerade noch lange genug zu Bewusstsein, um zu erkennen, dass ich meine berufliche Verantwortung an meine Mutter abgetreten hatte, und fiel dann wieder in einen komatösen Schlaf.

Als ich am nächsten Morgen erwachte, war mein Kopf wieder klar, mein Magen hatte sich beruhigt, und unser Schatzmeister berichtete, dass an jenem Abend nicht zuletzt durch die Rede meiner Mutter 175 000 Dollar eingenommen worden waren. Einen Monat später gewann mein Kandidat mit sechs Prozent Vorsprung, und die Demokraten bekamen im Repräsentantenhaus einundzwanzig Sitze mehr.

Eine schöne Geschichte darüber, was Mütter füreinander tun und was sie schaffen können.

Aber Bevs Geschichte war auch ziemlich gut. Ace war da auf ein ziemliches Kaliber gestoßen. Wenn sie es schaffte, eine anständige Wahlkampagne auf die Beine zu stellen, dann hatte sie eine reelle Chance. Ace und ich würden viel mehr Kräfte für die Wiederwahl mobilisieren müssen, als ich angenommen hatte.

Ich muss gerade daran denken, wie meine Mutter als Erste von uns erkannte, was mit meinem Vater los war. Daraufhin räumte sie mitten in der Immobilienkrise das Haus auf Long Island aus, verkaufte es weit unter Wert und zog in das Haus, das meine Schwester für sie auf Mercer Island hatte bauen lassen. Ich weiß noch, wie sie packte und die Kleidung meines Vaters sichtete, all seine wunderbaren Anzüge und Hüte. Es tat ihr in der Seele weh, so viel von ihm weggeben zu müssen. Du warst damals drei Jahre alt. Erinnerst du dich noch an das Foto von dir mit dem weichen Filzhut auf dem Kopf? Das wurde damals aufgenommen. Und damals schenkte sie mir auch den Platinring, den mein Vater seit Jahrzehnten über seinem Ehering getragen hatte.

»Wieso gibst du mir den?«

»Dein Vater hat ihn neulich fast in den Abfluss fallen lassen«, erklärte meine Mutter. »Es würde ihm das Herz brechen, wenn er verlorenginge.«

»Und wieso gibst du ihn nicht Allie?«, fragte ich, obwohl ich ihn schon über meinen Daumen gestreift hatte.

»Ich dachte, dir läge mehr daran«, sagte sie. (Damit hatte sie wohl recht. Ich habe ihn seitdem nur zu den Operationen abgenommen.)

Sieben Monate wohnten sie zusammen hier in diesem Gästehaus, schliefen im Doppelbett in dem Schlafzimmer, wo nun du schläfst. Während dieser sieben Monate kümmerte sich Mom oft um Allies Kinder, obwohl Allie eine Nanny hatte, eine dicke Slawin, die meine Mutter nicht leiden konnte. Allie redete meiner Mutter ständig gut zu, sie solle sich ausruhen, sich entspannen, aber das lag meiner Mutter nicht. Wenn sie die Kinder nicht zur Schule, zum Baseball, zum Tanzen oder Fußball brachte, kochte sie das Abendessen oder kümmerte sich um die Wäsche. Das Einzige, was sie nicht tat, war, meinen Vater zu seinen Arztterminen in Seattle zu begleiten; sie behauptete, sie führe nicht gern auf der Autobahn, weshalb Allie das übernahm und sie nicht weiter drängte.

Und dann, eines Mittags, fiel sie in der Küche des Gästehauses einfach tot um. Sie war gerade dabei gewesen, meinem Vater Essen zu machen. Er schlief in seinem Rollstuhl, als sie umkippte; Camilla fand sie erst ein paar Stunden später. Und jetzt wohnten wir in dem Haus, in dem meine Mutter gestorben war, was ich jedoch weder unheimlich noch merkwürdig fand. Stattdessen fand ich Trost in der Erinnerung daran, wie sie in diesem Zimmer gelebt hatte, und meinte manchmal, immer noch ihre Gegenwart zu spüren, wenn ich den Kopf wandte oder aus dem Augenwinkel irgendetwas zu sehen glaubte.

Es war der letzte Donnerstag im Juni, und du und Dustin würdet ins Sommercamp auf dem Gelände der Bush School in Seattle gehen. Zwar gefiel es mir nicht, dass du jeden Tag so lange fort warst, aber ich versuchte, davor und danach so viel Zeit wie möglich mit dir zu verbringen. Und ich wusste, dass dir das Sommercamp guttäte, das Herumtoben, die Normalität, die ich dir nicht bieten konnte.

Ich hatte gerade meine üblichen Tabletten und Vitamine eingenommen und erledigte etwas Papierkram, als eine E-Mail von deinem Vater einging. Im Betreff stand: *4. Juli.*

Liebe Güte! Bis dahin war es nur noch eine Woche.

Karen,

sag mir, wenn es zu früh ist, aber die Sache mit Jacob lässt mir keine Ruhe, und sollte es möglich sein, würde ich wirklich gern über das Feiertagswochenende nach Seattle kommen. Wir müssen nicht viel Zeit miteinander verbringen – schon eine Stunde würde mir reichen. Bitte gib mir baldmöglichst Bescheid.

Ich solle ihm *baldmöglichst* Bescheid geben? Hatte er das wirklich geschrieben?

Von da an konnte ich nur noch *Nein, nein, nein, nein, nein* denken. Nicht jetzt, nicht so schnell. Und nicht zu seinen Bedingungen, wie auch immer die aussehen mochten.

Andererseits musste es wahrscheinlich früher oder später geschehen. Für dich, meine ich.

Natürlich, schrieb ich gleich zurück, um es mir nicht anders zu überlegen. *Das wäre schön*.

Eigentlich hatten wir an diesem Tag einen Ausflug nach Friday Harbor machen wollen, aber Allie und die Kinder konnten auch ohne uns fahren. Oder wir konnten am nächsten Tag nachkommen. Es gab keinen Grund, uns von deinem Vater das ganze Wochenende ruinieren zu lassen.

Er war noch online und schrieb sofort zurück: *Wirklich? Du hast ja keine Ahnung, wie glücklich mich das macht. Ich habe sofort ein Zimmer gebucht. Danke, Karen!*

Als ich das las, klappte ich den Laptop zu. Mochte ich mich zwar mit dem Umstand abgefunden haben, dass du deinen Vater kennenlernen würdest, ging es mir dennoch gegen den Strich, ihn so glücklich zu machen.

Jake, mir wird gerade bewusst, dass ich dir nicht so viele Ratschläge gebe, wie ich eigentlich vorhatte. Als ich zum ersten Mal daran dachte, dir etwas zu schreiben, hatte ich vor, mein Leben und meine Gedanken in einer Weise aufzuzeichnen, die dir ermöglichen würden, sowohl mehr über mich als auch über die Herausforderungen des Lebens zu erfahren. Ich ging wohl davon aus, die Anzahl meiner Lebensjahre müsste mir auch zu entsprechender Weisheit verholfen haben. Aber nun sitze ich hier, um sechs Uhr abends, nach einem langen Tag und kurz vor dem Abendessen, und verstehe, dass ich mit der Situation mit deinem Vater eigentlich kein bisschen besser zurechtkomme als in der Zeit vor deiner Geburt. Und du spielst wieder mit Dustin Verstecken am Ufer (nicht reinfallen, gib auf dich acht, ja?), Allie grillt Hähnchen auf der Veranda, Camilla steht wild fuchtelnd neben ihr, und Ross hat vermutlich gerade, je nachdem wie spät es in Mumbai ist, Telefonsex mit Asha, während ich mich frage, was für kluge Ratschläge ich dir eigentlich geben soll, wo ich doch meine eigenen Gefühle kaum einzuordnen weiß.

Noch vor zwei Wochen war dein Vater für mich kaum mehr als

eine schlechte Erinnerung. Doch war er so gut wie auf dem Weg zu uns. Am Wochenende des Nationalfeiertags. Herzlichen Glückwunsch, Amerika.

Ich wünschte mir, dass du ihn in Ordnung fändest, aber bitte nicht mehr. Ich wünschte mir, dass du ihn mögen würdest, aber bitte nicht mehr.

Andererseits sollte ich vielleicht ...

Du solltest wissen, dass du in einem sehr glücklichen Moment meines Lebens empfangen wurdest. (Willst du das wissen? Wahrscheinlich nicht, also überspring die nächsten Seiten einfach, wenn du es zu merkwürdig findest.) Dein Vater und ich hatten nur knapp sechs Monate miteinander, aber ich glaube, es waren sehr schöne Monate.

Manchmal entflohen wir gemeinsam nach Maryland ans Meer oder fuhren nach Delaware.

Einmal aßen wir irgendwo in einer Scheune zwischen Feldern und dem Meer Krebse und tranken Bier, und dann tanzten wir bis Mitternacht zu Countrymusik – Line Dance, wovon wir nicht die geringste Ahnung hatten. Ein anderes Mal fuhren wir zu einem Baseballspiel nach Baltimore. Wir hatten richtige Rendezvous in New York und küssten uns wie Touristen auf dem Empire State Building oder gingen gemeinsam ins Kino.

Am Tag nachdem Griffith seine Vorwahl gewonnen hatte und ich im Anschluss daran im Fernsehen meine Analyse zum Besten gegeben hatte, trafen dein Vater und ich uns am Studio, was in der Nähe seiner Wohnung in New Jersey lag. Wir fuhren zu einem Koreaner in der Nähe, wo es nichts als Kimchi mit Eiern gab. Zwar hatte dein Vater mir angeboten, mir etwas bei sich zu Hause zu machen, da er jedoch außer Pancakes nichts zustande brachte und ich die wirklich nicht mehr sehen konnte, hatte ich abgelehnt.

Jedenfalls war ich viel zu stark geschminkt und trug einen grässlichen pflaumenblauen Blazer, doch der Erfolg, den ich errungen hatte, beflügelte mich so sehr, dass mir mein Aussehen egal war. Und dein Vater fand mich wunderschön, wie er mir sagte.

»Ich hab dich während deines Auftritts genau beobachtet«, sagte dein Vater, als ich meine Eier aß. »Du sahst wunderschön aus. Du bist wunderschön.«

Verlegen legte ich die Gabel nieder. Wollte er sich über mich lustig machen? Unser Zusammensein war in der letzten Zeit immer vertrauter geworden, aber vielleicht war ich zu weit gegangen? Ich hatte ihm sogar gesagt, dass ich seine ewigen Pancakes satthatte. »Aber nein«, wehrte ich ab.

»Doch, im Ernst.«

Ich schüttelte den Kopf. Über unserem Tisch strahlte eine helle Hängelampe. Ganz schwach zeichneten sich ein paar Adern auf der breiten Stirn deines Vaters ab und ein paar Sommersprossen, genau wie deine, auf seiner blassen Haut. »Doch, das bist du, Karen«, bekräftigte er. »Ich weiß nicht, wieso du mir nicht glaubst.«

Ich blickte starr auf seine Stirn, um nicht die Fassung zu verlieren. »Weil mir das noch nie jemand gesagt hat«, flüsterte ich. Die Rolle der Schönen hatte immer meine Schwester Allie eingenommen.

»Dann lass mich der Eine sein, der es dir sagt.«

Und so war dein Vater, Jake, der Erste, der mir sagte, dass ich eine schöne Frau sei.

Wir sahen uns nicht so oft, wie ich es mir gewünscht hätte – wegen meiner und seiner Arbeit –, aber trotzdem häufig, und selbst wenn das, was uns verband, vielleicht nicht die Liebe war, für die ich es damals hielt, dann war es dennoch etwas Besonderes. Und nicht nur Momente der Zärtlichkeit in koreanischen Restaurants. Dein Vater lachte gerne. Wenn man ihn nach seinen Lieblingsfilmen fragte, antwortete er allen Ernstes *Die unglaubliche Reise in einem verrückten Flugzeug* oder *Die nackte Kanone.* Für ernste oder düstere Filme hatte er kein Verständnis, und allein das Konzept einer Serie wie *Mad Men* fand er absurd. Wer brauchte solche Geschichten über die Sechziger, wo doch auf der ganzen Welt Absurdität, Wahnsinn, Trauer und Wut herrschten? Ich versuchte, mit der Originalität dagegenzuhalten oder mit der kulturellen Verpflichtung, die Frevelhaftigkeit und Abgründe des menschlichen Wesens zu erkunden, doch da winkte er nur ab. Dein Vater war alles andere als ein intellektuelles Leichtgewicht, aber was seine Vergnügungen anging, mochte er es leicht und unkompliziert.

Obwohl ich mich dagegen wehre, frage ich mich doch, was er wohl gesagt hätte, hätte ich ihm direkt nach deiner Geburt von dir erzählt. Denn letztlich war es wohl sein ganzes Leben, das er leicht und unkompliziert mochte, und mit dir wäre es wesentlich weniger leicht und deutlich komplizierter geworden. Wahrscheinlich war das in jener Zeit auch der Grund, warum er keine Kinder wollte. Es war weniger die Erderwärmung, vor der er Angst hatte, es waren die *Komplikationen.* Irgendwie war er sich, anders als die meisten Menschen, genauer im Klaren darüber, was für einen Kontrollverlust Kinder bedeuten. Ich glaubte ihn zu kennen, aber wahrscheinlich kannte ich nur einen Teil von ihm, und zwar den, den er am einfachsten von sich preisgeben konnte.

Ich glaube, Jacob, wenn du in das Alter kommst, in dem man seinen Lebensgefährten wählt, solltest du dich für jemanden entscheiden, der in der Lage ist, Krisen zu meistern. Man kann sehr leicht den Eindruck gewinnen, jemanden gut zu kennen – auch sich selbst –, wenn das Leben friedlich und in geordneten Bahnen verläuft, wenn man abends um sieben sein Hühnchen isst und samstags ins Kino geht. Aber ihr wahres Ich zeigen Menschen in Situationen der Not. Es sind die Egoisten, die als Erste in die Rettungsboote springen, die Feiglinge, die sich durch die Hintertür verziehen. Die Lügner versprechen einem das Blaue vom Himmel, um sich zu retten, während die Verantwortungslosen vor dem flüchten, was sie angerichtet haben. Doch es sind die anständigen, zuverlässigen Menschen, die die Konsequenzen für ihre Handlungen tragen und für die einstehen, die ihnen am Herzen liegen. Selbst wenn sie sich dadurch in Gefahr bringen. Selbst wenn sie ihre eigenen Wünsche zurückstellen müssen. Ich wünsche dir, dass du jemanden findest, der anständig und zuverlässig ist. Dies sollte an erster Stelle stehen, wenn du dich entscheidest, mit wem du dein Leben verbringen willst. Mit einem solchen Menschen, Jacob, wirst du immer glücklicher sein, als du es allein werden könntest.

Damit will ich nicht sagen, dass dein Vater sofort seine Meinung zu Kindern hätte ändern sollen, als er von meiner Schwangerschaft erfuhr. Aber ich finde, er hätte es zumindest versuchen sollen.

Ich konnte von der anderen Seite des Rasens sehen, dass der Grill in Gang gesetzt worden war, und kurz darauf klingelte tatsächlich mein Handy, und ich wurde zum Abendessen gerufen. Trotz des grauen Himmels deckte Camilla den Tisch auf der Veranda in der Hoffnung, dass es nicht regnen würde. Und dann saßen wir alle zusammen am Tisch: du und Dustin, Ross und Camilla, Allie und Bruce, der unerwartet früh nach Hause zurückgekommen war. Er küsste die Damen auf die Wangen und wuschelte den Jungs durchs Haar, auch dir und Ross.

»Wie kommt es, dass du schon vor sechs zu Hause bist?«, fragte Allie ihn und reichte eine große Schüssel mit Salat herum. Deine Tante war zwar nicht die perfekte Hausfrau, die wegen schmutziger Wäsche in Ekstase geriet, aber zum Abendessen tischte sie stets etwas Besonderes auf. Das gegrillte Gemüse und gegrillte Hähnchen und der Salat mit dem großen Laib Brot sahen aus wie eine perfekte *leichte Mahlzeit* aus einer dieser Zeitschriften, in denen es immer hieß, es dauere zwanzig Minuten, das zuzubereiten, während es mich Stunden gekostet hätte. Zu meiner Schande muss ich gestehen, dass wir uns in New York viel zu oft etwas zu essen holten oder Sandwichs machten. Nach deinem Umzug wäre deine Ernährung gewiss um einiges gesünder.

»Ross hat mir eine SMS geschickt, dass er noch mit mir reden will.« Bruce schenkte uns Erwachsenen Weißwein ein, während Ross nervös an seinem Nagel zupfte. Ich fand, dass Bruce auch seinem ältesten Sohn etwas Wein hätte geben sollen, aber das tat er nicht, weil Ross noch keine einundzwanzig war. »Also, was ist los?«

»Ich … ich wollte nur … ach, ich weiß nicht.« Wie so viele Teenager tappte er rasend schnell mit seinem Fuß unter dem Tisch.

»Du weißt nicht? Aber du wolltest doch reden.«

In diesem Moment holtest du etwas aus der Tasche deines Hoodies und sagtest »hier« zu Ross. Es sah aus wie ein Schrumpfkopf aus einem alten Abenteuerfilm: deine Kraftkalebasse. »Die wird dir helfen.«

»Danke«, sagte Ross und nahm das merkwürdige Ding aus deinen kleinen Händen entgegen. Einen Moment lang waren wir still und betrachteten es. Dann legte Ross es erst auf seinen Teller, überlegte es sich jedoch anders und nahm es wieder in die Hand.

»Ich habe sie mit ins Bett genommen«, sagtest du. »Wie du mir geraten hast.«

»Wirklich?«, fragten Ross, Allie und ich gleichzeitig.

»Was zum Teufel ist das?«, fragte Bruce.

»Das ist eine magische Kraftkalebasse aus Guatemala«, erklärtest du, und ich konnte kaum glauben, dass du dich noch genau an die Bezeichnung und das Ursprungsland erinnertest, obwohl es mir hätte klar sein sollen, weil du dich immer an alles erinnertest. »Ich hab sie unters Kopfkissen gelegt, um keine Alpträume mehr zu kriegen.«

»Hat's funktioniert?«, fragte Ross.

»Hattest du wieder Alpträume?«, hakte ich nach.

Du hast die Schultern gezuckt und die Haut vom Hühnchen gepult, wobei mir auffiel, wie bemerkenswert verdreckt deine Hände waren und dass ich nicht daran gedacht hatte, dich aufzufordern, sie zu waschen. »Nur manchmal. Nicht wie früher.«

»Sicher?«, fragte ich.

»Ja. Früher war's schlimmer.«

Früher war die schreckliche Zeit nach unserem Termin bei Doktor Susan, wo sie dir erklärte, was los war, weil ich nicht wusste, wie ich die richtigen Worte dafür finden sollte, dir zu sagen, dass deine Mutter bald sterben würde. Obwohl Doktor Susan es dir auf die klügste und sanfteste Weise nahebrachte und wir beide immer wieder betonten, dass ich noch eine lange Zeit für dich da wäre und die Ärzte alles täten, um mich so lange wie möglich gesund zu halten, hattest du von da an jede Nacht Alpträume, aus denen du schreiend aufwachtest und dich in mein Bett flüchtetest. Dort schlugst du im Schlaf um dich und tratst mir gegen die Narbe, aber ich brachte es einfach nicht über mich, dich wieder in dein Bett zu tragen. Weder hatte ich die Kraft noch den Willen dazu. Du warst damals gerade fünf geworden. Ich weiß nicht, was wir uns dabei gedacht hatten. Warum, verdammt, war es notwendig gewesen, einem Fünfjährigen zu sagen, dass seine Mutter Krebs hatte? Bloß weil es der Wahrheit entsprach?

»Was hast du denn geträumt, Jake?«, fragte ich.

»Ich muss ständig daran denken, dass du meinen Dad nicht finden kannst«, antwortetest du mit deinem Welpenblick, der immer Schuldgefühle in mir auslöste. Ich kippte meinen Wein hinunter, um nicht in Versuchung zu geraten, mir auf der Stelle die Pulsadern aufzuschneiden oder so was in der Richtung.

»Aber ich habe ihn gefunden«, erklärte ich, nachdem ich das Weinglas abgestellt hatte.

»Wirklich?«, fragtest du. »Wann denn? Warum hast du mir das nicht erzählt?«

»Er will dich besuchen kommen«, sagte ich. »Am Wochenende des vierten Juli.«

»Am vierten Juli?«, wiederholtest du. »Wie viele Tage sind es noch bis dahin?«

»Am vierten Juli?«, echote Allie. »Wollten wir da nicht wegfahren?«

»So bald schon?«, fragte Bruce. »Kommt mir ein bisschen schnell vor.«

»*Wie viele Tage sind es bis dahin!*«, wolltest du wissen, und plötzlich kam ich mir vor wie der letzte Mensch, weil ich dich und deinen Vater voneinander fernhielt, während ihr beide die Tage zähltet, doch dann ermahnte ich mich, dass ich allen Grund dazu hatte, und biss mir auf die Zunge.

»Mommy!«

»Sieben Tage«, sagte ich. »Es sind noch sieben Tage.«

»Sieben Tage! Das ist ja bald.«

»Er kommt hergeflogen?«, erkundigte sich Camilla. »Aus New York?« Da ich nicht die geringste Lust verspürte, ins Detail zu gehen, nickte ich nur, doch du hattest Ross bereits den Kraftkürbis entrissen und zerquetschtest ihn fast in deinen Händen. Mit einem Mal hattest du jene aufgeregte und beseelte Miene aufgesetzt, die ich nur ganz selten bei dir gesehen hatte: einmal, als ich dir die Batcave, Batmans Geheimversteck, zu deinem sechsten Geburtstag schenkte, und einmal, als wir Kelly, den Hamster, aus dem Zooladen nach Hause brachten.

»Sieben Tage ist nicht lange«, sagtest du zu dem Kraftkürbis.

Ich kniff mir in den Nasenrücken. Was tat ich da? Was hatte ich getan?

»Das ist ja großartig, Karen, wie schön, dass er kommt«, bemerkte Ross. »Außerdem wollte ich nur sagen, dass ich nächstes Jahr vielleicht nach Indien gehe anstatt zur Uni in Washington, okay? Ich möchte lieber nach Mumbai ziehen.«

»Was?«, sagte Allie.

»Wieso?«, fragte Camilla.

»Das ist nicht das, was abgemacht war«, bemerkte Bruce nur und schnitt sein Hühnchen klein. »Ich dachte, du wolltest nicht so weit von zu Hause weggehen.«

»Jetzt habe ich's mir anders überlegt.«

»Wegen deiner Freundin?«, fragte Camilla, woraufhin Ross ihr einen vernichtenden Blick zuwarf.

»Ist Mumbai dasselbe wie Bombay?«, wollte Allie wissen. »Heißt das jetzt so?«

»Ja, Mom«, antwortete Ross. »Das heißt jetzt so.«

»Achte auf deinen Ton.«

»Wartet mal, reden wir nicht mehr über den vierten Juli?«, fragte Dustin und sah dich an. »Und Jakeys Dad?« Du warst immer noch benommen vor Glück, du mit deinem Kürbis.

»Jetzt mal ganz langsam«, sagte Bruce. »Noch einmal von vorn. Wer hat was von Mumbai gesagt? Und wer ist dieses Mädchen?«

»Asha«, erwiderte Ross. »Aus Guatemala. Hab ich dir das nicht erzählt?«, fügte er in einem Ton hinzu, der verriet, dass er seinem Vater gar nichts erzählt hatte, ihn das jedoch glauben machen wollte.

Aber Bruce hatte es in seinem Leben nicht so weit gebracht, weil er sich leicht übertölpeln ließ. »Nein, ich glaube nicht, Ross.«

»Doch, ganz sicher ...« Ross erstarb die Stimme. Er räusperte sich. »Bestimmt, also definitiv.«

»Jakey«, meldete sich Dustin. »Bist du aufgeregt, weil du deinen Dad triffst?«

Du sahst ihn an und verdrehtest die Augen. »Na klar«, sagtest du.

»Was glaubst du, wie er ist?«

»Ich glaube, er ist super.«

»Wieso glaubst du das?«, erkundigte sich Dustin, hatte allerdings den Mund voll Hühnchen, so dass es recht dumpf klang.

»Weil«, sagtest du, »er mein *Vater* ist.«

»Ja, aber du hast ihn doch noch nie getroffen.«

»Dustin«, warnte Allie.

Aber du warst völlig unbeeindruckt und bedachtest Dustin vermutlich zum ersten Mal mit einem überlegenen Lächeln. »Natürlich habe ich ihn schon getroffen«, meintest du. »In meinen Träumen.«

»Wie bitte?«, fragte ich, worauf du nun mir das vernichtende Lächeln zuwarfst.

»Das ist doch verrückt«, sagte Dustin. Darauf antwortetest du nicht, sondern legtest den Kürbis in deinen Schoß und fingst an, ordentlich dein Hühnchen zu zerschneiden – worum ich dich immer gebeten hatte, bislang jedoch vergeblich.

»Wie auch immer. Wenn das also klargeht«, verkündete Ross, der erneut eine günstige Gelegenheit witterte, »dann sag ich jetzt einfach in der Uni Bescheid. Ich ziehe meine –«

Bruce schüttelte den Kopf. »Das denke ich nicht.«

»Aber, Dad –«

»Ross, bleib locker.« Mein Schwager war ein netter Kerl, ich kannte ihn seit der High School und wusste noch, wie reizend er Allie damals umworben hatte.

»Dad, hör doch, wenn du nur –«

»Ross«, unterbrach ihn Bruce mit warmer und gleichzeitig warnender Stimme. »Ich sagte, bleib locker.«

Das Alter hatte es mit Bruce ziemlich gut gemeint: Wie die meisten Männer seiner Gehaltsklasse achtete er darauf, sich in Form zu halten, und obwohl er fast kahl war, hatte er das Beste daraus gemacht. Er trug eine schicke europäische Brille und eine Rolex, kleidete sich aber ansonsten eher schlicht. Was ihm wichtig war: seine Kinder, eine gute Bildung, solide Autos, nicht zu riskante Investitionen, sein Boot, die lokale Politik, guter Kaffee, Joggen am Morgen und vor allem deine Tante Allison. Selbst in diesem Moment, als er zu seinem väterlichen Machtwort ansetzte, streckte er seine Hand aus, um die ihre zu halten.

»Ist das das Mädchen, das dich auf diese Sache mit dem Tattoo gebracht hat?«, erkundigte er sich.

Ross hatte die Hemdsärmel heruntergerollt.

»Vielleicht sollten wir uns später darüber unterhalten«, sagte Bruce. »Unter vier Augen.«

Ross zuckte die Achseln. Du nahmst die Kraftkalebasse von deinem Schoß. »Hier«, sagtest du. »Die wird dir helfen. Sie hilft deinen Träumen.«

»Danke«, erwiderte Ross und lächelte, als wüsste er das wirklich zu schätzen.

Da fing ich an zu weinen, womit dir oder Ross natürlich nicht gerade geholfen war, doch mittlerweile hatte sich die Familie an meine merkwürdigen Gefühlsausbrüche gewöhnt, und keiner sah mich mehr befremdet an.

»Möchte jemand Nachtisch?«, fragte Allie.

»Ich hol ihn«, sagte Ross und sprang auf. Es war durchaus möglich, dass er sich für ein Leben entscheiden würde, das niemand für ihn vorgesehen oder geplant hatte: Er konnte nach Mumbai gehen oder auch nicht, konnte sich mit Asha oder einer anderen schönen Frau zusammentun. Er konnte jemand werden, den er noch nicht einmal selbst in sich sah. Ist es das, was aus deinem Cousin geworden ist, Jake? Ich muss gestehen, dass ich immer davon ausging, er würde in Seattle landen, nicht allzu weit von seiner Mutter entfernt. Ross schien mir nicht die innere Stärke zu besitzen, allzu lange auf sich allein gestellt zu sein.

Hast du diese innere Stärke, Jacob? Werden dir meine Worte helfen, diese Stärke in dir zu entdecken? Um in die Welt hinauszugehen und dein eigenes Leben zu führen?

»Tante Karen, möchtest du Eiscreme?«

Ich nickte, obwohl ich keine wollte.

Wir räumten den Tisch ab, Ross brachte die Eiscreme aus der Küche, und dann saßen wir schweigend da und aßen. Und als es anfing zu regnen, taten alle so, als bemerkten sie es nicht.

Jake, während ich dies schreibe, kommt mir immer wieder in den Sinn, dass ich es für jemanden schreibe, den ich mir nur anhand der wenigen Hinweise, die ich habe, vorstellen kann. Jener Hinweis auf dein zukünftiges Selbst, die du mir unbewusst gibst. Wenn ich mir ausmale, wie du in der Zukunft wohl sein könntest, dann denke ich an einen stillen jungen Mann, da du ein stilles Kind bist. Ich stelle mir jemanden vor, der die Yankees liebt, sich schnell begeistern lässt und ein guter, treuer Freund ist.

Am deutlichsten konturiert sich für mich jener Teil deines zukünftigen Ichs, der von den Eigenschaften geprägt ist, die du von mir hast. Und darauf richte ich mein Hauptaugenmerk, selbst wenn ich zugeben muss, dass mich das wohl wie eine Narzisstin wirken lässt. Der Jake, den ich mir vorstelle, kommt nach mir und niemand anderem. Wann immer du in den letzten Jahren etwas getan hast, das mich an deinen Vater erinnerte (als du etwa die für Jungs so verheißungsvolle Welt von Star Wars entdecktest, als du immer größer und sommersprossiger wurdest), betrachtete ich es als merkwürdige Eigenart, als Laune der Natur. Denn so wie ich dich sehe, Jake, erinnerst du mich durch und durch an mich. Du hast eine Schwäche für Sarkasmus, steckst vieles weg, bist ein guter Reisegefährte, verlierst selten die Fassung, schmollst jedoch gern mal, genau wie ich. Der Jake, den ich kenne, braucht mindestens zehn Stunden Schlaf. Hat es lieber warm als kalt. Lieber süß als salzig. Der Jake, den ich kenne, könnte gar nicht anders sein, denn ich bin, wer ich bin, und du bist mein.

Wenn ich daher an dein zukünftiges Ich schreibe, gehe ich davon aus, dass dein zukünftiges Ich andere Menschen schnell durchschaut und kaum zu überraschen ist. Dein zukünftiges Ich weiß, dass ich zwar deine geheiligte Mutter war, jedoch nicht immer eine Heilige.

Ich genieße es, mir dein zukünftiges Ich vorzustellen. Bestimmt bist du jemand, den ich sehr, sehr mögen würde, wenn ich ihn kennenlernte. Wir würden bestimmt immer noch gemeinsam ins Kino gehen und Weihnachten chinesisch essen. Irgendwann würdest du mich dazu bringen, mit dir in die Berge zu fahren und es mit dem Klettern zu probieren. Ich würde dir all meine Lieblingsbücher zu lesen geben, die Krimis ebenso wie die Philosophen und die Biographien. Politisch wären wir gewiss einer Meinung. Deine Freundin würde mich nerven, aber ich würde es nicht zeigen. Du würdest es wissen, aber trotzdem zu ihr und ihrer Katze ziehen.

Aber über die Feiertage würdest du zu mir kommen und in deinem alten Zimmer schlafen. Und ab und zu würdest du mich zu dir auf einen Kaffee einladen.

Ich schätze, was ich sagen will, ist: Ich glaube, wir hätten uns gegenseitig gemocht.

Drei Wochen nachdem du in die Vorschule gekommen warst, war ich offiziell in Remission: Die Tests nach der Chemo bestätigten, dass der Tumormarker normal war und meine Computertomographie unauffällig. Zugegeben, alles an mir fühlte sich zittrig und schwach an, meine Haare waren mir ausgefallen, ich hatte Narben – nicht zu vergessen der abrupte und niederschmetternde Eintritt der Menopause –, doch abgesehen davon: Remission! Selbst meine Ärzte klangen positiv überrascht. Als ich um halb drei aus ihrem Sprechzimmer hüpfte, wurde mir klar, dass du gleich Schulschluss hättest, daher pfiff ich Julisa zurück und tauchte selbst vor deiner Vorschule auf, wo all die Mommys und Nannys plaudernd warteten. Mir wurde bewusst, dass ich keine der Mütter kannte, und ich dachte, dass ich mich doch eigentlich mal vorstellen müsste.

Plötzlich war da das Gefühl, es sei Zeit, neue Menschen kennenzulernen. Remission! Die Welt gehörte wieder mir, zumindest ein kleines bisschen.

»Hi«, sagte ich zu einer munter wirkenden Brünetten mit Brille. »Ich bin Jacob Neulanders Mom. Er ist in der Gruppe von Mrs. Crane.«

»Natalie Kennedy«, erwiderte sie. »Meine Tochter ist bei Mrs. Hook.« So standen wir da und plauderten einfach miteinander, und ich freute mich, bloß weil ich so war wie alle anderen. Zum ersten Mal seit Monaten hatte ich richtig Appetit, und ich beschloss, mit dir zu Serendipity zu gehen und köstliche Burger zu essen, gefolgt von einer mörderischen Portion Softeis.

Da quoll eine große Gruppe von Kindern aus dem Eingang: hinreißend, multikulti, mit teuren Turnschuhen. Etwas zu groß für Vorschulkinder. Dann kam die nächste Gruppe, ebenso hinreißend und multikulti und diesmal genau in deinem Alter, aber ich konnte dich nicht entdecken.

»Ist das die Klasse von Mrs. Crane?«, fragte ich Natalie Kennedy.

»Ja, das ist sie.«

Ich suchte konzentrierter nach dir und versprach mir, kein Wort über die Remission zu verlieren, weil ich dich nicht verwirren, sondern nur mit dir feiern wollte. Endlich hatten wir etwas zu feiern! Zum ersten Mal seit sehr langer Zeit war ich annähernd gesund. Ich fragte mich, ob du etwas merken würdest. Und dann warst du auf einmal da, mit deinem Lego-Star-Wars-Rucksack und deinen Haaren, die sich an den Spitzen lockten. Du unterhieltest dich eifrig mit einem anderen Kind und blicktest nicht einmal in meine Richtung. Ich winkte, doch du schienst mich nicht zu sehen. Ich kam mir wie eine Spionin vor, was erst noch lustig war.

Und dann sahst du zu mir herüber, doch es zeichnete sich kein Lächeln auf deinem Gesicht ab, sondern es wurde irgendwie still. Du kamst zu mir getrottet. »Was machst du denn hier?«

»Ich wollte dich sehen!«

»Ist alles in Ordnung?«

»Ja! Ja, es geht mir sehr gut. Ich wollte mit dir zu Serendipity! Eis essen!« Meine Stimme wurde so schrill wie bei einem pubertären Mädchen.

»Jetzt? Wieso denn?«

»Um zu feiern!«

Argwöhnisch fragtest du: »Was gibt's denn zu feiern?«

Darauf wollte ich nicht näher eingehen. »Das Leben eben«, sagte ich.

»Aber es ist Dienstag.«

»Können wir dienstags nicht feiern?«

»Dienstags gehe ich mit zu Aiden, zum Pokémon-Spielen.«

»Ach ja?« Wusste ich davon? Eigentlich war ich überzeugt, noch nie von einem Aiden gehört zu haben.

»Julisa ist mit seiner Nanny befreundet«, erklärtest du. »Sein älterer Bruder hat mindestens fünftausend Pokémon-Karten. Er bringt uns bei, wie man damit spielt.«

»Das wusste ich nicht«, sagte ich. »Aber du kannst doch nächste Woche dahin.«

»Aber ...« Du wirktest niedergeschmettert. »Aber ich will jetzt hin«, sagtest du. »Aiden wartet doch auf mich.« Als ich aufblickte, sah ich tatsächlich schräg hinter dir den Jungen, mit dem du dich unterhalten hattest, bevor ich euch unterbrach. Rechts neben ihm stand seine Nanny. Sie warteten darauf, dass wir unser Gespräch beendeten.

»Also willst du nicht zu Serendipity?«

Du sacktest ein bisschen zusammen und schütteltest den Kopf. »Vielleicht ein andermal?«

»Aber wir könnten Eis essen!«

»Ich würde lieber mit zu Aiden.«

Es ist mir ein bisschen peinlich, das zuzugeben, Jake, aber damals kam ich mir vor, als hättest du mit mir Schluss gemacht. Ich hätte Julisa umbringen können: Wieso hatte sie mir nicht gesagt, dass du für dienstags feste Pläne hattest? Aber vielleicht hatte sie das. Meine Aufmerksamkeit hatte ebenso unter der Krankheit gelitten wie alles andere.

»Darf er mitkommen?«, fragte die Nanny. Wie sich herausstellte, wohnte Aiden auf der 75th, nur einen Block entfernt, und das Kindermädchen hatte kein Problem damit, dich heimzubringen, und du wolltest unbedingt hin, also bitte, wie konnte ich da nein sagen? Natürlich sagte ich ja. Und blieb wie angewurzelt vor der Schule stehen, um dir nachzublicken. Nachdem du, das Kindermädchen und Natalie Kennedy und alle anderen gegangen waren, bummelte ich allein nach Hause, so wie früher, als ich selbst noch in der Schule war. Dabei entwarf ich im Kopf einen wütenden Brief an dich: Siehst du nicht, dass ich sterbe? Die Ärzte haben die Pausetaste gedrückt – nur wissen wir nicht, wie lange die Pause dauert, Jake! Also müssen wir jede gottverdammte Sekunde dieser Pause zelebrieren! Denn der Krebs kann jede Sekunde auf *Play* drücken!

Und dann holte ich tief Luft und löschte den Brief.

Es war gut, dass du Freunde hattest und anfingst, dich in Gesellschaft neuer Menschen wohl zu fühlen. Es war gut, dass du nicht das Gefühl hattest, mich nicht allein lassen zu dürfen.

Bloß ich konnte es kaum ertragen, dass du mich allein ließest. Also saß ich zwei Stunden auf der Treppe zu unserem Haus, bis ich dich die Straße heraufhüpfen sah, Aiden und das Kindermädchen ein paar Schritte hinter dir. Und als ich dein Gesicht sah, schmolz ich dahin, und das war, in jenem kostbaren Moment damals, alles Glück, was ich brauchte.

Um vier Uhr morgens wachte ich vor Schmerz auf. Es war ein scharfer Schmerz in meinem Magen, nein, direkt darunter. Nicht in meinem Magen. Oder doch? Nach der Operation versicherte man mir, der Krebs würde sich nicht in meinen Magen ausbreiten. Nicht metastasieren. Das würde nicht passieren. Und wenn, dann nicht dort: Bitte, ich wollte normal essen können, wollte keinen Kolostomiebeutel, bitte, lieber Gott, dachte ich, ich weiß, ich glaube nicht an dich, also bitte, irgendjemand, lass mich nicht vor Schmerzen schreien, mach, dass ich Jake nicht aufwecke – bitte, o Gott. Ich würde schreiben. Manchmal half das.

Ich stand auf, was es schon besser machte. Doch als ich mich zum Schreiben hinsetzte, kam und ging der Schmerz in Wellen. Ich erinnerte mich an die Anweisungen: *Beim Höhepunkt der Welle Luft anhalten, beim Tiefpunkt ausatmen.* Es ging irgendwie. Durchs Schreiben würde es besser werden.

Ich werde das niederschreiben, ich werde es wegschreiben, ich werde dich wissen lassen, wie es war, dich miterleben lassen, wie deine Mutter am Ende ihres Lebens war. Wenn du es nicht wissen willst, musst du nicht weiterlesen.

Aber das war ich. *Das bin ich.*

Hauptsache, ich wecke dich nicht auf. Ich will dich nicht aufwecken. Bitte bitte bitte bitte bitte – schreiben hilft.

Ich rief Allie an. Sie meldete sich nicht. Gott sei Dank. Ich wollte nicht ins Krankenhaus. Nicht hier in Seattle.

Dann wurde es schlimmer. Ich stand auf, setzte mich wieder hin. Half alles nichts. Wieder rief ich Allie an. Diesmal wachte sie auf und fragte verschlafen: »Alles in Ordnung?«

»Nein, nichts ist in Ordnung.«

»Ich bin sofort da.«

Diese Schmerzen und Qualen waren mir mittlerweile vertraut, ich konnte sie einordnen. Es kam vom Narbengewebe, nicht von Metastasen. Das kannte ich schon, sagte ich mir. Schließlich war ich doch in Remission. Aber als Allie kam, krümmte ich mich vor Pein auf dem Bett. »Ich rufe den Krankenwagen.« Ich bedachte sie mit meinem schärfsten Ich-bring-dich-um-Blick.

»Kodein«, brachte ich hervor.

»Karen.« Wollte sie jetzt allen Ernstes mit mir streiten? Wieder warf ich ihr meinen Todesblick zu, aber da es dunkel im Schlafzimmer war, sah sie ihn wohl nicht. Sie griff nach dem Telefon.

»Kodein«, zischte ich, und da gab sie nach, legte den Hörer auf und ging ins Bad. Kam mit einer Tablette und einem Becher mit Wasser zurück.

»Komm, Karen, hier.« Sie stützte mich, während ich die Tablette nahm. Es war kurz vor halb fünf, und im unermüdlichen Seattle brach schon bald der Tag an. Wir waren hier so weit im Norden, fast in Alaska, am Ende der Welt. Ich dachte an alles, was ich noch zu tun hatte: Ace erreichen, ein paar PowerPoint-Präsentationen zu Ende bringen, allen in New York Bescheid geben, und dann warst da auch noch du, und mit dir hatte ich doch so viel vor. In deinem Feriencamp gab es einen Privatlehrer für Tennis, bei dem ich ein paar Stunden für dich buchen wollte. Wir wollten in den Spielzeugladen am Pioneer Square, um das Piratenschiff von Playmobil zu kaufen, das du so gern haben wolltest.

Als ich die Tablette schluckte, musste ich würgen, aber ich bekam sie runter. Allie legte sich neben mich auf das weiche Bett. Natürlich hatte sie für gute Matratzen im Gästehaus gesorgt. Sie sparte nie an etwas.

»Geht's besser?«

Nein, ging es nicht. Das Kodein wirkte zwar schnell, aber zwanzig Minuten würde ich schon warten müssen. »Ich kann die Jungs nicht zum Camp bringen«, sagte ich.

»Karen.«

»Das musst du …« Es war so unfair, so unfair, so unfair. Ich wollte dich selbst zum Camp bringen. Ich wollte mich mit deinem Tennislehrer treffen. Ich wollte nicht vom Kodein betäubt wegdämmern und das Frühstück verpassen. Ich wollte dich nicht verpassen, Jakey.

»Karen, wenn ich die Jungen weggebracht habe, gehen wir zum Arzt, ja?«

»Ich muss heute arbeiten.«

»Zum Arzt«, beharrte sie. »Bitte, Karen.«

»Warten wir ab«, flüsterte ich, »ob das Kodein hilft.«

»Bitte.«

»Warten wir ab.« Es wurde bereits besser. Es wirkte schnell.

Allie und ich lagen auf dem Bett, genau wie früher, als wir noch klein waren, in dem Haus auf Long Island, mit den Großeltern über uns. Während ich wegdriftete, erinnerte ich mich daran, wie es war, ihre Traurigkeit selbst beim Einschlafen auf uns lasten zu spüren, sie durchdrang alles. Ich erinnerte mich, wie wir im Dunkeln dalagen und sich Allies hellblondes Haar über das Kopfkissen in unserem Bett ausbreitete und immer neue Muster bildete. Ich wusste, dass sie nur so tat, als würde sie schlafen. Genau wie ich. Sobald ich die Augen schloss, schlug sie ihre auf.

Auch jetzt tat sie nur so, als schliefe sie. Ihre Haare fielen immer noch lang und blond über das Kopfkissen. Sie hatte die Lippen zusammengepresst.

Ich rollte mich zur Seite und schob meine Hand in die kühle Nische zwischen Matratze und Wand. Da fühlte ich etwas Klumpiges. Eine getrocknete Avocado? Was in aller Welt … Ich zog es heraus.

Du hattest mir deinen Kürbis dagelassen.

Lieber Gott, Jacob. Was würde ich nur ohne dich machen?

Lange Zeit umklammerte ich das merkwürdige Ding mit meinen Händen, während es draußen allmählich heller wurde. Ich lauschte auf den gleichmäßiger werdenden Atem meiner Schwester, die den Schlaf nicht länger vortäuschte. Und auch ich spürte, wie mein eigener Atem länger und tiefer wurde. Gleich würde ich einschlafen. Ich drückte den Kürbis an meine Brust und schloss die Augen, ich wusste, schon bald würde ich etwas Schönes träumen.

KAPITEL 5

Eine der unergründlichen Freuden kleiner Jungen besteht darin, alle Facetten der eigenen Verdauung zu erkunden, und manchmal, wenn du einen wirklich großen Furz in dir aufkommen spürtest, brachtest du alle im Raum zum Schweigen, um ihn richtig zur Geltung zu bringen: »Sch, Leute, hört mal den!« Doch wie du sicher längst weißt, finden weibliche Wesen, sobald sie einmal die Pubertät erreicht haben, das öffentliche Präsentieren von Flatulenzen nicht mehr allzu unterhaltsam. Im Gegenteil, die meisten fangen an, so zu tun, als täten sie es niemals, und zwar genau zu dem Zeitpunkt, da ihnen klarwird, dass Jungen es ständig tun. Womit ich sagen will, dass es mir erst peinlich war, bevor es mir besorgniserregend erschien, als ich um meinen einundvierzigsten Geburtstag herum beständig Winde in mir spürte, die weder weichen noch irgendwie nachlassen wollten.

Zuerst dachte ich, das hätte wohl mit dem zunehmenden Alter zu tun, und versuchte, weniger Ballaststoffe zu mir zu nehmen. Doch als die *Times* einen Artikel über mich brachte, in dem ich als »gleichermaßen liebenswürdig wie durchsetzungsstark« bezeichnet wurde (was mir gefiel), wirkte ich auf dem Begleitfoto außerordentlich aufgebläht. Allerdings lag auch eine außerordentlich arbeitsreiche Phase hinter mir, in der ich mich hauptsächlich von Pizza und Pillen gegen Sodbrennen ernährt hatte. Wer hätte da nicht einen kleinen Blähbauch gehabt? Doch dann bekam ich auf einmal Rückenschmerzen und klang ständig heiser und – nun, es ist überflüssig, die ganze Geschichte zu erzählen. Wichtig ist dabei wohl nur, dass Eierstockkrebs zwar gern als »stiller Killer« bezeichnet wird, dennoch lassen sich frühe Symptome erkennen. Und bei mir gab es sie haufenweise. Nur stellten diese frühen Symptome kleinere oder peinliche Unannehmlichkeiten dar, so dass ich sie lieber ignorierte oder mir selbst daran die Schuld gab.

Nur wenige Tage nach meiner Diagnose traf ich mich zum ersten Mal mit Doktor Steiner, der eine Operation bei mir vornehmen sollte, bei der sehr viele all jener Organe entfernt werden würden, die ich bis dahin für lebensnotwendig gehalten hatte. Wie viele Sorgen genau musste ich mir machen?

»Wir werden herausfinden, was da bei Ihnen los ist«, antwortete Doktor Steiner, was im Grunde keine Antwort war.

»Werde ich wenigstens dünner werden?«

»Sie werden sehr dünn werden«, sagte Doktor Steiner mit leichtem Stirnrunzeln; offenbar war ihm nicht klar, dass ich nur hatte scherzen wollen.

Nachher sagte man mir, dass die Operation neun Stunden gedauert habe und zwar nicht optimal gelaufen sei (sie hatten nicht alle Tumore entfernen können, da sonst meine Hauptschlagader beschädigt worden wäre), aber auch nicht wirklich schlecht, da sie immerhin glaubten, einen Großteil erwischt zu haben. So weit die guten Nachrichten.

»Aber es gibt auch schlechte Nachrichten«, sagte ich zu Doktor Steiner, denn ich lernte langsam, sein Stirnrunzeln zu deuten.

»Nun, sehr gemischt, würde ich sagen«, erwiderte er und kratzte sich an der Nase. Trotz seines abgebrüht-pessimistischen Gebarens hatte Doktor Steiner freundliche Augen, und in meiner Narkosebenebelung dachte ich, er müsste vielleicht auch die Tränen unterdrücken, was ich nett von ihm fand. Allison war wegen der Operation hergeflogen und saß jetzt bei mir, um Händchen zu halten. Ihre Finger waren kalt.

Die relativ schlechten Nachrichten besagten, dass ich Krebs im Endstadium hatte. Und dass der Krebs schon die Lymphknoten in meinem Becken befallen hatte. Und dass sie das Tumorgewebe dort nicht würden entfernen können.

Die wirklich schlechte Nachricht lautete, dass ich deinen zehnten Geburtstag nicht erleben würde.

Die relativ guten Nachrichten hingegen waren, dass man den Prozess verlangsamen konnte, wenn ich bereit war, mich regelmäßig einer Chemotherapie zu unterziehen und in dem Bewusstsein zu leben, dass alles schon bald vorbei sein würde.

»Und das sollen gute Nachrichten sein?«, fragte Allison.

»Relativ gute«, erwiderte Doktor Steiner. »Sie ist jung, sie ist gesund.«

»Ich bin nicht gesund«, entgegnete ich. »Für mich klingen diese Nachrichten schlecht. Nicht relativ schlecht, sondern verheerend schlecht.«

»Nein, wirklich nicht«, widersprach Doktor Steiner. »Es könnte alles noch viel schlimmer sein. Ich habe schon viel schlechtere Prognosen gesehen. Außerdem wird ununterbrochen an neuen

Therapien gearbeitet, mit denen Ihre Lebensdauer verlängert werden könnte.«

»Was ist mit klinischen Studien?«, fragte Allison. »Können wir sie in einer klinischen Studie unterbringen?«

»Zunächst einmal«, sagte Doktor Steiner, »versuchen wir es mit Altbewährtem.«

»Und was ist das?«

»Chemo«, erklärte er. »Chemo und Operation. Das Standardverfahren.«

»Aber Sie sagten doch gerade etwas von neuen Therapien ...«

Doktor Steiner wirkte erschöpft. »Ihre Schwester braucht jetzt Ruhe«, sagte er. »Wir reden morgen weiter.«

Wie viel Zeit verbrachte ich damit, über die relativ schlechten Nachrichten nachzudenken? Jedenfalls wesentlich mehr, als die psychologischen Betreuer hofften. Viel mehr, als Allison sich wünschte. Tatsächlich so viel, dass ich überlegte, sofort alles zu beenden, den heroischen Kampf und den langen Weg einfach zu vergessen und – verzeih mir, Jake – allem ein Ende zu machen, während du in der Schule warst und Julisa in der Küche beim Spülen. Während Allie im Central Park joggte. Mit einer Waffe, einem Strick, Tabletten. Oder allem zusammen. Dies erschien mir mutig, mutiger, als zu leben. Aber ich wusste nicht, woher ich eine Waffe bekommen sollte, außerdem wollte ich eigentlich nicht sterben (das will ich immer noch nicht).

Vielleicht wird es doch noch alternative Therapien oder klinische Studien für mich geben. Vielleicht wird es noch irgendetwas geben, das ich werde tun können. Doch bisher habe ich getan, was alle braven Mädchen tun, und bin den Anweisungen gefolgt. Chemo, Operation. Noch mehr Chemo. Mein Testament schreiben. Dies hier schreiben.

Wie auch immer, als ich im Krankenhaus lag, übernahmen Allie und Julisa mein Leben und meine Aufgaben, brachten dich zur Schule und sorgten dafür, dass die Wohnung sauber und der Hamster gefüttert war. Allie gab mir Eiswürfel, als ich nach der Operation vor mich hin dämmerte, überlegte, ob sie dich mit ins Krankenhaus nehmen sollte, ging dann aber lieber mit dir ins Kino. Als ich aus dem Krankenhaus kam, fuhr sie mich wieder und wieder zur Chemo und besorgte mir etwas, von dem ich meinte, dass ich es essen könnte (Suppen und Melone), nebst Klatschzeitschriften und Filmen mit Julia Roberts. Ich war ihr unendlich dankbar und hasste es gleichzeitig, ihr dankbar sein zu müssen. Sie hatte ihre Kinder und ihren Mann, ihr eigenes Leben am anderen Ende des Landes zurückgelassen und war zu mir gezogen. Ohne mit der Wimper zu zucken. Und das, obwohl ich in unserer Kindheit so gemein zu ihr gewesen war, obwohl ich noch als Erwachsene hinter ihrem Rücken oder sogar direkt vor ihr über ihr Leben gelästert hatte, das nur aus Tennis, Yoga und Flügen zu ihrem Sommerhaus bestand. Sie hatte ihr eigenes Leben unterbrochen, um meines zu retten, und ließ nicht zu, dass ich ihr dankte. Und zum ersten Mal in deinem Leben kamst du ein paar Minuten vor Unterrichtsbeginn in der Vorschule an.

Erinnerst du dich noch an deinen ersten Besuch nach der Operation? Du warst gerade erst fünf, aber schon ziemlich abgeklärt und sagtest: *Du siehst gar nicht so schlimm aus, wie alle gesagt haben.* Du legtest dich zu mir ins Bett, kuscheltest dich an mich und schlangst einfach die Arme um mich, obwohl Allie dich warnte, du könntest mir weh tun. Natürlich hast du mir weh getan, aber natürlich schob ich dich nicht weg.

Sechs Wochen nach der OP fing ich mit der Chemo an, die ich in einem merkwürdigen Raum verabreicht bekam, der an ein Büro mit Betten und Fernsehern erinnerte. Als ich mich nach der Chemo gut genug fühlte, um mich wieder an die Arbeit zu machen und mich meinem Leben zu widmen, ging Allie mit dir ins Museum, zum Fußball oder zum Schwimmunterricht. Ich breitete meine Unterlagen vor mir aus, setzte mich ans Telefon und hielt mit Chuck Kriegsrat auf dem Fußboden wie in unseren Anfangstagen, und Chuck tat so, als bemerkte er nicht, dass ich nichts von der Pizza anrührte.

Eines Abends fragte mich Chuck vorsichtig, ob wir jemanden einstellen sollten, um die Zeiten meiner unvermeidlichen Abwesenheit zu überbrücken, nicht, um mich zu ersetzen, erklärte er – ich sei unersetzlich –, sondern als Verstärkung. Ich antwortete, das hielte ich noch nicht für notwendig. Also stellten wir niemanden ein.

Nach acht Zyklen Chemotherapie war ich endlich in Remission. Bevor Allie nach Seattle zurückflog, spendierte sie mir eine Perücke, mit der ich aussah wie Jennifer Lopez und die ich auch zu Hause trug. Weißt du noch, wie du meine Haare bestauntest und dich wundertest, wie schnell sie zurückgekommen wären? Ich verstand, dass du die Perücke für echt hieltest, und beschloss, sie nicht mehr abzunehmen, nicht einmal im Bett. Du solltest finden, dass ich gesund aussah. Du solltest nicht mehr so ängstlich wirken wie in der Zeit, als du mich nur mit Kopftuch sahst.

Eines Donnerstags dann – weißt du noch? – gingen wir schwimmen. Du begannst zu betteln, ich solle wie früher mit dir schwimmen, und ich wusste nicht, was ich tun sollte, denn ich hatte zwar meinen Badeanzug in unserem Schließfach, aber keine Bademütze. Doch du ließest nicht locker und wolltest kein Nein akzeptieren. Wolltest du dich überzeugen, ob ich gesund genug zum Schwimmen wäre? Wollte ich es selbst wissen? Ich war noch nicht so abgemagert, dass mir der Badeanzug nicht mehr passte, aber ich wusste, dass die Perücke nicht nass werden durfte, zumindest dachte ich das, und was, wenn sie herunterfiele? Vor deinen Freunden? Vor dir?

»Bitte, Mom!« Du hattest schon mit wenigen Monaten beim Babyschwimmen mitgemacht, warst später mit mir zusammen in einem Mutter-Kind-Kurs, und so war das Schwimmen immer etwas gewesen, das wir gemeinsam taten: im Frühjahr und Herbst nahmst du Schwimmunterricht, während ich meine Bahnen zog, sonntags gingen wir ins Schwimmbad, im Urlaub schwammen wir in Florida oder Puerto Rico. Immer wir beide, zusammen im Wasser. Erinnerst du dich noch an diese reizende russische Schwimmlehrerin, Tanja, die so oft ihre fleischigen Arme um dich schlang und sagte: »Deine Beine müssen kicken, ganz stark kicken«, was klang wie »kieken«?

»Komm bitte mit rein, Mom!« Es war ungewohnt für dich, im Wasser zu sein, während ich am Rand stand; es gefiel dir nicht. Dass du unaufgefordert »bitte« sagtest, war wiederum ungewohnt für mich. Also stieg ich ins Becken und bemühte mich, darauf zu achten, dass die Haare nicht nass wurden. Das Wasser umspülte meine gereizte Haut, es war so wohltuend und beruhigend. Wir planschten ein bisschen herum, und ich hielt mich am flachen Ende. Doch bald wurde dir langweilig.

»Hai, Mom!«

»Nein, Schätzchen, das geht nicht.«

»Bitte, Mom! Nur ein bisschen.« Erinnerst du dich noch an unser Haispiel, Jake? Du paddeltest wie ein Hund im Wasser, und ich schwamm unter Wasser heimlich an dich heran, und dann, sobald ich deine Beine erreicht hatte, tauchte ich aus dem Wasser auf und brüllte: »Hai!«, woraufhin du entweder flüchten konntest oder abgekitzelt wurdest, je nachdem wer von uns beiden schneller war.

»Bitte?«

Aber mit meiner Perücke konnte ich kein Hai sein, und du warst enttäuscht und verstandst nicht, warum ich nicht mit dir spielen wollte. Fast hätte ich dir gesagt, dass es wegen der Haare wäre, doch als ich gerade dazu ansetzte, gabst du endlich, widerwillig, nach. Also stand ich einfach bei dir im Wasser, ließ das Chlorwasser auf meine Zweitausend-Dollar-Perücke spritzen (Allie hatte darauf bestanden) und beschloss, nicht darüber nachzudenken, bis meine Augen brannten wie Feuer. Da sagtest du: »Ich glaube, wir sollten jetzt rausgehen, Mom. Du siehst müde aus.« Wahrscheinlich war ich auch müde, vor allem jedoch spürte ich, wie mir mein Leben entglitt.

Es machte mir immer solche Freude, dir beim Schwimmen zuzusehen, Jake, damals und heute. Du bist ein so guter Schwimmer, ein Naturtalent, du schwimmst wie ein Fisch. Ich hoffe, dass du es beibehalten und immer noch deine Freude im Wasser hast.

Bald darauf erklärte mir Doktor Steiner, dass ich weitere Operationen benötigen würde, aus verschiedenen Gründen (relativ schlechte Nachrichten), nur könne er mir nicht genau sagen, wann oder wo. Es gab endlose Möglichkeiten, allesamt erschreckend. Dies konnte schon der Fall sein, während ich mich noch in Remission wähnte, und es konnte bedeuten, dass der Krebs wieder da und noch aggressiver war als zuvor und dass es, alles in allem, womöglich doch an der Zeit wäre, sich eine Waffe zu besorgen.

Dennoch verlief das Jahr nach der Operation im Großen und Ganzen ziemlich gut. Im vergangenen März suchte ich Doktor Steiner und die anderen abgebrüht-pessimistischen Mitglieder seiner Praxis auf, die mein (höchst relatives) Glück meinem verhältnismäßig jungen Alter, meinem ganz anständigen Allgemeinzustand und dem Umstand zuschrieben, dass ich nie geraucht oder viel getrunken und meinen Körper aus Eitelkeit mit Sport und vernünftigem Essen in Form gehalten hatte. Tatsächlich ging es mir so gut, dass Steiner nicht einmal mit der Wimper zuckte, als ich ihm (und Doktor Susan und den Arzthelferinnen) erklärte, ich wollte, solange ich noch in Remission war, ein paar Monate bei meiner Schwester in Seattle verbringen. Zwar überwiesen sie mich für alle Fälle an einige Ärzte im Hutchinson Center, doch insgesamt schienen es alle für eine sehr gute Idee zu halten, dass ich Zeit mit der Familie und mit dir verbringen wollte. Ich sollte mich regelmäßig untersuchen lassen und darauf achten, genug zu schlafen.

Natürlich ging es mir von der Sekunde an, da wir in Seattle landeten, schlecht, und ich fühlte mich überfordert und ausgelaugt. Die Schmerzen in der Seite kamen und gingen und kamen wieder, so dass ich mein Kodein ständig griffbereit hielt. Und irgendwann war es nicht mehr möglich, das zu verbergen und es zu leugnen. Allison schleifte mich ins Hutchinson Center und ließ nicht zu, dass ich zur schlimmsten Version meiner selbst geriet, die sie anflehte, in Ruhe gelassen zu werden, um endlich sterben zu können.

»Du hast mir vier Jahre versprochen, Karen«, sagte sie an diesem Morgen und zwang mich aufzustehen. »Früher lasse ich dich nicht vom Haken.«

Also sitze ich hier und tippe in mein iPad, während ich darauf warte, dass man mir die Ergebnisse meiner letzten Tomographie mitteilt, die mir verraten werden, was mit mir los ist und ob der Krebs sich früher oder weiter als erwartet ausgebreitet hat und ob das hier in Seattle tatsächlich schon meine letzten Monate waren, und du bist gerade im Camp, während nun der Doktor kommt, um mir mehr zu sagen. Ich sehe Allisons ängstliche Miene, sehe Steiners Miene für relativ schlechte Nachrichten und meine auf einmal, die Dornen der Topfpflanze in der Zimmerecke zu spüren. Ich sitze, obwohl ich eigentlich das Gefühl habe, keine Kraft mehr dazu zu haben.

Ich hatte wirklich gehofft, ich könnte das hier für dich zu Ende schreiben, Jake. Bitte, lass mich genug Zeit haben, dir alles aufzuschreiben, was ich dir sagen möchte.

Ein paar Stunden zog ich in Erwägung, den letzten Absatz zu streichen, weil er doch etwas pathetisch wirkt und du mich nicht als jemand in Erinnerung behalten sollst, der sich lieber erschießen würde, als eine weitere Chemo durchzustehen. Dabei ist eine Chemo letztlich gar nicht so furchtbar – natürlich ist sie schon irgendwie schlimm, aber nur für einen überschaubaren Zeitraum, und danach kann man im Bett sitzen, alberne Filme gucken und sich schön selbst bemitleiden. Vielleicht war ich auch nur plötzlich so putzmunter, weil die Nachrichten dieses Morgens »gut« waren. Die Testergebnisse besagten, dass der Krebs nicht gestreut hatte. Die Schmerzen kamen von einem partiellen Darmverschluss, da die Narbenstränge immer wieder meine Verdauung behinderten. Doktor Horchow, mein Arzt in Seattle, meinte, das könnte und sollte man operieren – »keine große Sache«, sagte er, meine Lebensqualität, soweit es sie noch gäbe, würde damit erhöht. Ich hingegen hatte keinerlei Interesse daran, ein weiteres Mal aufgeschnitten zu werden, und wollte nicht, dass meinen armen Eingeweiden noch mehr angetan würde. Außerdem hatte ich furchtbare Angst vor einem Kolostomiebeutel. Und nicht zuletzt gab es bei einer Darmoperation das Risiko, dass sie einen weiteren Darmverschluss nach sich zöge – es war ein medizinischer Teufelskreis. Dann jedoch stiegen die Schmerzen wieder wellenartig an, und mein Entschluss geriet ins Wanken.

Doktor Horchow und Doktor Wang, die beiden Ärzte in Seattle, Doktor Steiner und seine Minions an der Ostküste standen in ständigem Kontakt, und sie alle waren der Meinung, dass ich angesichts meiner relativ guten Prognose (ich war doch noch so jung und – relativ – gesund) und der wachsenden Schmerzen einfach den Sprung wagen und mich operieren lassen sollte, hier in Seattle, wo sich meine Familie um mich kümmern würde, wo ich abgelenkt wäre, wo die vielen Wälder und das saubere Wasser zu meiner Erholung beitragen oder zumindest für einen anderen Ausblick aus meinem Krankenzimmer sorgen würden als die Klinik in Manhattan.

Aber ich wollte partout nicht noch eine Operation. Es war mir egal, was alle sagten: Ich wusste nicht, was sie finden würden, wenn sie mich aufschnitten, und ich wollte es wirklich nicht wissen. So lange wie möglich wollte ich mich der Illusion hingeben, einfach so weitermachen zu können. Ich wollte Pizza bestellen und sie auf dem Fußboden essen. Ich wollte meine prächtige Perücke betrachten und mir vormachen, es wären meine eigenen Haare.

KAPITEL 6

Am 3. Juli befand Allie, dass wir vor dem Feiertag unseren Vater besuchen müssten. Da hatte sie natürlich recht: Er würde sich langsam fragen, wo wir blieben – auf die geringe Chance hin, dass er sich an uns erinnerte.

Wie ich schon sagte, hätten dir meine Eltern gefallen, wenn du sie noch hättest kennenlernen können. Sie waren nicht nur wirklich gute Großeltern, es gab auch glückliche Momente, als Allie und ich noch klein waren. Mein Vater genoss es immer sehr, mir etwas von seiner Arbeit zu berichten und von den Büchern zu erzählen, die er in seinen Seminaren am College benutzte. In seiner Doktorarbeit, die er nie zu Ende schreiben sollte, ging es um die osteuropäischen Kriege im zwanzigsten Jahrhundert, und ich hegte den Verdacht, dass er das Thema zu faszinierend fand, um je damit fertig zu werden. Er hatte eine alte Karte vom Europa Osmanischer Zeit und sprach darüber so beiläufig wie andere Familien vom Fernsehprogramm.

Während das obere Stockwerk unseres Häuschens auf Long Island Ronald Reagan gewidmet war – meine Großeltern waren begeisterte Anhänger und hatten ein gerahmtes Foto auf ihrem Kühlschrank stehen –, war meine Mutter im unteren Stockwerk so liberal, dass sie die republikanischen Tendenzen meiner Großeltern in den Wahnsinn trieben. Mein Vater saß zwischen allen Stühlen und erklärte mir, es sei der Nachhall der Geschichte, warum seine Eltern glaubten, was sie glaubten. Der Zweite Weltkrieg, Stalin, die Annektierung Ungarns, sowjetische Brotschlangen, Reagans Auftreten, durch das er in den Augen meiner Großeltern zur Verkörperung klarer Moralvorstellungen wurde. Und obwohl ich das damals noch nicht wusste, waren es wohl die Vorträge meines Vaters vor seiner alten Landkarte, auf die er mit Bleistift große Bogen quer über Osteuropa zeichnete, die mein Interesse an Politik weckten. Mein Vater lehrte mich, dass politische Macht noch viel wichtiger ist als finanzielle, und ich verdanke seiner Inspiration viel – wahrscheinlich sogar meine Karriere. Es war einfach unfassbar, wie selten ich ihn besuchte, nun, da er ein alter kranker Mann war.

»Aber er merkt es doch gar nicht«, wandte Allison ein.

Als wir bei ihm ankamen, saß er in seinem Bett. Olga, die nette Pflegerin, die Allie für ihn bezahlte, suchte gerade etwas auf einem Tablet. »Ach, da sind Sie ja!« Sie blickte auf, als hätte sie uns erwartet. »Wir haben uns gerade über Sie unterhalten!«

Gott, wir waren wirklich das Letzte. »Tatsächlich?«

»Ich habe Mr. Gil Fotos in seinem Album gezeigt, nicht wahr, Mr. Gil?« In einem großen Bücherregal am Fenster standen nur Fotoalben und Olgas Liebesromane. »Besonders gern sehen wir uns die von Ihrem High-School-Abschluss an, Karen. Mr. Gil liebt diese Bilder.«

»Hallo Dad«, sagte Allie und gab ihm einen Kuss; ich tat es ihr gleich. Wie er da frisch rasiert in einem blau-weiß gestreiften Pyjama aufrecht in seinem Bett saß, nach Babyshampoo riechend.

Er war dünn, hatte wässrige, gerötete Augen und einen großen Adamsapfel. Sein weißes, immer noch dichtes Haar trug er zurückgekämmt wie früher. So trug er es seit seinem zwanzigsten Lebensjahr. Jetzt wandte er zwar den Kopf in unsere Richtung, sah uns jedoch nicht in die Augen. Hin und wieder fuhr er sich mit der Zunge über die trockenen Lippen. Seine Hände waren rissig, wie Eidechsenkrallen. Allie nahm etwas Salbe von seinem Nachttisch und fing an, sie einzucremen, was er ohne Reaktion zuließ.

»Hat er in letzter Zeit etwas gesagt?«, erkundigte ich mich. Ich wusste nicht einmal, wo ich mich hinstellen sollte. Das Zimmer war klein und bot nur einen Stuhl für Olga. Unbehaglich lehnte ich mich an die Wand.

»Nicht viel«, sagte sie. »Heute waren Sie ziemlich still, nicht wahr, Mr. Gil?«

Mein Vater wandte den Kopf in ihre Richtung und neigte ihn. Eine willkürliche Geste.

Olga lächelte. »An manchen Tagen sagt er etwas, aber an den meisten nicht ein einziges Wort.«

Jacob, ganz ehrlich: Aus genau diesem Grund drückte ich mich um die Besuche. Ich hatte nicht die leiseste Ahnung, was ich zu meinem Vater sagen sollte. Dazu fehlten mir einfach die Fähigkeiten. Niemals hätte ich mich zu ihm setzen können, um ihm seine Fotoalben zu zeigen und zu erklären, welche Frau seine Ehefrau war und welche seine Mutter. Wie schaffte Olga das nur, wo er doch so selten darauf reagierte? War sie eine Art Heilige für Demente? War sie einfach vollkommen anders gestrickt als ich? (Obwohl es vielleicht einfacher war, so etwas für den Vater eines anderen zu tun. Wenn es ihr eigener gewesen wäre, hätte sie es womöglich auch nicht geschafft, den ganzen Tag neben ihm zu sitzen und ihn an seine Vergangenheit zu erinnern und daran, dass er einst Gefühle für einen gehegt hatte.)

Aber, Jake, als du geboren wurdest, war er noch der warmherzige, tröstende, wortgewandte Vater, mit dem ich aufwachsen durfte. An jenem Morgen, als Dave und ich uns trennten, genauer gesagt: als Dave mich rauswarf, wusste ich nicht mehr weiter. Wie sollte ich diesen Tag durchstehen, der gerade erst begonnen hatte, wie den Rest meines Lebens? Ich ging nach Hause, duschte, sehnte mich nach einem Drink und wusste, dass ich keinen haben durfte; schließlich trug ich ein Kind in mir. Dann rief ich meinen Vater an, und innerhalb einer Stunde war er bei mir und brachte mir Blumen.

»Was soll ich nur machen?«, schluchzte ich. Weil mein Vater da war, erlaubte ich mir, die Fassung zu verlieren. Während ich heulte, stellte er die Blumen in ein Glas und gab ihnen Wasser.

»Die sind hübsch, nicht wahr?«

Sie waren hübsch. Gänseblümchen.

Dann setzte er sich neben mich aufs Sofa, und ich schmiegte mich an ihn wie in meiner Kindheit, als ich noch glaubte, allein durch seine Gegenwart sei ich in Sicherheit. Und weinte endlos. »Also, du wirst jetzt Folgendes tun«, sagte er irgendwann, als ich mich ausgeweint hatte. »Du wirst dir was Schönes anziehen.«

Ich nickte, völlig erschöpft.

»Und dann gehen wir essen.«

»Ich habe keinen Hunger.«

»Du musst etwas essen«, sagte er. »Für das Baby.«

Ich zog die Nase hoch und nickte wieder.

»Und dann gehen wir ins Kino.«

»Ich kann doch jetzt nicht ins Kino gehen!«

»Du musst.«

»Ich kann nicht«, widersprach ich, aber er schüttelte den Kopf. Ich konnte. »Was sehen wir uns an?«

»Keine Ahnung, irgendwas Lustiges. Oder Spannendes. Und dann gönnen wir uns etwas Süßes. Und morgen gehst du wieder zur Arbeit.«

»Aber was mache ich morgen nach der Arbeit?« Ich stand kurz davor, wieder die Fassung zu verlieren.

»Du rufst mich an.« Er nahm eine Blume aus dem Glas und reichte sie mir. »Und dann unternehmen wir etwas.«

Mein Vater hatte für mich einen Plan gemacht, also folgte ich ihm. Ich zog etwas Schönes an. Wir gingen chinesisch essen und sahen uns danach *Snakes on a Plane* an, eine hanebüchene Action-Geschichte, die mich tatsächlich auf andere Gedanken brachte. Und am nächsten Abend ging er wie versprochen wieder mit mir essen und dann in den neuen James-Bond-Film. Am Tag darauf musste ich zurück nach Maryland und hatte bis zu deiner Geburt ziemlich viel mit dem Wahlkampf zu tun. Und auch dann war mein Vater für mich da und tanzte mit dir in seinen Armen durch mein Krankenhauszimmer.

Solange er konnte, war er für mich da gewesen. Wieso fiel es mir so schwer, nun auch für ihn da zu sein?

»Daddy«, sagte ich. Ich nahm ein Fotoalbum aus dem Regal und machte mir Platz auf der Bettkante, um ihm Kinderfotos von uns zu zeigen: Weißt du noch? Grandpa und Grandma? Erinnerst du dich noch an den Ausflug nach Virginia Beach? An die Catskills? Allie holte ihr Handy hervor und zeigte ihm aktuelle Fotos von unseren Kindern: von dir und Dustin beim Herumalbern, von Camilla, die so tat, als würde sie Ross in den See stoßen. Und ich hatte tatsächlich den Eindruck, er würde unserem Geplauder folgen und die Fotos ansehen, obwohl er kein einziges Wort sagte.

Nach einer Weile fielen ihm immer häufiger die Augen zu.

»Ich glaube, er muss sich jetzt ausruhen«, sagte Olga. »Es war sehr aufregend, Ihre Mädchen zu sehen, nicht wahr, Mr. Gil?«

Allie neigte sich zu ihm und küsste ihn auf seine weiche Wange. »Hier«, sagte Olga, »ich schieße ein Foto von Ihnen allen zusammen, dann können wir uns später über Ihren Besuch unterhalten.« Also stellten Allie und ich uns rechts und links von unserem Vater auf, legten den Arm um ihn und lächelten, als Olga »Lächeln!« sagte, doch als wir uns das Foto ansahen, hatte mein Vater darauf die Augen geschlossen; er war bereits eingeschlafen.

Als wir zu Hause ankamen, landeten wir mitten in einem häuslichen Zwist. Ross und Bruce stritten sich über Ross' Befähigung, Entscheidungen über seine Zukunft zu treffen. Camilla kam uns an der Tür entgegen. »An eurer Stelle würde ich die Küche meiden.«

Da schallte ein lautes, heiseres »Ich bin achtzehn, du Arschloch!« durch den Flur.

Allie ließ ihre Tasche fallen und stürmte los wie ein Footballspieler, der den Ball in Sicherheit bringen will, während Camilla und ich ihr in furchtsam gebotener Distanz folgten. »Was zum Teufel ist hier los?«

Mitten in der großen Küche stand Ross, zu voller Größe aufgerichtet und mit zornesrotem Gesicht. Bruce saß an der Küchentheke, hielt einen Kaffeebecher umfasst und wirkte zwar finster, aber ruhig. Während all meiner Besuche bei Allie in all den Jahren in Seattle hatte ich nie jemanden einen anderen beschimpfen hören, schon gar nicht als »Arschloch«. Im Gegenteil: Das Leben dieser Familie war mir immer geradezu aberwitzig friedlich vorgekommen.

»Würde mir jemand vielleicht sagen, was zum Teufel hier los ist?«

»Ich bin achtzehn«, knurrte Ross. War er über Nacht so groß geworden? Er war mir noch nie so männlich und breitschultrig vorgekommen. »Ich kann wählen gehen. Ich kann Auto fahren. Ich kann arbeiten. Also kann ich auch meine eigenen Entscheidungen treffen.«

Bruce' Miene blieb unbewegt, doch er umklammerte den Kaffeebecher so fest, dass seine Knöchel weiß wurden.

»Geht es um Mumbai?«, fragte Allie.

»Du wirst nicht ein ganzes Jahr in Indien abhängen«, erklärte Bruce mit eisiger Ruhe. »Du fängst mit dem College an. Basta. Ende der Diskussion. Kein Wort mehr.«

»Herrgott, wenn dir das College so verfickt wichtig ist, gehe ich eben in Indien aufs College«, gab Ross zurück. »Okay? Gibst du mir wenigstens dazu dein Okay?«

»Wie genau soll das denn aussehen?«, fragte Bruce. »Und wenn du in meiner Gegenwart noch einmal fluchst, Ross, dann verlierst du jedes Privileg, das ich dir je –«

»Du sitzt doch im verfickten Aufsichtsrat der Columbia University, da wirst du mich doch irgendwo unterbringen können!«

»Ross, was habe ich gerade gesagt?«

»Glaubst du vielleicht, ich schaff das nicht? Geht es darum? Hältst du mich für blöd?«

»Herr im Himmel«, sagte Bruce, ließ endlich den Kaffeebecher los und barg den Kopf in seinen Händen.

»Was dann. Verfickt. Noch. Mal.«

»Ross!«, rief Allie, und da stand Bruce auf und verlor die Beherrschung, brüllte Ross an, er solle zum Teufel noch mal verschwinden, aus der Küche, aus seinem Leben, weil er nur ein verzogenes Gör sei, ein dummer Junge; und mit einem Mal gingen die beiden knurrend aufeinander los wie rasende Hunde. Unwillkürlich bemerkte ich, dass Ross viel größer war als sein Vater. Und dann tauchte Allie hinter ihrem Sohn auf und versuchte, ihn von ihrem Mann wegzuziehen – zwar prügelten sie sich noch nicht, machten aber durchaus den Anschein, dass es dazu kommen könnte –, und genau da senkte ich den Blick und sah, dass du mit weit aufgerissenen Augen neben mir standst.

»Mom?«, fragtest du und griffst nach meiner Hand.

»Alles in Ordnung, Schätzchen«, sagte ich.

»Ehrlich?«

»Aber sicher. Die beruhigen sich gleich wieder.«

Du hattest jedoch noch nie gesehen, wie sich ein Vater so gegenüber seinem Sohn benahm.

Ich hoffte nur, dass du jetzt ganz genau hinschautest.

Am nächsten Morgen schienen sich die Wogen geglättet zu haben. Allie, Bruce und die Kinder machten sich auf den Weg zum Wasserflugzeug, ohne die Szene vom Vortag zu erwähnen. »Alles in Ordnung?«, fragte ich Allie flüsternd, als sie das Haus verließ, worauf sie mit einer resignierten Geste antwortete. Sie wirkte erschöpft.

Ich selbst war vor lauter Nervosität die halbe Nacht wach gewesen, bis ich mir schließlich mit Hilfe eines Xanax Ruhe verordnet hatte. Der Plan für den Tag lautete so: Um elf Uhr würden du und ich zu Tully's Coffee gehen und uns in eine Ecknische setzen. Dein Vater würde sich zu uns gesellen. Wir würden für eine Stunde dortbleiben. Wenn alles gut lief, würden wir eine weitere Stunde in den Park gehen. Dann würden du und ich ins Auto steigen, nach Anacortes fahren und die Fünf-Uhr-Fähre nehmen. Damit wären wir pünktlich zum Aperitif im Haus in Friday Harbor. Das war nicht verhandelbar. Zum Aperitif.

Nachdem meine Schwester und ihre Familie aufgebrochen waren, gingen wir in die Küche, um zu frühstücken, wo du auf dem Tisch das als Geschenk verpackte Piratenschiff entdecktest. »Was? Ich hab doch gar nicht Geburtstag!«

»Aber fast«, sagte ich. Bis zu deinem Geburtstag waren es noch sechs Monate.

»Nein, stimmt nicht, außerdem …«, du sahst mich argwöhnisch an, »heißt das etwa, dass ich den Millennium-Falken nicht kriege?« Der Millennium-Falke von Lego, Han Solos Raumschiff, war das Geschenk, das du nach monatelangem, äußerst sorgfältigem Abwägen unbedingt zu deinem siebten Geburtstag bekommen wolltest.

»Das heißt gar nichts. Ich dachte nur, dass du dich darüber freuen würdest.«

Du trautest der Sache zwar noch immer nicht, aber schon bald vergaßt du deinen Argwohn, und wir rissen die Tütchen mit den neun Millionen verschiedenen Einzelteilen des Piratenschiffs auf und breiteten sie auf dem Küchentisch aus. Es gab Kanonen und Fackeln, einen winzigen Papagei und stecknadelkopfgroße Goldmünzen. Dazu riesige Flaggen, die am Schiffsmast befestigt werden mussten, und eine winzige Planke, von der winzige Gefangene in die Tiefe gestoßen werden konnten. Es war fünf nach zehn.

Selbst wenn wir sofort anfingen, wären wir noch bis weit in den Nachmittag beschäftigt.

»Mom!«, sagtest du, mitten im Plastikchaos. »Mom, guck mal auf die Uhr! Wir können es jetzt nicht zusammenbauen! Wir müssen los!«

»Nein, müssen wir nicht. Bis zur Innenstadt brauchen wir keine Stunde.«

»Ja, aber ...« Wieder sahst du mich misstrauisch an. »Was ist mit Parken?«

»Kein Problem«, erwiderte ich. »Ist doch Feiertag.«

»Wir dürfen auf keinen Fall zu spät kommen«, sagtest du und zeigtest mit einer winzigen Kanone auf mich.

Gut. Schön. »Dann fang du schon mal an, während ich mich ein bisschen zurechtmache.«

Als ich über den Rasen zum Gästehaus stapfte, fiel mir auf, dass du wahrscheinlich zum ersten Mal allein in einem Haus warst. Ich drehte mich um und sah durchs Fenster, wie du am Küchentisch standst und mit ein paar Piraten eine Schlacht nachstelltest. Du ließest sie durch die Luft schweben und dann zurück auf den Tisch sinken, wobei du laut vor dich hin sangst.

Und mit einem Mal war es zwanzig vor elf, wir fuhren über die Murrow Bridge Richtung Innenstadt, die I-90 war wunderbar frei, und auf jeder Seite der Brücke drängten sich die Segelboote. Der Himmel zeigte zwar sein typisches Seattlegrau, dennoch war es ein Feiertag, und ich konnte sehen, wie die Bewohner von Mercer Island sich auf ihren Stegen entspannten und ihre Boote bereitmachten. In genau diesem Moment landete Allies Familie auf den San Juan Islands, und ich hätte alles dafür gegeben, bei ihnen zu sein.

Stattdessen hatte ich einen Großteil der letzten sieben schlaflosen Nächte darüber nachgedacht, was ich heute anziehen sollte, und mich schließlich, ziemlich verdrießlich, für ein Outfit entschieden, in dem ich souverän und verbindlich wirkte. Fließende Hose, Kaschmirpulli, hübscher Schal. Als dein Vater und ich zusammen waren, trug ich oft Klamotten dieser Art, reisetauglich und gut kombinierbar, denn wenn es etwas gibt, wofür bei einer Wahlkampagne keine Zeit ist, dann, seine Sachen zur Reinigung zu bringen. Dennoch: Wenn ich gesund wäre und noch so etwas wie eine weibliche Figur hätte, hätte ich mich wahrscheinlich, nur fürs Selbstwertgefühl, für etwas Raffinierteres entschieden.

Mein Chemohaar war in einem winzigen Pferdeschwanz zusammengebunden. Ich trug eine riesige Sonnenbrille, die ich nicht abzusetzen gedachte.

Was dich betrifft, so hatte ich – obwohl ich dir seit mindestens einem Jahr nicht mehr die Klamotten herauslegte – diskret angeregt, ein Hemd mit Kragen und saubere Jeans anzuziehen, womit du einverstanden warst, da dir meist ziemlich egal war, was du anhattest. Eine Zeitlang wolltest du nichts mit Reißverschlüssen zu tun haben, aber mittlerweile hattest du eine kleine Sammlung von Dustin geerbter Kapuzenjacken, die du begeistert auftrugst. Ansonsten legtest du vor allem bei deiner Unterwäsche

Wert auf Superhelden. So sah ich dich jetzt im Rückspiegel in blauem Hemd, blauer Jeans und einer grauen Kapuzenjacke von Dustins Schule da sitzen – ein richtiger Seattler Junge. Auf deinem Schoß lagen ein paar Playmobilteile und dein Kraftkürbis. Vor lauter Aufregung trommeltest du mit den Füßen gegen meinen Sitz.

»Lass das bitte«, sagte ich. Aber du trommeltest weiter.

Merkwürdigerweise war ich nicht so nervös, wie ich gedacht hatte. Vermutlich hatte ich meine Nerven schon im Vorfeld überstrapaziert, vielleicht war der Anruf bei deinem Vater das Schlimmste gewesen, denn dies hier fühlte sich für mich nicht schlimmer an, als in den OP gefahren zu werden oder danach aufzuwachen, als in die Reha zu gehen und eine Perücke zu kaufen, als den Verband zu wechseln und wieder essen zu lernen. Eben so, als wäre der Schock mit der Diagnose überwunden, und nun kämen zwangsläufig die nächsten mühsamen Schritte. Wir würden deinen Vater treffen. Wie man Kaffee trank, wusste ich.

Aber ich würde lügen, wenn ich behauptete, dass mein Magen sich auf dem Weg zu Tully's Coffee nicht zusammengekrampft hätte. Du ranntest schon vor, deine Hosentaschen beulten sich von dem Playmobil und dem Kürbis, und ich schrie dir nach, du solltest warten, aber du tatest so, als hörtest du mich nicht. Wenn ich dich nicht einholte, würdest du als Erster ankommen. »Stopp!«, brüllte ich, so laut ich konnte, worauf einige Passanten stehen blieben, aber du ignoriertest mich. Hatte ich dir nicht beigebracht, auf mich zu hören? In der Innenstadt nicht vor mir wegzulaufen? Und als ich dir jetzt nachrannte – sehr zum Leidwesen meines Bauchs, denn rennen tat ihm ziemlich weh –, erkannte ich, wie dumm mein Plan gewesen war. Wieso trafen wir uns beide mit ihm? Wieso hatte ich mich nicht erst einmal allein mit ihm getroffen, um ein paar Grundregeln festzulegen und mich zu vergewissern, dass er die Bedeutung des Ganzen verstand?

Als ich dich einholte, war es schon zu spät.

Da stand er, direkt vor dem Café. Er beugte sich zu dir und sah dich an. In jeder Hand hielt er eine Einkaufstüte, aus der buntverpackte Geschenke lugten. Seit fast sieben Jahren hatte ich diesen Mann nicht mehr gesehen. Er hatte sich kein bisschen verändert. Jetzt kniete er sich hin. Du zeigtest ihm etwas. Ich verlangsamte meinen Schritt, um wieder zu Atem zu kommen. Was auch immer da ein paar Meter vor mir geschah, ich konnte es nicht mehr aufhalten.

Ich ging langsam auf euch zu. Ich ging immer noch, als er sich zu dir neigte und dich umarmte. Normalerweise mochtest du es nicht, umarmt zu werden. Normalerweise ließest du deine Arme schlaff an der Seite hängen. Aber dieses Mal erwidertest du die Umarmung.

»Dave«, brachte ich hervor. Ich hatte zu Hause geübt, was ich sagen wollte und wie. Wenn ich mich recht erinnere, hatte ich ein paar nette Sätze einstudiert. Nun aber konnte ich mich nicht mehr erinnern.

Er erhob sich und streckte die Arme aus, also ließ ich mich von ihm umarmen. Das einzig Tröstliche war, dass ich wirklich nicht mehr in ihn verliebt war. Ich fand, dass er komisch roch, nach Desinfektionsmittel, und er hatte ein Bäuchlein bekommen. Er machte einen viel sanfteren Eindruck, als ich ihn in Erinnerung hatte. Und er schien längst nicht so groß wie damals.

»Karen, hallo«, sagte er. Er trat einen Schritt zurück, hielt mich jedoch noch am Ellbogen. Ich fragte mich, ob er sehen konnte, dass meine Muskeln geschrumpft waren. Ich fragte mich, ob er sehen konnte, dass ich Chemohaar hatte. Konnte er sehen, wie wächsern mein Gesicht war?

»Du siehst großartig aus«, sagte er. Vielleicht konnte er es nicht sehen.

Ich schluckte. »Wie ich sehe, hast du Jakey schon kennengelernt.«

Du und Dave standet nebeneinander, und du umklammertest deine Playmobilpiraten. Selbstverständlich hattet ihr denselben Gesichtsausdruck. Selbstverständlich saht ihr euch unheimlich ähnlich. »Er sagt, er hat Geschenke für mich«, verkündetest du.

»Das Café ist geschlossen«, bemerkte er. »Wegen des Feiertags.«

»Was? Scheiße«, sagte ich und wurde rot, denn er musste nun wirklich nicht wissen, dass ich in Anwesenheit meines sechsjährigen Sohnes fluchte. Außerdem war ich eindeutig nicht mehr auf der Höhe, denn sonst hätte ich niemals einfach angenommen, dass Tully's am 4. Juli geöffnet hätte, sondern mich vergewissert. Nur zur Sicherheit zog ich an der Tür, aber er hatte recht.

»Vielleicht sollten wir mit ihm zum Haus fahren?«, fragtest du. »Dann könnte ich ihm mein Piratenschiff zeigen.«

»Was?«

»Tja«, sagte dein Vater und zog ein riesiges Paket aus einer der Plastiktüten. Ich war fuchsteufelswild, weil er dieses ganze Zeug besorgt hatte, als wollte er deine Liebe erkaufen; andererseits wäre ich auch fuchsteufelswild gewesen, hätte er nichts mitgebracht. Ich wusste nicht genau, was ich tun sollte. Da fingst du an, direkt auf dem breiten Bürgersteig mitten in Seattle, das Riesenpaket aufzureißen. »Die Totenkopfinsel!«, riefst du mit mehr Begeisterung, als ich je von dir gehört hatte. Die Totenkopfinsel war ein Playmobilset, das zum Piratenschiff gehörte. Sie kostete 120 Dollar, und in den Tüten deines Vaters waren noch mindestens drei weitere genauso große Pakete.

»Woher wusstest du das?«, fragte ich deinen Vater.

»Facebook«, antwortete er mit einem verlegenen Grinsen, und da erkannte ich, dass ich auf Facebook viel zu sehr mit dem hausieren ging, was ich tat, als bräuchte ich Anerkennung für alles, was ich für dich tat, für die Geschenke, die ich dir kaufte oder versprach. Ich hatte ein Bild vom Piratenschiff gepostet, und in den dreißig Sekunden, die mir heute Morgen zum Anziehen blieben, hatte ich auch noch gepostet, wie du es voller Freude auspacktest.

Und jetzt warst du zum ersten Mal in deinem Leben mit deinen beiden Eltern zusammen, und es sah so aus, als würden sie sich in den Ruin stürzen, um deine Liebe zu erkaufen. Das kam mir unfair vor, da ich doch eigentlich nichts hätte kaufen müssen, damit du mich mehr liebtest als ihn. Jetzt griffst du auf der Suche nach weiterer Beute in eine der Tüten, was ich unpassend fand. »Jake, nicht jetzt.«

»Aber –«

»Du kannst das nicht alles auf dem Bürgersteig auspacken.«

»Wohin gehen wir also?«, fragte Dave munter.

»Bitte, können wir nicht einfach ins Haus, Mom? Bitte? Ich möchte ihm meine Sachen zeigen. Das Piratenschiff.«

Dave schob seine Hände in die Taschen. »Ich weiß nicht, ob deine Mom –«

»Ach komm schon, Mom, das geht, oder? Kann er sich nicht das Piratenschiff ansehen?«

Ich schwöre bei Gott, ich hätte mich wegen des Piratenschiffs umbringen können! »Wir könnten doch auch zu Starbucks gehen.«

»Nein!«, riefst du und verzerrtest vor lauter Kummer dein kleines Gesicht. »Ich hasse Starbucks! Wir wohnen doch ganz in der Nähe! Ich will ihm meine Sachen zeigen.«

»Was immer dir recht ist, Karen«, sagte dein Vater sanft, und da ging mir durch den Sinn, dass dies vielleicht unsere erste pädagogische Diskussion war und dass es gar nicht gut für mich lief und dass du möglicherweise einen Trotzanfall kriegen würdest, hier auf dem Bürgersteig, und ich alles tun würde, um das zu verhindern. Denn auch wenn ich in deiner Gegenwart fluchte, war ich dennoch keine schlechte Mutter. Mein sechsjähriger Sohn bekam keine Trotzanfälle mehr.

»Bitte!«, flehtest du, fast schon hysterisch.

»Jake, ich glaube nicht –«

»*Bitte.*« Du hattest deine Playmobilmännchen fallen lassen. »Mom?«

Weißt du noch, wie es war, deinen Vater zu treffen? Auf der Straße vor Tully's Coffee? Dass es anfing zu regnen? Ich beugte mich zu dir, um dir in die Augen zu blicken; aber du starrtest auf die Straße.

»Na gut«, sagte ich und richtete mich wieder auf. »Fahren wir zum Haus. Jake, du darfst Dave ein paar deiner Spielzeuge zeigen. Aber denk dran, um zwei müssen wir losfahren, klar?« Ich blickte auf meine Uhr. Es war erst fünf nach elf. »Also kann Dave nicht lange bleiben.«

Die anderthalb Blocks bis zum Wagen gingt ihr beiden nebeneinander, einen Meter hinter mir, und unterhieltet euch über die Totenkopfinsel; zweimal batest du Dave, dir zu sagen, was in den anderen Paketen sei, doch das wollte er nicht. Stattdessen fragte er dich alles Mögliche: wo du wohntest, wo du zur Schule gingst und wie deine Freunde hießen. Und du erzähltest ihm von Kelly dem Hamster, deinem besten Freund Kyle und Mrs. Crane, deiner alten Vorschullehrerin, und davon, dass du im Herbst in die erste Klasse kämst. Du würdest zu Mrs. Dubrov kommen, die angeblich Musik so mochte, dass ihre Kinder jeden Morgen ein neues Lied lernten. Du sprachst so schnell! Du erzähltest ihm vom Camp und vom Theaterstück, bei dem du mitmachtest – wovon ich bis zu diesem Augenblick keine Ahnung gehabt hatte –, offenbar war es *Peter Pan*, und du warst einer der verlorenen Jungs. Und dann waren wir beim Wagen, und du stiegst in den Kindersitz, wobei dein Vater mich komisch ansah.

»Er muss noch in den Kindersitz?«, fragte er, nicht vorwurfsvoll, doch immerhin so, als hielte er mich für etwas überängstlich.

»Bis vierzig Kilo«, antwortete ich. »Das ist gesetzlich vorgeschrieben.«

»Nur in Seattle oder überall?«

»Überall«, erklärte ich und ergänzte im Stillen *Dummkopf*, obwohl ich ohne dich auch nie etwas über Kindersitze, Piratenschiffe, die Totenkopfinsel oder Peter Pan erfahren hätte. Aber klagte er nicht ständig auf Schadensersatz? Sollte er das nicht wissen? Doch dann sah ich, dass er sich in den Wagen beugte, um dich anzuschnallen, obwohl du das schon selbst konntest. Und selbstverständlich ließest du ihn gewähren.

Dann waren wir alle im Wagen, unser erster Familienausflug, und fuhren über die I-90 nach Mercer Island. Dave Kersey saß neben mir auf dem Beifahrersitz. Ich schaltete das Radio ein und dann wieder aus.

»Los geht's«, bemerkte Dave. Ich hatte vergessen, dass er immer solch sinnloses Zeug von sich gab.

Als ich ihm erklärte, wir führen zum Haus meiner Schwester, dessen Mann ziemlich betucht sei, merkte ich, dass ich mich anhörte, als wollte ich mich für den Erfolg meiner Schwester entschuldigen, daher verstummte ich und blickte aus dem Fenster. Du nahmst auf dem Rücksitz den Karton der Totenkopfinsel auseinander. Als ich dich ermahnte, keins der Teile zu verlieren, ignoriertest du mich einfach. Dein Kraftkürbis rollte auf dem Sitz neben dir hin und her.

»Wie fühlst du dich?«, fragte dein Vater mich. Sein Geruch nach Desinfektionsmittel erfüllte den Wagen, und ich bekam kaum Luft.

»Gut«, erwiderte ich. »Und wie fühlst du dich?«

»Nein«, sagte er. »Ich meine, mit dem Krebs.«

»Wie bitte?«

»Facebook«, sagte er nur. »Ich hab's gelesen – das, was du über deinen Eierstockkrebs geschrieben hast.«

»Ach«, sagte ich. Facebook! »Mir geht's gut.«

»Bist du in Behandlung?«

»In Remission«, sagte ich.

Aus irgendeinem Grund hatte der Verkehr zugenommen – was macht ihr da, ihr Arschlöcher, *wisst ihr nicht, dass Feiertag ist?* –, daher blieb mir nichts anderes übrig, als langsamer zu fahren, obwohl mir gerade durch den Kopf ging, ob es nicht besser wäre, einfach mit uns allen in den Lake Washington zu rasen und das Ganze zu beenden.

»Das ist ja großartig. Arbeitest du noch?«

»Ich manage die Wahlkampagne für Ace Reynolds. Erinnerst du dich an ihn?«

Dave lachte leise. »*Ace in the Hole*«, sagte er. »Wie könnte ich den vergessen?«

»Es geht um die Wiederwahl«, erklärte ich. »Er wird gewinnen.«

»Schön für ihn«, erwiderte Dave – wieso hätte ihn das auch interessieren sollen? »Du siehst gut aus, Karen, ehrlich.«

Ich seufzte. Ich sah nicht gut aus. »Erzähl mir was über dich, Dave«, sagte ich. »Was hast du so getrieben?«

»Nun, wie du weißt, bin ich verheiratet«, sagte er in einem lächerlich bedeutsamen Ton, als wollte er mich warnen, falls ich auf dumme Gedanken kam. Als wäre ich je auf solche Gedanken gekommen! Ich umklammerte das Lenkrad.

»Das habe ich gesehen«, sagte ich dann. »Sie sieht sehr nett aus.«

»Sie ist großartig«, bekräftigte er. »Arbeitet für eine Bank.« Er zögerte kurz. »Wir können keine Kinder bekommen.«

»Na ja, du hast dich sterilisieren lassen«, bemerkte ich. *Dummkopf.*

»Nein, wir haben's rückgängig machen lassen.«

Mir brannte irgendetwas in den Augen, aber ich weigerte mich zu blinzeln.

»Damit will ich nicht sagen … es war …« Er blickte aus dem Fenster und trommelte mit den Fingern auf die Armlehne, genau wie du auf der Hinfahrt mit den Füßen gegen meinen Sitz getrommelt hattest. Wieder lockte der Lake Washington, der Sturz in die Tiefe.

»Magst du Star Wars?«, fragtest du Dave vom Rücksitz aus.

»Klar«, antwortete er. »Hat deine Mutter das nicht erzählt?«

»Ich hab sie nicht gefragt«, sagtest du. »Ich dachte nicht, dass sie es weiß.«

»Er mag Star Wars«, bestätigte ich. »Das hätte ich erwähnen sollen.« Dave hatte seine Sammlung von Star-Wars-Figuren auf drei Regalen in seinem Schlafzimmer seiner persönlichen Hierarchie entsprechend aufgestellt.

»Welcher ist dein Lieblingsfilm?«, wolltest du wissen.

»*Das Imperium schlägt zurück*«, antwortete er. »Obwohl alle Teile gut sind. Ich mag sogar die Prequels.«

»Ich darf *Das Imperium* noch nicht sehen. Nur den ersten Teil.«

»Der ist auch super«, sagte Dave. »*Das Imperium schlägt zurück* ist ein bisschen heftiger.«

»Ich muss warten, bis ich acht bin«, sagtest du. »Ich bin erst sechs.«

»Sechs ist ein tolles Alter«, sagte Dave. »Ich weiß noch genau, wie es war, sechs zu sein.«

Du ließest die Einwohner der Totenkopfinsel aufeinander schießen. »Wie alt bist du?«, fragtest du.

»Achtundvierzig«, sagte Dave.

»Wow«, stauntest du. »Meine Mom ist erst dreiundvierzig.«

»Ich weiß«, sagte Dave. »Und sie hat am achtzehnten April Geburtstag.«

»Sie ist ein Widder«, sagtest du.

»Ich weiß«, nickte Dave.

»Wann hast du Geburtstag?«

»Am vierten April«, erklärte er. »Ich bin wie deine Mutter ein Widder.«

»Hast du sie deshalb gemocht?«, fragtest du. »Als ihr euch kennenlerntet?«

»Vielleicht war es einer der Gründe.«

Ich umklammerte immer noch das Lenkrad. Jetzt war dringend ein anderes Thema geboten, eines, das ich aushalten konnte, aber mir fiel keines ein. Dave und ich hatten kurz vor meinem Geburtstag Schluss gemacht. Ich erinnerte mich noch genau an diesen Geburtstag, es war der sechsunddreißigste, in meiner alten Wohnung in Chelsea. Griffith hatte uns gerade einen Scheck über 120 000 Dollar geschickt, und ich wollte meinen Anteil als Anzahlung für eine neue Wohnung verwenden. Eine auf der Upper West Side mit zwei Schlafzimmern. In einem Viertel mit einer guten Schule. Ich hatte kurz zuvor entdeckt, dass ich schwanger war. Damals waren Chuck und ich gerade dabei, uns zu vergrößern; er wusste nicht, dass ich schwanger war, und auch nicht, dass ich Geburtstag hatte, aber als er mit Essen zu meiner Wohnung kam, damit wir ein paar geschäftliche Dinge besprechen konnten, saß ich im T-Shirt auf dem Fußboden und starrte ins Leere.

Die Sache ist die, Jake, ich hatte mir nie vorgestellt, ein Kind ohne Vater aufzuziehen. Du bist das Beste, was mir in meinem Leben passiert ist, dennoch hatte ich es mir anders ausgemalt. Die Träume vom häuslichen Glück überließ ich immer Allie; als wir in Long Island aufwuchsen, war sie diejenige, die die Häuser und Wagen anderer Leute bestaunte und entschied, welche sie haben wollte, wenn sie erst einmal erwachsen wäre: *Dies hier, ach nein, lieber doch das andere.* Und bis sie dreißig wäre, wollte sie drei Kinder und einen gutaussehenden Mann, der jeden Tag zur Arbeit ging – was sie auch bekam. Während sie alles daransetzte, eine Supermom zu werden, konzentrierte ich mich darauf, in meinem Job so gut zu werden, wie ich es mir immer gewünscht hatte. Einen Mann kennenzulernen stand nicht ganz oben auf meiner Prioritätenliste.

(Das jedenfalls redete ich mir immer ein, wenn mich das Selbstmitleid überkam: Hätte ich andere Prioritäten gehabt, wäre es auch anders gelaufen.)

Doch wahrscheinlich war es eher so, dass ich nie den Richtigen traf. Ich dachte, dein Vater wäre es, ich glaubte wirklich, er wäre der Mann, auf den ich gewartet hatte, und in mancherlei Hinsicht stimmt das auch, weil er immerhin dein Vater ist. Aber dann stellte sich heraus, dass er keinesfalls der Richtige für mich war.

Nachdem du erst einmal da warst, meinten einige Freunde, ich solle wieder ausgehen, denn natürlich gäbe es da draußen Männer, die bereit wären, es mit einer alleinerziehenden Mutter Ende dreißig zu versuchen, doch die liefen mir nie über den Weg. Außerdem war ich, nachdem ich dich bekommen hatte, nicht mehr besonders motiviert, nach ihnen zu suchen. Ich zog eher die Mauern hoch, weil ich niemanden in unser kleines Leben lassen wollte: *unsere* Wohnung in der 74th West, mit *unserem* Hamster, *unserem* Urlaub, *unseren* Klavierstunden. Und sonst niemandes. Unseres.

Als ich aus meinen Gedanken auftauchte, unterhieltet ihr euch gerade über jemanden namens Boba Fett.

Glücklicherweise setzte sich der Verkehr auf der I-90 wieder in Bewegung.

Man muss Dave zugutehalten, dass ihn Allies Anwesen nicht sonderlich beeindruckte. Er zog nur eine Augenbraue in die Höhe, sagte »Hübsch hier« und fügte, als ich erklärte, dass Bruce einen hohen Posten bei einem großen Kaffeeunternehmen hatte, hinzu: »Na dann.«

Jake, es ging nicht nur um Star Wars, Piratenschiffe und die Totenkopfinsel. Du ... mein großer Junge, du bist genau wie er. Mir war immer klar, wie ähnlich du ihm siehst, es ist nicht nur dein Gesicht, auch dein Mienenspiel. Dein Lachen. Dein schlaksiger Körper, deine schmalen Schultern, deine Art, dich zu bewegen. Dein Lächeln, mit dem du mir das Herz brichst.

Ich entschuldigte mich, um kurz ins Bad zu flüchten und dort meine Atemübungen zu machen: einatmen, bis fünf zählen, ausatmen, bis acht zählen. Am liebsten hätte ich wieder eine Kodeintablette genommen, aber dann hätte ich deinen Vater nicht mehr zurück in die Stadt fahren können. Ich atmete ein und zählte bis fünf. Vielleicht konnte ich etwas trinken? Eine Zeitlang hatte ich immer ein kleines Fläschchen Rum in meiner Tasche, vielleicht war es noch da? Aber meine Tasche lag im Flur. Ich atmete aus: acht. Ich holte mein Handy hervor und checkte die Mails und Facebook. Nichts. Feiertag. Ich scrollte durch die Webseiten der *New York Times* und der *Huffington Post*. Ich rief Doktor Susan an. Anrufbeantworter: Feiertag.

Bitte, achtzehnjähriger Jake: Ich bitte dich um etwas Nachsicht, wenn du dies liest und dich an mich erinnerst, an die Entscheidungen, die ich getroffen habe. Es tut mir unendlich leid, deinen Vater von dir ferngehalten zu haben. Es tut mir leid, dass ich dir diese Zeit mit ihm nicht zurückgeben kann. Aber vielleicht findest du das nicht mehr so schlimm, wenn du dies liest. Weil dein Vater einfach ein Teil deines Lebens geworden ist. Die Familie, die du die deine nennen wirst, wird etwas ganz anderes sein, etwas, das du dir selbst ausgesucht haben wirst und das ganz anders sein wird als die verkorkste Angelegenheit, die ich dir hinterlassen habe: einen abwesenden Vater, der nichts konnte, als dich mit Geschenken zu überhäufen, weil ich alles andere nicht zugelassen hatte.

Stunden später sah der Küchentisch aus wie die Auslage eines Spielzeugladens: mit einem perfekt zusammengebauten Piratenschiff, das die Totenkopfinsel ansteuerte, einer Burg, einer Pyramide und, etwas weiter entfernt und eher überraschend, einer Tierarztpraxis. Die Fahrt nach Anacortes dauerte knapp drei Stunden, und wir hätten längst im Wagen sitzen müssen, doch ich brachte es einfach nicht übers Herz, dich und Dave auseinanderzureißen. Du arbeitetest in stiller Konzentration, stecktest mikroskopisch kleine Teile aneinander, zurrtest andere fest und hängtest winzige Plastikkokosnüsse an Plastikpalmen.

Keiner von euch wollte das Spiel unterbrechen, um Mittag zu essen, dabei wart ihr doch eigentlich ständig hungrig.

Ich brachte unsere Reisetasche zur Tür. Ich kochte Tee und trank ihn. Schließlich holte ich meinen Laptop und fing an zu arbeiten, so dass wir drei eine Weile in unseren jeweiligen Projekten versanken. Irgendwann sah dein Vater auf die Uhr. »O Mann, es ist kurz vor drei!«

In Panik schnellte dein Kopf hoch. »Ich will noch nicht los!«

»Jakey …«

»Ich will nicht auf die blöde Fähre. Die Fahrt dauert viel zu lang. Ich will hier bei ihm bleiben.«

Dave blickte von dir zu mir und sah meinen Ausdruck. »Jake,

du und deine Mom, ihr habt das so abgemacht, also glaube ich nicht –«

»Nein«, sagtest du und liefst rot an.

»Aber Dustin wird sehr enttäuscht sein, wenn wir heute Abend nicht da sind. Und ohne Fähre geht's nicht.«

»Ich will nicht auf diese *blöde* Fähre! Ich will hierbleiben und *spielen!*«

»Und wenn wir dein neues Spielzeug mitnehmen?«

»Nein«, sagtest du und stopftest verbissen ein paar Kanonenkugeln in deine Kanone.

»Jake, bitte.«

Du hobst nicht den Kopf. »Dad?«, sagtest du. »Bitte!«

Was war nur los mit mir, dass mir der ganze Nachmittag wie ein Alptraum erschien? Mir war nicht ein einziges Mal in den Sinn gekommen, dass du ihn »Dad« nennen könntest.

»Du solltest auf deine Mom hören, Jake.«

Daraufhin knalltest du eine Kanonenkugel auf den Tisch.

»Mein Großer, geh doch mal nach nebenan, und spiel ein bisschen mit der Wii, damit dein Vater und ich uns unterhalten können.«

»Aber müssen wir dann fahren?«

»Die Wii«, erwiderte ich nur. »Egal, welches Spiel.«

Du sahst misstrauisch zwischen mir und ihm hin und her, doch der Sirenengesang der Wii war unwiderstehlich, also ließest du Dave und mich nach einem widerwilligen Schnaufen mit der Playmobillandschaft zurück. Ich setzte mich an den Tisch und barg den Kopf in meinen Händen. Mir tat alles weh, und ich hasste mein dämliches Outfit, in dem ich so vernünftig und souverän hatte wirken wollen, von ganzem Herzen. Der einzige

Kaschmir, der sich je kratzig angefühlt hatte! Vielleicht würde das verschwinden, wenn ich eine Kodeintablette nahm. Möglicherweise konnte ich auf der Fähre eine nehmen. Wahrscheinlich sogar. Denn wenn wir erst von der Fähre runter waren, musste ich nur noch ein kurzes Stück fahren.

»Er ist ein unglaublicher Junge«, sagte dein Vater leise. Er saß neben mir und spielte an einer Playmobilfigur herum.

»Ja, meistens«, erwiderte ich. »Brauchst du jemanden, der dich zum Hotel zurückfährt?«

»Darf ich ihn wiedersehen?«, fragte dein Vater, der Mann, der sieben Jahre zu spät bemerkt hatte, dass er Kinder wollte.

Ich zuckte die Achseln. »Ich habe Krebs, wie du weißt.«

»Ich weiß.«

»Was ich damit sagen will, ist, dass ich sterbe.«

Darauf erwiderte er nichts. Dachte er, ich machte einen Scherz? Als ich zu ihm aufblickte, wirkte seine Miene verwirrt.

»Das heißt, ich habe nicht mehr lange zu leben.«

»Aber ...« Er wirkte bestürzt. »Aber ich dachte, du hättest gesagt –«

»Vor gut eineinhalb Jahren wurde bei mir Eierstockkrebs im Endstadium festgestellt«, unterbrach ich ihn. »Man sagte, ich hätte noch vier Jahre, mehr oder weniger. Da bis jetzt alles recht gut gelaufen ist, hoffe ich, dass es mehr sein wird. Bisher scheint es keine unkontrollierbaren Metastasen zu geben. Und ich hatte eine Operation, bei der ein Großteil des Tumorgewebes entfernt wurde. Aber eine Remission dauert nie ewig. Der Krebs kommt zurück – es ist nur eine Frage der Zeit.«

»O Karen«, sagte dein Vater. Er wirkte aufrichtig ratlos. Er wusste nicht, was er sagen sollte. »Das tut mir so leid.«

»Nach meinem Tod wird Jacob hierherziehen, um bei meiner Schwester und ihrer Familie zu leben. Wir verbringen hier so viel Zeit wie möglich, damit er sich schon mal daran gewöhnt.«

»Ah«, murmelte er. »Nun, das klingt ziemlich vernünftig«, sagte er nickend und zog die Augenbrauen zusammen.

»Was ich also sagen will, ist, dass Jacob im Moment einiges zu verarbeiten hat. Viel mehr, als einem Sechsjährigen eigentlich zugemutet werden sollte. Mehr, als ein Kind überhaupt durchmachen sollte. In ein, zwei Jahren wird er aus seiner vertrauten Umgebung gerissen werden und muss ans andere Ende des Landes ziehen. Da ist es selbstverständlich, dass ich alles so leicht und reibungslos wie möglich für ihn gestalten will.«

»Aber ja«, nickte dein Vater. Er hatte wieder angefangen, mit dem Männchen zu spielen.

»Aus diesem Grunde möchte ich nicht, dass noch eine neue Unbekannte in sein Leben tritt. Wir haben – also meine Schwester und ich –, wir haben uns einen Ablauf überlegt, den wir für sinnvoll halten. Wir sorgen dafür, dass er sich akklimatisiert. Ihre Familie soll für ihn einfach eine Erweiterung seiner Familie sein. Seine Cousine und seine Cousins sind wie Geschwister für ihn. Und wenn ich ernsthaft krank werde, kommen wir hierher. Hier werde ich beerdigt werden. Hier wird Jakey leben.«

Ich verstummte, weil ich befürchtete, die Fassung zu verlieren. Ich nahm meinen dämlichen Schal ab und legte ihn beiseite.

»Kann ich ...«, setzte er an. Seine Stimme wurde so sanft wie deine, wenn du etwas wolltest. »Kann ich irgendetwas tun?«

»Ich wüsste nicht, was.«

»Ich könnte ... ich könnte zum Beispiel so was tun wie jetzt. Einfach, du weißt schon, ihn besuchen und mit ihm spielen. Ich würde ... euch nicht in die Quere kommen. Ich weiß, du hast einen Plan, und diesen Plan will ich nicht in Frage stellen.«

»Dann tu es auch nicht.«

»Aber vielleicht könnte ich hin und wieder kommen und mit ihm Zeit verbringen?«

»Ich weiß nicht, ob das eine gute Idee ist«, sagte ich.

»Aber wenn ... wenn er das auch will?« Das ließen wir beide so stehen. Ich hatte keine Kraft mehr, deinem Vater zu erklären, dass es nicht ratsam war, sich dem Willen eines Sechsjährigen zu fügen.

»Es kommt mir nur so vor, als ...«, setzte dein Vater erneut an.

»Wie kommt es dir vor?«

Darauf sagte er nichts.

»Hör mal, diese Therapien, denen ich mich unterzogen habe und vielleicht wieder unterziehen muss, sind ziemlich heftig. Jakey hat mehrfach miterlebt, wie schlecht es mir ging, und er weiß, was mit mir geschehen wird. Und ich bin das einzige Elternteil, das er hat.« Ich warf Dave einen Blick zu, aber er starrte auf seine Hände. »Was ich vor allem für ihn will, ist Stabilität. Vorhersehbarkeit. Ich kann nicht einfach so neue Leute einladen, eine große Rolle in seinem Leben zu spielen. Vor allem nicht dich. Du bist für ihn eine ziemlich problematische Figur.«

»Das muss ich nicht sein«, entgegnete er.

»Bist du aber«, beharrte ich.

Daraufhin schwieg dein Vater eine Weile.

»Dir kommt das alles wahrscheinlich sehr gelegen.« Das war mir so herausgerutscht.

»Wie bitte?«, fragte er.

»Na ja, da hast du nun mit deinen knapp fünfzig diese heiße

kleine Braut, und alles ist toll, bloß hast du zu spät bemerkt, dass du ein Kind willst, wegen der Erderwärmung, du weißt schon, und da fällt dir plötzlich ein eigener Sohn in den Schoß.«

»Karen?«

Ich hasste mich dafür, konnte aber nicht aufhören. »Die Sache mit der Unfruchtbarkeit war bestimmt kein Spaß, das ist es für niemanden, und jetzt belastet sie vielleicht sogar deine Ehe – ich meine, wieso ist sie denn ständig unterwegs und versucht, von dir und deinem so enttäuschend sterilen Leben wegzukommen? –, aber auf einmal kannst du sie anrufen und sagen: ›Rate mal, Schatz, was ich für uns habe! Ein Kind! Und es sieht sogar aus wie ich!‹ Und du musst dir auch gar keinen Vorwurf mehr machen, dass du all die Jahre keine Kinder wolltest. Denn jetzt willst du eins und – Simsalabim: Du kriegst eins!«

»Hör auf, Karen.«

»Aber so läuft das nicht«, sagte ich. »Jacob wird nicht deine Ehe retten.«

»Das soll er auch nicht.«

»Jacob wird dir nicht deine Schuldgefühle wegen deiner katastrophalen Entscheidung nehmen.«

Er runzelte die Stirn. »Das ist nicht fair.«

»Ach, willst du jetzt ernsthaft darüber reden, was fair ist?«

»Ich will darüber reden, was ...« Dein Vater hatte immer noch die Stirn gerunzelt, als wäre er zutiefst verwirrt. »Karen, er ist mein Sohn. Du hast dich bei mir gemeldet –«

»Er ist ein kleiner Junge. Und er wird dir keine Erlösung schenken.«

»Mich erlösen?«, fragte dein Vater, nachdem er eine Minute geschwiegen hatte, um sich zu vergewissern, dass ich fertig war. »Jacob soll mich nicht erlösen. Er soll überhaupt nichts. Und bestimmt nicht meine Ehe retten, Karen. Mit der ist alles in Ordnung.« Er verstummte kurz. »Ich will ihn nur näher kennenlernen.«

»Wieso?«

»Auch wenn du ihn von mir ferngehalten hast: Er ist mein Sohn. Verstehst du das nicht?«

»Ferngehalten?«

»Karen ...«

»Du wolltest doch kein Kind!« Gut möglich, dass ich zischte.

»Karen«, wiederholte er. »Ich will doch nur wissen, wer dieser Junge ist.« Er zögerte. »Sehen, wie er heranwächst.«

»Ich sehe seit fast sieben Jahren täglich, wie er heranwächst«, gab ich zurück und drückte plötzlich schluchzend den Schal an mein Gesicht. Herrgott, Jakey, manchmal muss ich auf dich den Eindruck gemacht haben, als würde ich einen Großteil deines Lebens mit Heulen verbringen. Dabei war ich eigentlich keine Heulsuse, glaub mir. Noch nie! Ich hatte so gut wie nie geweint, selbst bei den größten Misserfolgen oder wenn ich jemanden verlor, der mir viel bedeutete, noch nicht einmal beim Tod meiner Mutter. Ehrlich, Jacob. Aber dann ließ mich diese Krankheit die Kontrolle über meinen Körper verlieren. Die Hälfte meiner Kleider ist ruiniert, weil ich sie entweder zerrissen, bekleckert, vollgeschissen, vollgeschwitzt oder vollgespuckt habe. Ich bin nicht mehr ich selbst. Die starke Frau, die ich früher war.

»Karen, hör mir zu ... Damals war ich ein anderer Mensch mit anderen Vorstellungen vom Leben. Aber jetzt würde ich wirklich gern Zeit mit ihm verbringen. Und ich glaube ...«

Wir sagten beide nichts, bis ich aufgehört hatte, mich in meinen Schal zu schnäuzen, und stockend Luft holte.

»Ich glaube, das würde er auch gern.«

»Wirklich?«

»Ja«, sagte er. »Ich glaube, er würde auch gern Zeit mit mir verbringen.«

Dazu hätte ich gern etwas Bissiges von mir gegeben, nur fiel mir nichts ein. Denn es stimmte. Du wolltest auch mit ihm Zeit verbringen. Noch nie hatte jemand ganze drei Stunden so toll mit dir gespielt. Und ich hatte noch nie gesehen, dass du so toll mit jemandem spieltest. Nicht einmal mit Kyle. Nicht einmal mit Dustin. Zwar bestand die Möglichkeit, dass dein Vater hier nur so tat, als ob, dass er sein Bestes gab, um sich in unser Leben zu schleichen – aber ich wusste, dass es nicht so war. Ich wusste, dass der Scheißkerl diese verdammten Plastikmännchen *liebte*.

»Kann ich darüber nachdenken?«

»Sicher«, sagte er.

Wir saßen da und sahen uns an. Ich hatte diesen Mann einst so geliebt.

»Mom?«, riefst du. »Darf ich Olympische Winterspiele auf der Wii spielen?«

»Eigentlich müssen wir los«, erwiderte ich.

»Jetzt?«

»In fünf Minuten.«

Dave sah mich an. Eigentlich hätte jetzt der Teil kommen müssen, an dem er aufstand und wir alle in den Wagen stiegen und uns dann verabschiedeten – scheiß auf die Fahrerei nach Seattle, ich würde ihn am Bahnhof absetzen, oder er konnte sich ein verdammtes Taxi rufen. Ich wollte einfach nur los, sofort weg, aber er stand nicht auf. Er wollte mehr von mir. »Darf ich anrufen?«

»Dave«, sagte ich.

»Bitte«, drängte er, und auch da war er wie du: das Nicht-Lockerlassen, die Beharrlichkeit.

»Ich rufe dich an«, sagte ich. »Ich will erst sehen, wie Jake mit alldem zurechtkommt, okay?«

Der Hundeblick.

»Okay?«

»Okay«, gab er nach, stand endlich auf und wischte sich die Hände an den Knien ab. »Ich habe noch nie so etwas empfunden, Karen.«

»Ach ja?« Ich bekam Kopfschmerzen.

»Es ist nur … Ich weiß nicht, ob du dir vorstellen kannst, wie es ist, ihn so kennenzulernen, als fertige Persönlichkeit. Du musst das mit ihm großartig gemacht haben.«

Ich zuckte die Achseln. Was hätte ich auch sonst machen sollen?

»Ich kann es kaum erwarten, ihn wiederzusehen. Die Vorstellung, was ich alles verpasst habe, ist einfach schrecklich.«

»Lass uns bitte nicht darüber reden. Ich glaube, das würde meine Kräfte heute übersteigen.« Aber fürs Protokoll würde ich zur Kenntnis nehmen, dass er es bereute. »Jake!«, rief ich. »Komm. Dein Vater geht jetzt.«

»Müssen wir ihn nicht zurück in die Stadt fahren?«

»Komm jetzt, Jake.«

»Ich kann zum Bus laufen. Es gibt doch einen Bus, oder?«

»Ich fahr dich«, sagte ich. »Kein Problem.«

Also stiegen wir in den Wagen und brachten ihn nach Seattle, und danach würden wir umdrehen und auf die I-5 nach Anacortes fahren, was gut war. Wir hatten die Totenkopfinsel dabei. Die Fähre um fünf Uhr würden wir definitiv verpassen und wahrscheinlich auch die um sechs, aber die um sieben war auch in Ordnung. Der Feiertagsverkehr hatte nachgelassen. Und wenn wir ankamen, würde es immer noch einen Aperitif für mich geben.

»Also, wann treffen wir uns wieder?«, fragtest du Dave, als wir vor seinem Hotel hielten.

»Das bespreche ich mit deiner Mom. Und dann überlegen wir uns was.«

»Ende Juli sind wir wieder zu Hause«, sagtest du.

»Deine Mom und ich klären das.« Dein Vater stieg aus, öffnete deine Tür, um sich von dir zu verabschieden, und strich dir durchs Haar. »Sei lieb zu deiner Mom, ja? Sie arbeitet hart.« Aber du hattest dich bereits aus dem Kindersitz befreit und in seine Arme geworfen.

»Hey«, sagte dein Vater.

»Ich hab dich lieb, Dad«, sagtest du. Es klang wie etwas, das du schon immer hattest sagen wollen, das du geübt hattest; aber vielleicht war es auch einfach aus dir herausgeplatzt, so wie mir auch so vieles herausplatzt.

»Jake«, sagte er. »Ich hab dich auch lieb.«

Und dann schnallte er dich wieder in den Kindersitz, und ich gab Gas und raste los, nur weg von deinem Vater, der neben dem Portier des Hotels auf dem Bürgersteig stand und die Hand endlos lange zum Abschied hochhielt.

KAPITEL 7

Auf der Fähre warst du ziemlich still, was ich verständlich fand; mir war ebenfalls nach Schweigen zumute. Wir stellten den Wagen unten im Laderaum ab und setzten uns oben in eine Sitznische am Fenster, um den Horizont zu betrachten, der Richtung China immer heller wurde. Ich war so müde, dass ich kaum mehr klar denken konnte. Du nahmst dir eines der Bücher für angehende Jedi-Ritter, die Dustin dir geliehen hatte, und fingst an zu lesen, wobei du hin und wieder eine Fritte aus einer McDonald's-Tüte zogst. Unter normalen Umständen durftest du nie etwas von McDonald's essen, aber auf der Fahrt hattest du Hunger bekommen, und ich war zu erschöpft, um mich dagegen zu wehren.

»Möchtest du über ihn reden?«, fragte ich nach einer Weile.

Du schütteltest den Kopf und nahmst dir noch eine Fritte.

»Sicher?«

Dein Blick huschte ganz kurz zu mir. Du warst älter geworden an diesem Tag, was sich in deiner Haltung und deinem halb genervten Ausdruck zeigte. Außerdem mochtest du es gar nicht, beim Lesen gestört zu werden, und wirktest ebenfalls müde.

»Ich hol mir mal einen Kaffee.«

Du nicktest und stecktest wieder die Nase in dein Buch.

Auf der Fähre ging es ruhig zu, da nicht allzu viele Kinder herumrannten. Ein Pärchen am Nebentisch spielte Scrabble auf einem großen magnetischen Spielbrett. Eine Frau hinter ihnen hörte Musik über Kopfhörer und stillte dabei ihr Baby. Ich stand auf, ging in Richtung der Bar in der Mitte der Kabine und hielt mich dabei an den Rückenlehnen der Stühle fest, falls das Boot schwankte. Ich wusste, es würde nicht schwanken, hielt mich aber dennoch fest. Krampfhaft. Den ganzen Nachmittag hatte ich meine Atemübungen gemacht. *Ein, fünf. Aus, acht.*

Mir war schwindlig, und meine Gelenke schienen irgendwie nicht mehr richtig ineinanderzupassen. Ich blieb stehen, um Luft zu holen, und auf einmal wurde mir klar, dass ich mir nicht sicher war, ob ich es zur Bar und dann auch noch mit einem Becher Kaffee in der Hand zurückschaffen würde. Ich überlegte, ob ich die zehn Meter überwinden könnte. Wenn ich den Hindernisparcours durch Stühle und Sitznischen schaffte, käme ich wohl klar, aber wenn nicht, wenn ich umkippte, was wäre dann? Du würdest Angst bekommen. Größere Angst, als wenn ich ohne Kaffee zurückkehrte. Das würdest du vielleicht nicht einmal bemerken. Also würde ich wohl besser keinen Kaffee holen.

»Alles in Ordnung?« Ein Mann etwa in meinem Alter blickte mich besorgt an. Offenbar sah ich noch schlimmer aus, als ich mich fühlte.

»Ja, danke«, stieß ich hervor. »Mir geht's gut.«

»Sind Sie sicher? Kann ich Ihnen irgendwie helfen?« Ach, diese verdammten Männer aus dem Nordwesten! Ich hatte doch gerade gesagt, dass es mir gutging! Doch dann bemerkte ich, dass er eine Art Uniform trug, und befand, dass es wohl sein Job war, mir zu helfen. Daher erklärte ich, dass ich gerade eine Beinverletzung auskurierte und liebend gern einen Kaffee hätte, doch meine Beine spielten wohl leider nicht mit. Ich stand kurz davor, noch etwas von einem Triathlon zu erwähnen. Aber er sagte, das sei kein Problem, half mir zu unserem Platz zurück und verschwand, um meinen Kaffee zu besorgen. Ich hatte nicht die geringsten Schuldgefühle wegen meiner Lüge, sondern genoss es nur, bedient zu werden, und fragte mich, ob es wohl auch so wäre, wenn man eine rüstige alte Dame wäre. Als ich ihm zwei Dollar für den Kaffee geben wollte, sagte er noch einmal »kein Problem«, wies mit erhobenem Daumen auf dich, sagte »Was für ein reizender Junge« und ging, um zu sehen, ob noch andere Passagiere seine Hilfe brauchten. Eine männliche Florence Nightingale auf einer Fähre des Staates Washington. Ich liebte ihn. Ihn und den starken Kaffee.

»Es macht mich verrückt, dass du nicht über ihn reden willst«, sagte ich schließlich.

»Wieso?«, fragtest du.

»Sieh mich an, wenn ich mit dir rede«, sagte ich. »Es ist unhöflich, einfach weiterzulesen, während ich mit dir rede.«

»Es ist unhöflich, mit mir zu reden, während ich lese.«

»Seit wann bist du eigentlich siebzehn?«, fragte ich.

»Ich bin noch nicht siebzehn«, gabst du zurück, aber dann legtest du lächelnd das Buch beiseite. Es gefiel dir, wenn ich dir vorwarf, dich wie ein Teenager zu benehmen. »Ich bin noch nicht mal sieben.«

»Aber bald wirst du das sein.«

»Ich weiß«, sagtest du. Du hattest das Buch auf dem Schoß und schaufeltest dir die letzten Fritten in den Mund. Du hattest

Ketchup am Kinn und zwei fehlende Milchzähne und warst wieder mein kleiner Junge. »Ich glaube, ich weiß jetzt, was ich mir zum Geburtstag wünsche«, sagtest du.

»Den Lego Millennium-Falken«, erwiderte ich. »Das haben wir doch schon vor Wochen abgemacht.«

»Ja, den kannst du mir besorgen«, nicktest du. »Aber Dad soll mir die Grube des Rancor kaufen und mir beim Aufbauen helfen.«

»Dad?«, fragte ich. »Du meinst Dave? Hat er dir nicht schon genug Sachen gekauft?«

»Er ist mein Dad«, sagtest du. »Er muss mir was zum Geburtstag schenken.«

»Nicht unbedingt«, wandte ich ein. »Es ist nicht die Aufgabe eines Vaters, dir nur Geschenke zu kaufen.«

»Ich weiß«, sagtest du betrübt. Du liebtest Geschenke, du konntest nicht genug davon kriegen. Ob du wohl immer noch so bist? Oder hat dich die merkwürdige Mischung aus Verlust und Luxus, in der du aufgewachsen bist, bescheidener werden lassen? Wenn ich hier einen kleinen Rat einfügen darf, Jacob, dann vielleicht, dass man sein Herz nicht allzu sehr an Sachen hängen sollte. Ich habe im Laufe der Jahre die Erfahrung gemacht, dass man immer mehr Zeug haben will, je mehr man ohnehin schon hat – Besitz verlangt nach mehr Besitz. Und wenn man Sachen hat, muss man sich um sie kümmern, man kauft sich etwa ein Auto, und dann braucht man eine Versicherung, Benzin, neue Reifen und Ölwechsel, und wenn du noch in New York lebst, hast du immer diesen Alptraum mit dem Parken. Miete lieber ein Auto, leih es dir, wenn du kannst, aber kauf nicht zu viel. Versuch es zumindest. Wenn ich merke, dass mich der Kaufrausch überkommt, sage ich immer ganz leise »Zeug Zeug Zeug« vor mich hin, und mit einem Mal ist das wunderschöne Essgeschirr, nach dem ich eben noch gegiert habe, nur noch mehr Zeug, um das man sich kümmern muss.

Ich hatte in diesem Jahr versucht, dir diesen Trick beizubringen, aber du sagtest nur: »Mom, das ist kein *Zeug*, das ist der Todesstern von Lego.« Auch wieder wahr. Schließlich warst du erst sechs.

Nun, da du deine Aufmerksamkeit von den Jedis abgewandt hattest, hätte ich dir gern etwas Weises über deinen Vater gesagt, aber eigentlich wollte ich nur wissen, wieso du zu ihm gesagt hattest, dass du ihn liebhast. Eigentlich rechnete ich nicht damit, dass du es erklären konntest. Ich rechnete nicht einmal damit, dass du es selbst wusstest. Was bedeutet Liebe für einen Sechsjährigen? Du untersuchtest die McDonald's-Tüte und stelltest betrübt fest, dass sie leer war. Ich fragte dich, was du in Friday Harbor vorhättest, worauf deine Antwort wie immer lautete: schwimmen gehen, Eis essen und Robben beobachten. Das beruhigte mich ein bisschen, ich legte den Kopf in den Nacken und schloss die Augen, und im Nu tutete schon das Horn, und wir waren da, am Hafen einer Insel am Ende der Welt.

»Geht es dir gut, Mom?«, fragtest du mich.

Ich schlug die Augen auf und erhob mich ganz langsam von meinem Platz. »Natürlich«, log ich und nahm deine Hand.

Doktor Susan empfahl mir einmal ein Buch, in dem dazu geraten wurde, für seine Familie eine Liste mit all den Dingen anzulegen, die sie tun sollten, wenn man gestorben war. So hätten sie eine Art Gebrauchsanleitung für die Zeit der Trauer und immer eine Gelegenheit, über den Verstorbenen zu sprechen. Vorgeschlagen wurden Aktivitäten wie den Weihnachtsbaum am Rockefeller Center zu betrachten. Den höchsten Berg in dem Staat zu besteigen, in dem man wohnte. Die *Mona Lisa* im Louvre zu besichtigen. Obwohl ich mir persönlich nicht vorstellen kann, dich zu bitten, zum Andenken an mich auf einen Berg zu steigen, denke ich öfter über diese Liste nach, als mir lieb ist. Was solltest du meiner Meinung nach im Leben erleben? Ich wollte nicht unbedingt, dass du viel über mich reden solltest (denn es schien mir eine Gratwanderung zwischen In-Erinnerung-Bleiben und Zum-traurigen-Mühlstein-Werden). Aber was gehört meiner Meinung nach zu einem erfüllten Leben, was macht ein Leben gut? Dazu sind mir nur ein paar Dinge eingefallen: Sei tolerant gegenüber anderen Menschen. Ich habe gelernt, dass es einfach zu anstrengend ist, sich über jeden einzelnen Menschen aufzuregen, den man trifft. Geh zur Krebsvorsorge. Versuche, so oft wie möglich acht Stunden Schlaf am Stück zu bekommen. Geh umsichtig mit Geld um, verliebe dich in die Richtige, lies viel. Vergiss nie, wie wichtig du deiner Familie – Allie, Bruce, Ross, Camilla und Dustin – bist. Du gehörst zu mir, und du gehörst zu ihnen, und wenn du erwachsen wirst, gehörst du der ganzen Welt.

Versuch, wenn irgend möglich, in deiner Pubertät nicht allzu viele Dummheiten zu machen. Im Gegenzug würde ich keinen gesonderten Wert darauf legen, dass du zu meinem Andenken auf einen Berg steigst.

Mittlerweile war es fast Mitternacht, und ich hatte die zweite Kodeintablette genommen.

Die Nächte auf dieser Insel waren pechschwarz und erinnerten mich daran, wie selten ich richtige Dunkelheit erlebte. Die

Nächte in Manhattan waren eher grau, da so viel Licht von den Straßen hereindrang, und selbst auf Mercer Island sah man nur selten die Sterne, sei es wegen der Lichter in Seattle, sei es wegen der ständigen Wolkendecke. Aber hier wirkte der Himmel, als hätte ein verrückter Künstler ihn mit Glitzerlack besprüht. Die Milchstraße zog sich quer über das schwarze Firmament. Du schliefst schon, genau wie Allie und Bruce, und ich saß draußen auf der Terrasse und dachte an dich und auch an meinen Vater, der mir in meiner Kindheit die Sternbilder erklärt hatte. Jetzt suchte ich sie selbst am Himmel: Orion, den Jäger, den Großen und den Kleinen Wagen, den Hundsstern. Mir fiel ein, dass ich dir unbedingt noch die Sternbilder des Nordhimmels beibringen wollte. Ich war mir nicht sicher, ob Allie sie kannte.

Ihre Namen sind wunderschön, Jacob. Kassiopeia, das Dreieck, der Fuchs.

Es war gut, wieder etwas Distanz zu deinem Vater zu haben, noch besser war die Gewissheit, dass er morgen wieder im Flieger sitzen würde. Ich verbot mir, auf Facebook nachzusehen, ob er irgendwelche Bemerkungen über den Nachmittag hinterlassen hatte. Die Internetverbindung auf der Insel war angenehm unzuverlässig. Die Schmerzen in meiner Seite kamen und gingen, genauso wie der Nebel in meinem Hirn. Ich fragte mich, ob die Krankheit schneller voranschritt, als die Ärzte sagten, und ob sie das wussten, ob sie mich anlogen, damit ich nicht endgültig aufgab. Ob die OP, die ich jetzt brauchte, die letzte meines Lebens sein würde. Sollten sie mich anlügen, war das in Ordnung. Ich hätte mich auch angelogen. Es ging mir zu diesem Zeitpunkt alles andere als gut, und womöglich war es therapeutisch gesehen klug, mich anzulügen.

Wieso hatte Doktor Susan überhaupt darauf bestanden, es dir zu sagen? Das ist mir immer noch nicht klar. Weißt du noch, wie du in ihrer Praxis saßest und sie, unterkühlt und elegant wie immer, sich zu dir hinunterbeugte? Wie sie dir sagte, ich würde krank und immer kränker werden und vielleicht sogar ins Krankenhaus müssen? Ich würde eines Tages nicht mehr persönlich bei dir sein können, sondern nur noch im Geiste?

Da warst du nicht einmal fünf Jahre alt. Du hattest keine Ahnung, wovon sie redete.

»Du bist krank?«, fragtest du mich. »Welche Krankheit hast du denn?«

»Krebs«, antwortete ich.

»Und stirbst du davon?«

Kyles Großmutter war kurz davor an Bauchspeicheldrüsenkrebs gestorben.

Ich wandte das Gesicht zur Seite und zuckte die Achseln. Doktor Susan sonderte noch mehr Unsinn über meinen Geist ab und darüber, dass immer jemand für dich da wäre und so weiter und so fort, aber du hörtest gar nicht zu. Es war, als wäre eines dieser schrecklichen Bilderbücher Realität geworden, in der die Mutter stirbt und in den Regenbogen eingeht oder so.

»Wann?«

»Nicht bald«, sagte ich. »Das dauert noch.«

»Wie alt bin ich dann?«

»Mindestens acht.«

»Also noch drei Jahre«, sagtest du. Du hattest schon immer ein Talent für Zahlen. »Und dann wohne ich bei Tante Allie und Onkel Bruce?«

»Genau«, sagte ich. »Aber das ist noch ganz lange hin.«

»Ist gut«, sagtest du, und dann sagtest du nichts mehr, weshalb Doktor Susan bei unserem Abschied bemerkte, das sei doch ganz gut gelaufen, aber sie war ja nicht da, als du nachts schreiend aus deinen Alpträumen erwachtest oder ins Bett machtest oder als ich zwei Tage später zufällig mitbekam, wie du zu Kelly dem Hamster sagtest, es täte dir leid, aber du würdest ihn jetzt aus dem Fenster werfen, weil es für ihn an der Zeit sei zu sterben.

»Hast du Lust auf Gesellschaft?«

Ross und Camilla verbrachten auf Mercer Island nicht besonders viel Zeit miteinander, aber hier auf der Insel waren Bruder und Schwester auf einmal die besten Freunde. Zwar war mir eigentlich nicht nach Gesellschaft, dennoch nickte ich lächelnd, weil Ross schon einen Liegestuhl zu mir gezogen und Camilla sich zu unseren Füßen hingefläzt hatte. Meine Nichte war ein hübsches Mädchen, allerdings nicht so eine auffallende Erscheinung wie ihr großer Bruder, auch weil sie es, wie so viele Teenager, hervorragend verstand, sich zu verunstalten, etwa indem sie ihre hellbraunen Haare in einem grellen Gelb gefärbt hatte, das an Urin auf Schnee erinnerte, und viel zu viel Eyeliner und Schmuck trug. Im Vorjahr hatte sie ihren Eltern sogar ein Nasenpiercing aus dem Kreuz geleiert. Sie interessierte sich für Kunst, hatte Bilder von Frida Kahlo an ihre Wand geheftet und las Bücher von Kerouac und Jeanette Winterson. Und offenbar nahm sie es Ross nicht übel, dass er ihr die ganze Show stahl.

Eine Weile lang schwiegen wir und betrachteten die Sterne, deren Licht, wenn ich mich recht erinnerte, fast drei Millionen Jahre alt sein musste, wenn es bei uns ankam.

»Stört es euch, wenn ich was rauche?«, fragte Ross und riss

mich damit aus meiner Trance. Er hielt einen perfekt gedrehten kleinen Joint in die Höhe.

»Nein, nur zu«, sagte Camilla lässig, und ich fühlte mich geschmeichelt. Die coolen Kids rauchten in meiner Gegenwart. Ross zündete den Joint an, zog daran, legte den Kopf in den Nacken und blies den Rauch in den Himmel. Ich schloss die Augen. Zu Hause hatte ich aus medizinischen Gründen auch einen kleinen Marihuanavorrat, den ich allerdings nur selten nutzte, weil mir die volle Kodeindröhnung lieber war. Außerdem fand ich es komisch, in deiner Gegenwart high zu sein.

»Du auch?«, fragte Ross und gab mir den Joint.

Ich nahm ihn entgegen, überlegte, ob ich so was sagen sollte wie *Eigentlich sollte ich nicht* oder *Sag's nicht deiner Mom*, aber ich ließ es bleiben, steckte ihn mir in den Mund, bemühte mich, nicht darauf zu achten, wie krautig er roch (das war eindeutig billiges Zeug), und inhalierte. Ich musste husten, aber keiner machte eine Bemerkung. Nach einer Weile nahm mir Camilla den Joint ab.

Ganz kurz befürchtete ich, groggy oder paranoid oder etwas in der Art zu werden, aber eigentlich geschah nichts – außer dass mir nun alles sehr friedvoll erschien. Durch den Geruch des Marihuanas drang die Erinnerung zu mir, wie dein Vater früher gerochen und wie es sich angefühlt hatte, von ihm im Arm gehalten zu werden. Da er weit weg war und ich auf einer Insel, erlaubte ich mir, darüber nachzudenken, was ich dabei empfunden hatte, ihn wiederzusehen, wie stark mir seine Arme immer noch vorgekommen waren und wie mir sofort aufgefallen war, dass er beim Rasieren immer noch die Stelle unter der Unterlippe ausließ. Früher fuhr ich oft mit dem Finger über diese kratzige Stelle, eine Stelle, die sonst niemand berührte oder auch nur sah.

Ich weiß nicht, ob du etwas über mein Liebesleben vor oder nach deinem Vater wissen willst (wenn nicht, überspring diesen Abschnitt), aber vor deinem Vater war ich nur mit zwei Männern länger zusammen (Howard, 1994–1998, und Jim, 2001–2004), danach mit niemandem mehr. Es gab noch ein paar Affären mit Männern, denen ich bei der Arbeit begegnete, einmal mit einem Reporter und ein paar schöne Wochen mit dem Vater von Haven Singlebury (erinnerst du dich noch an Haven, das rothaarige Mädchen aus deiner Vorschulklasse?). Eines Tages, es war im Oktober, hatte ich dich an der Schule abgesetzt und ging einen Kaffee bei Starbucks trinken, wo ich Havens Dad traf, der seine Tochter ebenfalls gerade gebracht hatte. In jener beiläufigen und doch direkten Art von Männern, die Sex wollen, erwähnte er, dass seine Frau zu einem längeren Aufenthalt in ein Yogazentrum in den Berkshires aufgebrochen sei. Sie mache gerade eine schwierige Phase durch, behauptete er, und brauche eine Auszeit.

Ich hörte nur mit halbem Ohr zu. »Wie schön«, sagte ich, »Ihre Frau ist eine Yogini«, so als wäre Yoga etwas, für das ich mich schon immer interessiert hatte.

»Ich habe sturmfreie Bude«, sagte er und starrte auf seinen Caffè Latte, als wäre er von sich selbst überrascht, obwohl das gewiss nicht stimmte. »Ich arbeite heute von zu Hause aus. Ich habe keine Ahnung, wann sie zurückkommt. Oder«, fügte er düster hinzu, »ob sie jemals zurückkommt.«

Bis zu diesem Zeitpunkt hatte ich wohl höchstens zwanzig, dreißig Worte mit Haven Singleburys Dad gewechselt (es muss am THC liegen, denn während ich das aufschreibe, will mir partout nicht sein Name einfallen). Allerdings erinnere ich mich daran, dass er groß war, einen kantigen Körper hatte, ein kantiges

Gesicht und ein kleines Bäuchlein. Blaue Augen. Ich glaube, er war Drehbuchautor oder so was in der Art.

»Ich arbeite auch von zu Hause«, sagte ich, was der Wahrheit entsprach, denn normalerweise tat ich das. Zwar hatten Chuck und ich ein Büro in Chelsea, aber das war eigentlich nur für die Praktikanten.

»Wollen Sie mit zu mir?«, fragte Haven Singleburys Dad.

»Warum nicht?«, erwiderte ich leichthin. Und so traf ich mich die nächsten zwei Wochen jeden Morgen nach Schulbeginn mit Havens Dad bei Starbucks, plauderte ein bisschen mit ihm und begleitete ihn anschließend in seine chaotische Sechszimmerwohnung in einem der alten Häuser an der 70th. Dort blieb ich, bis gegen Mittag die Haushälterin kam.

Und dann, als der Oktober sich dem November näherte und es langsam kühler wurde, kam Havens Mom aus dem Yogazentrum zurück, weil sie beschlossen hatte, ihrem Mann – unter gewissen Auflagen – noch eine Chance zu geben. Kurz darauf zogen die Singleburys nach Connecticut. Wahrscheinlich hast du keine Ahnung, wer Haven Singlebury war, aber es gab durchaus Augenblicke, in denen ich mich fragte, ob sie eines Tages deine Stiefschwester werden könnte (obwohl ich ihren Vater kaum kannte und mir nicht einmal sicher war, ob ich ihn mochte).

Doch als Havens Mom zurückkehrte, sah ich ihn nie wieder und verschwendete auch keinen Gedanken mehr an ihn.

Ich glaube, ich schreibe dir das nur, Jacob, weil es in meinem Leben keinen anderen Mann gab, den ich so sehr geliebt hatte wie deinen Vater.

Als ich da unter dem Sternenhimmel saß und mit Camilla und Ross kiffte (tu das nicht! Und wenn, dann setz dich danach nicht ins Auto!), gestattete ich es mir, an deinen Vater und seine Vorgänger zu denken, bis Camilla sich zu mir herumrollte, mich ansah und sagte: »Ach du Scheiße, Tante Karen, ist alles in Ordnung?« Denn ich weinte. Aber es war so absurd, mit jemandem zu kiffen, der mich »Tante Karen« nannte, dass ich anfing zu kichern, und dann fingen Ross und Camilla ebenfalls an zu kichern, obwohl sie wahrscheinlich keine Ahnung hatten, weshalb, und auch nicht besonders high waren. Doch es fühlte sich für uns alle einfach gut an, zu lachen. Ich lachte so heftig, dass ich meine Tränen irgendwann für Lachtränen hielt, und wischte sie mit dem Ärmel weg.

»Du kannst aufrauchen«, sagte Ross und gab den Joint leider nicht mir, sondern Camilla. Ich erhob mich aus meinem Liegestuhl und legte mich auf den dichten grünen Rasen neben sie, woraufhin Ross sich neben mich legte und ich an die Zeit denken musste, als sie noch so klein waren, dass ich sie gleichzeitig auf dem Arm tragen konnte. Nun musste langsam Schluss sein mit den Erinnerungen.

»Wow«, bemerkte Ross. »Die Sterne.«

»Ich denke immer, ich würde mich daran gewöhnen, aber das stimmt nicht.« Camilla hielt den Joint zwischen ihren Fingern wie ein Plektron. Beim letzten Zug kniff sie die Augen zusammen, dann drückte sie den Stummel im Gras aus.

»Ihr wisst doch, wie sie heißen, oder?«, fragte ich. »Eure Mom hat euch die Sternbilder beigebracht?«

»Das ist der Große Wagen, stimmt's?«, erwiderte Ross und zeigte auf Perseus.

»Nicht mal annähernd«, sagte ich.

»Und was ist das?«, fragte Camilla und wies verträumt zum Firmament.

»Der Löwe«, erklärte ich, obwohl ich mir nicht einmal sicher war, worauf genau sie zeigte. »Wenn du ein bisschen weiter nach links schaust, kannst du seinen Schwanz sehen.«

»Woher weißt du das?«

»Grandpa hat mir das beigebracht«, sagte ich. »Früher fuhren wir manchmal in den Osten von Long Island, wo es nicht so dicht bebaut ist und man die Sterne besser sehen kann. Dann warteten wir am Strand, bis es dunkel wurde, und unser Vater gab uns sein Fernglas und erzählte uns alles über die Sternbilder. Er kannte sie, weil wiederum sein Vater sie ihm in seiner Kindheit gezeigt hatte.«

»Da fällt mir ein«, sagte Ross, »dass er doch all diese Bücher über Sagen hatte, wisst ihr noch? Über die griechischen Heldensagen. Er erzählte mir von den verschiedenen Göttern, die man am Sternenhimmel sehen kann. Von ihren Streitwagen. Ich weiß noch, wie ich auf seinem Schoß saß, als ich klein war«, fügte er hinzu.

»Das weiß ich auch noch«, sagte Camilla.

Der Joint ließ mich ein angenehmes Kribbeln in meinem Körper spüren. »Ich kann nicht fassen, was aus ihm geworden ist.«

»Irgendwo tief in ihm ist alles noch da«, sagte Camilla. »Er hat nur keinen Zugang mehr dazu.«

»Glaubst du?«, fragte ich.

Camilla zuckte die Achseln. »Wir bleiben immer die, die wir sind, meint ihr nicht? Nur weil Grandpa nichts mehr um sich herum mitzukriegen scheint, heißt das nicht, dass in ihm nichts mehr ist. Dass er nicht mehr denken kann. Er kann sich bloß nicht mehr mitteilen.«

Ross meinte nur: »Du bist high.«

Noch immer blickten wir zum Sternenhimmel. Ich fuhr mit der Hand unter meinem T-Shirt über meinen Bauch, über die Landschaft aus Narben, die die verbliebenen Reste von mir zusammenhielten, einige kaum zu ertasten, andere wulstig wie das Lötzinn auf Buntglasscheiben. Mit einer neuen Operation würden immer neue Teile von mir zusammengehalten werden müssen. Ich schloss meine Augen, wollte in diesem Moment etwas so Strahlendes, so ewig Währendes wie die Sterne nicht sehen.

Du weißt, dass wir aus Sternenstaub gemacht sind, oder? Dass jedes Atom in uns aus dem Schmelztiegel eines vor Jahrmillionen explodierten Sterns stammt? Vielleicht hast du das schon in Physik gelernt, obwohl mein Lieblingsexperte zu diesem Thema immer noch Walt Whitman ist:

Ich feiere mich selbst und singe mich selbst,

Und was ich mir herausnehme, sollst auch du dir herausnehmen,

Denn jedes Atom, das mir gehört, gehört ebensogut auch dir.

»Meine Zunge, jedes Atom meines Blutes«, sagte ich laut, während ich an meinen Narben entlangstrich, »ist aus diesem Boden gebildet und aus dieser Luft; ich bin geboren von Eltern, die hier von ähnlichen Eltern geboren sind, und auch diese von ähnlichen Eltern; und so beginne ich im Alter von siebenunddreißig Jahren, in vollkommener Gesundheit, und hoffe bis zu meinem Tode nicht aufzuhören.«

Es war so merkwürdig wie zauberhaft, an einem Sommerabend auf einer schönen Insel im Gras zu liegen und Walt Whitman zu zitieren. Lies *Grashalme*, so schnell du kannst – wenn du es nicht bereits getan hast.

»Aber du bist dreiundvierzig«, bemerkte Camilla. »Nicht siebenunddreißig. Du bist zwei Jahre älter als meine Mom.«

Ich hatte die Augen immer noch geschlossen. Wie mein Bauch aussah, wusste ich. Blass, eingefallen, mit Schwangerschaftsstreifen (ich hatte während der Schwangerschaft dreißig Kilo zugenommen und war am Ende so angeschwollen und schwer zu handhaben wie eine Zecke). An manchen Stellen war die Haut immer noch gespannt. Die Operationsnarben hatten ein helles Rosa, wie der Lippenstift, den ich in der High School trug. Die Narben wiesen den Weg in meinen leeren Unterleib. Ich drückte meine Finger darauf, versuchte, mir einen Weg zu ertasten, presste so fest, dass es weh tat. Ich wollte hineingreifen und alles in Ordnung bringen. Mich selbst heilen.

Camilla wandte sich zu mir um. »Und, wie war es heute mit Dave?«

»Anstrengend«, sagte ich.

»War es komisch, ihn wiederzusehen?«, fragte Ross. »Mochte Jake ihn?«

»Jake war verrückt nach ihm«, sagte ich. »Aber man kann ein Kind ziemlich leicht dazu bringen, einen zu lieben, wenn man ihm einen Haufen Geschenke mitbringt.«

»Schlau von ihm«, bemerkte Ross.

»Und sonst?«, fragte Camilla nach einer Weile.

»Sonst gibt's eigentlich nichts dazu zu sagen«, erwiderte ich, was nur halb gelogen war, denn jemand Wortgewandteres wäre womöglich in der Lage gewesen, diese Jackson-Pollock-Mischung aus Gefühlen, die in mir tobte, genauer zu erläutern (Wut, Liebeskummer, Sehnsucht, Traurigkeit, Langmut, Trauer, Freude, Mordlust). Ich hingegen hätte nicht mal gewusst, wo ich anfangen sollte. »Als wir uns kennenlernten, war er ein netter Kerl. Und jetzt ist er immer noch ein netter Kerl. Er kennt sich mit Lego besser aus als ich. Und Jake scheint ihm wirklich am Herzen zu liegen.«

»Werdet ihr ihn wiedersehen?«

»Das weiß ich nicht«, sagte ich. »Aber Jake will es bestimmt.« Ich wünschte, ich wäre noch bekiffter.

»Jedenfalls war es nett von dir, ihm das zu ermöglichen«, sagte Ross.

»Was blieb mir anderes übrig?«

»Alles Mögliche«, erwiderte Ross. »Du hättest Jake doch irgendwas erzählen können.«

»Was zum Beispiel?«

»Ich weiß nicht, zum Beispiel, dass sein Vater spurlos verschwunden wäre. Oder dass du ihn trotz aller Bemühungen nicht gefunden hättest.« Ross zögerte kurz. »Oder dass er tot ist.«

»Ross«, sagte ich schärfer, als ich wollte. »Nicht mehr lange, und seine Mutter wird tot sein. Da muss ich nicht auch noch seinen Vater für tot erklären.«

»So habe ich das ja nicht gemeint«, verteidigte sich Ross. »Nur so, dass du ihn nicht treffen musst.«

»Das hätte ich Jake nie angetan.«

»Genau«, sagte er. »Weil du eine gute Mutter bist.«

Ich war eine gute Mutter. Eine relativ gute. »Apropos Väter, wie läuft's denn mit deinem?«

Ross stöhnte. »Ich glaube, er kommt einfach nicht damit klar, ein erwachsenes Kind zu haben. Am liebsten würde er mich immer noch wie ein Baby behandeln.«

»So geht es vielen Eltern. Es ist schwer, sich der Tatsache zu stellen, dass das eigene Kind erwachsen wird und dich eines Tages nicht mehr braucht.«

»Aber du bist anders. Du verstehst das ganz genau.«

Geschmeichelt lächelte ich in den Sternenhimmel. Aber dann erstarrte ich innerlich, als glitte ein Eisberg durch mich hindurch. Ich mochte zwar das ein oder andere verstehen – aber offensichtlich nicht alles. Wieso hatte ich nicht schon früher daran gedacht? Was war nur los mit mir?

Gerade hatte mich die Erkenntnis durchzuckt, dass dein Vater sein Sorgerecht einklagen konnte. Schließlich war es sein Job, Leute zu verklagen. Er konnte sich sonst was ausdenken. Er konnte mich verklagen und dich mir wegnehmen. Um das Kind zu bekommen, das seine Frau haben wollte. Das Kind, das er plötzlich wollte. Jake, ich weiß, wie das klingt – aber in diesem Augenblick wurde mir klar, dass dein Vater sich als Monster erweisen könnte.

War er das? Verbarg sich unter seiner netten, jungenhaften Fassade ein Monster? Möglich war es. Menschen änderten sich.

»Leute, ich muss euch um einen Gefallen bitten.«

Klar, sagten sie. Kein Problem.

»Ihr müsst ein Auge auf Jake haben«, sagte ich.

Selbstverständlich, sagten sie. War doch klar.

»Nein, nicht nur wie eine große Schwester oder ein großer Bruder«, erklärte ich. »Ich meine, ihr dürft ihn nicht allein lassen. Ihr müsst ihn im Auge behalten. Und ihr müsst euch vor seinem Vater hüten, klar?«

»Okay«, sagte Camilla, klang jedoch verwirrt.

»Denn er darf nicht bei seinem Vater leben. Sie können sich einmal im Jahr treffen. Zum Essengehen. Oder zum High-School-Abschluss. Aber sonst nicht. Ihr müsst ihn davor beschützen.«

»Verstanden«, sagte Ross.

»Wieso?«, fragte Camilla. »Wieso darf er ihn nicht öfter sehen?«

»Weil das meine Regeln sind«, entgegnete ich. Herrgott, wieso hatte ich das nicht früher gesehen? *Ich* war der Dummkopf. »Das gilt vor meinem Tod und danach.«

Eine Weile waren sie still und verarbeiteten, was ich gesagt hatte. Dann sagte Camilla: »Aber ich glaube nicht, dass du stirbst. Ich glaube, sie finden rechtzeitig ein Heilmittel, und am Ende wird alles gut.«

»In Guatemala geht man zu traditionellen Heilern«, bemerkte Ross. »Hast du es schon mal damit versucht?«

»Ross«, sagte ich. »In Guatemala glaubt man auch an die magische Kraft der Kürbisse.«

Darauf kicherten beide, verstummten dann jedoch. Ich wartete, bis der Eisberg sich wieder aus meinem Inneren zurückgezogen hatte. Dann nahm ich die Hände von meinem Bauch und ergriff ihre. Hinter uns im Haus schaltete jemand das Licht ein, dessen Schein bis zu uns fiel. Bruce, der sich in der Küche ein Glas Wasser holte. Oder Allison, die eine Schlaftablette nahm und sich fragte, wo wir waren. Wir lagen auf ihrem Rasen und hielten uns an den Händen wie eine Puppengirlande.

»Hört mal, ich bitte euch, auf Jacob aufzupassen, wenn ich nicht mehr da bin. Bitte bringt ihm die Sternbilder bei und sorgt dafür, dass er gute Bücher liest. Er soll auch mit seinem Schwimmunterricht weitermachen. Und bitte lasst nicht zu, dass sein Vater ihn beeinflusst. Okay? Sein Vater war bis jetzt nicht für ihn da, und daher soll er es auch in Zukunft nicht sein, bloß weil es sich plötzlich gut für ihn anfühlt, Superdad zu spielen.«

Darauf sagten die beiden nichts.

»Und es ist mir egal, wenn sich das unfair anhören sollte.«

Camilla drückte mir die Hand. »Okay«, sagte sie.

»Okay«, echote Ross.

So lagen wir für eine gefühlte Ewigkeit auf dem Rasen, bis Allie die Tür zum Garten aufriss und brüllte, es sei zwei Uhr morgens, Herrgott noch mal, und wir sollten endlich reinkommen.

Wir blieben noch eine Weile liegen, doch ich spürte bereits, dass der Eisberg wiederkam.

TEIL II

MANHATTAN

KAPITEL 8

Es war seltsam und wunderbar zugleich, nach so vielen Monaten zum ersten Mal wieder in unsere Wohnung zu kommen. Auf Mercer Island gibt es so viel Platz, dass die Bewohner anfangen, ihn für Vorgärten oder Ähnliches zu verschwenden. Die New Yorker hingegen sind, wie du sicher weißt, ganz anders: Wir mögen es, uns in kleine Nischen zu quetschen und so viel wie möglich daraus zu machen. Mir ist noch nie ein Manhattaner begegnet, egal wie wohlhabend, der auch nur eine einzige leere Küchenschublade besitzt. Meine Schwester hat gleich mehrere.

Ich schloss also die Haustür unten auf, stapfte die Treppe nach oben, schloss die Wohnungstür auf und streifte noch auf der Schwelle die Schuhe ab – und atmete auf. Deswegen hatte ich nach Hause gewollt. Die Hitze hüllte mich ein (geschlossene Fenster, Klimaanlage aus, draußen über dreißig Grad), ich ließ den Koffer fallen, du wuseltest herein, draußen heulte die Alarmanlage eines Wagens auf, doch ich hätte vor Glück laut singen können – was ich dann auch tat: *Who let the dogs out? Who? Who?* Jahrelang war das dein Lieblingssong.

»Mom«, sagtest du warnend. *Who? Who?*

Unsere Wohnung war für die Verhältnisse Manhattans ziemlich groß: 84 Quadratmeter, zwei richtige Schlafzimmer, Bad und Gäste-WC und eine Dachterrasse, die wir uns mit den Nachbarn teilten. Wir wohnten in der obersten Etage eines vierstöckigen Stadthauses. Ich würde dir ja sagen, was ich für diese 84 Quadratmeter bezahlt habe, aber das wird sich für dich in der Zukunft läppisch anhören, und du wärst nicht angemessen beeindruckt (Gott weiß, wie viel diese Wohnung in der Zukunft kosten wird, es sei denn natürlich, Manhattan wird wegen der Erderwärmung überflutet, dann ist das wohl auch egal).

Julisa machte Urlaub in ihrer Heimat, dem heißen Puerto Rico, doch vor ihrer Abreise hatte sie Staub gewischt, die Betten frisch bezogen und den Hamster aus ihrer Wohnung an seinen angestammten Platz in deinem Zimmer zurückgebracht. Du warst so aufgeregt deswegen, dass du trotz des furchtbaren Flugs, deiner Erschöpfung und der höllischen Hitze laut quiekend durchs Wohnzimmer in dein Zimmer rastest, um Regel Nr. 1 unserer Hausordnung zu brechen: Der Hamster bleibt im Käfig. Du kamst mit ihm auf dem Arm ins Wohnzimmer zurück.

»Jacob«, sagte ich resigniert. »Kelly muss wieder in den Käfig.«

»Mom, neiiiin«, sagtest du.

Ich stellte die Klimaanlage auf die höchste Stufe, doch sie war ein Fenstergerät und nicht besonders effizient. Also schaltete ich zusätzlich die Ventilatoren in allen Ecken des Zimmers ein.

»Hast du mich vermisst? Ja?«, fragtest du und presstest den Hamster an dich. Du saßest auf dem Teppich im Wohnzimmer, auf den Kelly bisher noch jedes Mal gekackt hatte, wenn du gegen Regel Nr. 1 verstießest.

»Jacob«, mahnte ich über das Surren der Ventilatoren hinweg.

Du ignoriertest mich, legtest dich auf den Rücken und ließest Kelly über dein Gesicht krabbeln, was ich wirklich widerlich fand. Dann ließest du sie sanft von einer Hand in die andere rutschen.

»Setz sie zurück in ihren Käfig«, sagte ich.

»Guck mal, Mom, sie hat uns vermisst.«

»Das sehe ich.« Tatsächlich hatte sie uns so vermisst, dass sie vor lauter Freude auf deinen Arm pinkelte.

Jake, erinnerst du dich noch an Kelly? An deinem fünften Geburtstag ging ich mit dir zu dem Zooladen an der 96th, und dort durftest du sie dir aussuchen. Eigentlich wolltest du einen Hund, und in glücklicheren Zeiten hätte ich dir wohl auch einen erlaubt, aber damals war ich noch zu geschwächt von der Chemo und dachte, ich würde das nicht schaffen. Doch jetzt kamen mir Zweifel: Vielleicht wäre es gut für dich, einen Hund als deinen Vertrauten mit nach Seattle nehmen zu können. Vielleicht sollte ich Allison fragen, was sie davon hielt.

»Mom, Kelly hat Pipi gemacht!«, meldetest du glücklich.

»Wasch dir den Arm«, erwiderte ich, »und setz sie in den Käfig zurück.« Aber wir wussten beide, dass du nicht auf mich hören würdest.

Und abgesehen von dem bisschen Hamsterurin war es so schön, in unserem lauten, etwas muffigen, heißen, aber wunderbar vertrauten Zuhause zu sein. Die offene Küche ging in unser Wohnzimmer über, wo wir einen Esstisch, einen Sofatisch, eine Ausziehcouch, einen Fernseher, deine Videospiele, unseren Familiencomputer, drei Bücherregale, dein Fahrrad, deine Fußbälle, deinen Rucksack und deine Brettspiele untergebracht hatten. Wieder einmal fiel mir auf, wie viel Platz meine Schwester auf ihrem Grundstück auf Mercer Island hatte: drei ganze Gebäude für *fünf Personen*. Allein das Gästehaus, in dem wir gewohnt hatten, war größer als diese Wohnung.

»Können wir was bestellen?«, fragtest du, wieder ganz das Stadtkind. Normalerweise bestellten wir mindestens alle zwei Tage etwas zum Essen. Du wünschtest dir etwas von Carmine, also bestellte ich einen Rigatoni-Auflauf mit Brokkoli, und zwar so viel, dass es für die nächsten drei Abende reichen würde. Ich sehnte mich nach einer Dusche, war mir aber nicht sicher, ob vor der Lieferung des Essens noch genug Zeit dazu wäre, und brüllte dich noch einmal an, den Hamster in den Käfig zu setzen.

»Nur fünf Minuten, Mom.«

Fünf Minuten.

Ich ließ mich auf dem Teppich nieder, öffnete den Koffer und fing an, die Schmutzwäsche auszupacken – wir reisten mit leichtem Gepäck und hatten den Großteil unserer Klamotten bei Allie gelassen. Ich nahm meinen Laptop heraus, die schmutzige Unterwäsche und Socken, und gab, während du mit Kelly spieltest, ein paar Notizen ein. Es fühlte sich gut an, geschäftig zu sein. Da, wie ein Blitz, durchbohrte mich der Schmerz so heftig, dass ich aufkeuchte.

»Mom!« Du kamst zu mir gestürzt; ich wollte dir sagen, du solltest dir keine Sorgen machen, konnte jedoch nicht sprechen, konnte gar nichts tun, es war, als würde ich von etwas unglaublich Heißem und Scharfem in tausend Stücke gerissen, geradezu zerschreddert.

»*Mom!*«, schriest du, worauf ich nur noch zum Telefon wies: Du solltest den Notarzt rufen, stattdessen versuchtest du jedoch, Julisa in Puerto Rico zu erreichen, was vergeblich war. Allie hatte recht gehabt: Selbst den lächerlich kleinen Koffer zu tragen war zu viel. Vier Stockwerke hatte ich ihn hochgeschleppt. Und wofür? Socken, Unterwäsche und einen billigen Laptop.

»Mom, was soll ich machen?«

In meiner Tasche hatte ich Kodein, ich stieß *Tasche* hervor, die brachtest du mir und wühltest auf mein Zeichen darin, bis du das Tablettenröhrchen fandst. Du wusstest, dass es das war, was ich brauchte, offenbar hatte ich es doch nicht vor dir verbergen können, und dann wurde mir bewusst, dass ich auf dem Boden lag und mein sechsjähriger Sohn mich mit Kodein versorgte. Mir kamen die Tränen, aber ich konnte immer noch nicht sprechen. »Ich hol dir Wasser«, flüstertest du. Mein Sohn holte mir Wasser. Du hast mir alles gebracht, was ich brauchte, Jakey, und mir geholfen, mich aufzusetzen, schafftest es dann allerdings nicht, den kindersicheren Verschluss des Röhrchens zu öffnen, was wohl gut war – dummerweise war auch ich zu schwach dazu. Ein weiterer Krampf warf mich wieder auf den Boden, mit dem Gesicht auf den Teppich. Ich fragte mich, ob mein Darm in diesem Augenblick perforiert wurde. Ich fragte mich, ob dies die Strafe für meine Hybris war, für meine Halsstarrigkeit: vor den Augen meines Sohnes zu sterben.

»Mom!«, sagtest du und verschwandst dann. Ich konnte dir nicht einmal nachrufen, ich lag nur da und fragte mich, wann ich mich einkoten oder sterben würde. Wahrscheinlich würde ich scheißen müssen, auf den Boden, in die Wohnung, die ich so vermisst hatte. Kelly war verschwunden. Du warst angepinkelt worden, und ich würde mir mit größter Wahrscheinlichkeit in die Hose machen. Wo warst du hin? Wo warst du hin? Würde ich dich jemals wiedersehen?

Trotz allem, was man mir gesagt hatte, hatte ich irgendwie

daran geglaubt, dass die Operation und die Chemo mich für immer am Leben halten würden.

(Jake, hier im Zimmer des Krankenhauses, wo ich versuche, mich an diesen Abend zu erinnern, kommt mir in den Sinn, dass ich vielleicht nicht alles richtig mitbekommen habe. Vielleicht war der Abend ganz anders, vielleicht warst du gar nicht so lange weg, wie es sich für mich anfühlte, vielleicht war alles ganz anders. Ich frage mich, wie deine Erinnerungen an diesen Abend sind, an meinen Gesichtsausdruck. Wie ich aussah. Denn je weiter die Krankheit voranschritt, desto mehr achtetest du auf mein Aussehen, beäugtest meine Gesichtsfarbe, meine Haare, meine Kleidung. Es gefiel dir, wenn ich meine semischicken Kleider von früher trug, hingegen konntest du es nicht leiden, wenn ich eine Jogginghose anhatte. An meinem dreiundvierzigsten Geburtstag hattest du dich mit Allison verschworen und dafür gesorgt, dass dreihundert Dollar teure Stiefel vor unserer Türschwelle standen.

Jedenfalls hoffe ich, du wirst dich so an mich erinnern – nicht in dem Krankenhauskittel, nicht so.)

»Mom!«

Ich schloss die Augen. Noch immer lag ich auf dem Fußboden, und mir war heiß und kalt zugleich. Ich war benommen, fühlte mich aber seltsam friedlich. Es war schon in Ordnung, sollte dies das Ende sein. Ich entschied, dass es in Ordnung war. Ich hatte ein längeres und besseres Leben gehabt als viele Menschen, die je in dieser schrecklichen Welt lebten.

Als Nächstes wurde mir bewusst, dass unsere Nachbarin von unten, die immer eine Yogahose trug, ihren Namen habe ich vergessen, mein Gesicht in ihren Händen barg. »Karen, Karen, alles in Ordnung? Karen, ich rufe den Notarzt.«

»Medizin«, stieß ich hervor, oder so was Ähnliches, jedenfalls nahm sie das Röhrchen mit dem Kodein, drehte es auf und wollte mir eine Tablette und Wasser reichen, doch ich hätte mich aufsetzen müssen, um die Pille zu schlucken, was ich nicht konnte.

Yuki, ihr Name war Yuki. Ich kannte sie schon seit Jahren.

»Geht schon«, keuchte ich. Ich sah an mir herunter; ich hatte mich nicht eingekotet. Und die Schmerzen hätten nicht nachgelassen, wäre mein Darm tatsächlich perforiert. Also musste es doch wieder gut werden. Ich spürte förmlich, wie der Schmerz nachließ, was ein überwältigendes Gefühl war. Doch noch immer lag ich am Boden.

»Die Notfallliste an der Wand.«

»Karen, ich rufe jetzt den Notarzt, okay?«

»An der Wand am Kühlschrank ...«

»Ich rufe ihn jetzt, Karen.«

»Kyles Mom – sie heißt Ann – springt ein, wenn Julisa nicht da ist. Sie wohnt zwei Stockwerke unter ...«

»Ich wähle jetzt neun-eins-eins.« Ich versuchte zu protestieren, aber es war zu spät, und im Gegensatz zu Allie konnte ich das dieser Nachbarin, die ich kaum kannte, nicht verbieten. Über den Boden huschte etwas an mir vorbei: Kelly der Hamster. Nur wenige Minuten nachdem wir nach Hause zurückgekehrt waren, hatten wir Regel Nr. 1 gebrochen, und nun würden wir Kelly vielleicht nie wiedersehen. Ich sah den offenen Koffer voller Schmutzwäsche. Dein Rucksack war geöffnet und quoll über: dein iPad, dein Kürbis. Und ich lag schwitzend auf dem Boden, vor lauter Schweiß war mein T-Shirt schon ganz durchsichtig. Ich konnte mich riechen: Ich stank wie ein Mülleimer in der prallen Sonne. Ich wollte mich aufrichten, schaffte es aber noch immer nicht.

Jacob, ich hatte meine Würde verloren.

Yuki hielt meine Hand. Plötzlich konnte ich dich nirgendwo entdecken. Yuki hatte ein freundliches Gesicht mit blasser Haut und Sommersprossen auf der Nase. Ich hatte angenommen, wir wären im selben Alter, aber jetzt sah ich, dass sie jünger war. »Baby, alles in Ordnung?«, ertönte die Stimme eines Mannes an der Tür.

Baby? War ich gemeint?

»Wir sind hier«, sagte Yuki, ohne sich umzudrehen und ihn anzusehen. »Der Notarzt ist unterwegs.«

»Dann warte ich draußen«, sagte der Mann. Offenbar Yukis Freund, obwohl ich nicht gewusst hatte, dass sie einen hatte. Ich war zu lange weg gewesen. Wussten meine Nachbarn, dass ich Krebs hatte? Hatte ich es ihnen erzählt? Erinnerten sie sich, dass ich eine Zeitlang Kopftücher oder eine Perücke getragen hatte? Konnte Yuki es jetzt an meinen kurzen Krisselhaaren, meiner gelblichen Haut und den Falten um meine Augen sehen?

»Mommy?«, fragtest du. Da warst du: saßest im Schneidersitz neben Yuki. »Ich setze Kelly zurück in ihren Käfig.«

»Danke«, hauchte ich, und kurz darauf kam der Notarzt, gefolgt von Carmines Pizzataxi. Kurz bevor ich das Bewusstsein verlor, hörte ich, wie Yukis Freund den Lieferanten bezahlte und sagte, er solle das Wechselgeld behalten.

Achtundvierzig Stunden später lag ich immer noch in der blöden chirurgischen Abteilung des blöden Memorial Sloan Kettering und würde erst nach Hause entlassen werden, wenn ich – Achtung! – *gefurzt* hatte. Bei operiertem Eierstockkrebs dreht sich unglaublich viel um die Verdauung. Wahrscheinlich findest du das jetzt beim Lesen genauso komisch wie schon damals. Zweimal brachte dich Kyles Mom zu mir, und immer fragtest du: »Und, Mom, schon gefurzt?«, woraufhin du am Boden lagst vor hysterischem Gelächter (offen gestanden kam es mir ein bisschen zu hysterisch vor und sprach Bände, was es in dir angerichtet hatte, zu glauben, dass deine Mutter direkt vor deinen Augen sterben würde).

Es zeigte sich, dass meine Verwachsungen zwar nicht den Darm perforiert, aber zu einem teilweisen Verschluss geführt hatten. Offenkundig wollten die meisten Mediziner einen solchen Zustand so schnell wie möglich in Ordnung bringen. Offenkundig konnte ein solcher Zustand Schmerzen verursachen, gegen die nicht einmal Kodein etwas ausrichten konnte. Im Gegenteil, der Chirurg erklärte mir am nächsten Morgen, er sei erstaunt, dass ich mit solchen Schmerzen überhaupt noch eine normale Routine hätte aufrechterhalten können – worauf ich mir äußerst heroisch vorkam. Der Chirurg war jung und gutaussehend, vermutlich ein Assistenzarzt, obwohl er ziemlich kompetent wirkte. Er sagte, wie es aussähe, gäbe es keine neuen Tumoren. Jedenfalls so, wie es aussähe, betonte er. Er trug seinen Ehering an einem Kettchen um den Hals. »Das sind gute Nachrichten, Karen«, sagte er, was mich zugegebenermaßen in Hochstimmung versetzte.

Gute Nachrichten! Relativ gute! Dann schaute Doktor Steiner gerade zu dem Zeitpunkt bei mir vorbei, als ich versuchte, einen schönen Furz abzulassen. Er war ein bisschen böse auf mich, dass ich so lang mit der OP gewartet hatte – offenbar war das gefährlicher gewesen, als mir bewusst war –, doch auch er war erleichtert, dass wir die Sache relativ gut hinter uns gebracht hatten, also nur mit ein paar zusätzlichen Narben und einer beginnenden Opiatabhängigkeit. Er wollte, dass ich in der nächsten Woche ein paar

Tests machen ließe. Als ich erklärte, dass ich zu viel zu tun hätte und arbeiten müsste, zog er nur väterlich eine Augenbraue in die Höhe, woraufhin ich versicherte, mir die Zeit zu nehmen.

Und so versuchte ich, ein bisschen an meinem Laptop auf diesem dämlichen Krankenhaustablett zu arbeiten, nachdem ich das Essen beiseitegeschoben hatte, auf das ich keinen Appetit verspürte (obwohl die Krankenschwester mahnte, wenn ich nichts äße, würde ich nie furzen können). Meinen obligatorischen Spaziergang hatte ich schon hinter mir, wobei ich mich an dem Infusionsständer festhielt wie eine gottverdammte Hundertjährige. Zurück im Bett, entwarf ich ein Mailing für Ace; ich fasste es einfach nicht, dass dies das Einzige war, was ich tun konnte; unwillkürlich machte ich mir Sorgen darüber, dass ich nicht mehr mit vollen Kräften arbeiten könnte. Und über mein Unternehmen. Über meine Rolle darin. Als Chuck und ich Neulander & Davis gründeten, waren wir gleichberechtigte Partner. Ich war ein Gründungsmitglied! Aber mittlerweile hatte ich schon seit zehn Tagen nicht mehr mit Chuck gesprochen. Und davor hatte er immer schrecklich beschäftigt und leicht ungeduldig gewirkt. Ich nahm mein Telefon, rief ihn an und teilte ihm mit, ich sei zurück in New York, allerdings ohne zu erwähnen, dass ich im Krankenhaus lag. »Karen!«, sagte er. »Schön, dass du wieder da bist.« Doch als er dann schnell abspulte, er würde den Rest des Tages in Meetings sitzen, ohne mir zu sagen, in welchen, hatte ich beim Auflegen das Gefühl, noch weiter von allem entfernt zu sein als auf Mercer Island.

Ich drückte auf den Morphiumknopf und griff ein zweites Mal zum Telefon. Und tatsächlich meldete sich Ace.

»Ace, hier ist Karen«, sagte ich. »Ich bin wieder in der Stadt.

Lass uns einen Termin ausmachen.« Ich würde bald hier rauskommen, lange bevor wir uns trafen, dessen war ich mir sicher.

»Großartig«, sagte er. »Einfach großartig, Karen. Aber den Termin machst du am besten mit Amani aus.« Mir war natürlich klar, dass die Assistentin für die Termine zuständig war, aber ich kam mir in meinem Krankenhausbett so ohnmächtig vor, dass ich unbedingt direkt mit Ace sprechen wollte.

»Wie war's in Frankreich?«

»Wie zweite Flitterwochen! Unglaublich, wirklich. Utah Beach. Omaha Beach. Die Normandie ist gruselig. Du musst da unbedingt mal hinfahren.«

Mal sehen, dachte ich.

»Wie läuft's mit Bev?«, erkundigte er sich.

Ich drückte auf ein paar Tasten. »Sieht so aus, als hätte sie fünfzehntausend Dollar aufgetrieben. Arbeitet mit einem Wahlmanager namens Jorge Grubar zusammen.«

»Noch nie von ihm gehört.«

»Das ist ihr Neffe.«

»Ha«, sagte Ace trocken. »Also, was brauchst du von mir?«

»Ein persönliches Treffen. Nur, um ein paar Punkte abzustimmen. Irgendwann nächste Woche? Soll ich vorbeikommen?«

»Planst du irgendwelche Tricks? Zwielichtige Verbindungen in der Dominikanischen Republik?«

»Ace, lass es«, sagte ich und blickte an mir herab. Selbst wenn ich gewollt hätte, hätte ich nichts tun können. »Hier ist nur ein Trick vonnöten, nämlich gute Arbeit im Stadtrat.«

Ich klickte Facebook an, Bevs Profilseite. Sie hatte ein paar Neuigkeiten gepostet, darunter etwas von ihrer Wahlkampagne. Offenbar hatte sie bei einem Bekannten ein Fundraising-Dinner veranstaltet, fünfzig Dollar pro Person für ein spanisch wirkendes Buffet. Da tat sie mir fast schon leid – fünfzig Dollar? –, aber das Essen sah gut aus. Es gab ein schönes Foto von einer riesigen Obstplatte mit einer Torte daneben.

»Wir werden sie doch vernichten, oder, Karen?«

Ich fühlte mich so schwach wie ein frisch geschlüpftes Küken. »Klar vernichten wir sie«, sagte ich und beendete das Gespräch.

Ich fragte mich, ob Bev wohl einem Rededuell oder einer Podiumsdiskussion mit Ace zustimmen würde. Ich stöberte Jorge Grubar übers Internet auf und schickte ihm eine E-Mail, dass ich gern einen Termin ausmachen würde, falls sie interessiert seien. Dann scrollte ich durch ihr Wahlprogramm: niedrigere Kommunalabgaben, freie Schulwahl, weniger gewerbliche Beschränkungen. Was sollte das? Wir waren doch nicht in Texas! Außerdem war sie eine leidenschaftliche Abtreibungsgegnerin und hatte auf ihrer Homepage ein gelbes Kreuz: *In Erinnerung an all die Kinder, die wir durch Abtreibung verloren haben.* Normalerweise hasse ich solche Kandidaten schon aus Prinzip, aber merkwürdigerweise mochte ich Bev trotzdem.

Drei Kinder, fünf Enkel. Sie war nur fünfzehn Jahre älter als ich.

Es tat mir so leid, dass ich dir das angetan hatte, dass ich einfach so vor dir zusammengebrochen war (das hatte ich dir in den letzten zwei Tagen schon mehrfach versichert, und du hattest geantwortet, es sei schon gut, aber ich konnte einfach nicht damit aufhören). Ich sehnte mich so sehr nach dir.

Außerdem hattest du dich mittlerweile ein bisschen in Yuki verliebt und sie wohl auch in dich. An dem Abend meines Zusammenbruchs konnte Kyles Mom erst gegen Mitternacht nach

Hause kommen, daher kümmerten sich Yuki und ihr Freund um dich, nachdem der Krankenwagen mich mitgenommen hatte, aßen mit dir die Rigatoni und spielten mit dir auf der Wii. An den letzten beiden Tagen hatte Yuki dich nach der Arbeit bei Kyle besucht.

Und heute Morgen hatte sie mir Blumen geschickt.

All dies zeigt, wie wichtig es ist, seine Nachbarn zu kennen, die Menschen, an deren Seite man wohnt. Heutzutage leben so viele Menschen isoliert in ihrer eigenen Blase und blenden alles aus, was sie nicht interessiert. Manchmal kennen wir nicht einmal die Namen unserer direkten Nachbarn. Doch dieser Mangel an Verbundenheit macht uns einsam. Es passt nicht zur Natur des Menschen, nicht zu wissen, an wessen Seite man wohnt.

Mein Rat an dich lautet: Wann immer du irgendwohin ziehst oder jemand in deiner Nähe einzieht, mach dich mit deinen Nachbarn bekannt. Stell dich persönlich vor. Du sollst nicht gleich einen Kuchen backen oder so, aber stell dich einfach den Menschen vor, die in deiner unmittelbaren Nähe leben, kümmere dich um ihre Post, wenn sie im Urlaub sind, führe ihre Hunde aus, wenn sie krank sind. Es ist eine so einfache, aber so wertvolle Sache, auf die Menschen um einen herum zu achten.

Von dir erfuhr ich, dass Yukis Freund Tom hieß und sie fast schon ein Jahr zusammen waren. Offenbar wohnte er so gut wie bei ihr, aber irgendwie hatte ich ihn noch nie gesehen.

Ich musste daran denken, dass ich immer geglaubt hatte, Ace sei unter anderem deshalb ein so erfolgreicher Stadtrat, weil er, tief im Innern, ein außerordentlich guter Nachbar war. Er mochte sie alle: die Witwen von 9/11 und die asthmakranken Kinder im Krankenhaus seines Viertels. Er mochte die Mitglieder des Lehrer-Eltern-Ausschusses der Schulen von Brooklyn, die Busfahrer und die kleinen Ladenbesitzer – er wollte ihnen wirklich helfen, glücklich und zufrieden zu leben. Er war Stadtrat geworden, um diesen Menschen zu dienen. Und weil er sich so offensichtlich für die Belange seines Wahlkreises interessierte, mochten ihn seine Wähler. Und wählten ihn wieder.

Und dann kamst du endlich! Allein dich zu sehen genügte, um mich glücklich zu machen. Mittlerweile war es drei Uhr nachmittags, und ich wollte unbedingt raus hier. Ich fragte mich, wie es draußen wohl war. Der Wetterbericht hatte 28 Grad mit geringer Luftfeuchtigkeit gemeldet, doch das klang für Ende Juli ein bisschen zu perfekt für Manhattan. Her mit der neunzigprozentigen Luftfeuchtigkeit, die einen zwang, den ganzen Tag im Kino zu verbringen. Her mit dem Sommer! Her mit meinem Sohn!

»Hi Mom«, sagtest du und tratst zaghaft an mein Bett, um deine Umarmung abzuholen, nach der ich mich, wie du wusstest, zutiefst sehnte. Du hattest Yuki im Schlepptau, was mich überraschte, aber auch freute. Ich konnte genauso wenig aufhören, ihr zu danken, wie ich aufhören konnte, mich bei dir zu entschuldigen. Sie fand es bestimmt anstrengend.

»Wo ist Ann?«

»Ihr Mann musste zum Kardiologen.« Mist: Kyles Vater war ein übergewichtiger Diabetiker.

»Ach je.«

»Ich hoffe, Sie haben nichts dagegen, aber sie bat mich einzuspringen. Da ich heute von zu Hause aus arbeite, habe ich zugesagt.«

»Wie könnte ich was dagegen haben?« Wie hätte ich was gegen die wunderschöne Yuki in ihrer ewigen Yogakluft und den neonfarbenen Sportschuhen haben können? Was machte sie überhaupt beruflich, dass sie so etwas ständig tragen konnte?

»Yuki, sind Sie Yogalehrerin?«

»Was? Nein«, antwortete sie. »Architektin. Jedenfalls wollte Ann Sie nicht belästigen, daher sagte ich, ich würde mich den Nachmittag über um ihn kümmern, bis Jakes Vater ihn nach der Arbeit um sechs abholt und mit zu sich nach New Jersey nimmt.«

»Wer?«

»Jakes Vater«, sagte sie lächelnd, doch huschte ein Anflug von Besorgnis über ihr Gesicht, als sie mir in die Augen sah. »Jake meinte, ich sollte ihn anrufen, also dachte ich –«

»Er meinte – was? Du hast gesagt, dein Dad solle angerufen werden, Jakey?«

Du zucktest die Achseln und starrtest auf das andere Bett im Zimmer. Bis gestern hatte ich eine Zimmergenossin gehabt, aber nun war sie fort – geheilt oder tot, ich wusste es nicht.

»Du sagtest, man sollte deinen Dad anrufen?«, wiederholte ich.

Du nicktest. »Ja«, sagtest du. »Ich wollte ihn sehen.«

Ich war bewegungsunfähig. Ich saß in einem Krankenhausbett, spionierte auf Facebook herum und nannte das Arbeit. Ich machte mir Gedanken über die verdammte Bev Hernandez und hatte mir Narbengewebe aus dem Teil meines Bauches entfernen lassen, wo früher Organe waren. Ich war so kraftlos wie der Wackelpudding, der auf meinem Nachttisch zitterte. Ich war nichts mehr, nichts.

»Ich wusste nicht, wen wir sonst anrufen sollten.«

»Jake, wir haben doch die Notfallliste«, sagte ich leise.

»Ich wollte ihn anrufen.«

»Aber unsere Liste –«

»Tut mir leid, Karen …« Yuki hatte es wohl mitbekommen, was dieser Anruf für mich bedeutete. »Ich dachte, das wäre in Ordnung …«

»Nein, ist schon gut. Er ist ja sein Vater«, entgegnete ich matt. Ich konnte dich deswegen nicht anschreien, und Yuki genauso wenig. Ich konnte nicht einmal deinen Vater anschreien. Was genau war hier schiefgelaufen? Ich war krank, die Nanny in Puerto Rico, also ging der Junge zu seinem Vater. Das war doch vernünftig. Was war dagegen einzuwenden?

Aber nicht sein Vater, alles, nur das nicht. *Lieber Gott,* betete ich, *schenk mir die Kraft, sofort gesund zu werden und mit meinem Sohn nach Hause zu gehen.*

»Er sagte, er würde ihn vom Krankenhaus abholen«, erklärte Yuki.

»Aber wir haben doch …«, ich merkte selbst, wie lahm ich klang, »eine Notfallliste. In der Küche. Ich kann … wenn Sie mir mein Handy geben, kann ich jemanden auf der Liste anrufen.« Kyles Eltern. Julisas Schwester. Sogar Doktor Susan, falls es sich um einen echten Notfall handelte. »Ich könnte Julisas Schwester anrufen. Die kann dich bestimmt abholen. Julisa hat gesagt –«

»*Nein!*« Deine Stimme war so schrill, dass Yuki einen Schritt zurücktrat. Man sah ihr an, dass sie sich hier dringend wegwünschte und anfing, ihre Nachbarschaftshilfe zu bereuen. »*Nein, ich fahre zu meinem Dad nach Hause, er holt mich ab!*« Danach stießest du noch das grässliche Grunzen aus, das du immer machtest, wenn du wirklich wütend warst.

»Nein, Jake«, setzte ich an. »Wir haben doch einen Plan für solche Situationen, unsere Notfallliste.«

»*Nein!*«

»Komm schon, Kleiner, schrei deine Mutter nicht so an«, sagte Yuki und legte dir eine Hand auf die Schulter. Wie schnell ihr euch miteinander vertraut gemacht hattet. Wie schnell du neue Menschen in dein Leben ließest. Ich hatte dich auf gar nichts vorbereitet.

»Ich will meinen Dad.«

»Ist ja gut«, sagte Yuki, immer noch mit der Hand auf deiner Schulter, und sah mich entschuldigend an.

Jetzt weintest du mit gesenktem Kopf, es war mitleiderregend. Ich versuchte, nach deiner Hand zu greifen, konnte aber wegen des Bauchverbands den Arm nicht so weit ausstrecken. »Jakey, bitte«, sagte ich. Du standst einfach nur da, und deine Tränen tropften wie sachter Regen auf die Bodenplatten. Am liebsten hätte ich dich geschnappt, an mich gezogen, dich geküsst und gekitzelt, nur um dich wieder aufzuheitern – ich hätte dir sogar ein Rieseneis oder neue Spiele für deine Wii gekauft.

»War die Scheidung schlimm?«, fragte Yuki leise, ohne die Hand von deiner Schulter zu nehmen.

»Wir waren nie verheiratet«, sagte ich, worauf Yuki nickte, als wäre sie im Bilde.

Du weintest noch immer und begannst zu zittern.

»Jakes Vater hat gesagt, er würde ihn gern zu sich nehmen, solange es nötig ist. Solange Sie bräuchten, um sich zu erholen. Er klang, als freute er sich, helfen zu können.« Yuki strich dir sanft über die Schulter. »Er klang nett.«

»Er ist auch ganz nett.«

Da hörtest du auf zu weinen und sahst mich flehend an. »Das ist er doch wirklich, Mom. Er ist nett. Und er freut sich zu helfen«, sagtest du. »Es ist kein Problem für ihn.«

»Jacob.«

»Wirklich nicht«, sagtest du.

Mein Handy lag auf meinem Nachttisch, der beiseitegeschoben worden war, als klar war, dass ich meinen Wackelpudding nicht runterbrächte. Ohne mein Handy konnte ich weder Kyles Mom noch Doktor Susan anrufen, nicht einmal Allison. Ich war hier gefangen und würde es bleiben, bis ich meinen Wackelpudding aß und meine Verdauung in Schwung brachte. Ich konnte dich nicht von deinem Vater fernhalten, der, das verstand ich nun, meine Krankheit rücksichtslos ausnutzen würde. Er nahm dich mir einfach weg, weil ich mich nicht wehren konnte. Er war sofort zur Stelle.

Hey, was für ein netter Kerl! So nett wie ein gottverdammter Aasgeier.

(Wie schön, einen sechsjährigen Prachtjungen auf dem Präsentierteller serviert zu bekommen. Mit einem Talent für Tennis. Und den gleichen haselnussbraunen Augen.)

»Jedenfalls danke für Ihre Hilfe, Yuki«, sagte ich.

»Tut mir leid, ich wusste ja nicht –«

»Nein, nein, Sie müssen sich nicht entschuldigen. Es war großartig, dass Sie eingesprungen sind. Ich weiß es wirklich zu schätzen, wie viel Sie für uns getan haben.« Yuki wuschelte dir durchs Haar, tippelte in ihrer Yogahose aus dem Zimmer, und du ließest dich auf den Stuhl in der Ecke fallen.

»Ich bekomme bald eine Zimmergenossin«, sagte ich nach etwa einer Minute, in der nur das laute Ticken der Uhr zu hören gewesen war.

»Aha.«

»Deshalb darfst du nicht mehr so schreien. Wir sind hier in

einem Krankenhaus, in dem Menschen versuchen, wieder gesund zu werden. Da darf man nicht herumschreien.«

»Tut mir leid«, sagtest du mit einem Rest von Trotz in der Stimme – wie immer, wenn du es nicht so meintest. »Darf ich mit deinem Handy spielen?«

»Ist das dein Ernst?«, fragte ich. »Ich habe dich vierundzwanzig Stunden nicht gesehen, und du willst mit meinem Handy spielen?«

»Tut mir leid«, wiederholtest du und starrtest mich finster an. Ich fragte mich, was du wohl bei deinem Vater tun würdest. Wenn ich mich recht erinnerte, gab es im dritten Stock des Gebäudes, in dem er wohnte, eine riesige Terrasse mit einem großen Pool, mehreren Sprungbrettern und einer Rutsche. Von dort blickte man auf den Hudson und New York City. Während ich im Krankenhaus lag. Du würdest mir nicht einmal zum Abschied winken.

»Jake, woher hast du seine Telefonnummer?«

»Die hat er mir in Seattle gegeben. Falls ich sie mal bräuchte.« Was für ein Aasgeier.

»Das hast du mir gar nicht erzählt.«

Du zucktest mit den Achseln. »Bist du wütend?«

»Ich mag es nicht, wenn du etwas vor mir geheim hältst.«

»Ich hab gar nicht drüber nachgedacht«, sagtest du. »Eigentlich war es ja auch kein Geheimnis. Ich wollte dich nicht anlügen.«

»Ist es denn wirklich okay für dich, einfach so zu ihm zu fahren? Du warst doch noch nie dort.« Früher machten dir fremde Orte Angst, du wolltest noch nicht einmal zu Bekannten von uns nach Hause gehen, wenn du dort noch nie gewesen warst. Als du vier Jahre alt warst, hast du es noch vorgezogen, dir in die Hose zu machen, statt die Wohnung von Kyles Großmutter zu betreten, um dort auf die Toilette zu gehen.

»Er hat gesagt, er hätte ganz viele Spiele, Brettspiele. Schach und so was«, erklärtest du. Du versuchtest gerade, Schach spielen zu lernen. »Außerdem kann ich ein eigenes Zimmer haben. Ich muss nicht auf der Couch schlafen.«

»Hast du etwa vor, da zu übernachten?«

»Ich kann ja schlecht allein zu Hause bleiben, oder? Und Kyles Mom muss bei seinem Dad bleiben. Schließlich ist er gerade beim Kardiologen.«

Kyles verdammter Dad, warum machte er ausgerechnet jetzt schlapp?

»Ist Daves Frau denn auch da? Oder ist sie auf Reisen?«

Du zucktest die Achseln. Woher solltest du das wissen? Wusstest du überhaupt, dass er eine Frau hatte? »Bitte, darf ich mit deinem Handy spielen?«, fragtest du.

»Komm doch zu mir aufs Bett«, sagte ich. »Dann können wir fernsehen.«

»Es gibt hier nichts Gutes im Fernsehen«, wandtest du ein.

Doch nach einer Minute, in der wir uns nur anstarrten, klettertest du zu mir ins Bett, und wir schauten uns irgendetwas Dämliches im Fernsehen an, während ich gleichzeitig auf meinem Laptop tippte. Während wir auf die Ankunft deines Vaters warteten, schrieb ich, so gut ich konnte, auf, was wir beide gerade miteinander erlebt hatten. Denn eine Mutter sollte ihrem Kind helfen, seine Erinnerungen zu bewahren, an die guten wie an die schwierigen Momente. Daher soll dies meine Hinterlassenschaft für dich sein, Jacob. Die Wahrheit darüber, wie wir beide damals waren.

Um viertel vor sechs, gerade als ich spürte, wie sich ein angenehm stärker werdendes Gefühl in meinem Bauch ausbreitete, erschien dein Vater. Er kam hereingestürzt, als hätte er zu viele Arztserien gesehen und wollte jemandem das Leben retten. Er trug ein Hemd mit aufgerollten Ärmeln, gebügelte Chinos und eine Brille. Und ein Besucherschildchen. Ich drehte den Platinring an meinem Daumen.

»Dad!«, riefst du und sprangst vom Bett, wobei du mich ein bisschen in die Seite stießest. Ich hätte jetzt unbedingt furzen müssen – war ja klar –, aber natürlich ging das jetzt schlecht.

»Hey Jake«, sagte er und umarmte dich, um dann mit besorgter Miene zu mir ans Bett zu treten. Ich konnte mir nicht mal ansatzweise vorstellen, wie ich aussah. Ich steckte in meinem Krankenkittel, hatte im Arm einen Schlauch für das Schmerzmittel und einen Katheter unter mir. Es war so demütigend, Jacob. Als ich deinen Vater kennenlernte, war ich eine hübsche, kurvenreiche Frau mit Kleidergröße 38. Ich wollte immer fünf Kilo weniger wiegen, aber jetzt war ich viel zu dünn und eine verwüstete Erscheinung. Früher war ich knackig oder wie immer man es nennen will, wenn eine Frau jung, gesund, naiv und fruchtbar ist.

»Geht es dir gut, Karen? Was ist passiert?«

»Kleiner Darmverschluss«, antwortete ich. »Aber ich glaube, ich komme morgen schon wieder raus. Es ist nur eine Komplikation infolge einer früheren Operation.« Er setzte sich an mein Bett und nahm meine Hand. Himmel, diese große, starke Hand. Ich sah ihn nicht an, sondern senkte stattdessen den Blick auf die Nadel auf meinem Handrücken, die Venen auf meinem weißen Arm, die mit ihrem Muster eine Moschee hätten verzieren können. Verschlungene Linien, Blau auf Alabaster.

»Ich wünschte, ich hätte früher davon erfahren«, sagte er. »Dann hätte ich etwas tun können. Ich hätte Jacob nach Hause holen können.« Er wollte dich nach Hause holen.

»Du brauchst Jacob nicht mitzunehmen«, erwiderte ich. »Das ist wirklich nicht nötig.« Aber dann bemerkte ich deinen Blick, der mir offenbarte, dass du gleich anfangen würdest zu schreien. Also hielt ich lieber den Mund. Auf gar keinen Fall solltest du am Ende der Besuchszeit vor deinem Vater anfangen zu schreien.

»Hör mal, ich weiß, es ist … Ich weiß, wir haben uns gerade erst wiedergetroffen. Aber wir haben genug Platz, und Jake wird gut aufgehoben sein. Geht er in irgendein Sommercamp? Soll ich ihn morgen irgendwohin bringen?«

»Nein, er ist nicht im Camp«, sagte ich und kam mir plötzlich pflichtvergessen vor. Ich hätte dich für August in einem Sommercamp anmelden sollen, wollte dich aber dann doch lieber bei mir behalten. »Eigentlich würde es schon reichen, wenn du mit ihm irgendwo zu Abend essen würdest. Wahrscheinlich kann ich einen Nachbarn auftreiben, der sich heute Nacht um ihn kümmert.«

»Aber das ist doch nicht notwendig. Ehrlich nicht.«

»Mom?«, fragtest du. »Bitte?«

Diese Schlacht konnte ich nicht gewinnen, dennoch war ich ein schlechter Verlierer. »Magst du Yuki denn nicht? Ich bin sicher, du könntest bei Yuki bleiben.« Von »sicher« konnte keine Rede sein.

»Wenn du wegen irgendetwas beunruhigt bist, lass ich dir gern all meine Nummern hier, unter denen ich erreichbar bin«, sagte dein Vater. Ihm fiel das Haar ins Gesicht, und seine Züge waren sichtlich angespannt. Er versuchte, mir zu beweisen, dass er durchaus auf dich aufpassen konnte. »Hat er irgendwelche Allergien, die ich beachten muss? Nahrungsunverträglichkeiten oder so was?«

Du hieltest seine Hand.

»Nein«, flüsterte ich. »Keine Allergien.«

»Gut«, sagte dein Vater. Einen Moment lang hielten wir uns alle an den Händen: Du hieltest die Hand deines Vaters, er die meine, die er nun losließ.

»Ann Brown, Kyles Mutter, hat einen Wagen«, sagte ich schließlich. »Sie wohnt in unserem Haus und holt ihn morgen ab.« Dabei hatte ich keine Ahnung, ob Ann morgen nach New Jersey fahren konnte.

»Karen, er muss morgen bei niemandem unterkommen. Er kann bei mir bleiben.«

»Du musst arbeiten«, wandte ich ein.

»Ich kann mir einen Tag freinehmen«, sagte er.

»Das ist nicht nötig«, sagte ich rasch und blickte nach oben, in Richtung Fernseher, wo der Abspann dieser grässlichen Sendung lief, die wir uns angeschaut hatten. »Es ist sehr freundlich von dir, so kurzfristig einzuspringen, aber ich werde zukünftig besser für den Notfall vorsorgen. Ich hatte einfach nicht damit gerechnet, dass so etwas passieren könnte. Normalerweise ist Ann äußerst zuverlässig. Aber ausgerechnet heute ist ihr Mann krank geworden.«

»Karen«, sagte er. Er sah mich mit diesen Augen an, die deinen so ähnlich waren. Ich weiß nicht, wieso mich das immer noch so traf. Und sein hellbraunes Haar lockte sich genau wie deins an den Spitzen. Und sein Mund: Seit fast sieben Jahren küsste ich schon deinen Mund, was genetisch gesehen auch irgendwie seiner war. (Ja, Jake, ich habe dich damals immer auf den Mund geküsst, ohne Bedenken, denn du warst mein kleiner Junge, den ich so sehr liebte.)

»Ich freue mich, euch unterstützen zu können. Nein, mehr als das: Um die Wahrheit zu sagen, finde ich es großartig, dass ich die Gelegenheit bekomme – also, natürlich finde ich es nicht großartig, dass du krank bist –, sondern ich meine, ich bin einfach dankbar, dass ich mich nützlich machen kann.«

»Das ist nett von dir«, sagte ich benommen, aber ich spürte schon, wie das Eis dorthin vordrang, wo gerade noch Morphium gewirkt hatte. Er würde dich mitnehmen. Und dann würde er versuchen, dich zu behalten. »Sehr nett von dir, uns zu helfen«, sagte ich so beiläufig wie möglich, »aber ich habe hier ein soziales Netz, Dave.«

»Weißt du, wenn du willst, könnte ich sogar die ganze Woche freinehmen und mit ihm nach Quogue fahren.«

»Bitte, Dave«, sagte ich. Ich fror. Das Eis – es übermannte mich. »Bitte. Das ist nicht nötig.« Ich wandte mich zu dir. »Jake, morgen oder übermorgen komme ich hier wieder raus, und dann kannst du nach Hause.« Der Drang zu blähen hatte sich wieder verflüchtigt, würde aber zurückkommen, er musste einfach, und dann würde ich hier rauskommen und dich nie wieder an ein Telefon lassen. »Kyles Mom wird morgen da sein. Deshalb musst du auch nur diese Nacht in Daves Haus bleiben.«

»Bist du sicher?«, fragte Dave.

Wie konnte sich ein Mensch innerhalb weniger Jahre so ändern? Ich will nicht auf alten Geschichten herumreiten und wie weh sie mir getan haben, Jacob, aber wenn du seinen Gesichtsausdruck gesehen hättest, als ich ihm von meiner Schwangerschaft erzählte – und jetzt hieß es nur noch »Playmobil« hier und »Haus in Quogue« da. Wieso, Jacob? Wegen seiner Frau? Seiner Ehe? Mehr hatte es nicht gebraucht? Oder weil die Ahnung der eigenen Sterblichkeit im zurückweichenden Haaransatz aufblitzte?

Oder lag es schlicht und einfach daran, dass du ein so wunderbarer Junge warst?

»Ich bin sicher«, sagte ich.

»Oder vielleicht ...« Er setzte von neuem an. »Wie wäre es, wenn, ich meine, wenn es dir wieder bessergeht, wenn ihr beide in ein, zwei Wochen nach Quogue rauskommen würdet? Du wirst sehen, es ist ein riesiges Haus mit vielen Zimmern. Dann weißt du, wo er ist, wenn er mich später mal besuchen kommt.«

Nun wollte er sogar schon mich mitnehmen.

»Geht das, Mom?«, fragtest du.

»Nein, das geht nicht«, sagte ich. »So leid es mir tut, Dave, aber das geht nicht.«

»Aber wieso nicht, Mom?«

»Weil ...« Mit einem Mal fühlte ich mich so schwach, dass ich kaum noch wusste, wovon wir eigentlich sprachen. Möglicherweise hatte ich zu oft auf den Morphiumknopf gedrückt.

»Mom?«

Habe ich schon erwähnt, wie sehr ich diesen Mann geliebt hatte, Jacob? Es war nicht nur eine Affäre, Jacob. Es waren nicht nur sechs nette Monate, und dann: *Mach's gut, hat Spaß gemacht*. Ich hatte ihn geliebt. Er hatte mir das Herz gebrochen. »Du kannst ihn nicht haben, Dave.«

»Was?«

»Ich meine, er ist nicht ...« Was wollte ich eigentlich sagen? Ich wollte sagen, dass du mein warst. Allein mein. Ich fasste es einfach nicht, dass dein Vater das nicht zu begreifen schien, oder auch nur, wie gehandicapt ich in diesem Augenblick war. Er konnte mir meinen Sohn nicht wegnehmen. Eher würde ich ihn umbringen. Dann würde ich eben im Gefängnis sterben, aber mit Freuden. »Er muss wieder nach Hause kommen.«

»Sobald du wieder auf dem Damm bist«, sagte er.

»Dann also morgen.«

»Aber –«

»Dave, dies ist nicht der rechte Zeitpunkt, mit mir zu streiten.«

Er nickte. Endlich begriff er, soweit es ihm möglich war. In diesem Moment begann eine neue Sendung im Fernsehen, die schrille Titelmusik erfüllte das Zimmer, und wir alle schauten hinauf zu den bunten Lichtern und den hübschen tanzenden Teenagern auf dem Bildschirm, und schließlich kam die Krankenschwester herein, um meine Werte zu checken, und bevor ich es verhindern konnte, fragte sie:

»Und, was macht die Verdauung, Karen? Alle Gase losgeworden?«

Dein Vater besaß genug Taktgefühl, so zu tun, als hätte er das nicht gehört, und du schnapptest dir deinen Rucksack, weil du unbedingt loswolltest. Da hätte ich dich am liebsten an deine Alpträume und das Bettnässen erinnert, daran, dass mein Tod dir vor noch nicht allzu langer Zeit gewaltige Angst gemacht hatte. Und mit einem Mal schien diese Aussicht nicht mehr nur zu bedeuten, dass du Waise würdest, sondern auch, dass du mit deinem echt coolen Dad nach Quogue könntest, diesem Typen, den du gerade erst kennengelernt hattest, der dir aber massenweise Geschenke kaufte.

»Ich versuche, etwas zu essen«, murmelte ich, während sie mir die Manschette um den Arm legte, um den Blutdruck zu messen. »Jake, geh noch nicht.«

Daher wartetet ihr ergeben, wie mir der Blutdruck und die Temperatur gemessen wurden, doch als die Schwester die Bettdecke zurückziehen wollte, um den Verband zu prüfen (und, o Gott, den Katheter), bat ich sie, das erst zu tun, nachdem mein Kind und mein Exfreund gegangen wären. »Gehen sie denn bald?«

»Nein«, sagte ich.

»Doch, lass uns aufbrechen«, sagte dein Vater. »Oder gibt es noch was, Karen, brauchst du noch etwas?«

»Ruft mich sofort an, wenn ihr da seid. Jacob, ruf mich bitte an.«

Ihr beide nicktet, dieselbe Geste, dieselbe Miene.

»Und ich rufe dich an, um dir gute Nacht zu sagen. Dave, er muss um halb neun ins Bett. Nicht später, klar? Gib mir deine Telefonnummern: Festnetz, Handy, alle.«

Ich konnte nicht glauben, dass er meinen Sohn mitnahm. Ich konnte nicht glauben, dass ich das zuließ. Dass es wirklich geschah.

Das Piepen an meinem Herzmonitor wurde schneller. Die Krankenschwester warf einen Blick darauf und schaute dann zu Dave und dir. Dave kritzelte seine Telefonnummern auf einen Block, der auf dem Nachttisch neben dem Wackelpudding lag. »Auch deine Adresse«, sagte ich, obwohl ich sie noch wusste.

»Ann kommt morgen früh. Ich werde sie bitten, um acht da zu sein, damit du zur Arbeit gehen kannst.«

Er nickte. Du wirktest enttäuscht, warst jedoch klug genug,

dich vorerst mit dem zu begnügen, was du bekommen würdest. Danach sagte keiner von uns etwas.

»Dann wollen wir mal los«, sagte Dave schließlich und ließ es gnädigerweise so klingen, als würde er sich nicht freuen.

Wieder wurde mir schwach zumute. »Ich glaube, ich habe nichts vergessen. Natürlich braucht er noch eine Zahnbürste. Jacob, hast du die eingepackt? Und deinen Schlafanzug?«

Du nicktest. »Yuki hat mir geholfen.«

Dave trat zu mir ans Bett und gab mir einen Kuss auf die Stirn. »Danke, Karen. Ich weiß, wie schwer das für dich ist.«

»Du weißt gar nichts«, zischte ich. Dann kamst du zu mir, und ich drückte dich fest an mich, obwohl es höllisch weh tat – Gott, was für Schmerzen, trotz des Morphiums –, und dann sah ich zu, wie du und dein Vater mit demselben Gang, denselben gewellten Haaren, derselben Miene, demselben Nicken durch die Tür gingt, an einen Ort, an den ich euch nicht folgen konnte.

Die Krankenschwester war so freundlich, ganz schnell den Verband zu wechseln. »Keine Angst«, sagte sie sanft und gab mir ein Taschentuch. »Er kommt zurück. Keine Angst. Ihr Sohn ist bald wieder da.«

»Aber wenn er ihn für immer mitnimmt?«

»Wie sollte er das anstellen, Schätzchen?«

»Er ist Anwalt«, sagte ich.

»Wieso sollte er denn seinen Sohn von seiner lieben Mutter fortreißen? Was hätte er davon?«

Am liebsten hätte ich ihr gesagt, dass er nicht nur ein Anwalt war, sondern ein Vampir, ein Formwandler, eines dieser Mythenwesen, die erst eine trügerische Gestalt annahmen, sich dann jedoch von Grund auf veränderten. Früher hätte ich gewusst, wie ich seinen Leumund derart beschädigte, dass kein Richter ihn auch nur in die Nähe eines Sechsjährigen hätte kommen lassen – geschweige denn, ihm das Sorgerecht gegeben hätte –, aber diese Zeiten waren vorbei. Denn jetzt war ich so hilflos wie ein Kind.

KAPITEL 9

Ich möchte dir eine Geschichte erzählen, Jacob.

Vierundachtzig Jahre bevor du geboren wurdest, brachte die Frau eines Bankiers ein Kind zur Welt, und zwar in einem Schlafzimmer im ersten Stock eines großen Backsteinhauses in der Nähe der Donau in Budapest, Ungarn. Der Bankier und seine Frau hatten sich jahrelang nach einem Kind gesehnt, doch als dann im Jahr 1923 ihr Sohn geboren wurde, waren sie geradezu schockiert, denn sie beide waren schon über vierzig und seit fast zwanzig Jahren verheiratet. Sie hatten Angst. Wie würden sie mit einem kleinen Jungen zurechtkommen? Zu diesem Zeitpunkt hatten sie sich längst mit ihrer Kinderlosigkeit abgefunden, ihr Leben war erfüllt von schönen Dingen, von Kunst und Musik (sie war eine recht gute Pianistin und passionierte Gärtnerin, er spielte Cello). Außerdem war der Bankier Gerüchten zufolge ein unverbesserlicher Schürzenjäger und verbrachte die Mittagspausen mit seinen wechselnden Mätressen, auch wenn dies das häusliche Leben des Ehepaars weitgehend unberührt ließ.

Sie nannten den Jungen Janos. Er wurde ein kluges und selbständiges Kind, spielte Schach und lernte dank einer britischen

Nanny die englische Sprache (offenbar waren britische Nannys im ungarischen Großbürgertum zwischen den Kriegen der letzte Schrei). Nach der Schule und an den Wochenenden, zwischen den Klavierstunden, die man ihn zwang zu nehmen, spielte Janos mit den anderen Kindern in den herrlichen Parks von Budapest. Als er älter wurde, wurde er der Anführer einer Gruppe von Jungen, alle aus gutem Hause wie er, mit denen er durch die Straßen ihrer schönen Stadt streifte. Damals schwärmte er für ein Mädchen namens Lina, ihrerseits Anführerin einer Gruppe von Mädchen, von denen eine hässlicher war als die andere. Janos gefiel Linas strategische Raffinesse – sich mit Hässlichen zu umgeben, um selbst schöner zu wirken! –, er mochte ihr perlendes Lachen und ihre Angewohnheit, mit dem Mund zu lächeln, aber gleichzeitig die Stirn zu runzeln.

Abends, nach dem Essen mit seinen Eltern, machte Janos seine Hausaufgaben, kroch ins Bett und träumte davon, eines Tages in einem eigenen großen Backsteinhaus zu leben, und zwar mit Lina und ihren strategisch klugen Kindern.

Zwar gibt es keine Fotos mehr von Janos' Eltern, wohl aber ein großes Ölporträt der Familie, das 1974 im Keller einer New Yorker Galerie entdeckt wurde (niemand weiß, wie es dahin kam). Darauf sieht man einen großen aristokratisch wirkenden Mann, der hinter seiner Frau steht, die eine Fuchsstola und Perlen trägt; sie sitzt auf einem Klavierhocker, und er hat ihr die Hand auf die Schulter gelegt. An seinem Ringfinger sieht man einen breiten, glänzenden Platinring. Zwischen ihnen steht ein Junge, ihr Sohn, der die blonden Locken der Mutter und den ernsten Blick des Vaters hat. Er ist dreizehn Jahre alt. Auf der Rückseite des Gemäldes steht: *Familie Neulander, Budapest 1936:*

Sandor, Eva, Janos. Darunter ein hebräischer Satz und, etwas verschmiert, der Name des Malers.

Die Neulanders waren Bildungsbürger, die sich mehr für Poesie und die schönen Künste als für Religion interessierten, doch offenbar feierten sie die Bar-Mizwa ihres einzigen Kindes und ließen zu dieser Gelegenheit ein Familienporträt anfertigen.

Um das zu verstehen, Jacob, muss man ein paar historische Umstände kennen: Obwohl die Ungarn während des Krieges ein Bündnis mit dem deutschen Reich hatten, ließ die (faschistische und korrupte) Regierung die ungarischen Juden teilweise noch unbehelligt. Daher lebten die Neulanders in den ersten Jahren des Weltkriegs, zwar mit sinkendem, aber immer noch recht hohem Lebensstandard. Sandor verlor seinen Posten in der Bank, hatte sich jedoch ohnehin zur Ruhe setzen wollen. Eva wurde ihrerseits aus dem Vorstand der Gartengesellschaft von Budapest gedrängt, doch gingen ihr die alten Damen mit ihren ewigen Dahlien sowieso längst auf die Nerven. Die Jahre 1939 bis 1944 verbrachten die Neulanders daheim, widmeten sich ihrer Musik und der englischen Literatur und nutzten ihre immer noch hervorragenden Verbindungen, damit ihr Sohn nicht eingezogen wurde.

Als das deutsche Reich im März 1944 sein Bündnis mit Ungarn aufkündigte und das Land besetzte, fühlten sich die Neulanders in Budapest so sicher, dass sie nicht an Flucht dachten – sie hätten ohnehin nicht gewusst, wohin. Ganz Europa stand in Flammen, und ihre Kontakte ins Ausland waren gekappt. Und sie waren doch auch gar keine praktizierenden Juden; der Bürgermeister von Budapest, seine Frau sowie der Leiter des Symphonieorchesters hatten einst zu ihren engsten Freunden gehört. Wenn einen solche Verbindungen nicht schützen konnten, was dann?

Im Oktober 1944 wurden Sandor, Eva und Janos abgeholt, Mutter, Vater und Kind in eine Reihe gestellt und verschiedenen Lagern zugeteilt wie Vieh. Kurz bevor sie für immer, wie sie wussten, getrennt wurden, zog Sandor den Platinring vom Finger und gab ihn Janos. *Lauf!*, sagte sein Vater. *Lauf? Wohin denn?*

Janos kannte die Straßen von Budapest so gut wie die Stimme seines Vaters; und als ein Wächter für eine Sekunde den Kopf abwandte, lief Janos los.

Was darauf folgte, liegt teilweise im Dunkeln: Überleben dank Essen, das von Bauern gestohlen wurde, kurze Momente der Zuflucht in Scheunen oder Kirchen, Winternächte auf eisigem Waldboden. Janos aß Eichhörnchen und Eicheln, trank seinen eigenen Urin, versteckte sich auf Bäumen vor den Soldaten und erfuhr von einem betrunkenen Russen vom Ende des Krieges. Er kehrte nach Budapest zurück, doch seine Heimatstadt war nicht mehr da, jedenfalls nicht das Budapest, das er gekannt hatte. Das Haus, in dem er sein Leben lang gewohnt hatte, war von einem Bombeneinschlag vollkommen zerstört, und seine Eltern gab es nur noch in seinen Erinnerungen an eine vergangene Zeit. Wieder lief er los, stieß auf eine Gruppe alliierter Soldaten und kam in einen Konvoi nach Enns, in ein Auffanglager direkt hinter der österreichischen Grenze. Da Janos hervorragend Englisch sprach und er körperlich und seelisch relativ unbeschadet wirkte, hatten die Amerikaner sofort eine Aufgabe für ihn, so dass er sich fortan um die Flüchtlinge kümmerte, die aus Mauthausen und Birkenau, aus Rumänien, Ungarn und der Tschechoslowakei herbeigeströmt kamen.

Die Arbeit gefiel ihm, und weil er sich nützlich fühlte und

wusste, dass er anderen wirklich helfen konnte, gewöhnte er sich ans miefige Enns. Ganze Familien wurden in Einzimmerwohnungen gezwängt, aber er hatte es stets warm, und es gab genug zu essen, und hin und wieder hörte man Gerüchte, dass die Briten schon bald alle nach Palästina ausreisen lassen würden.

Anfang 1946 erreichte eine junge Frau das Lager. Sie hörte Janos mit jemandem von der Lagerleitung englisch sprechen und bat ihn in ihrem britisch gefärbten Englisch um Hilfe. Sie sagte, auch sie habe einst in Budapest gelebt und eine britische Nanny gehabt. Sie kam ihm vertraut vor, oder vielleicht auch nur ihre Stimme. Oder kannte er sie aus einem anderen Leben? Doch da er zu tun hatte, fragte er nicht nach, und sie war zu schüchtern, um etwas zu sagen.

Er half ihr, in einem Schlafsaal mit anderen alleinstehenden Frauen unterzukommen, und hoffte, obwohl das nicht nett von ihm war, dass keine Familie käme und sie mit sich fortnähme. Wochenlang schlichen sie in Enns umeinander herum, auf dem Gelände, in den Schlafsälen, am Ufer des nahe gelegenen Flusses, wo sie beide über die Grenze nach Ungarn blickten, in ein Land, dessen Luft sie nie mehr atmen würden. Schließlich, an einem eiskalten Februarmorgen, sprach das Mädchen ihn an der Essensausgabe an.

»Erinnerst du dich denn wirklich nicht an mich, Janos?«

Er sah sie sich genauer an: die gerunzelte Stirn, die hochgezogenen Mundwinkel. »Lina?«

»Ha!«, sagte das Mädchen. »Lina und ihre ganze Familie wurden von einem ungarischen Faschisten erschossen. Ich bin Berthe. Erinnerst du dich?«

Er meinte sich zu erinnern: eine von Linas hässlichen Freundinnen, obwohl sie ihm nun blendend schön vorkam. Sie war von einem katholischen Milchbauern versteckt worden und hatte sich während des Krieges um die verbliebenen Kühe gekümmert. Es hätte schlimmer kommen können, sagte sie. Für die meisten war es schlimmer gekommen.

Drei Jahre später begannen sie in einer winzigen Wohnung in der Bronx ihr neues Leben, mit all dem Elan, der ihnen noch geblieben war. Sie eröffneten eine Musikschule und unterrichteten ihre Schüler auf Englisch. Dennoch, vielleicht aus Nostalgie oder Sentimentalität, sprachen sie manchmal Ungarisch mit ihrem kleinen Sohn Gil oder sangen ihm ungarische Lieder vor. Und nun, fast siebzig Jahre später, sitzt Gil an einem Fenster in Bellevue, Washington, und redet fast nie. Doch wenn, dann scheint er fast immer von *szerelem* zu sprechen, was auf Ungarisch *Liebe* heißt.

Und noch eine Geschichte. Meine eigene Liebesgeschichte.

Etwa sechs Wochen nach Beginn meiner Affäre, Romanze oder was auch immer mich mit deinem Vater verband, kehrte ich von meinen Dienstreisen für eine Nacht in meine alte Wohnung in Chelsea zurück. Ich hatte deinem Vater Bescheid gesagt, dass ich für zwölf Stunden heimkäme, um die Blumen zu gießen und meine Post zu holen. Am Morgen wollte ich zurück nach Baltimore.

Es war Winter, ein Winter in New York City, in dem es ewig grau und länger dunkel als hell war und sich jeder hinter einer Burka aus Mänteln und Schals versteckte. Falls Weihnachten näher kam, so merkte ich davon nichts. In den nächsten Tagen würde ein Meeting das nächste jagen, und ich hoffte, in New York und vielleicht auch in Kalifornien noch ein paar Fundraising-Events auf die Beine stellen zu können. War nicht doch noch ein Prominenter aufzutreiben, der sich für Griffith' Kampagne einspannen ließe? Er war bislang mein wichtigster Klient, und wenn wir die Wahl verloren geben mussten, dann gewiss nicht, weil ich nicht alles gegeben hatte.

Als ich an jenem Wochenende nach Hause kam, schwirrte mir also der Kopf von Gedanken an meinen Kandidaten, an Geld, Umfragen und immer wieder Arbeit. Und ich dachte an deinen Vater, mit dem ich mir so viele Mails geschrieben hatte. Damals hatte ich einen sogenannten BlackBerry, etwas Ähnliches wie ein Smartphone, mit dem man E-Mails schicken konnte. Es war vergleichsweise primitiv, aber für damalige Zeiten beeindruckend. Wann immer ich das Gefühl hatte, man würde mir nicht genügend Respekt entgegenbringen, holte ich es während eines Meetings heraus und tippte eine Mail – was ich heute unverzeihlich fände.

Jedenfalls war ich auf meiner Stippvisite, wartete mit Rollkoffer und hochgeschlagenem Mantelkragen auf den Aufzug meines Wohnhauses und checkte den BlackBerry, ohne auf meine Umgebung zu achten. Ich stieg in den Aufzug und drückte den Knopf, ging den Gang zu meiner Wohnung hinunter und suchte in meiner Tasche nach dem Schlüssel. Da machte plötzlich jemand: »Buh!«, und ich wäre vor Schreck fast umgekippt. Ich ließ den BlackBerry auf den Boden fallen.

Es war dein Vater. Mit einem Blumenstrauß.

Noch nie hatte jemand vor meiner Wohnung auf mich gewartet, weder mit noch ohne Blumenstrauß. »Was machst du denn hier?«

»Hast du Hunger?«, fragte er nur. »Ich habe uns einen Tisch reservieren lassen. Aber wenn du keine Lust hast, kann ich das canceln.«

Ich hatte keinen Hunger.

Doch dann, Stunden später, bekam ich Hunger, und zwar großen, und dein Vater und ich gingen zu diesem Laden in der Jane Street, der hoffentlich noch heute existiert, weil es dort ganz anständiges Bier und phantastische Hamburger gab. Wir bekamen einen Tisch im Hinterzimmer, bestellten Burger und Bier und hielten über den Tisch Händchen. Ich weiß noch, dass im Fernsehen ein Footballspiel gezeigt wurde und die Gäste um uns herum eine der Mannschaften anfeuerten. Und ich dachte: So wird mein Leben aussehen. Dein Vater, ein paar Gläser Bier, die Menge um uns herum, von der wir nichts mitbekommen, weil wir nur uns sehen. Arbeit und die Zeit dazwischen. Die starken Hände deines Vaters. Ich hatte die Blumen in eine Vase in die Küche gestellt, mir jedoch eine davon, eine kleine Tigerlilie, ins Haar gesteckt.

»Ich konnte es einfach nicht erwarten, dich wiederzusehen«, sagte er. »Ich muss ständig an dich denken. Ist das nicht verrückt?«

»Nein, das ist nicht verrückt«, erwiderte ich. »Denn ich muss auch ständig an dich denken.« Ich spürte, wie ich rot wurde, weil ich etwas von mir selbst preisgab, obwohl dein Vater das auch tat und als Erster seine Deckung hatte fallen lassen. Ein paar Wochen zuvor waren wir in Maryland zu einem Spiel der Ravens gegangen, und wir waren in Ocean City gewesen; in New York hatten wir bereits in ein paar guten Restaurants gegessen. Dennoch hatte ich nicht das Gefühl, deinen Vater besonders gut zu kennen – nicht einmal ansatzweise genug, um genau zu wissen, was ich für ihn empfand. Liebte ich ihn? Während wir dort saßen, dachte ich darüber nach. Liebe war in meinen Augen sehr eng mit Gewohnheit verbunden: Dein Lächeln ist mir so vertraut, dass ich es liebe. Ich weiß, was du auf diese Frage antworten wirst, und ich liebe es, deine Antwort schon im Voraus zu kennen. Deine Vorhersehbarkeit und Vertrautheit sind es, was mich dich lieben lässt – für mich sind sie tatsächlich untrennbar mit Liebe verbunden.

Damit will ich sagen: An diesem Abend wurde mir klar, dass ich in deinen Vater nicht einfach nur verknallt war. Da war noch etwas, was sich für mich nach etwas viel Erwachsenerem anfühlte.

Wir hielten Händchen, aßen und tranken und spazierten dann durch die nächtliche Innenstadt. Ich hatte nur noch gut sechs Stunden Zeit, bis ich wieder in den Zug nach Baltimore steigen musste, daher kam es mir sinnlos vor, ins Bett zu gehen. Es schien ein bisschen wärmer geworden zu sein, oder vielleicht war mir auch nur warm vom Bier und der Gegenwart deines Vaters – jedenfalls schlenderten wir einfach ziellos herum. Irgendwann kamen wir an einer verspiegelten Wand vorbei und blieben stehen, so dass wir uns sehen konnten, wie wir da nebeneinanderstanden. Ich reichte ihm gerade einmal bis zur Schulter. Wir waren ein schönes Paar.

In New York gibt es immer viel zu sehen, die ganze Nacht hindurch, was du vielleicht schon weißt oder auch nicht, weil du die meiste Zeit deines Lebens in Seattle gewohnt hast. Das ist zum größten Teil der Subway zu verdanken, denn nur wegen des U-Bahn-Netzes können die Geschäfte in jedem Winkel dieser (riesigen) Stadt Tag und Nacht geöffnet haben; können die Menschen rund um die Uhr arbeiten, essen, reisen, heimkehren und wieder ausgehen. Fast schon ein Wunder, aber eines, über das die Menschen nicht oft genug nachdenken.

Jedenfalls stiegen wir um vier Uhr morgens in die U-Bahn und fuhren zum Battery Park, um von dort die Fähre nach Staten Island zu nehmen. Und das nur, weil ich irgendwann einmal erwähnt hatte, dass ich das noch nie getan hatte, was deinen Vater ernsthaft bestürzte, weil er fand, dass ich damit eines der besten Abenteuer von New York verpasst hätte.

Da wir in dieser Nacht Kinder des Glücks waren, kamen wir genau in dem Moment am Steg an, als eine Fähre ablegte, also stiegen wir ein und glitten mit der blinkenden Skyline New York Citys vor Augen in die dunkle Nacht. Dein Vater stand hinter mir und hatte die Arme um mich gelegt, und wir schauten nicht in die Richtung, in die wir fuhren, sondern dorthin, woher wir kamen: auf den erleuchteten Hafen, die blauen, weißen und gelben Lichter von Lower Manhattan.

Auf einmal wurde ich nervös: Was würde geschehen, wenn wir erst einmal auf Staten Island angekommen wären? Würde der Zauber zwischen uns verschwinden, sobald wir Manhattan und diese zauberhafte Nacht hinter uns ließen? Dein Vater würde mich vielleicht als die sehen, die ich war: eine erschöpfte Frau Ende dreißig mit zerknitterten Klamotten und einer welken Blume hinterm Ohr. Ich stellte mir vor, dass uns in Staten Island Neonlicht und Wahrheitsserum erwarteten.

Doch nichts davon geschah. Wir mussten die Fähre verlassen, einmal durch das Terminal und dann wieder an Bord gehen, so dass wir höchstens fünf Minuten auf der Insel waren. Und mitten in jenem nüchternen, chromglänzenden Terminal nahm dein Vater meine Hand, wirbelte mich zu sich herum – wobei mir die Blume vom Ohr flog – und sagte: »Ich liebe dich, Karen.«

»Meinst du das ernst?«

Er nickte. Er lächelte so strahlend, als hätte er gerade eine Heldentat vollbracht. Musste ich jetzt sagen, dass ich ihn auch liebte? Und wäre das dann die Wahrheit? Liebte ich ihn? Kannte ich ihn gut genug, um ihn zu lieben? Oder würde es eher mechanisch wirken, wenn ich es jetzt auch sagte? Wäre es nicht besser, diese Macht, die mir sein Geständnis verliehen hatte, nur eine Zeitlang nicht aus der Hand zu geben? Er liebte mich, doch gab es ein Gesetz, das besagte, dass ich ihn auch lieben musste?

(Natürlich liebte ich ihn, Jacob. Dein Vater war mir ein Rätsel, aber ich liebte ihn so sehr, dass ich das Gefühl hatte, mein Herz hätte eigens eine Kammer für ihn reserviert.)

Eine ganze Weile standen wir im grellen Licht des Terminals – draußen war es immer noch stockdunkel – und küssten uns. Dann gingen wir an Bord der Fähre, wo es eiskalt war.

Kennst du dieses Gedicht über die Fähre, Jacob? Darin heißt es: *Wir waren so müde, wir waren so froh – / Wir fuhren die ganze Nacht auf dem Boot … / Der Himmel verlor seine Farbe, und der Wind wurde kalt, / Und, ganz allmählich, erhob sich die Sonne, eine Verheißung aus Gold.*

Ich weiß, wie kitschig es klingt, aber genau so war es in jener Nacht, Jacob. Dein Vater brachte mich zum Bahnhof, und kurz bevor ich in den Zug stieg, sagte ich zu ihm, dass auch ich ihn liebte.

Bis zu jener unvergesslichen Nacht etwa eineinhalb Jahre später, in der du geboren wurdest, war diese Nacht die beste meines

Lebens. Und dann – halt, Mist, Jacob, ich habe gerade eine Regel gebrochen. Regel Nr. 1 dieses Projekts, denn ich hatte doch versprochen, immer ehrlich zu sein. Und das war ich gerade nicht; ich habe gesagt, was ich meinte, sagen zu müssen, aber nicht, was ich sagen wollte. Die Nacht, in der du geboren wurdest, war *nicht* die beste meines Lebens. Wie könnte sie auch? Ich hatte unvergleichliche Schmerzen, hatte Angst, ich war erschöpft und traurig. Denn ich sehnte mich nach deinem Vater, und zugleich hätte ich ihn am liebsten umgebracht. Als ich dich ansah, begann ich am ganzen Körper zu zittern. Meine Mutter musste mich im Bett festhalten, während ich weinte. Nein, die unangefochten beste Nacht meines Lebens war die, in der dein Vater mit mir nach Staten Island fuhr, um mir zu sagen, dass er mich liebte.

Seitdem habe ich so viel Glück erfahren, das große, alles überstrahlende Glück einer Mutter, jedoch nie wieder die flüchtige, überwältigende Liebe jenes Augenblicks.

Und noch eine Geschichte: Vor einer Weile kam eine Krankenschwester herein, um meinen Blutdruck zu messen. Ganz schön hoch, sagte sie. Fühlen Sie sich wohl?

Zu der Zeit schliefst du schon im Haus deines Vaters, wahrscheinlich im Gästezimmer, in dem, als ich das letzte Mal dort war, ein Doppelbett stand, ein scheußlicher Renoirdruck an der Wand hing und alles voller Plastikkisten mit altem Kram von deinem Vater war. Er zog dort nie frische Wäsche auf und ließ sie auch nie von seiner Putzhilfe wechseln, und so machten die Laken stets einen ziemlich verlebten Eindruck.

Vielleicht war es mittlerweile besser eingerichtet. Vielleicht machte er extra für dich sauber und füllte es mit Stofftieren und Kinderbüchern. Vielleicht dachte er sogar daran, ein Nachtlicht anzulassen und noch eins auf dem Weg zum Bad einzustöpseln.

(Ich stellte mir vor, wie du dort in der alten, gebrauchten Bettwäsche schliefst. Ob du Angst haben würdest – oder wüsstest du beim Aufwachen sofort, wo du bist, und wärst begeistert?

Du fehltest mir so sehr, Jacob. Du fehltest mir, als würde ich dich nie wiedersehen.)

Ich blickte auf die Uhr: erst fünf Uhr morgens. Und ich sollte doch eigentlich die Letzte sein, die sich wünschte, dass die Zeit schneller verginge!

Lieber Gott, wann würde diese gehässige, fiese Sonne endlich aufgehen?

KAPITEL 10

Irgendwann muss ich doch eingeschlafen sein, denn als ich aufwachte, sah ich als Erstes Allisons Gesicht. Sie hatte einen Nachtflug genommen und war vermutlich gerade dann gelandet, als ich endlich einnickte. Als ich die Augen öffnete, saß sie in der Zimmerecke und trank Kaffee. Ich keuchte erschrocken auf. »Schsch«, sagte sie. »Du hast eine neue Zimmergenossin«, erklärte sie und wies mit weit ausholender Geste zum Bett in der anderen Hälfte des Zimmers. »Darm«, fügte sie hinzu, woraufhin ich zuerst dachte, sie meint mich, doch dann erkannte ich, dass sie die Frau auf der anderen Seite des Vorhangs meinte, und entspannte mich.

»Wie viel Uhr ist es? Hast du Jacob abgeholt?«

Allison nickte. Offensichtlich hatte sie direkt nach der Landung einen Wagen gemietet und dich geholt. Jetzt saßest du mit deinem Freund Kyle im Kino, und es war fast drei Uhr nachmittags.

»Hast du ihn gesehen? Hast du ihn nach Dave gefragt? Was hat er die ganze Nacht gemacht?« Übrigens war mir klar, dass ich, anstatt solche Fragen zu stellen, mich eigentlich hätte bedanken müssen dafür, dass sie mitten in den Sommerferien den ganzen langen Weg hierhergeflogen war, anstatt mit ihrer tollen Familie auf Friday Harbor zu sein, doch glücklicherweise war sie meine Schwester, so dass ich mich eigentlich nicht bedanken musste.

»Ich glaube, er hatte eine schöne Zeit. Die Wohnung war wirklich schön. Sein Vater hat Frühstück gemacht.«

»Frühstück? Du hast mit ihm gefrühstückt?«

»Er hat Pancakes gemacht.« Was auch sonst.

»Hat er ihm auch sonst noch etwas zu essen gegeben?«

»Ich nehme doch an, dass es Abendessen gab.«

»Junkfood?«

»Danach habe ich nicht gefragt«, sagte Allison.

»Ich wette, sie hatten was von McDonald's – hast du wirklich nicht gefragt?«

Allison wirkte langsam eher genervt als müde. »Nein, Karen«, sagte sie. »Habe ich nicht.«

Die Nadel in meinem Arm machte sich schmerzhaft bemerkbar. Ich zog den Platinring ab und barg ihn in meiner Handfläche. Steckte ihn wieder auf.

»Geht es dir gut?«, fragte sie.

»Allison, hat er irgendetwas davon gesagt, dass er Jakey behalten will?«

»Was?«

»Hat er sich benommen, als würde er ihn nicht gehen lassen?«

»Er sagte, er würde gern wieder aushelfen –«

»Hat er sich gesträubt, ihn gehen zu lassen? Hat er versucht, ihn festzuhalten?«

»Ich weiß nicht, was du meinst. Er wirkte ein bisschen traurig. Aber es war alles ganz normal.«

»Hat er ihn einfach so aus der Wohnung gelassen?«

»Was genau hast du eigentlich erwartet?«

»Dass er ihn mir wegnehmen würde«, flüsterte ich, worauf Allie nur die Nase krauszog, als hätte ich etwas völlig Absurdes von mir gegeben, was mich beruhigte. Sie fand die Vorstellung völlig abwegig. Sie dachte nicht, dass Dave mir mein Baby wegnehmen wollte.

»Ist das dein Ernst?«, fragte sie.

Ich zuckte mit den Schultern. Ließ den Ring über meinen Daumen gleiten.

In ihrer Gegenwart spürte ich eine neue Entschlossenheit, ich wollte wieder essen, endlich verdauen und hier rauskommen. Ich wusste, ich hätte noch einige Hürden zu nehmen: Steiner kam herein, um mögliche Komplikationen zu besprechen, Entzündungen, Verwachsungen, Nebenwirkungen und die potentielle Notwendigkeit neuer Medikamente. Ich fragte nur, wann und wo meine Tumoren streuen könnten. Immer eins nach dem anderen, war die Antwort, es waren bislang relativ gute Nachrichten. Man würde noch ein paar Tests durchführen. Und ich wusste nicht einmal, wovon er sprach.

Doch meine Lebensgeister waren geweckt. Allie würde auf der Couch in deinem Zimmer schlafen, weil sie nicht ins Hotel wollte – falls es noch einen Notfall gäbe. Ich hatte die Notfälle so satt, hatte es satt, selbst ein ewiger Notfall zu sein, und dennoch war ich froh, dass sie bleiben konnte. Noch eine Runde mit deinem Vater konnte ich nicht riskieren. Oder auch nur mit Yuki.

Also blieb ich noch einen Tag im Krankenhaus, ich aß und – hurra! – verdaute, und Samstagmorgen wurde ich entlassen. Draußen regnete es sanften New Yorker Nieselregen. Bevor ich ins

Taxi stieg, legte ich den Kopf in den Nacken und ließ mir die Tropfen übers Gesicht rinnen.

Und dann war es Sonntag, und ich war in meiner eigenen Wohnung. Allie ging mit dir und Kyle in den Park, und ich genoss die Ruhe. Ich genoss das Alleinsein in meiner eigenen Wohnung. Ich war im Bademantel, hatte gerade den Verband gewechselt und fühlte mich gar nicht so schlecht. Ich hatte sogar Appetit. Erst jetzt war mir klargeworden, wie sehr ich unter den Schmerzen gelitten, wie sehr ich mir gewünscht hatte, sie mögen verschwinden, und jetzt, da sie es endlich waren, fühlte ich mich fast wieder wie ein richtiger Mensch. Vor allem machte ich mir keine Sorgen mehr, dass dein Vater das Sorgerecht einklagen könnte und ich womöglich nicht genug Kraft hätte, mich dagegen zu wehren.

Die *Times* war gekommen. Ich setzte mich im Bademantel auf die Couch, um Zeitung zu lesen und dazu einen halben Bagel zu essen wie ein ganz normaler New Yorker, wie die Karen von früher. Ich schenkte mir eine kleine Tasse entkoffeinierten Kaffee ein und machte es mir mit der Modeseite bequem, während eine Wiederholung von *Law & Order* im Fernseher lief. Ich sah meine Fußnägel, die dringend lackiert werden mussten. Hin und wieder zog Geballer von *Law & Order* meinen Blick zum Fernseher. Da klingelte das Telefon. Eine unbekannte Nummer.

»Karen Neulander? Hier spricht Jorge Grubar, Beverly Hernandez' Wahlmanager. Sie hatten mich gebeten, Sie anzurufen.«

Grubar! Ich stellte den Fernseher stumm und klappte meinen Laptop auf. »Schön, dass Sie zurückrufen, Jorge«, sagte ich. »Ich hatte mich gefragt, ob Beverly an einer Podiumsdiskussion mit Ace interessiert wäre, vielleicht irgendwann im Oktober? Wenn ja, dann müssten wir das jetzt verbindlich festlegen, und falls sie sonst noch gemeinsame Auftritte mit ihm wollte, würde ich gerne –«

»Selbstverständlich«, unterbrach mich Jorge. »In der Tat hätten wir gern drei gemeinsame Auftritte, davon einen am Roosevelt Hospital und einen im Wahlkreis Ihres Kandidaten.«

»Tut mir leid«, sagte ich, glücklich, wieder im Spiel zu sein, »aber wenn Sie meinen, ich würde Ace zu einer Podiumsdiskussion im Roosevelt gehen lassen –«

»Hören Sie, Ace muss sich keine Sorgen machen –«

»Das heißt noch lange nicht, dass ich Ihnen den Gefallen tue und –«

»Obwohl ich offen gestanden nicht weiß, ob Ihnen schon diese Gerüchte zu Ohren gekommen sind.«

Ich verstummte.

»Gerüchte«, wiederholte Jorge, »... die, wie ich erfahren habe, normalerweise in Ihren Bereich fallen.«

»Was?«

»Mit Gerüchten zurechtzukommen«, erklärte Jorge. »Normalerweise ist das doch Ihre Spezialität.«

»Ich habe wirklich keine Ahnung, wovon Sie eigentlich reden.«

»Es gibt Gemunkel über außereheliche Umtriebe Ihres Kandidaten.«

»Ehrlich, Jorge, das ist Schnee von gestern.«

»Offenbar nicht, Karen«, sagte Jorge. »Offenbar nicht.«

Wenn es tatsächlich neue Gerüchte gab, hätte ich davon wissen müssen. »Sie wissen doch, wie es läuft, Jorge«, sagte ich. »Ace stand schon mal unter Beschuss, aber das hat seine Wähler nicht gekümmert.«

»Ja, aber dieses Mal geht es um eine Reise nach Frankreich mit einer Praktikantin aus seinem Wahlteam.«

»Er war mit seiner Frau in Frankreich«, widersprach ich. »Es war eine Reise zu ihrem Hochzeitstag.«

»Hmm«, gluckste Jorge. Er hatte eine sehr samtige Stimme und ein sehr kehliges Glucksen. »Sie brauchen mir keinen Sand in die Augen zu streuen«, sagte er.

»Wovon reden Sie?«

Wieder gluckste Jorge. Was für ein Schwachkopf. »Nun, offenbar musste seine Frau frühzeitig heimfliegen, aber Ace hat sie nicht begleitet, sondern blieb noch ein paar Tage und ließ jemanden aus seinem Team einfliegen. Eine ganz junge Kollegin. Frisch vom College.«

Verdammt. Mein Magen füllte sich mit Säure.

»Haben Sie Beweise dafür?«

»Nein«, räumte Jorge ein. »Es sind nur Gerüchte.«

»Und woher kommen diese Gerüchte?«

»Hören Sie sich doch mal um.«

»Kommen Sie, Jorge, selbst wenn es wahr sein sollte, interessiert es doch niemanden.« Ich geriet ins Schwimmen, und ich wusste, dass er es merkte. »Ace ist dabei schon einmal erwischt worden und wurde dennoch mit achtzehn Prozent Vorsprung gewählt. Die Öffentlichkeit interessiert sich eben nicht dafür, was ein Stadtrat in seinem Privatleben macht. Schließlich ist es nicht illegal. Selbst wenn es wahr wäre, was ich ehrlich gesagt bezweifle.«

»Kann sein«, sagte Jorge. »Andererseits wäre es durchaus möglich, dass sein Wahlbezirk diese Eskapaden langsam satthat. Ich meine, schließlich war es eine Reise zum Hochzeitstag.«

Während Jorge redete, googelte ich, ob Ace' Name in Zusammenhang mit Begriffen wie *Untreue, Praktikantin, Hochzeitstag* oder *Frankreich* auftauchte, was nicht der Fall war. Auch bei den Klatschblättern war nichts Neues zu finden. Aber mein Herz hämmerte.

»Jorge«, sagte ich. »Ich wüsste nicht, was es uns nützen sollte, über Gerüchte zu spekulieren. Wieso vereinbaren wir nicht einen Termin für eine Podiumsdiskussion in der Schule, und dann frage ich Ace, was er von weiteren Treffen hält.«

»Gut«, erwiderte Jorge, woraufhin wir die Daten diskutierten und ich weiter im Internet suchte, nur um meine Nerven zu besänftigen. Aber da war nichts. Nur ein altes Foto von einem der früheren Betthäschen von Ace. Das nicht mal hübsch war. Ich beruhigte mich ein wenig.

»Was ich noch fragen wollte«, sagte Jorge kurz vor Ende des Gesprächs, »geht es Ihnen wieder besser? Ich hörte, Sie waren im Krankenhaus.«

»Wo haben Sie denn das gehört? Und ja, es geht mir gut. Es war nur eine Magensache.«

»Ah, okay«, sagte er. Und dann: »Ich bin Beverlys Wahlkampfmanager. Da ist es meine Aufgabe, Dinge über ihren Kontrahenten zu wissen.« Er hüstelte: Letzteres war ihm nicht ganz flüssig über die Lippen gegangen. Ich hatte Nachforschungen über Jorge Grubar angestellt. Der Junge war Mitte zwanzig. »Jedenfalls freut es mich, zu hören, dass es Ihnen wieder bessergeht.«

Kaum hatten wir das Gespräch beendet, rief ich Amani an, die sich jedoch nicht meldete. Daraufhin versuchte ich es über Ace' Handy: Fehlanzeige. Dann rief ich ihn auf dem Festnetz an, obwohl ich wusste, dass ihm das nicht recht war. Aber im Ernst:

Falls mein Kandidat tatsächlich irgendeine blutjunge Praktikantin während der zweiten Flitterwochen mit seiner Frau gevögelt hatte, musste ich ernsthafte Zweifel an seinem Urteilsvermögen haben. Es klingelte einige Male, dann meldete sich eine atemlose Frau, wobei ich zunächst befürchtete, seine Praktikantin in der Leitung zu haben, bevor mir aufging, dass es seine Ehefrau Jill war.

»Oh, hallo Karen. Sie wollen sicher mit Ace sprechen. Er ist golfen gegangen und wird in ein, zwei Stunden zurück sein. Hat er sich nicht am Handy gemeldet?«

Damit hätte ich mich begnügen können, doch ich forderte das Glück heraus. »Sie wissen doch, dass er beim Golfen völlig abschaltet. Wie war es in Frankreich?«

»Himmel, es war einfach umwerfend. Unglaublich. Die Normandie – waren Sie jemals dort?«

Nein, war ich nicht.

»Nun, schon allein das Hotel war hinreißend, ein achthundert Jahre altes Schloss. Es gab sogar eine Kapelle, in der angeblich einst Jeanne d'Arc gebetet hat! Ist das zu fassen?«

Ich erklärte, das sei wirklich unfassbar, klinge aber großartig, und gerade als ich auflegen wollte, bemerkte sie: »Ace gefiel es auch sehr. Normalerweise will er ja immer ganz schnell zurück nach Hause, aber diesmal hat es ihn so sehr gepackt, dass er sogar noch ein paar Tage geblieben ist, als ich zurückfliegen musste, um meiner Mutter zu helfen. Er wollte sich unbedingt noch die Landungsbrücken in der Normandie ansehen.«

»Wirklich?« Mir sank das Herz.

»Ja, wirklich. Sie wissen ja, wie sehr er sich für Geschichte interessiert. Und es ist schockierend, die vielen Gräber mit den weißen Kreuzen am Meer zu sehen. Alles tote amerikanische Soldaten. Das geht einem sehr nahe.«

»Das kann ich mir vorstellen«, sagte ich. »Wie lange war er denn dort?«

»Nur zwei Tage. Aber er hat großartige Fotos gemacht. Die sollten Sie sich mal von ihm zeigen lassen.«

Das sollte ich wirklich, dachte ich.

Als ich auflegte, fragte ich mich, wie ich hier für Schadensbegrenzung sorgen sollte, obwohl ich noch nicht einmal sicher war, ob es tatsächlich einen Schaden gab. Er hatte also Fotos gemacht? Wovon? War Ace wirklich dumm genug gewesen, eine Praktikantin für ein zweitägiges Techtelmechtel nach Frankreich einfliegen zu lassen? Und wenn ja, wie konnte ich ihn dazu bringen, das zuzugeben?

Was Krisenmanagement bei Wahlkampagnen betraf, so war ich schon immer überzeugt davon, dass alles machbar war, wenn man nur offen damit umging, und dass es die Wähler eigentlich nur interessierte, ob ein Kandidat im Grunde ein anständiger Mensch war. Ob sie sich mit ihm auf ein Bier treffen würden oder auf eine Runde Basketball. Ace war so ein Typ, ein Problemlöser, einer, der mit Worten alles wieder geradebiegen konnte, ein Mann des Volkes – ein bisschen besser gekleidet, aber letztlich einer von ihnen. Er war ein Fan der Yankees und spielte Golf in der Bronx. Und selbst wenn er es mit der Treue nicht so genau nahm – war sein Bedürfnis, Sex mit einer hübschen Zwanzigjährigen zu haben, nicht menschlich und verständlich?

Andererseits musste ein Kandidat die Wahrheit sagen. Er musste immer und überall offen und ehrlich sein. Mehr als alles andere musste er glaubwürdig sein. Also war es nicht besonders hilfreich, wenn man den Kandidaten, den man vertrat, nicht einmal ans Telefon bekam.

»Amani, hier ist Karen, bitte melden Sie sich«, sprach ich ihr auf die Mailbox. Wir wollten hier halb so viele Wähler überzeugen, wie im ganzen Staat Wyoming lebten. Ace war Mitglied im Stadtrat einer der bedeutsamsten und dynamischsten Städte der Welt. Wieso musste er eine Praktikantin vögeln? Schon wieder. Und sich auch noch erwischen lassen. Liebte er seine Frau denn nicht?

Ich stand auf, zu schnell, und meine frischen Narben schmerzten. Ich merkte, dass mich jene Benommenheit überkam, die das Kodein manchmal mit sich brachte, und kurz fuhr mir durch den Sinn, dass ich vielleicht am besten gar nichts unternahm. Ich lehnte mich an die Wand. Es war Sonntagnachmittag mitten im Sommer in New York. Da arbeitete niemand – warum also ich?

Dennoch nahm ich meinen Laptop mit ins Bett und stürzte mich trotz drohender Kopfschmerzen auf die jüngsten Presseberichte. Aber ich fand weder verräterische Fotos noch Gerüchte in den Blogs zur New Yorker Kommunalpolitik. Konnte es sein, dass Jorge mich nur nervös machen wollte? Der fünfundzwanzigjährige Bengel mit der samtigen Stimme und dem kehligen Glucksen?

Ich durchsuchte Jorges Facebook-Profil. Liebe Güte, er sah wirklich gut aus: kurzgeschnittene dunkle Haare, gebräunte Haut, lässiges Lächeln, und der Anzug, den er bei Bevs Fundraising-Dinner getragen hatte, stand ihm ausgezeichnet. Unwillkürlich fragte ich mich, ob er Single war. Es sah ganz danach aus. War er schwul? Seine Hobbys waren Politik (ach), die Yankees (noch mal ach), Kochen und Merengue. Kochen und Merengue!

Also war Jorge entweder schwul oder eine echte Perle. Ich fragte mich, ob es irgendetwas über Jorge gab, das man der Welt mitteilen musste. Um Feuer mit Feuer zu bekämpfen. Doch nein: Eine flüchtige Internetsuche ergab rein gar nichts.

Konnte Ace wirklich so dumm gewesen sein? Inzwischen konnte ich etwas nüchterner über diese Option nachdenken. Wäre er so dämlich? Hätte er das getan? Ich fürchtete die Antwort zu kennen.

Ich sah nach, was Bev gerade so trieb, doch ihr Facebook-Profil wies nur ein neues Foto auf und keine neuen Informationen außer den Terminen einiger Auftritte, die ich mir gleich notierte. Sobald ich dazu in der Lage wäre, würde ich einen kleinen Ausflug in die Bronx unternehmen. Wenn ich Ace vor sich selbst schützen musste, wäre es angebracht, mir seine Kontrahentin aus der Nähe anzusehen.

Da ich ohnehin auf Facebook war, ging ich auf die Seite deines Vaters, hoffend und fürchtend zugleich, ein Foto von dir vorzufinden. Ich wollte nicht, dass er Fotos von dir postete. Ich wollte nicht, dass alle Welt ihn mit dir zusammen sah und damit rechnete, mehr von euch beiden zu sehen. Aber ich fand weder Fotos noch neue Informationen. Tatsächlich war da nur ein einziger Satz, der von fünf Personen geliked und von niemandem kommentiert worden war: *Ich erlebe die beste Zeit meines Lebens.*

Das gab mir den Rest, und ich verschlief den Rest des Nachmittags.

Am Abend schickte ich Allie ins Kino, damit sie mal Luft holen konnte – schließlich war sie den ganzen Tag mit zwei Sechsjährigen herumgerannt –, und übernahm selbst das Baden und Zubettbringen. Wir hatten schon eine Weile keinen Abend mehr allein zu Hause verbracht, und unsere Routine geriet etwas ins Stocken, da ich mich nicht zu schnell bewegen wollte. Ich versuchte, nicht an Ace zu denken, war jedoch beunruhigt. Dennoch ließ ich dir um acht Uhr dein Bad ein und versuchte, dich in der nächsten Viertelstunde davon zu überzeugen, endlich hineinzusteigen. Um dreiundzwanzig nach acht gabst du nach, zogst dich bis auf die Unterwäsche aus und verbotst mir, auf deinen Po zu gucken. Du stiegst in die Wanne, während ich den Blick abwandte, bis du unter dem Schaum verborgen warst, dann setzte ich mich neben die Wanne auf den Boden, damit wir uns unterhalten konnten. So hielten wir es seit etwa einem Jahr, seit du bemerkt hattest, dass unsere Körper sich voneinander unterschieden, und seit ich dir nicht mehr meine Narben zeigen wollte.

»Was hast du den ganzen Tag über gemacht?«, fragtest du, was sehr süß war. »Fühlst du dich wohl?«

»Ja«, sagte ich. »Die meiste Zeit habe ich mich um Ace gekümmert.«

»Unseren alten Freund Ace«, sagtest du, was von mir stammte. Ich gab dir einen Waschlappen voller Seifenschaum, damit du dich waschen konntest.

»Hey, du hast mir gar nicht erzählt, wie es bei deinem Dad war.«

Daraufhin sagtest du erst mal nichts. Wahrscheinlich hattest du schon gelernt, dich vor meinen Fragen zu hüten. »Es war lustig«, erklärtest du schließlich und planschtest ein bisschen im Wasser. »Wir haben Spaghetti gegessen.«

»Wie fandest du seine Wohnung?«

Du zucktest die Achseln. »Ganz schön. Größer als unsere.«

»Das liegt daran, dass sie in New Jersey ist.«

»Kann sein.«

»Ich hab gehört, ihr habt euch *Spider Man* angesehen«, sagte ich. »Welchen Teil?«

»*Spider Man 3*«, antwortetest du, leicht besorgt. Du wusstest, was jetzt kommen würde.

»Jacob, ab wie viel Jahren ist dieser Teil?«

»Ab zwölf«, sagtest du. »Aber es war nicht gruselig! Kein bisschen. Außerdem hat Dad mir die Augen zugehalten!«

»Er hat dir die Augen zugehalten?«

»Immer wenn es gruselig wurde.«

»Du hast doch gesagt, es war nicht gruselig.«

»Nur für alle Fälle.«

Gottverdammtnochmal. »Jacob, du weißt, du darfst solche Filme nicht sehen«, sagte ich. »Du weißt, dass du noch nicht zwölf bist. Wenn du jetzt Alpträume kriegst, bist du selbst schuld.« Nichts hätte weniger wahr sein können.

Du wichst meinem Blick aus und spritztest wieder im Wasser herum. »Ich weiß«, sagtest du. *Dad hat mir die Augen zugehalten.*

»Tauch unter«, befahl ich und fragte, nachdem ich dir die Haare ausgespült hatte, ob seine Frau auch da gewesen war, was ich eigentlich schon früher hatte fragen wollen, jedoch nicht gewagt hatte, weil ich mir Sorgen machte, wie das wirken würde.

Du schütteltest den Kopf. »Dad sagt, sie ist oft unterwegs. Ehrlich gesagt glaube ich, er ist ein bisschen einsam.«

»Könnte sein«, nickte ich.

»Glaubst du, er will deshalb Zeit mit mir verbringen? Weil er immer allein ist?«

»Nein«, sagte ich. »Ich glaube, er will Zeit mit dir verbringen, weil du ein cooler Junge bist und er dich sehr mag. Weil es Spaß macht, mir dir zusammen zu sein.«

»Und ich bin sein Sohn«, fügte er hinzu.

»Das stimmt«, nickte ich wieder.

Du nahmst einige der Playmobilfiguren vom Wannenrand und ließest sie ins Wasser springen und durch den Schaum tauchen. Hin und wieder mussten sie auch aufeinander schießen. Nach ein paar Minuten schienst du vergessen zu haben, dass ich da war, und gabst deinen Figuren verschiedene Stimmen und ausländische Akzente: hohe, schrille für die, die als Farmer und Sportler angezogen waren, dunkle, grollende für die Piraten. Ich dachte an die Unmengen von Spielzeug, die wir bei Allison gelassen hatten, und fragte mich, ob wir, falls Ace die Wahl verlor, nicht früher als geplant nach Seattle ziehen sollten. Es musste doch viel schwerer sein, von jemandem aus Seattle das Sorgerecht zu erstreiten. Im schlimmsten Fall konnten wir immer noch nach Vancouver abhauen.

»Habe ich was falsch gemacht?«, fragtest du, und einen Moment lang dachte ich, eine der Figuren wäre gemeint, bis mir aufging, dass du mit mir sprachst. »Wolltest du, dass ich bei dir im Krankenhaus bleibe?«

»Nein, mein Großer, natürlich nicht.« Ich merkte, dass mein Bauch zu schmerzen begann, und überlegte kurz, was ich an diesem Tag gegessen hatte: einen halben Bagel, also viel zu wenig.

»Weil du so sauer warst, als ich ging.«

»Ich war nur besorgt, ob du dich bei Dave wohl fühlen würdest.«

»Du sahst aber sauer aus.«

Darauf sagte ich nichts.

Du ließest deine Figuren auf dem Wasser schwimmen und sahst zu, wie sie langsam untergingen. »Dauert es jetzt nicht mehr so lange, bis du stirbst?«

Ich spürte, wie mein Herz einen Schlag aussetzte und dann doppelt so schnell schlug. »Nein«, erwiderte ich. »Im Gegenteil, bei der Operation hat man gesehen, dass der Tumor kaum gewachsen ist. Die Chemo wirkt immer noch.«

Darauf sagtest du nichts, sondern zogst deine Figuren durchs Wasser. Ich fragte mich, ob es wirklich angebracht war, mit dir so offen über Krebstherapien und Tumoren zu sprechen. Doktor Susan war ja für ungeschminkte Wahrheiten und präzise Begriffe, doch mir kam es immer noch etwas merkwürdig vor, dass ein Sechsjähriger verstehen sollte, was eine Chemotherapie war.

»Glaubst du, sie haben sich geirrt?«, fragtest du und blicktest zu mir auf. »Und du stirbst vielleicht gar nicht?«

Da streckte ich mich trotz meiner schmerzenden Narben über den Wannenrand und streichelte dein wunderschönes Gesicht. »Ich weiß es nicht, Jakey«, sagte ich. »Ich weiß es nicht.« Das sagte ich immer zu dir, wenn ich dir nicht die Wahrheit sagen wollte.

»Ich glaube, sie irren sich«, erklärtest du. »Oder zumindest wissen sie es nicht genau.«

Da gab ich dir recht, vielleicht wussten sie es nicht genau, und dann stand ich mühsam auf, half dir aus der Wanne und wickelte dich in das Kapuzenhandtuch, das du zu deiner Geburt geschenkt bekommen hattest; früher schleifte es hinter dir auf dem Boden, jetzt reichte es dir gerade noch bis zu den Knien. Du wuchst mit jedem Tag, mein Sohn, und in gewisser Hinsicht ich auch.

Wir beschlossen, als Gutenachtgeschichte das erste Kapitel von *Harry Potter und der Stein der Weisen* zu lesen, was ich dir zu

Chanukka geschenkt hatte. Bis jetzt hattest du keine Muße dafür gehabt, aber jetzt erzähltest du, dass Dave ein großer Harry-Potter-Fan sei und darüber gestaunt habe, dass du noch keines der Bücher gelesen hattest, daher wollten wir dieses Versäumnis so schnell wie möglich nachholen. Du kuscheltest dich in deine Kissen. Die Klimaanlage war voll aufgedreht, das Licht gedämpft. Deine Haare waren noch feucht. Du warst bei mir, so nahe. Niemand konnte dich mir wegnehmen. Ich schlug die erste Seite auf und fing an zu lesen.

Als Allie gegen zehn zurückkam, schlief ich schon halb. Sie war doch nicht ins Kino gegangen, sondern shoppen und danach essen, was komisch war, denn in Seattle hätte Allison niemals allein ein Restaurant besucht: Was, wenn jemand sie gesehen und falsche Schlüsse daraus gezogen hätte? Aber hier in New York konnten wir jederzeit so sein, wie wir wollten.

»Schau mal, was ich dir gekauft habe«, sagte sie und gab mir eine Tüte. Darin lag eine Lederjacke.

Allie. »Das soll wohl ein Scherz sein. Wieso hast du sie mir gekauft?« Ich konnte das Preisschild sehen: vierhundert Dollar. Allie war gleichzeitig übertrieben großzügig und eine übertriebene Aufschneiderin.

»War ein Schnäppchen, fünfzig Prozent billiger. Ich habe schon zwei, und Camilla konnte ich keine kaufen, weil die sowieso schon zu sehr verwöhnt wird. Aber die Gelegenheit konnte ich mir nicht entgehen lassen.«

Ich stöhnte und ließ zu, dass sie mir half, mich aufzurichten. »Allie, du musst aufhören, mir lauter Zeug zu kaufen. Du weißt doch, dass ich nichts mitnehmen kann.«

»Sei still«, gab sie zurück. Sie half mir aus dem Bett, worauf ich das Licht anschaltete und mich vor den großen Spiegel stellte. Ich schaute nicht hin, bis ich die Jacke anhatte (nachts war ich immer besonders schrecklich blass, so dass ich den Blick in den Spiegel vermied). Doch mit der Jacke sah ich viel besser aus: Sie war wundervoll weich und in einem coolen Pechschwarz und hatte ein kuschliges Schurwollfutter, damit ich nicht fror. Ich war froh, dass sie so warm war, weil ich die Klimaanlage zu hoch gestellt hatte. Also stieg ich mit ihr wieder ins Bett. Allie glitt neben mich.

Eine Weile lang sagten wir nichts und ließen uns nur von der Klimaanlage umsummen. »Ich hab Dad heute angerufen«, sagte sie schließlich.

»Nett von dir«, erwiderte ich. »Gibt es etwas Neues?«

»Er hat ›hallo‹ gesagt. Zumindest klang es so.«

»Was hat Olga gesagt?«

»Sie sagte, dass im Grunde alles unverändert sei.«

Ich wünschte, ich hätte ihm von seinem Enkel erzählen können, von allem, was wir so machten. Ich hatte keine Ahnung, wie viel er davon mitbekam, wieso ging ich also nicht einfach davon aus, dass ihn alles irgendwie erreichte? Dass alles in ihm nur irgendwo eingeschlossen war, so wie Camilla glaubte? Dennoch kam es mir unnötig grausam vor, einem Mann mein Herz auszuschütten, der uns nicht sagen konnte, wo er war, wie sein Name lautete oder dass seine Frau, mit der er vierzig Jahre verheiratet gewesen war, nicht mehr lebte. (Wusste er das? Bei ihrer Beerdigung hatte er starr geradeaus geblickt, sogar als wir ihm den Sarg zeigten.) Wenn ich ihm jetzt sagte, dass ich bald sterben würde, und er darauf nichts antwortete, wäre das doch grausam für uns beide.

Jacob, habe ich dir je erzählt, dass meine Mutter jeden Abend das Essen für meine Großeltern kochte? Wenn sie von der Anwaltskanzlei nach Hause kam, tauschte sie ihre Pumps gegen Turnschuhe und fing dann an, Lebensmittel aus dem Kühlschrank und der Vorratskammer zu holen. Zwanzig Minuten später richtete sie zwei Teller auf einem Tablett an und schickte entweder mich oder Allison damit hoch zu meinen Großeltern. Die öffneten die Tür, bedankten sich und nahmen das Tablett entgegen. Eine halbe Stunde später holte eine von uns es wieder ab. Und in dieser ganzen Zeit, all die Jahre, wechselten wir dabei kaum ein Wort miteinander.

»Weißt du noch, wie Mom immer Abendessen für Grandma und Grandpa gemacht hat?«, fragte ich Allison, weil mir das Ganze mit einem Mal fragwürdig erschien, zu komisch, um wirklich passiert zu sein.

Doch auch Allie erinnerte sich daran. »Das war Moms Art, ihnen ihren Respekt zu erweisen. Für das, was sie durchgemacht hatten. Sie wollte etwas für sie tun.«

»Ich hätte mehr Dankbarkeit zeigen sollen«, sagte ich.

»Dafür waren wir zu jung.«

»Ich war zehn«, sagte ich. »Das ist alt genug.« Unter unserem Fenster lachte eine Gruppe Vorbeigehender laut auf.

Nach ein paar Minuten sagte Allie: »Bruce hat erzählt, dass er und Ross sich wieder gestritten haben. Offenbar war Ross Samstag bis zwei Uhr nachts unterwegs, ohne eine SMS zu schicken oder ans Handy zu gehen. Bruce hat ihn zusammengestaucht und sein Auto konfisziert. Überflüssig zu erwähnen, dass sie zurzeit natürlich nicht miteinander reden.«

»Mist«, sagte ich.

»So war er noch nie, nicht einmal mit dreizehn, vierzehn, wenn das angeblich normal ist.«

»Ist Indien noch ein Thema?«

»Er glaubt, wenn er sich stur stellt, kommt er damit durch«, sagte Allie. »Der Junge ist erst achtzehn, aber er meint, er könnte eigene Entscheidungen treffen und die Verantwortung für sein Leben ganz und gar allein übernehmen.«

»Irgendwie sollte er das doch auch.«

»Er kann Verantwortung für bestimmte Dinge übernehmen«, erwiderte Allie. »Er kann entscheiden, was er studieren und was er mit seiner Zeit anfangen will. Aber er kann nicht entscheiden, in die Dritte Welt zu ziehen, und zwar wegen einer Person, die wir nicht einmal kennen.«

»Ist Indien noch Dritte Welt?«

»Für Ross schon. Für Ross gehören schon bestimmte Viertel in Seattle zur Dritten Welt.«

»Wahrscheinlich würde er sowieso ziemlich schnell wieder nach Hause kommen«, sagte ich sanft.

Allie zerrte ein Kissen über ihren Kopf und sagte gedämpft: »Ich bin einfach noch nicht bereit, ihn ziehen zu lassen.«

Allerdings. Ich sagte: »Ich weiß, wie du dich fühlst.«

Allie nahm in der Dunkelheit und im Schutz ihres Kopfkissenverstecks meine Hand und drückte sie, fuhr über den alten Platinring an meinem Daumen. Und während wir über das Wesen des Mutterdaseins grübelten – dessen größte Herausforderung wohl darin besteht, dem Menschen, den man am allermeisten liebt, zu helfen, einen irgendwann zu verlassen –, schliefen wir ein.

KAPITEL 11

Manchmal frage ich mich, ob ich damals zu viel Zeit mit Umfragewerten oder dem Privatleben meines Kandidaten verbracht habe und für wie bedeutend du Politik heute hältst. Ich hoffe natürlich, dass dir bewusst ist, wie wichtig Politik ist, und du immer und unter allen Umständen wählen gehst.

Bei mir waren es die Geschichtslektionen meines Vaters, die mein politisches Interesse weckten, aber auch der Umstand, dass ich das ärmste Kind in Rockville Centre war. Natürlich war ich nicht wirklich das ärmste Kind – ich bekam nie kostenlose Schulspeisung und hatte immer einen Wintermantel –, aber ich war das einzige Kind in meiner Klasse, das nicht ins Sommercamp kam und keine Guess-Jeans oder Reebok-Turnschuhe hatte. Das allein genügte, dass ich mich mit den Armen, den sozial Schwachen, den Unbeliebten identifizierte. Jedes Jahr wieder bewarb ich mich verbissen für das Schülerparlament – und zwar mit dem Programm, die Kürung des Homecoming-Königspaars abzuschaffen –, und jedes Jahr wieder ging ich mit Pauken und Trompeten unter. Erst im letzten Jahr an der High School verstand ich schließlich, dass jemand wie ich (die ich nie ein Blatt vor den Mund nahm und dadurch bisweilen sehr schroff wirkte und ausgesprochen konfliktfreudig war) sich weniger als Kandidatin, denn vielmehr als Wahlkampfmanagerin eignete.

Ich studierte dann an der University of Binghamton und machte meinen Abschluss 1992 in Politikwissenschaft. In diesem Jahr wurde ein neuer Präsident gewählt, und es herrschte viel Aufregung um einen Kandidaten namens Bill Clinton. Er war ein jungenhafter, smarter Kerl aus Arkansas mit einer Schwäche für Fast Food und Frauen und ein sehr guter Redner. Die Leute mochten ihn. Bei den Vorwahlen favorisierte ich noch seinen Konkurrenten Paul Tsongas, aber er hatte Krebs und daher nie eine richtige Chance, was mich damals nicht mehr als distanziertes Bedauern empfinden ließ.

Einer meiner Dozenten besorgte mir einen schlechtbezahlten Job im Wahlkampfbüro von Clinton in Washington, wo ich die meiste Zeit damit verbrachte, Faxe zu verschicken (gibt es in deiner Zeit noch Faxgeräte?) und Pizza zu bestellen. Ich wohnte mit drei anderen Mädchen in einem kleinen Haus an der Avenue U, in der Nähe einer U-Bahn-Haltestelle, und verbrachte fünfzehn Stunden täglich im Clinton-Büro und kam mir furchtbar wichtig vor. Ich weiß noch, dass ich sonntags immer meine Eltern auf Long Island anrief und so tat, als wäre ich verantwortlich für Clintons ganze Kampagne. Meine Eltern waren höchst beeindruckt und prahlten damit vor ihren Freunden.

Clinton gewann (es war eine unglaubliche Nacht, und ich werde nie vergessen, wie wir uns alle vor dem Fernseher versammelten und vor Freude weinten, als er die erste Rede nach seinem Wahlsieg hielt), und ich bekam eine Stelle als Assistentin in einer politischen Beraterfirma angeboten. Dort traf ich einen ebenfalls unterbezahlten Assistenten namens Chuck, der praktizierender Katholik und zugleich schwul war und für seine Arbeit bei den Demokraten büßte, indem er jeden Sonntag zur Messe ging und von seinem winzigen Gehalt etwas der Kirche spendete.

Nach ein paar Jahren begann ich zu rechnen und erkannte, dass ich sowohl mehr Geld verdienen würde als auch mich besser entwickeln könnte, wenn ich mich selbständig machte. Ich war noch keine neunundzwanzig Jahre alt, dafür umso überzeugter von mir, denn ich wusste, dass ich fast nichts zum Leben brauchte, da mir das mein ganzes Leben genügt hatte, und dass ich härter arbeiten konnte als viele andere, weil ich auch das bereits getan hatte.

Ich fragte Chuck, ob er sich mir anschließen wollte, und da er Washington satthatte, überlegte er nicht lange, nahm mein Angebot an, und wir gründeten Neulander & Davis. Außerdem beschlossen wir zusammenzuziehen und mieteten ein winziges Apartment in Queens, dessen Küche zu unserem Headquarter wurde. Chucks Eltern gaben uns das Startgeld, und binnen kurzer Zeit war Neulander & Davis ein blühendes Unternehmen mit dem Ruf, mit harten Bandagen zu kämpfen. Ich reiste für meine Kandidaten die ganze Ostküste rauf und runter, während Chuck den Mann seines Lebens traf, ein Kind adoptierte und Auftraggeber wie die Lehrergewerkschaft, Greenpeace und ein halbes Dutzend weiterer Organisationen an Land zog, für die wir politische Lobbyarbeit machten.

Die Beziehung zwischen Chuck und mir war ein bisschen merkwürdig, da wir uns zwar seit einem halben Leben kannten und sogar eine Weile zusammengewohnt hatten, uns jedoch auf einer emotionalen Ebene nie besonders nahegekommen waren.

Weder seine Eltern noch seine Geschwister hatte ich je kennengelernt, und Neuigkeiten von seinem Mann und seinen Kindern erfuhr ich eigentlich nur über die jährliche Weihnachtskarte oder bei den seltenen Gelegenheiten, wenn wir doch einmal zu einer Pizza zusammenkamen. Wir waren wie zwei Achsen eines Wagens und rollten beide in dieselbe Richtung, um die Dinge in Bewegung zu halten, ohne uns dabei je zu berühren – oder auch nur miteinander reden zu müssen.

Eine lange Geschichte, die meine Überraschung erklären soll, als ich nach meiner langen Abwesenheit zum ersten Mal wieder ins Büro kam und entdeckte, dass Chuck Kaffee von Starbucks und ein Frühstück von Murray's bestellt hatte. »Willkommen zurück, Karen«, sagte er, und wir umarmten uns, was selten zwischen uns war. Wie immer in dem Gebäude war die Klimaanlage zu hoch eingestellt; ich holte mir eine Jacke aus dem Schrank und warf kurz einen Blick auf meinen verwaisten Schreibtisch, der langsam Staub ansetzte. Ich hatte in letzter Zeit nur noch außerhalb des Büros gearbeitet. Und natürlich hatte ich nicht mehr so viele Klienten annehmen können.

Sonst wirkte das Büro äußerst geschäftig: Es stapelten sich Unterlagen und Ordner, und in mehrere Ecken waren neue Schreibtische gezwängt worden. Obwohl es erst halb acht war, war eine mir unbekannte junge Frau mit mir gemeinsam ins Büro gegangen. Nun nickte sie mir zu, setzte sich an einen Schreibtisch und fing an zu tippen.

»Wer ist das denn, Chuck?«

»Nina«, antwortete Chuck. »Ich hab sie für die Bürgerinitiative für sauberen Strom eingestellt, schon vergessen?«

Hatte er mir von Nina oder auch nur der Initiative erzählt? Ich konnte mich nicht erinnern, was mir unangenehm war. Am liebsten hätte ich mich hingesetzt, so müde war ich, aber ich wollte es nicht zugeben.

»Nina«, sagte Chuck, »das ist Karen.« Nina warf mir einen Blick zu und nickte. »Karen Neulander.«

»Oh!«, rief sie und sprang auf. »Oh! Das wusste ich nicht – ich dachte, Sie würden eine ganze Weile nicht mehr herkommen.« Sie trat zu mir und gab mir die Hand. Sie war Anfang zwanzig und so attraktiv, dass sie sich auf den Nachrichtenkanälen gut machen würde. Auch ich hatte mich dort früher gut gemacht. Mir wurde schwindlig, ich schloss die Augen und ließ mich auf eine Schreibtischkante nieder. Der Schwindel gehörte zu den bleibenden Nebenwirkungen der Chemo ebenso wie die Vergesslichkeit oder sich benommen – oder wie Allie es ausdrückt: älter zu fühlen.

»Schön, Sie kennenzulernen«, sagte ich zu Nina, nachdem ich meine Augen wieder geöffnet hatte. »Gefällt Ihnen die Arbeit hier?« Gott, ich klang wie eine ältere Dame.

Ich sah, wie sie Chuck einen besorgt wirkenden Blick zuwarf, und fragte mich, was er wohl zu bedeuten hatte – worüber sollte *sie* sich denn Sorgen machen? –, doch dann plauderten wir ein bisschen über die Bürgerinitiative, wobei ich so tat, als wüsste ich, wovon die Rede war. Schließlich führte mich Chuck in die Küche, wo unser Frühstück wartete. Er hatte mir einen Skinny Vanilla Latte bestellt, den ich immer getrunken hatte, bevor ich krank wurde und meine Geschmacksknospen sich veränderten. Ich tat so, als würde ich mich über den Kaffee und das Frühstück freuen.

»Sie wirkt nett«, bemerkte ich. »Und klug.«

»Sehr klug«, nickte Chuck, stand auf und schloss die Küchentür. »Außerdem ist sie sehr gut organisiert, und sie hat gute Ideen. Ich mag sie.«

»Schön«, sagte ich. »Es tut mir leid, dass ich mich nicht mehr um Personalfragen kümmern konnte.« Ich versuchte, einen Schluck von dem Latte zu trinken, doch schon beim Geruch wurde mir übel. Also stellte ich ihn ab und stützte meinen Kopf mit der Hand. Ich hoffte nur, Chuck merkte nicht, wie erschöpft ich war. Ich hatte ihm nicht erzählt, dass ich erst vor vier Tagen aus dem Krankenhaus entlassen worden war und noch heute Morgen befürchtet hatte, es nicht zu unserer Verabredung zu schaffen. Allie musste mir ins Taxi helfen, das ich nur mit größter Mühe wieder hatte verlassen können. Ich trug immer noch meinen Bauchverband. Morgen sollte ich mich wieder bei Steiner im Krankenhaus melden.

»Ist schon gut. Du hattest genug um die Ohren.«

»Das ist wohl wahr«, sagte ich. »Aber zumindest scheint der Tumor nicht länger außer Rand und Band zu sein. Das heißt, er spricht auf die Behandlung an. Zumindest auf die letzte.«

»Gut«, nickte Chuck.

»Meine Ärzte sind optimistisch.«

»Großartig«, sagte Chuck in dem mitfühlenden und leicht herablassenden Ton, den ich mittlerweile von Ärzten gewohnt war, dann streckte er unbeholfen den Arm aus, um mir sanft die Hand zu tätscheln. Da wurde mir bewusst, dass Chuck mich nicht hierhergebeten hatte, um über geschäftliche Dinge zu reden, sondern über mich.

»Was ist los?«, fragte ich mit meiner alten munter herausfordernden Stimme. »Gibt es etwas, das ich wissen muss?«

Chuck beschäftigte sich intensiv mit einem Bagel und bestrich ihn präzise gegen den Uhrzeigersinn mit Butter. Da ich im Laufe der Jahre an die tausend Bagels mit ihm zusammen gegessen hatte, kannte ich diese Prozedur so genau wie seine Standardunterschrift unter seinen Mails (*Herzlich, Charles*). Mir lag viel an ihm, unsere gemeinsamen Jahre verbanden uns sehr, dennoch wurde ich nun wütend auf ihn, weil ich genau wusste, dass er mich gleich verraten würde.

»Chuck, was zum Teufel ist los!«

»Karen …« Endlich legte er Bagel und Messer nieder. Er fuhr mir über die Hand, genau über die Stelle, wo noch vor wenigen Tagen der Venenkatheter gesteckt hatte. »Ich glaube, wir müssen jemand Neues für die Geschäftsleitung einstellen.«

»Wir müssen – was?«

»Sieh mal«, sagte er. »Das heißt nicht, dass du nicht mehr arbeiten sollst, aber wir brauchen Unterstützung, die du uns momentan nicht bieten kannst.«

»Chuck, die Entscheidung, ob ich arbeite oder nicht, liegt nicht bei dir.«

»Stimmt, aber …« Er schaffte es, mir in die Augen zu sehen. »Karen, du weißt, dass Kundenakquise nie mein Ding war. Dafür warst immer du zuständig, aber in den letzten Monaten …«

»Sagtest du gerade *dein Ding*?«

»… du musst zugeben, dass du sehr lange nicht im Büro warst. Aber jetzt beginnt ein neuer Wahlzyklus, und niemand war hier, um uns neue Klienten zu besorgen. Ich meine, wir haben die laufenden Projekte mit der Lehrergewerkschaft, aber die Komitees suchen neue Wahlkampfmanager, und ich habe niemanden, der den Kontakt mit ihnen hält. Du weißt, dass ich das normalerweise nicht mache …«

»Nein, normalerweise mache ich das.«

»Genau«, nickte Chuck erleichtert, so als hätte sein langsamer Schüler es endlich begriffen.

»Warum rufen sie mich dann nicht an, Chuck? Schließlich muss ich nicht unbedingt im Büro sein, um zu arbeiten.«

»Stimmt, ich weiß«, sagte er. »Aber du warst so krank, dass ich dich nicht …«

»Chuck, noch sterbe ich nicht«, unterbrach ich ihn. Dieser Satz hing eine ganze Weile in der Luft.

Er nahm seinen Bagel und legte ihn wieder weg. »Karen, diese Firma braucht mehr, als du im Moment leisten kannst.«

»Das ist nicht fair«, widersprach ich. »Ich weiß, ich war krank, aber ich glaube nicht, dass ich durch einen neuen Geschäftsführer ersetzt werden muss. Du kannst mich nicht bestrafen, weil ich krank war, Chuck. Du kannst mich nicht wegen meiner gesundheitlichen Probleme aus der Firma drängen.«

»Karen, ich will dich nirgendwohin drängen. Ich will dir nur den nötigen Freiraum schaffen, damit du dich erholen kannst, während unsere Firma erfolgreich weiterläuft.«

Schön gesagt, Chuck. Lass es so klingen, als würdest du das für mich tun. »Wenn du unbedingt willst, können wir jemanden für die Kundenbetreuung oder so einstellen –«

»Aber ich glaube, ohne jemanden an der Spitze bekommen wir keine großen Aufträge. Wir brauchen einen neuen Namen, um unsere Geschäfte anzukurbeln.«

»Diese Firma heißt *Neulander* & Davis. Neulander. Wir können nicht einfach einen neuen Namen ins Spiel bringen, ohne diese Firma umzubenennen. Ich bin Neulander bei Neulander & Davis. Dies ist seit fünfzehn Jahren mein Laden –«

»*Unser* Laden«, warf Chuck ein.

Ich biss die Zähne zusammen, so fest, dass meine Kieferknochen schmerzten. Es fühlte sich gut an. Ich biss sie noch fester zu.

Chuck entgegnete: »Ich sage nicht, dass du gehen sollst.«

»Das kannst du auch gar nicht.«

»Aber«, fuhr Chuck fort, »ich sage, dass du zurzeit verhindert bist. Die ganze Welt weiß das.«

»Die ganze Welt, Chuck?«

»Wir brauchen jemanden, der all seine Energie in die Arbeit steckt, und dazu bist du momentan nicht in der Lage. Wir haben zahlreiche Anrufe von Talkshows bekommen und mussten ablehnen, weil wir niemanden schicken konnten. Unser Name ist nicht mehr im Gespräch.«

»Herrgott, das hätte doch ich übernehmen können«, sagte ich.

»Da hattest du gerade deine Chemo, Karen. Du hattest keine Haare mehr. Du kamst nicht aus dem Bett.«

»Ich habe eine gottverdammte Perücke, Chuck –«, setzte ich an, doch da klopfte es an der Tür, und die zauberhafte Nina kam herein, lächelte uns zu, nahm sich einen Energieriegel aus dem Korb auf der Küchentheke, lächelte uns noch einmal zu und ging wieder. Sie hatte bestimmt alles gehört. Die Wände im Büro waren dünn wie Papier.

»Chuck, dies ist meine Firma. Dies ist mein Leben!«

»Niemand will dir das nehmen, Karen. Aber du bist im Moment nicht in der Lage, diese Firma zu leiten. Das musst du einsehen.«

»Und meine Krankenversicherung, Chuck? Herrgott noch mal, ich brauche meine Krankenversicherung!«

»Karen, niemand will dich feuern.«

»Du kannst mich auch nicht feuern!« Dave, Chuck, all die Männer, die versuchten, an sich zu reißen, was mir gehörte!

»Karen, ich muss jemanden einstellen, und zwar bald.«

»*Du* musst das?«

»Unsere Firma muss das«, sagte er. »Ich habe Vorstellungsgespräche mit ein paar Kandidaten angesetzt«, erklärte Chuck. »Wenn du dabei sein willst –«

»Du kannst solche Entscheidungen nicht allein treffen.«

»Wir müssen für die Zukunft planen.«

»Meinst du vielleicht, ich plane nicht für die Zukunft?« Da ich nicht wollte, dass Nina uns hörte, senkte ich die Stimme, kochte jedoch vor Zorn. »Das tue ich die ganze Zeit. Nichts anderes tue ich mehr! Ich plane für die Zukunft meines Sohnes, ich plane für meine eigene, und ich plane für die Zukunft meiner Klienten.«

»Die Firma, Karen. Ich rede über die Firma. Zumindest, bis es dir bessergeht.«

»Ach, fick dich! Du weißt genau, dass es mir nie mehr bessergehen wird!«

Darauf verstummten wir beide. Irgendwo im Gebäude klapperte der Aufzug.

»Und du solltest wissen, dass ich neuerdings von Vanilla Latte kotzen muss.«

Chuck nickte. »Wir können tauschen, wenn du willst«, sagte er.

Ich stand auf, rieb mir die Augen und fragte mich, wohin ich jetzt gehen sollte. Da klingelte mein Handy, und ich hoffte, es wäre endlich Amani, aber es war Allie, um mir zu sagen, dass alles in Ordnung war. Sie wollte mit Jake in den Park.

Ich setzte mich wieder.

»Wie macht sich Ace?«, erkundigte Chuck sich vorsichtig.

»Er macht sich gut«, erwiderte ich. »Weil ich mich um seine Kampagne kümmere.«

»Selbstverständlich«, nickte er. »Das weiß ich.«

Und dann starrten wir beide unglücklich auf den Teller mit Bagels zwischen uns. Ich weiß nicht, wieso Chuck und ich nie richtige Freunde geworden waren. Wahrscheinlich war es die Unsicherheit des politischen Lebens, die stets zwischen uns stand, der Umstand, dass alles sich innerhalb kürzester Zeit ändern konnte: Stimmungen, Strömungen, das politische Geschick, mit dieser Wechselhaftigkeit umgehen zu können.

»Mein Name steht auf dem Mietvertrag dieser Räumlichkeiten, Chuck«, sagte ich. »Also werde ich mich heute Morgen hier aufhalten und ein bisschen arbeiten. Bist du damit einverstanden?«

Endlich hatte Chuck den Anstand, beschämt zu wirken. »Selbstverständlich«, sagte er.

Schlaff setzte ich mich an meinen Computer und dachte darüber nach, wer mich eigentlich noch brauchte. Vermutlich noch nicht einmal mehr Ace. Er war mein allerletzter Klient, und was ich für ihn tat, war nur noch der Abklatsch einer Wahlkampagne. Er würde auch ohne Wahlkampfmanager haushoch gewinnen, denn an den Gerüchten über diese Affäre war nichts dran, sonst hätte ich bereits mehr darüber erfahren. Auch Chuck brauchte mich nicht. Mir blieb nichts mehr zu tun. Doch bevor ich aus dem Fenster springen konnte, klingelte mein Handy: Es war Ace' Büro.

»Sie möchten eine Podiumsdiskussion mit Beverly Hernandez ansetzen?«, fragte Amani.

»Amani, was haben Sie über Ace' Eskapaden gehört? Und wo ist er? Wieso ruft er mich nicht zurück? Wir wollten uns treffen.«

»Ich weiß nicht genau, wovon Sie sprechen«, erwiderte Amani. »Im Moment ist er noch einen Großteil des Oktobers frei.«

»Wo ist er, Amani? Ich habe ein paar irritierende Berichte gehört und muss mich vergewissern, dass sie nicht stimmen.«

»Ich werde im Laufe des Tages noch mit ihm sprechen ...«

»Amani.«

»... dann sage ich ihm, er soll Sie anrufen. Ich frage ihn nach dem Meeting und trage die Podiumsdiskussion für den 14. Oktober ein. Wenn das bei Hernandez nicht passt, geben Sie mir Bescheid.«

Damit beendeten wir das Gespräch. Mir war schwindlig und leicht übel, und einen Moment lang überkam mich die Angst, ich könnte mich auf den Teppich übergeben. Liebe Güte: vor Chuck auf den Boden kotzen. Ich beschloss, nicht sentimentaler als nötig zu werden, bloß weil ich unser schäbiges Büro in Chelsea nun verlassen musste – es waren doch sowieso nur ein paar Stellwände auf billigem Teppich –, und mühte mich zum Aufzug, um mir ein Taxi nach Hause zu nehmen. Ich würde wiederkommen, wenn es mir besserginge. Als ich das Büro verließ, lächelte Chuck mir zaghaft zu, was ich nicht erwiderte.

Vielleicht bist du gerade an dem Punkt, Jacob, dass du beginnst, dich zu fragen, was für ein Mensch du als Erwachsener sein willst. Wenn du Glück hast, wie ich es hatte, wirst du etwas entdecken, wofür du dich begeistern kannst (was wird wohl noch zu Tennis und Videospielen hinzukommen, frage ich mich?), und aus dieser Begeisterung einen Lebensinhalt machen können. Vielleicht findest du auch einfach einen Job, der mehr oder weniger okay ist, dir jedoch im Gegenzug ermöglicht, wenigstens in deiner Freizeit dem nachzugehen, was dich begeistert. Ich kenne Leute, die mit Mitte vierzig am Wochenende immer noch mit ihrer Band auftreten. Die Krankenschwester an deiner Schule schreibt nebenbei Gedichte. In welcher Form auch immer, auf jeden Fall wünsche ich dir, Jacob, dass du etwas findest, was dich in deinem Leben wirklich begeistert.

Ich versuche mir vorzustellen, wie und wo du mit achtzehn bist und wie du wohl aussiehst. Vermutlich bist du groß, weil du jetzt schon groß für dein Alter bist. Wahrscheinlich wirst du eine Brille tragen, denn ich bekam meine mit acht, und auch dein Vater trägt eine. Ich habe keine Ahnung, wo du aufs College gehen wirst, doch stelle ich mir eines mit geisteswissenschaftlichem Schwerpunkt irgendwo in Massachusetts oder Vermont vor, wo die Studenten lange Wollschals tragen, Lacrosse spielen und sich an den Wochenenden mangels Alternative betrinken. Du kannst studieren, wo du willst, Jake. Ich habe genug Geld beiseitegelegt. Such dir etwas Gutes aus, gehe dorthin, wo du magst, und genieße jede Minute. Das ist mein Rat. Ach, und lerne eine Fremdsprache, damit du die Welt kennenlernen kannst. Sei es Spanisch oder Mandarin oder was auch immer.

Am nächsten Morgen schlief ich noch, als Steiner anrief.

»Sind Sie schon wach?«

»Ja«, log ich.

»Einige Laborergebnisse der Tests, die wir gemacht haben, sind ein bisschen beunruhigend«, sagte er.

»Beunruhigend? Inwiefern beunruhigend?«

»Nur ein bisschen.«

Er fing an zu erklären, und ich versuchte, ihm zu folgen, merkte jedoch, wie ich abschweifte. Irgendwann sagte ich: »Das kann nicht stimmen.«

Doch, beharrte er, es sei schon möglich, aber man müsse sich nicht allzu große Sorgen machen, sondern mich einfach nur medikamentös neu einstellen und etwas aggressiver vorgehen.

»Was soll das heißen?«

»Das heißt, dass wir etwas aggressiver vorgehen. Mehr nicht.«

»Aber wieso ist das nötig?«

»Um Ihnen so viel Zeit wie möglich zu verschaffen.«

»Aber was –«

»Mehr bedeutet es nicht, Karen. Wir gehen das Ganze nur ein bisschen aggressiver an. Um den Krebs zu überlisten.«

»Aber was hat sich denn geändert? Ist der Krebs schlauer geworden?«

»Sie sollten die neuen Medikamente gut vertragen können«, fuhr er fort. »Die meisten finden, dass sie weniger Nebenwirkungen haben.«

»Die Nebenwirkungen sind mir egal.«

»Schön«, sagte er. »Dann sehen wir uns morgen in meinem Sprechzimmer?«

»Ja, aber …«, setzte ich an und wusste dann nicht mehr, was ich noch hinzufügen könnte. »Ist gut«, sagte ich, und dann, weil er immer noch nicht auflegte, fragte ich: »Das ändert doch nichts an meiner Prognose, oder? Mir bleibt noch die Zeit, die Sie mir versprochen haben, oder?«

»Schwer zu sagen, Karen. Aber es muss sich nicht notwendigerweise etwas geändert haben. Es ist einfach schwer zu sagen.«

»Aber was denken Sie?«

»Schwer zu sagen.« Meine Zeit war abgelaufen. »Wir sehen uns morgen. Dann reden wir weiter.«

Jakey, das klang mehr nach schlechten als nach relativ schlechten Nachrichten.

Es war neun Uhr morgens, du und Allie, ihr saßt vor dem Fernseher; ich hörte das schrille Quäken irgendeiner teuflischen Sendung wie *Lego Ninjago* und gestattete mir, fünf Minuten zu weinen. Dreihundert Sekunden, keine einzige mehr.

»Hey Leute«, sagte ich um 9.08 Uhr, als ich mich zu euch geschleppt hatte. Ihr beide blicktet mich besorgt an. Sah ich so schlimm aus? Klang ich so übel? Ich hatte doch nur ganz kurz geweint.

»Mom?«

»Ich gehe zur Arbeit«, verkündete ich. Änderte das meine Prognose? Ja, das tat es. Ich ging jetzt zur Arbeit.

»Wohin denn?«, fragtest du.

»Ich muss was in der Bronx erledigen«, sagte ich. Schließlich war mir noch ein Klient geblieben. Ich hatte immer noch eine Wahlkampagne. Und diese Kampagne würde ich mit allem gewinnen, was mir noch zur Verfügung stand. Wenn Jorge Grubar meinte, er hätte ein paar schmutzige Tricks auf Lager, dann sollte er mich kennenlernen. Ich verfügte über ganze Lagerhallen voller schmutziger Tricks.

»Wie kommst du dorthin?« Allie stellte den Ton leiser, als führten wir ein wichtiges Gespräch, obwohl wir doch nur darüber redeten, wie ich zur Arbeit kommen sollte, was wirklich nicht wichtig war. Schließlich war ich eine berufstätige Mutter. Ich ging arbeiten. Ich berührte mein Gesicht. Es fühlte sich heiß und geschwollen an.

»Mit dem Taxi.«

»Geht das?«

»Wieso sollte das nicht gehen?«

Sie sah mich ausdruckslos an. Vor dem Verlassen des Schlafzimmers hätte ich mir in die Wangen kneifen sollen, dann hätte ich frisch und rosig gewirkt; ich hätte meine Perücke aufsetzen sollen. »Ich kann doch wohl zur Arbeit fahren.«

»Du wirkst müde«, entgegnete Allie. »Oder so was in der Art. Wer hat da eben angerufen?«

»Niemand.«

»Darf Tante Allie mit mir zu FAO Schwarz?«, fragtest du.

»In den Spielzeugladen? Der ist doch nur für Touristen.«

»Tante Allie ist doch Touristin.«

»Ich bin hier aufgewachsen«, sagte Allie und sah mich prüfend an. Sie traute mir nicht.

»Meinetwegen, aber keine Süßigkeiten«, sagte ich.

»Wer hat da angerufen?«, fragte Allie erneut.

»Keine Süßigkeiten?«, wiederholtest du ungläubig. Du wolltest nur zu FAO Schwarz, weil es im Erdgeschoss eine riesige, überteuerte Süßwarenabteilung gab, zu der wir gingen, wenn du brav gewesen warst oder ich keine Widerstandskraft mehr hatte. »Bitte, Mom. Nur ein paar?«

»Nein«, sagte ich.

»Bitte«, wimmertest du, als wärst du derjenige, der relativ schlechte Nachrichten bekommen hatte.

»Ich muss duschen«, erklärte ich. »Ich muss los.«

»Mom, bitte, dürfen wir in den Süßigkeitenladen?«

»Nicht jetzt, Jacob«, sagte Allie.

»Bitte?«

»Jacob, lass deine Mutter kurz in Ruhe.«

»Bitte! Du hast gesagt, wir könnten dahin!«

Hatte ich das? Von den Medikamenten war ich so benebelt, dass ich dir in letzter Zeit alles Mögliche versprochen hatte: Spiele der Yankees, Pizza, den Mond und die Sterne; daher war es durchaus möglich, dass ich dir einen Ausflug in den Süßwarenladen von FAO Schwarz versprochen hatte, doch das hieß noch lange nicht, dass du jetzt hinkonntest oder es dir mit Quengeln erbetteln konntest oder meine Schwäche nutzen, die du eindeutig mitbekamst. Meine Haare sahen wüst aus, ich konnte mich nur gekrümmt aufrecht halten und fühlte mich älter als das Universum. Ich musste mich an der Rückenlehne des Stuhls festhalten.

»Jacob, gib jetzt Ruhe«, sagte Allie.

»Mom!« Und dann warfst du dich auf den Boden. Woher kam das plötzlich? Den letzten Trotzanfall hattest du vor Monaten, wenn nicht gar Jahren gehabt. Ich berührte mein wirres Haar, mein geschwollenes Gesicht und dachte, gleich ohnmächtig zu werden.

»Mom!«

»Jacob, wenn du nicht sofort aufhörst, hast du den Rest des Tages Stubenarrest«, sagte Allie. Sie hatte den Fernseher ausgeschaltet, die Arme über der Brust verschränkt und ihre Schluss-mit-lustig-Miene aufgesetzt. Ich war ihr so dankbar.

»*Aber du hast es gesagt!*«

»Auf der Stelle«, befahl Allie.

»Du bist nicht meine Mutter!«

»Auf der Stelle«, flüsterte ich. Du blicktest von mir zu ihr und wieder zu mir und sahst, dass du keine Chance hattest. Also gingst du in dein Zimmer und knalltest die Tür hinter dir zu. Wir lauschten wortlos, wie du ausflipptest, in Kissen brülltest und dann allmählich verstummtest.

»Tut mir leid«, sagte ich irgendwann.

»Was tut dir leid?«, fragte Allie. »Wer hat da angerufen?«

»Steiner will mir neue Medikamente geben.«

»Wieso?«

»Weil der Krebs wieder zurück ist.«

Da stand sie auf und fing an, das Frühstücksgeschirr vom Couchtisch zu räumen. Du hattest Pfirsichjoghurt und Muffins gegessen. »Hat der Arzt das gesagt?«

»Er sagte, er sei sich nicht sicher.«

»Also weißt du es nicht –«

»Doch, Allie, ich weiß es.«

»Wenn der Arzt es nicht gesagt hat –«

»Ich weiß, was er sagen wollte.«

Sie wich meinem Blick aus und fuhr fort aufzuräumen. Überall lag Zeug herum, Zeitschriften, Spielsachen. Sie fing an, alles in die jeweiligen Fächer an der Wand zu legen. Ich lauschte auf Geräusche aus deinem Zimmer.

»Aber wenn er es nicht gesagt hat –«, setzte Allie erneut an.

»Er sagte, es sei beunruhigend.«

»Inwiefern?«

»Das hat er nicht gesagt.«

Sie rieb sich über die Arme und sah mich an. Dann blinzelte sie. »Kann ich dir was zu essen machen?«

»Ich habe keinen Hunger.« Ich sah zu, wie sie die Teller zur Spüle brachte und zurückkam, um den Tisch abzuwischen. Mit der Jogginghose, dem grauen T-Shirt von der Uni und ihrem blonden Pferdeschwanz sah sie aus wie eine Mutter aus der Werbung, aber noch immer konnte sie mir nicht in die Augen blicken. »Na gut, ich esse einen Muffin«, sagte ich, obwohl ich keine Ahnung hatte, wie ich den runterbringen sollte.

»Okay«, sagte Allie. »Gut.«

Aus deinem Zimmer hörte man die Hintergrundgeräusche eines Computerspiels.

»Tut mir leid, dass er sich so unterirdisch benimmt.«

»Er ist doch erst sechs«, rief sie aus der Küche, wo sie mir einen Muffin aufschnitt und Kaffee einschenkte. »Glaub mir, mit einem Teenager ist es viel schlimmer.«

Ich würde ihr noch einen Teenager mehr aufbürden.

»Soll ich hierbleiben?«, fragte ich hilflos.

»Geh zur Arbeit«, antwortete sie und versuchte zu lächeln.

Selbstverständlich fühlte ich mich daraufhin schlecht, weil ich a) meine Schwester nicht beunruhigen wollte und b) sie das eigentlich noch nicht für mich tun sollte. Die undankbare Rolle der Mutter zu übernehmen, meine ich (du hattest recht, sie war nicht deine Mutter, würde jedoch schon bald der Mensch sein, der dir am nächsten stünde, und irgendwann würdest du sie vielleicht sogar Mom nennen, was in Ordnung war, denn ich wünschte mir, dass du immer eine Mom hättest, und wenn ich das nicht sein konnte, dann sollte es Allie sein). Andererseits war ich krank und sie nicht, deshalb musste sie es ausbaden und sich mit dir abplagen, während ich so lange duschen würde, wie ich es unter dem heißen Strahl aushielte, und dann wie ein gesunder Mensch in ein Taxi steigen und zur Arbeit fahren würde.

Das Roosevelt Medical Center war das Gegenteil der noblen Kliniken in Manhattan, in denen ich mich normalerweise rumtrieb, wo die Gänge ruhig waren und die Cafeteria auch als Pausenraum für Manager hätte durchgehen können. Im Roosevelt war es laut und schmutzig und roch durchdringend nach billigem Desinfektionsmittel, was mich an meine Jahre an der staatlichen Uni in Binghamton denken ließ. Hier gab es keine Cafeteria, sondern nur eine Snackbar mit Verkaufsautomaten. Vor der Eingangstür standen die Raucher.

Ich landete in einem Gewimmel aus Besuchern, Rollstühlen und Wachleuten, die untätig herumstanden und die Ankommenden anstarrten. Ich brauchte demütigend lange, um es durch die Eingangstüren, deren Glas gesprungen war, zu schaffen, aber schließlich machten mir ein paar Leute Platz, weil ich offenbar krank genug dafür aussah.

Schritt für Schritt schlich ich durch die langen, vollgestopften Gänge und landete immer wieder in kleinen Wartebereichen voller Patienten in Rollstühlen und schmutziger Kleinkinder, die unbeaufsichtigt herumliefen. In allen Fernsehern liefen schlechtproduzierte Talkshows, und ich sah mehr Frauen in Vollverhüllung als im ganzen letzten Jahr. Ich wollte mich erkundigen, wo

Bev arbeitete, fand jedoch niemanden, den ich hätte fragen können.

Nachdem ich etwa eine Viertelstunde ziellos herumgewandert war, landete ich in der Onkologie, die im zweiten Stock lag. Ich stand an der Tür des Chemotherapie-Bereichs, der wirkte, als wäre er klebrig von Erbrochenem. Die Patienten dort schliefen mit offenem Mund, es roch nach überreifen Bananen, die kleinen Fernseher waren alt, und die Pflegekräfte wirkten gelangweilt. Überall lagen spanische Zeitungen herum. In einer Ecke dieses Bereichs sah ich eine Frau in meinem Alter, die mit einem Schlauch im Arm zu mir herüberstarrte. Vielleicht war sie auch jünger als ich. Ihre Haut schimmerte blaugrau.

»Kann ich Ihnen helfen?«, fragte eine Krankenschwester, nachdem ich eine Weile wie erstarrt dagestanden und geschaut hatte – aber worauf? Auf Menschen, die es noch schlechter hatten als ich? Todkranke?

»Haben Sie für heute einen Termin?«

»Wie bitte?«

»Ihr Name?«

Ich hatte mich sorgfältig zurechtgemacht, um möglichst gesund zu wirken – Perücke, Make-up –, aber offenbar sah man mir meine Krankheit deutlich an. Ich fragte mich, ob Doktor Steiner mich länger am Leben erhalten konnte als ein Arzt am Roosevelt. Ich fragte mich, was die neuen aggressiven Medikamente mit mir machen würden. Irgendjemand stöhnte unbeachtet in einer Ecke.

»Ich bin keine Patientin. Ich suche nach der Verwaltung«, erwiderte ich forsch. Dann hob ich leicht meine Aktentasche, die ich dabeihatte, obwohl sie leer war.

»Erdgeschoss«, erwiderte sie. »Aber wenn Sie hier herumlaufen, brauchen Sie einen Besucherausweis. Sonst wirft Sie der Sicherheitsdienst raus.« Als sie mein Gesicht sah, bekam sie Mitleid. »Moment, ich hole Ihnen einen.«

Mit einem weißen Aufkleber auf meinem Revers ging ich hinunter ins Erdgeschoss. Dort fand ich die Verwaltung und Bevs Büro, vor dem ihre Sekretärin in einem Arbeitskubus voller Babyfotos R&B-Musik hörte.

»Kann ich Ihnen helfen?«

»Ich möchte zu Beverly Hernandez.«

»Haben Sie einen Termin?« Die Sekretärin hatte ihre langen Fingernägel in einem Schachbrettmuster lackiert.

»Es geht um die Wahlkampagne«, sagte ich. »Für den Stadtrat.«

»Haben Sie einen Termin?«

Ich schüttelte den Kopf.

»Ihr Name?«

Den wollte ich der Sekretärin nicht nennen, um Bev nicht vorzuwarnen, dass der Feind da war. »Karen.«

»Eine Sekunde«, sagte die Sekretärin. Sie griff zum Telefonhörer, murmelte etwas auf Spanisch und sagte dann: »Wenn Sie es kurz machen, können Sie reingehen. Sie hat in fünf Minuten ein Meeting.«

Ich rührte mich nicht. Merkwürdigerweise schämte ich mich mit einem Mal. Ich musste an die Frau mit der blaugrauen Haut denken, die in meinem Alter war. »Na los«, sagte die Sekretärin. »Sie haben nur fünf Minuten.«

Bevs Büro war so groß wie unsere Küche, vielleicht sogar kleiner. Zwar gab es einen Stuhl für Besucher, doch der war neben einem Aktenschrank in die Ecke gequetscht, und da eine Handtasche darauf stand, blieb ich stehen.

»Momentchen noch –«, sagte Bev und hielt ihren Zeigefinger in die Höhe, ohne den Blick von ihrem Bildschirm zu heben. Ihr Büro war gemütlich unordentlich, mit Unterlagen auf dem Schreibtisch und gerahmten Fotos und Diplomen an der Wand; man blickte auf eine typische Straßenansicht der Bronx mit Obstständen und vorbeifahrenden Bussen. Bev selbst sah genauso aus wie auf Facebook (warum auch nicht?): dunkle, sehr kurze Haare ohne eine graue Strähne, braune Haut mit einem Gelbstich, breites Gesicht, randlose Brille. Zeugte der Gelbstich von ihrer Krankheit? Hatte sie einen Rückfall? »Okay«, sagte sie und sah mich an. »Sie wollten über die Kampagne sprechen? Und Ihr Name ist Karen?«

Ich stand vor ihrem Schreibtisch und umklammerte mit beiden Händen meine Aktentasche. Plötzlich merkte ich, wie erschöpft ich war.

»Darf ich mich setzen?«, krächzte ich.

»Dort drüben ist ein Stuhl«, antwortete Bev, runzelte dann aber leicht besorgt die Stirn. »Alles in Ordnung mit Ihnen?«

»Ich ... mein Name ist ... ich bin Karen Neulander.« Ich kam mir unendlich dämlich vor. »Ich bin hier ... weil ich Sie kennenlernen wollte.«

»Karen Neulander?« Ihre Augenbrauen rückten enger zusammen. »Sie sind der Bluthund, den Ace angeheuert hat?«

Ein einziger Blick auf mich reichte, um zu sehen, dass ich alles andere als ein Bluthund war.

Bev seufzte schwer und griff erneut zum Telefon. »Es ist unangemessen, ohne Termin in meinem Büro aufzutauchen.«

»Ich wollte nur ... Eigentlich ... geht es nicht um die Kampagne. Ehrlich gesagt wollte ich Sie nur kennenlernen.« Wenn Ace tatsächlich in Schwierigkeiten steckte, konnte ich vielleicht etwas über Bev in Erfahrung bringen, um es gegen sie zu verwenden. Falls nötig. Würde das nötig sein? Es kam mir so vor, als wäre ihr Gesundheitszustand ähnlich fragwürdig wie der meine.

»Mich kennenlernen?« Noch hatte sie nicht gewählt. Die Fotos zwischen den Diplomen auf der Wand hinter ihr zeigten ausnahmslos Frauen mit strahlenden Augen und deren Kinder. Bevs Familie. Ich erkannte Monica, die Enkelin vom YouTube-Video. Ace' Büro war geschmückt mit Bildern, die ihn beim Golfspielen mit anderen Politikern, Fernsehmoderatoren und berühmten Restaurantbesitzern zeigten.

»Da wir noch keine gemeinsamen öffentlichen Auftritte hatten, konnte ich das bislang nicht ...«

Daraufhin zog Bev nur eine Augenbraue in die Höhe.

»Bei Ihnen wurde vor vier Jahren Krebs im dritten Stadium diagnostiziert?«, fragte ich. Es rutschte mir einfach so heraus.

Sie bedachte mich mit einem scharfen Blick. »Das ist richtig«, sagte sie knapp. »Aber ich habe den Krebs seit über zwei Jahren überstanden.«

»Sind Sie sicher?«

»Was soll das denn heißen?«

Ihr Computer fing an zu piepen, was wir beide ignorierten.

»Ich habe Eierstockkrebs«, sagte ich. Auch das rutschte mir so heraus. »Metastasierend. Mein Arzt hat ... hat mich heute Morgen angerufen.«

Bev legte den Hörer auf den Apparat zurück. »Sie haben diese Diagnose aber nicht heute Morgen bekommen?«, fragte sie.

»Nein«, erwiderte ich. »Ich weiß es seit fast zwei Jahren. Der Arzt hatte heute Morgen nur schlechte Neuigkeiten für mich. Stärkere Medikamente. Der Krebs reagiert anders. Ich weiß nicht, wie lange ich noch habe.«

»Das weiß niemand«, gab Bev zurück. Sie stellte das Piepen an ihrem Computer ab. Einen Augenblick lang sahen wir uns nur an. Ich benutzte meinen Krebs, um ihr Vertrauen zu gewinnen, damit sie mir verriet, wie krank sie war, und wir das, falls nötig, gegen sie verwenden und gewinnen konnten. Ich spürte, wie mich Adrenalin durchströmte. Deswegen war ich hier! Das war der Grund.

»Weiß Ace, dass Sie hier sind?«

Ich schüttelte den Kopf. »Ich war gerade in der Nähe und bat den Taxifahrer, hier zu halten. Ich hätte mich angemeldet, wusste aber vorher nicht, dass ich zu Ihnen kommen würde.«

»Sie kennen doch außer mir sicher noch andere, die den Krebs überlebt haben«, bemerkte Bev. »Sie mussten doch nicht den weiten Weg hierherkommen, um jemanden zu treffen, der auch Krebs hat.«

»Stimmt«, sagte ich, obwohl in meiner Kontaktliste kaum jemand zu finden war, der den Krebs besiegt hatte – und die wenigen, die es gab, hatten weniger aggressive Krebsarten gehabt: Darm im Frühstadium, Muttermund. Ein paar mit Lymphdrüse. Aber niemand mit Eierstockkrebs; den überlebten die wenigsten.

»Was wollen Sie also von mir?«

»Hat Ihnen der Doktor je gesagt, dass es nicht funktioniert? Dass die Medikamente nicht wirken? Haben Sie je die Hoffnung verloren?« All das rutschte mir so heraus.

»Nein«, sagte Bev mit stählerner Stimme. Sie kandidierte für ein öffentliches Amt in New York City. »Nicht ein einziges Mal.«

»Ich schon«, sagte ich. »Ich glaube, gerade jetzt verliere ich die Hoffnung.«

Bev seufzte. Sie wandte den Blick von mir ab, kratzte sich im Nacken, und einen Moment lang befürchtete ich, sie würde mich auffordern zu gehen. »Um ehrlich zu sein, erinnere ich mich an das Gefühl.«

»Wirklich?«

»Aber natürlich, meine Liebe.« Sie sah mich niedergeschlagen an. »Schließlich ist es noch gar nicht so lange her.«

Ich schloss die Augen. Steiner hatte nur gesagt, dass die Medikation verändert wurde, ermahnte ich mich. Nicht, dass der Krebs zurück war, nur, dass ein paar Testergebnisse ein bisschen beunruhigend waren.

»Ich erinnere mich noch an den Tag, als ich meine Diagnose bekam«, sagte Bev. »Eigentlich hätte ich noch zu einem Meeting gemusst, doch stattdessen ging ich einfach nach Hause. Rief niemanden an. Vergrub mich im Bett. Überließ mich den ganzen Tag meinen Ängsten. Aber am nächsten Tag stand ich auf und fing an zu kämpfen.«

»Ich habe solche Angst«, gestand ich.

Sie sah mich an. Mit ihren warmen, samtigen Rehaugen. »Hören Sie, darf ich Ihnen eine Frage stellen?«

Ich zuckte die Achseln.

»Was wünschen Sie sich mehr als alles andere auf der Welt?«

»Was ich mir wünsche? Ich will leben.«

»Das ist klar«, nickte sie. »Aber wenn Sie das nicht beeinflussen können – wenn das nicht in Ihrer Hand liegt –, was wünschen Sie sich noch? Etwas, das Sie erreichen können.«

Ich schüttelte den Kopf, weil ich nicht wusste, was sie meinte.

»Als ich meine Diagnose bekam, habe ich mich das gefragt, das weiß ich noch. Ich brauchte eine Weile, aber dann erkannte ich … Ich lag viele Nächte lang wach, und meine jüngste Tochter lebte noch bei mir. Ich betrachtete sie im Schlaf und dachte: Nichts ist mir wichtiger, als dass du glücklich aufwächst. Ich möchte, dass es dir gutgeht, wenn ich nicht mehr da bin. Noch mehr, als wieder gesund zu werden, wünschte ich mir, dass es ihr gutginge. Ich wusste, dass sie mich mehr brauchte als meine anderen Töchter. Also wünschte ich mir das am allermeisten.«

»Ich kenne das Gefühl«, flüsterte ich.

»Als ich das erkannte, hatte ich etwas, worauf ich mich konzentrieren konnte. Wofür ich lebte. Ich lebte dafür, sie darauf vorzubereiten, ohne mich weiterzuleben.«

Wenn ich mich auf das Chaos auf ihrem Schreibtisch konzentrierte, würde ich vielleicht nicht weinen müssen.

»Manchmal sah meine Tochter im Schlafzimmer nach mir, wenn ich mich tagsüber kurz hinlegte oder sie dachte, dass ich das täte, und dann tat ich so, als würde ich schlafen, damit sie nicht auf die Idee käme, dass ich vor Sorgen natürlich so gut wie gar nicht mehr schlafen konnte. Es war eine komische kleine Scharade, die wir voreinander aufführten. Ganz anders als bei meinem Mann. Der fragte nur: ›Alles klar? Geht's dir gut, Süße?‹, und ging dann zur Arbeit. Aber meine Tochter war wirklich involviert. Ich machte mir solche Sorgen um sie. Sie wollte ich retten, noch mehr als mich selbst.«

Ich blickte in Beverlys warmherziges Gesicht. Es wäre nicht

schlimm, wenn ich weinte. Also schloss ich wieder die Augen und versuchte nicht länger, die Tränen aufzuhalten. Wortlos gab Beverly mir ein Taschentuch.

»Glauben Sie an Gott, Karen?«

Ernüchtert schüttelte ich den Kopf.

»Ich auch nicht«, sagte sie, was mich irgendwie ermutigte. »Ich bin katholisch aufgewachsen und habe meine Mädchen auf eine katholische Schule geschickt, aber ich konnte nie an den Mann mit dem weißen Bart glauben, der auf mich herabschaut. Manchmal hätte ich mir das gewünscht. Vielleicht hätte es mir geholfen.«

»So geht es mir auch«, sagte ich, mit den Fingern immer noch unter den Augen. »Genau so. Allerdings bin ich Jüdin.«

»Und alle wollen, dass Sie daran glauben, nicht wahr?«

»Wer?«

»Die Foren. Facebook. Die Geistlichen.«

»Ich habe nur eine Therapeutin. Und meine Schwester.«

»Helfen sie Ihnen?«

»Ohne meine Schwester wäre ich längst tot.« Bev gab mir noch ein Taschentuch.

»Es freut mich, dass Sie jemanden haben«, sagte sie. Sie wartete, bis ich meine Nase geputzt, das Taschentuch zerknüllt und in meine Tasche gesteckt hatte. Es war erbärmlich. »Also, was genau hat der Arzt heute gesagt?«

Ich brachte es kaum heraus. »Dass die Werte beunruhigend sind.«

»Das könnte doch alles Mögliche bedeuten.«

»Neue Medikamente«, sagte ich.

Sie nickte. »Wissen Sie, wozu ich mich entschied, als ich wirklich krank war? Ohne einen Gott, auf den ich hätte hoffen können, mit einem Kind, vor dem ich mich ständig verstellte? Ich entschied mich, mir selbst zu vertrauen. Einfach darauf zu vertrauen, dass ich es richtig machte. Dass ich die richtige Behandlung bekam und die richtigen Ärzte ausgesucht hatte. Dass ich für mich sorgte und meine Tochter auf ein bestmögliches Leben vorbereitete. Das half mir, optimistisch zu bleiben. Und ich glaube, diese Hoffnung half mir letztlich am meisten, am Leben zu bleiben. Einfach nur der Glaube an mich selbst und die Welt um mich herum. Der Glaube, dass alles schon gut werden würde.«

»Den Glauben habe ich nicht«, sagte ich.

»Nun, dann bemühen Sie sich darum«, erwiderte Bev. »Sie wären nicht so weit gekommen, wenn Sie nicht klug genug wären, die richtigen Entscheidungen zu treffen. Wenn Sie nicht an Gott glauben, dann glauben Sie an sich selbst.«

»Der Vater meines Sohnes will mir meinen Sohn wegnehmen.«

»Nein«, sagte Bev. »Das kann er nicht. Das würde er nicht.«

»Er wird es versuchen.«

»Obwohl Sie krank sind?«

Ich wischte mir mit dem Handrücken über die Wange. »Er hält mich für schwach.«

»Ach, kommen Sie schon«, sagte Bev. »Jeder, der sich in dieser Stadt ein bisschen mit Politik auskennt, weiß, wie tough Sie sind.«

»Wie tough ich war.«

»Hören Sie, Karen«, sagte Bev, und jetzt wurde ihre Stimme wieder härter. »Ace braucht Sie. Deshalb hat er Sie eingestellt. Weil Sie tough sind. Ihnen kann niemand irgendwas wegnehmen.«

Ganz kurz streckte sie die Hand über den Schreibtisch und berührte meinen Arm. In dem stillen, gemütlichen Büro konnte ich fast das Chemozimmer über uns vergessen, die Frau mit der bläulichen Haut, die Tatsache, dass ich hier war, um den Gegner auszukundschaften.

Bev holte tief Luft. »Darf ich Ihnen etwas sagen? Ihr Kandidat, und das ist nicht böse gemeint«, sagte sie, »aber der Mann, den Sie da ins Rennen schicken, ist ein schrecklicher Kerl.«

»Finden Sie?«, fragte ich.

»Ich weiß es«, gab sie zurück. »Irgendjemand sollte diesen Hurensohn aus dem Amt werfen, warum also nicht ich, Karen? Ich bin eine Frau und Mutter von mehreren Töchtern: Ich ertrage es einfach nicht, von diesem Mann vertreten zu werden. Mit seinen zwanzigjährigen Geliebten! Was für ein dummes Klischee! Und am meisten bringt mich auf, dass er sich nicht einmal besonders Mühe gibt, es zu verheimlichen. Nicht mal das.«

»Aber er wird gewinnen«, sagte ich in dem Versuch, mich warmzulaufen.

»Vielleicht auch nicht«, gab Bev zurück.

»Kennen Sie die Umfragen nicht?«

Sie wedelte wegwerfend mit der Hand. »Ich glaube, er wird verlieren«, sagte sie. »Mein ganzes Leben standen die Chancen gegen mich, und ich habe mich trotzdem durchgesetzt. Mein Vater war ein Farmarbeiter, der weder lesen noch schreiben konnte, meine Mutter war seine fünfzehnjährige Ehefrau. Ich kam nach Amerika, ging aufs College und machte einen akademischen Abschluss. Ich bin eine seit neununddreißig Jahren verheiratete Dominikanerin mit einer eigenen Sekretärin. Wie hoch standen die Chancen, dass ich das schaffen würde?«

»Ja, das klingt nicht schlecht«, gab ich zu.

»Und da habe ich noch nicht mal den Krebs dazugezählt. Wenn mich also Leute fragen, wieso ich glaube, gewinnen zu können, sage ich, dass ich schon immer eine Gewinnerin war. Was sollte mich jetzt davon abhalten? Außerdem kann ich jederzeit eine neue Bombe auf Ace fallen lassen. Sie wissen ja, es gibt schon wieder die nächste Zwanzigjährige.«

»Das schert doch niemanden«, sagte ich und fühlte mich durch Bevs Drohung geradezu belebt. »In neunzig Prozent der Fälle werden Amtsinhaber bei Stadtratswahlen wiedergewählt.«

»Neunzig Prozent sind nicht hundert Prozent.«

»Aber fast.«

»Wenn die Öffentlichkeit von seiner neuesten Eskapade erfährt –«

»Dafür gibt es keine Beweise.«

»Noch nicht«, sagte sie.

Ich warf einen Blick auf die Fotos hinter ihr. Ihre Töchter sahen alle aus wie sie, hatten dieselben großen braunen Augen. Ihr Mann hatte einen Schnurrbart und eine Glatze. Bev ertappte mich, wie ich die Bilder betrachtete. Ich fragte mich, welche wohl ihre Lieblingstochter war.

Als Bev mich anlächelte, verpuffte die angespannte Atmosphäre. Das Wahlkampfgerangel war ohnehin nur aufgesetzt gewesen.

»Und was mache ich jetzt?«, fragte ich sie und fingerte an meinem Besucherschildchen. Sie hätte den Sicherheitsdienst oder die Psychiatrie anrufen sollen. Was zum Teufel machte ich hier eigentlich? Ich musste verrückt geworden sein.

»Sie leben einfach weiter«, antwortete Bev. »Sie arbeiten weiterhin für Ihren Hurensohn. Sie werden weiterleben, bis Sie sterben. Sie werden für Ihren Sohn kämpfen. Sie sind Mutter«, sagte sie, »da bleibt Ihnen nichts anderes übrig. Und Sie werden darauf vertrauen, dass Sie eine ausgezeichnete Wahlkampfmanagerin sind. Es wird alles gut werden.«

Darauf sagte ich nichts.

Ihr Telefon klingelte. »Da muss ich rangehen«, erklärte sie.

»Danke, dass Sie sich Zeit für mich genommen haben.«

»Viel Glück«, sagte sie.

»Ihnen auch«, erwiderte ich und meinte es so.

Als ich Bevs Büro verließ, hörte ich sie hinter mir sagen: »Hi Schatz, ich hatte gerade was für den Wahlkampf zu tun«, und ich fühlte mich gut, weil ich einen Vormittag ganz normal meine Arbeit getan hatte.

In dieser Nacht wachtest du schreiend auf.

»Jake! Jake!« Allison war schon bei dir und beruhigte dich; sie schlief im gleichen Zimmer wie du. »Jacob, Schatz.«

So hatte ich dich nicht mehr schreien hören, seit Doktor Susan dir meine Diagnose erklärt hatte.

»Ich hatte einen Alptraum«, sagtest du, als du endlich wieder redetest. »Mit Electro.«

»Wer ist Electro?«, fragte ich in dem Moment, als Allie fragte: »Electro aus *Spider Man*?«

Du nicktest reuig. »Der Böse aus *Spider Man 3*.« Deine Stimme klang heiser, und du zittertest. »Kann ich bei dir schlafen?«

»Wie gruselig war *Spider Man 3* genau? Und ab wie viel Jahren ist er noch mal freigegeben?«

»Aber er hatte die DVD ...«, sagtest du.

»Wie gruselig ist er?«

»Ziemlich gruselig«, erklärte Allison.

»Mom, er wusste nicht –«

»Du hättest ihn nicht sehen dürfen!«

»Schrei ihn bitte nicht an«, sagtest du.

Dein verdammter Vater. Ich fasste es einfach nicht, zur Hölle mit ihm! Als hättest du nicht genug Gründe für Alpträume gehabt. Nun gab es einen mehr. Ich konnte mich gerade noch davon abhalten, auf der Stelle zum Telefon zu greifen und ihn mir vorzuknöpfen.

»Mom?«

»Komm«, sagte ich, nahm dich bei der Hand und ging mit dir in mein Schlafzimmer. Verdammt, es war nicht zu fassen. Dein Vater sorgte dafür, dass du Alpträume hattest.

»Bitte, Mom. Ich hab zu ihm gesagt, es wäre okay.«

»Aber du weißt, dass es nicht okay ist.«

»Ich wollte den Film so gern sehen.«

»Wir sprechen morgen darüber, Jacob.«

»Bitte versprich mir, dass du ihn nicht anschreist.«

»Jake …«

»Bitte!«

»Okay«, seufzte ich. Du solltest wieder in den Schlaf finden, was du sicher nicht konntest, wenn du davon ausgingst, dass ich deinen Vater in die Mangel nehmen würde. »Okay.«

»Danke, Mom«, sagtest du und warst fünf Minuten später eingeschlafen. Ich hingegen lag die ganze Nacht wach und wartete darauf, dass es hell wurde, damit ich deinen Vater anrufen und ihn zusammenstauchen konnte. Doch als der Tag endlich anbrach, war ich so müde, dass ich kaum einen klaren Gedanken fassen konnte, außerdem sahst du so süß und friedlich im Schlaf aus, dass ich milde gestimmt wurde und beschloss, mein Versprechen zu halten, zumindest vorläufig, und meinen gerechten Zorn nicht an deinem Vater auszulassen.

Außerdem war ich natürlich auch ein bisschen froh, nun einen Beweis in der Hand zu haben, dass dein Vater ganz und gar ungeeignet war, für dich zu sorgen.

KAPITEL 12

Um viertel nach zehn erspähte ich auf dem Weg zu Doktor Steiner den Übeltäter höchstpersönlich: deinen Vater, der mit einer großen Tüte in der Hand die Straße heraufkam. Zuerst dachte ich, das wäre Zufall; schließlich hatte ich ihn seit Jahren nicht gesehen, und plötzlich war er überall? Doch dann erkannte ich, dass er zu unserer Wohnung wollte und die Tüte wahrscheinlich für dich gedacht war. Herrgott, Jake, wie viel Spielzeug brauchte ein Sechsjähriger? Glücklicherweise wusste er nicht, dass du mit Allie an den Chelsea Piers warst und seine guten Gaben keinen Empfänger finden würden. Mein erster Reflex war, mich zu verstecken. Fast hätte ich es auch bis zum Starbucks an der Ecke geschafft. Doch dann entdeckte er mich und bedachte mich mit seinem Ich-bin-jetzt-verheiratet-Lächeln. Und ich wusste, dass ich wie eine Idiotin wirken würde, wenn ich mich jetzt noch davongemacht hätte, und lächelte zurück.

»Ich war gerade in der Gegend«, begrüßte er mich. Da es das erste Mal war, dass ich ihn ohne dich als Schutzschild traf, tat mir sofort alles weh.

»Ach so«, sagte ich nur.

»Wolltest du Kaffee trinken?«

»Nein, ich bin auf dem Weg zum Arzt«, erwiderte ich.

»Alles in Ordnung?«

»Klar«, sagte ich. Liebend gern hätte ich *Spider Man 3* zur Sprache gebracht, verkniff es mir aber. »Alles in Ordnung.«

»Hättest du noch Zeit für einen Kaffee?«

Kaffee trinken mit deinem Vater. Ich blickte an mir herab: schmuddelige schwarze Hose, weites T-Shirt. »Nein«, sagte ich. Er wirkte enttäuscht. »Aber du kannst mich zur Bushaltestelle begleiten.«

Wir gingen weiter in einem Schweigen, das nicht ganz einvernehmlich war; wenn ich gewusst hätte, dass er vorbeikommen würde, hätte ich mir die Lippen nachgezogen. Was fiel ihm eigentlich ein, einfach so vor unserer Haustür aufzutauchen? Spionierte er dir nach? Oder mir? Wollte er sich vergewissern, ob ich noch krank war, ob ich bald sterben würde?

»Was hast du in der Tüte?«

»Ein paar von Jakes Sachen«, antwortete dein Vater. »Er hat sie bei uns gelassen.«

»Aber er war doch nur eine Nacht da.«

»Er hat zu viel eingepackt«, erklärte er. »Drei Badehosen.«

»Verstehe.« Du hattest all deine Badehosen eingepackt. Als wir die Bushaltestelle erreichten, schaute ich auf den Plan. Noch acht Minuten bis zum nächsten Bus. »Du hättest sie per Post schicken können.«

»Ich hatte heute ohnehin in der Stadt zu tun. Von Midtown ist es ein schöner Spaziergang hierher.«

Darauf erwiderte ich nichts, sondern warf einen Blick die Straße hinunter. Vielleicht tauchte der Bus früher auf.

»Jedenfalls hatte ich mir gedacht –«

»Du hast ihn *Spider Man 3* gucken lassen.«

»Was?«

Ein vietnamesisches Mädchen, das ich vom Nagelstudio kannte, kam zur Bushaltestelle.

»Letzte Nacht hatte er Alpträume. Ist schreiend aufgewacht. Weil du ihm einen Film gezeigt hast, der ganz und gar nicht für ihn geeignet war. Was hast du dir eigentlich dabei gedacht? Was ist los mit dir?«

»Bei den aufregenden Stellen habe ich ihm die Augen zugehalten.«

»Soll das ein Witz sein?«

»Nein, ich … Er sagte, er wolle ihn sehen.«

»Was glaubst du wohl, wieso da bei der Altersbegrenzung eine zwölf steht?«, zischte ich. »Er ist erst sechs, du Idiot.«

»Ich wollte nicht –«

»Noch mehr Angst kann er im Moment wahrlich nicht brauchen!«

»Das wusste ich nicht …« Er wirkte beschämt. »Geht es ihm gut?«

»Selbstverständlich«, sagte ich. »Es war nur ein Alptraum.«

»Ja, aber …« Er umklammerte die Tüte fester und senkte den Blick. »Das tut mir ehrlich leid.«

Ich zuckte nur die Achseln. Und ich fragte mich, wie meine Wangen wohl aussahen; am Morgen waren sie so eingefallen gewesen, dass ich leicht daraufgeklopft hatte, um die Blutzirkulation anzuregen. Vor deinem Vater durfte ich nicht krank aussehen – jedenfalls nicht kränker, als ich ohnehin schon aussah.

»Aber sonst hatten wir eine gute Zeit miteinander«, sagte dein Vater, dessen Zerknirschung schon wieder verflogen war.

Ich schlug mir auf die Wange, ganz schnell, als wäre da ein Insekt gewesen. »Mücke«, sagte ich.

»Übrigens hatte ich eine Idee«, bemerkte dein Vater. »Ein paar meiner Klienten haben Logenplätze im Yankee-Stadion, die sie nie benutzen. Und von den Yankees dürfte er doch keine Alpträume bekommen.« Er versuchte es mit einem Grinsen.

»Aha«, sagte ich. Es war ein schwüler Morgen, und die Straßen rochen nach Abfall, selbst im Häuschen der Bushaltestelle.

»Ich würde gern mal mit Jake ins Stadion gehen.«

Einen Moment lang beobachtete ich nur den Verkehr und zählte neun Yellow Cabs. Aber der Bus wollte einfach nicht kommen. Ich atmete fünf ein und drei aus. Ich musste ihn einfach fragen. »Dave, was genau willst du?«

»Ich will unseren Sohn kennenlernen.«

»Ach wirklich? Unseren Sohn? *Unseren* Sohn?«

Darauf bedachte er mich mit einem merkwürdigen Blick. »Ja«, sagte er. »Jake. Unseren Sohn.«

»Jetzt halt mal kurz die Luft an!« Da sich noch weitere Fahrgäste zu meiner Maniküre im Bushäuschen gesellten, konnte ich nicht so laut sprechen, wie ich gewollt hätte, doch mein drohender Tonfall unterstützte meine Botschaft: »Er ist nicht *unser* Sohn.«

»Ich weiß nicht genau, was du damit sagen willst«, entgegnete Dave. Jetzt wirkte er nicht mehr verwirrt, sondern sauer. »Jacob ist unser Sohn.«

»Herrgott noch mal!«, knurrte ich.

»Wieso bist du eigentlich so wütend auf mich?«, fragte er.

»Das ist dir nicht klar?«, gab ich zurück, während ich gleichzeitig merkte, dass ich tatsächlich wütend war. Ich war wütend, was viel leichter war, als Angst zu haben.

»Karen, erst verkündest du, du seist schwanger, und dann verschwindest du einfach –«

»Du hast mich rausgeschmissen.«

»So war das nicht.«

»Wie bitte?« Wir hatten uns beide auf lautes Bühnenflüstern verlegt.

»Karen, ich hab dich noch am gleichen Nachmittag angerufen und dann am nächsten und übernächsten Tag. Du hast mich in dem Glauben gelassen, du würdest es abtreiben und wolltest mich nie mehr wiedersehen.«

»Das, mein Freund, ist Bullshit.«

»Nein, ist es nicht.« Jetzt flüsterte Dave nicht mehr; im Gegenteil, er brüllte fast. »Du hast was in der Art gesagt wie: Niemals würdest du ein unerwünschtes Baby zur Welt bringen, das wäre dein Recht als Frau, du könntest tun, was du wolltest. Du bräuchtest mich nicht und hättest mich nie gebraucht.«

»Du verdammter Katholik, alles, was du gehört hast, war Abtreibung. Um mich ging es dir nie.«

»Karen«, sagte dein Vater. Jetzt brüllte er nicht mehr, aber er zerrte mich am Arm aus der Haltestelle, weg von den gespitzten Ohren, selbst meine Maniküre hörte zu, und ich dachte nur, dass ich ein Taxi nehmen müsste, da ich sonst zu spät zu Steiner käme. Aber *er* sollte für das verdammte Taxi zahlen.

»Karen«, sagte er noch einmal, nachdem er mich zu einem Hydranten ein paar Meter entfernt gezerrt hatte.

»Dave«, warnte ich, »lass mich los. Bitte.«

Aber er ließ mich nicht los. »Ich werde mich nicht auf dieses alberne Du-hast-gesagt-ich-hab-gesagt-Spielchen einlassen. Seit sechs Jahren habe ich einen Sohn, Karen, von dem ich nichts wusste. Sechs Jahre lang hast du vor mir das Allerwichtigste auf der Welt geheim gehalten. Ich werde nicht zulassen, dass du ihn mir weiterhin vorenthältst.«

»Was soll das heißen?«, rief ich schrill. Angst mischte sich in meine Wut.

»Das heißt, dass ich ihn sehen will, Karen!«

»Du kannst ihn mir nicht wegnehmen!«

»Ich will ihn besser kennenlernen.«

»Er ist *mein* Sohn. *Meiner*! Und wenn du glaubst, du könntest –«

Er hielt immer noch meinen Arm gepackt. Wahrscheinlich wusste er nicht, wie leicht ich blaue Flecken bekam. »Es ist *unser* Kind.«

Ich entzog ihm meinen Arm und wischte mir damit über die Augen.

Jacob, dein Vater erinnerte sich an eine Version der Vergangenheit, mit der er sich besser fühlte. Dein Vater wollte sich als anständiger Mann sehen, der die Frau angerufen hatte, die ein Kind von ihm erwartete. Doch das hatte er nicht. Denn ich erinnere mich an jede einzelne Sekunde meiner Schwangerschaft so, wie ich mich an jede einzelne Sommersprosse auf deiner Nase erinnere.

»Ich möchte nur«, sagte dein Vater, »Teil seines Lebens sein.«

»Du kannst ihn mir nicht wegnehmen«, entgegnete ich.

»Davon rede ich auch nicht«, sagte dein Vater. »Ich rede davon, ihn kennenzulernen.«

»Du weißt ja nicht mal, welche Filme er sehen darf.«

»Dann werde ich das eben lernen.«

»Dazu bist du zu ignorant.«

»Herrgott, kein Wunder, dass du Single geblieben bist.«

»Fick dich doch.«

Darauf schwieg er eine Weile. Schließlich wiederholte er: »Du kannst ihn mir nicht vorenthalten. Dazu hast du kein Recht.«

Wieder wischte ich mir über die Augen. Ich dachte, ich würde dich verlieren, so wie ich einst deinen verdammten Vater verloren hatte.

Kein Bus in Sicht. Auch kein Taxi.

»Dave, ich bin todkrank. Verstehst du das? Ich werde sterben. Was willst du denn noch?«

»Dass du mir erlaubst, ihn zu sehen.«

Da sah ich dich vor mir: zwischen ihn und Megan gequetscht – Megan, die kecke kleine Blondine von Facebook –, und das auf einer Weihnachtskarte, nie im Leben würden sie dich jüdisch aufziehen, die verdammten Papisten, und mit einem Mal wurde mir bewusst, dass ich hier, direkt auf dem Bürgersteig neben der schmuddeligen Bushaltestelle, weinte. Ich weinte vor deinem Vater, der gewinnen würde oder vielleicht schon gewonnen hatte.

»Ich habe Krebs, Dave.«

»Ich weiß«, sagte er. Sonst nichts. Ein Hund blieb am Hydranten stehen, um ihn anzupinkeln. Ich wandte mich ab und blickte Richtung 72nd.

»Ich will ihn dir nicht wegnehmen«, sagte Dave. »Ich will etwas Zeit mit ihm verbringen. Bitte.«

»Wieso sollte ich dir das glauben?«

»Wieso nicht?«

»Dafür gibt es zu viele Gründe, um sie einzeln aufzuzählen«, gab ich zurück.

Dave schüttelte den Kopf und stieß geräuschvoll die Luft aus, die er angehalten hatte, doch falls er etwas hatte sagen wollen, überlegte er es sich anders.

»Da kommt mein Bus.«

»Soll ich dich begleiten?«, fragte er. »Zum Arzt? Ich würde mitfahren.«

Wollte er nun auch Steiner kennenlernen, um zu erfahren, wie lange er noch mit mir zu rechnen hatte? »Nein, danke, ich komme zurecht. Gib mir die Tüte, ich nehme sie mit.«

Er blickte auf sein Trojanisches Pferd, die Tüte mit deinen Sachen. Als der Bus hielt, nahm ich sie ihm ab. Ich würde zu spät kommen, doch das war unwichtig; Steiner ließ mich sowieso immer mindestens zwanzig Minuten warten.

»Danke, dass du sie vorbeibringen wolltest«, sagte ich.

»Ich ruf dich an«, erwiderte er.

»Natürlich«, sagte ich, als hätte er mich vor all den Jahren angerufen, als hätte er seitdem darauf gewartet, mich endlich anzurufen. Als der Bus losfuhr, sah ich, dass er seinen Blick nicht von mir abwandte, wie in der lächerlichen Farce einer großen romantischen Szene.

Da die Straßen New Yorks im Sommer etwas leerer waren und die Busse etwas schneller vorankamen, schaffte ich es noch rechtzeitig in Steiners Praxis. Es gelang mir, auf der Fahrt meine Fassung zurückzugewinnen, und als ich mich am Empfang meldete, hatte ich sogar etwas Lippenstift aufgetragen. Überraschenderweise hatte Steiner sofort Zeit für mich. Das musste ein schlechtes Zeichen sein.

»Alles in Ordnung, Karen?«, fragte Steiner. Auf seiner Krawatte prangten winzige Heißluftballons. »Sie wirken besorgt.«

»Nein, mir geht's gut.« Ich hatte es satt, in Büros anderer Leute voller Diplome anderer Leute zu sitzen. Ich wollte zurück in mein eigenes.

»Jetzt schauen Sie doch nicht so verängstigt.«

»Schaue ich verängstigt?«

Steiner nickte. Er wollte bloß ein paar Ergebnisse verifizieren, wozu mir noch mal Blut abgenommen werden musste – was komisch war, denn ich war doch gerade erst im Krankenhaus gewesen, wo man mir so viel Blut abgenommen hatte, dass es eigentlich für alle Zeiten reichen musste, aber nein, so lief das nicht, meine Adern mussten leer gepumpt werden wie die Kohlenflöze von West Virginia. »Hat sich an meiner Prognose etwas geändert, Doktor Steiner?«

»Wie kommen Sie darauf?«

»Wegen Ihrer Bemerkungen am Telefon.«

Steiner nahm ein paar Unterlagen und legte sie vor sich auf den Schreibtisch. Blätterte sie durch. Wich meinem Blick aus. »In Ihrem Darm hat man ein paar Krebszellen entdeckt«, sagte er. »Da eine OP hier nicht hilfreich wäre, werden wir Ihnen Infusionen mit Avastin und Taxol geben.«

»Befinde ich mich noch in Remission?«

»Im Augenblick nicht«, sagte er mit entschuldigender Miene. »Aber wir bringen Sie ganz schnell wieder dorthin. Versprochen.«

Mein Herz donnerte wie ein Maschinengewehr. »Ich bin nicht mehr in Remission.«

»Karen, ich sagte doch, dass diese Möglichkeit besteht.«

»Ach ja? Wann denn?« Herrgott, ich hatte es so satt, mir von Männern anzuhören, sie hätten mir was gesagt, was sie nie gesagt hatten.

Wieder blätterte er durch die Unterlagen. »Die Möglichkeit bestand immer. Aber das neue Medikament wird das Wachstum hemmen.«

Ich hatte die Remission geliebt. Ich war so stolz auf meine Remission gewesen.

»Für die Infusion machen wir so bald wie möglich einen Termin«, sagte Steiner.

Dumpf starrte ich auf seine dämlichen Heißluftballons. Ich hätte mich einfach vom Bus überfahren lassen sollen.

»Karen, waren Sie in letzter Zeit mal bei Susan Reed? Hat sie Ihnen helfen können?«

Doktor Susan. »Sie ist den Sommer über auf Martha's Vineyard.«

»Sie würde sicher ans Telefon gehen, wenn Sie sich entschließen, sie anzurufen.«

»Mir war nicht danach, sie anzurufen«, sagte ich.

Steiner seufzte. »Arbeiten Sie zurzeit? Sind Sie dazu in der Lage?«

»Ich hasse meinen Kandidaten«, erwiderte ich.

»Wir kümmern uns um diese Ausreißerzellen«, versicherte Steiner. »Wir bringen Sie wieder in Remission. Bis dahin versuchen Sie bitte, sich auf etwas Positives zu konzentrieren. Wirklich, das hilft. Wissenschaftlich nachweisbar.«

»Sie brauchen erst einen wissenschaftlichen Nachweis, um zu glauben, dass positives Denken hilft?«

Steiner tätschelte meinen Rücken, während er mich ins Behandlungszimmer führte, damit mir Blut abgenommen werden konnte. »Ich dachte, Sie würden sich besser fühlen, wenn ich es so formuliere.«

Mit fünfunddreißig, lange vor meiner Diagnose oder auch nur dem aufgeblähten Bauch, wachte ich eines Tages auf und begriff, dass ich alt geworden war. Ich war so schockiert, wie es Gregor Samsa gewesen sein musste, als er als Käfer erwachte. Über Nacht waren mir an den Schläfen graue Haare gewachsen, und auf meinen Händen zeigten sich plötzlich dicke Adern. Seit wann gab es die? Ich realisierte, dass mein Rücken zwackte, wenn ich zu schnell aufstand. Rückblickend war der Schock wohl vor allem deshalb so groß, weil mich die Frauenzeitschriften hatten glauben lassen, dass ich frühestens mit siebenundvierzig anfangen würde zu altern. Du kannst dir kaum vorstellen, wie verblüfft ich war.

Ich war unverheiratet, dabei war ich doch immer davon ausgegangen, dass ich heiraten würde, bevor ich alt würde; ich hatte keine Kinder, und es schien mit einem Mal durchaus möglich, dass ich keine mehr bekäme. Immer hatte ich geglaubt, noch so viel Zeit für all das zu haben, doch dann mit fünfunddreißig merkte ich plötzlich, dass da keine mehr war. Kommt dir das sehr dumm vor? Vielleicht wird sich deine Generation als vernünftiger erweisen; vielleicht sinkt die Lebenserwartung von Amerikanern sogar wieder, nachdem sie jahrelang gestiegen ist. Vielleicht zieht sich die Jugend für dich nicht so in die Länge wie für mich und die Menschen, die in den Siebzigern geboren wurden. Jedenfalls wünsche ich dir das; denn es hat doch etwas Unreifes, wenn man mit fünfunddreißig noch so lebt, als befände man sich noch irgendwo in den Zwanzigern.

»Ja, ja«, sagte Chuck nur, als ich ihm offenbarte, dass ich alt war und von nun an nur noch älter werden würde. »Im zwölften Jahrhundert wärst du sogar schon uralt, wenn nicht gar tot. Alter ist ein kulturelles Konstrukt. Entscheidend ist, wie alt man sich fühlt.« Da fiel mir auf, dass Chuck wie viele Männer aus reichem Haus mit zunehmendem Alter immer besser aussah.

»Ich fühle mich verbraucht«, sagte ich.

»Du siehst aus wie immer«, entgegnete Chuck. »Wie wär's mit einer neuen Frisur?«

Ich ging tatsächlich zum Friseur, was mir natürlich nicht half, meine Krise zu überwinden. Im Gegenteil, sie dauerte an und wurde schlimmer. Chuck empfahl mir eine Therapeutin, doch die nahm nur Privatpatienten, also griff ich auf mein Allheilmittel zurück und stürzte mich auf Bücher. Von Barnes & Noble in Chelsea, die es damals noch dort gab, besorgte ich mir alles, was ich schon immer hatte lesen wollen: *Die Elenden* von Victor Hugo, *Eichmann in Jerusalem,* Hannah Arendts *Bericht von der Banalität des Bösen, Wir waren wie Brüder* über eine Gruppe junger Soldaten im Zweiten Weltkrieg. Leiden, das größer war als meines, echtes und fiktionales; Bücher, die meinem Vater gefallen hätten. Normalerweise half mir das. Während meiner Depression direkt nach dem College hatte ich in *Aufstieg und Fall des Dritten Reiches* großen Trost gefunden.

Doch diesmal sorgten die Bücher nicht für die erhoffte Erleichterung, genauso wenig wie die etlichen Paar Schuhe, die ich mir kaufte und die mich mich kein Stück jünger fühlen ließen. Offen gestanden halfst noch nicht einmal du mir in dieser Hinsicht, da ich medizinisch gesprochen eine *Spätgebärende* war, was mir jeder unter die Nase rieb und weshalb ich mich tausend genetischen Tests unterziehen musste. (Weißt du, was am Ende alles veränderte und mir eine zweite Jugend bescherte? Der Krebs. Bei Eierstockkrebs ist man mit einundvierzig praktisch noch ein Kind. Dann heißt es ständig: Aber Sie sind noch so jung!)

Ich erwähne dies hier nur, weil ich über dich und dein Alter und über mein noch gar nicht so weit fortgeschrittenes Alter nachgedacht habe. Denn sind wir nicht jung, bis wir uns entscheiden, alt zu sein? Den Stapel Bücher, den ich bei dieser fast zehn Jahre zurückliegenden Krise kaufte, habe ich immer noch. Es sind gute, mitunter sogar bedeutsame Bücher, und falls du eines von ihnen lesen möchtest (am besten solltest du alle lesen), würde ich dir Arendts *Eichmann in Jerusalem* empfehlen. Dieser Text hilft einem nicht nur, eine Verbindung zu den historischen Begebenheiten aufzubauen, um die es geht, Arendt äußert sich zugleich in kluger Weise über den Tod und das Sterben. Sie berichtet von einem Deutschen, der behauptet, dass nicht mehr Deutsche bereit gewesen wären, den Juden zu helfen, weil sie befürchteten, einfach abgeholt, erschossen und irgendwo verscharrt zu werden. Als sei ein anonymes Massengrab noch schlimmer als der Tod.

In gewisser Hinsicht kann ich die Vorstellung nachvollziehen, dass man den eigenen Tod nicht mehr als etwas so Schlimmes empfindet, wenn die Menschen um einen herum eine große Sache daraus machen. Ich kann in der tröstlichen Gewissheit sterben, dass man mich in Erinnerung behalten wird, dessen bin ich mir gewiss. Nach meiner Bestattung wird es einen Lunch an einem schicken Ort geben, wo Bruce Mitglied ist oder einen Sitz im Aufsichtsrat hat. Solltest du das nicht wollen, werden Camilla und deine Cousins dich dorthin begleiten, wo du an diesem Tag sein willst. Sei es ein Baseballspiel, eine Pizzeria oder was auch immer.

Ich werde die Bücher einpacken, wenn wir nach Seattle gehen, und Allie sagen, dass du sie lesen solltest, sobald dir danach ist. Du musst dazu nicht notwendigerweise in eine Krise geraten. Es reicht schon, wenn du Lust hast, deine Erinnerungen aufzufrischen.

»Du hast diese Sachen bei Dave gelassen«, sagte ich, als du von den Chelsea Piers zurückkamst, und zeigte dir die Tüte.

»Die sollten dortbleiben«, erwidertest du. »Fürs nächste Mal.«

Ich hielt kurz inne, weil ich nicht wusste, ob ich das als Dolchstoß empfinden sollte, doch aus irgendeinem Grund war es nicht so.

»Okay, das ergibt Sinn«, sagte ich.

Du nicktest. Natürlich ergab das Sinn. Schließlich war er dein Vater, und für dich war klar, dass du ihn wieder besuchen würdest. Ich drückte dir einen Kuss auf die Stirn. Am nächsten Tag machte ich mich mit Adolf Eichmann im Arm auf den Weg zu meiner ersten Infusion.

Wie von Steiner versprochen, waren die Nebenwirkungen nicht so schlimm wie bei früheren Behandlungen, und nach ein paar Tagen Übelkeit würde ich langsam wieder die miese Alte sein, die ich vorher gewesen war. Am Sonntagmorgen verkündete ich schließlich, ich sei bereit für etwas (geriatrisch maßvolle) Action, worauf wir überlegten, was wir tun wollten. Am liebsten hätte ich mich wieder ins Bett gelegt und gekotzt, doch das kam mir für einen sonnigen Sonntagmorgen in New York doch etwas phantasielos vor.

»Wir könnten zum Jones Beach gehen«, sagte Allie. »Weißt du noch, wie wir als Kinder immer dort waren?«

»Du hast es gehasst«, protestierte ich, nur um nicht zugeben zu müssen, dass ich keine Kraft dazu hatte. »Weißt du nicht mehr: die ekelhaften Umkleiden? Die Quallen?«

»In der *Times* steht, es wäre jetzt viel schöner dort.«

»Ich hätte Lust auf den Strand«, sagtest du. »Oder auf Coney Island.« O mein Gott, Coney Island, nur das nicht: Achterbahn? Hotdogs?

»Ich war noch nie auf Coney Island«, rief Allie und klatschte in die Hände. »O ja, machen wir das!«

»Mit dem Zug dauert es Stunden, dorthin zu fahren.«

»Nur eine«, sagtest du. »Ich war schon mal mit Kyle da.«

»Eine ganze Stunde hältst du es doch gar nicht im Zug aus.«

»Halte ich wohl.«

Da klingelte das Telefon, und das war meine Rettung. Ace. Endlich.

Ich ging mit dem Handy ins Schlafzimmer.

»Du bist ganz schön schwer zu erreichen«, sagte ich gereizter als beabsichtigt. »Ich habe mit jemandem von der Hernandez-Kampagne gesprochen, der Gerüchte über dich verbreitet.«

»Beverly ist tot«, erwiderte Ace.

Ich ließ mich aufs Bett plumpsen.

»Ich hab's gerade erfahren«, fügte er hinzu.

»Wann?«

»Gerade eben. Du bist die Erste, die ich anrufe.«

»Aber ich hab sie doch gerade erst getroffen.«

»Du hast sie getroffen?«

»Wegen des Wahlkampfs«, erklärte ich. »Vor zwei Tagen. Was ist passiert?«

»Schlaganfall«, sagte er. »Macht die Kampagne überflüssig, was? Man wird kaum einen Ersatz für sie aus dem Hut zaubern können, schließlich ist die Wahl schon in vier Monaten. Wahrscheinlich wird es gar keinen Gegenkandidaten geben.« Himmel, er richtete sich innerlich schon häuslich im Büro des Bürgermeisters ein. Ich hingegen spürte ein Kribbeln am ganzen Körper. Bev. Die ihr Leben mit aller Kraft lebte, bis sie tot umfiel. Mit ihren drei Kindern und fünf Enkeln, die alle aussahen wie sie. Mit ihrem Büro und ihrer eigenen Sekretärin. Ihr Vater war Analphabet gewesen, doch sie war ihren Weg gegangen.

Bev war krebsfrei gewesen.

»Was weißt du sonst noch?«

»Nur dass sie vor ein paar Stunden während der Arbeit umgekippt ist. An einem Sonntag im Büro, die arme Seele. Ein Typ vom Roosevelt, den ich kenne, hat's mir erzählt. Ich glaube, es ist noch nicht bekanntgegeben worden.«

Mein Laptop lag auf dem Bett; ich klappte ihn auf und ging auf Bevs Webseite, doch da war nichts, genauso wenig wie auf ihrem Facebook-Profil. Und auch nicht auf der Seite vom Roosevelt Medical Center.

»Bist du sicher?« Ich dachte an ihr kleines, enges Büro, an die Fotos.

»Ganz sicher.«

»Schlaganfall?«

»Scheint wohl eine Komplikation eines ihrer Medikamente gewesen zu sein. Hat jedenfalls mein Bekannter behauptet. Aber ich weiß es nicht, schließlich bin ich kein Arzt.«

»Sie war doch gesund«, sagte ich. »Sie hat behauptet, sie wäre gesund.«

Ich konnte praktisch hören, wie Ace die Achseln zuckte.

»Wir müssen eine Erklärung dazu abgeben.«

»Gib was an Amani durch.«

»Mach ich«, sagte ich und verstummte.

Beverly. Sie hatte meine Hand berührt und gesagt, es würde alles gut.

»Sonst noch was?«, fragte Ace.

Es war jetzt natürlich nebensächlich, trotzdem wollte ich es wissen. Es lag weder Häme noch Befriedigung in seiner Stimme – so verdorben, seinem Konkurrenten den Tod zu wünschen, war er nicht. Doch er klang nonchalant, gelassen. Eine anständige Frau Mitte fünfzig war an einem Schlaganfall gestorben, aber sein Leben würde ruhig und unverändert weitergehen.

»Ace –«

»Dein Honorar zahle ich dir trotzdem«, sagte er. »Du leitest immer noch meine Wahlkampagne.«

»Ace«, sagte ich und wurde rot: Ich wollte nicht über Geld reden, außerdem würde er mir *selbstverständlich* mein verdammtes Honorar zahlen, denn so stand es im Vertrag. »Ace, du hast in Frankreich doch keine Dummheiten gemacht, oder?«

»Wovon redest du?«

»Ich habe mich mit jemandem aus dem Hernandez-Team unterhalten –«

»Es gibt kein Hernandez-Team mehr.«

»Der behauptete …« Ich brachte die Worte nicht heraus,

was mich selbst überraschte. Früher hatte ich keine Probleme gehabt, meine Klienten zur Rede zu stellen. »Er meinte, du hättest nach Jills Abreise eine deiner Praktikantinnen einfliegen lassen.«

Ace schwieg.

»Ace, ist das wahr?«

»Das Mädel war noch nie in Europa. Ist kaum je aus New York rausgekommen. Ich habe ihr ein bisschen Geschichtsunterricht ermöglicht. Du weißt doch, Karen, dass ich früher Lehrer für Geschichte war.«

»Du hast jemanden aus deinem Team nach Frankreich einfliegen lassen, um ihr Geschichtsunterricht zu erteilen?« Dieser Wichser. Ich bemühte mich zwar, empört zu sein, spürte jedoch nur Trauer. Bev, diese arme, anständige Frau, sie hatte das Kind beim Namen genannt: Ace war ein Hurensohn. Ich fragte mich, wo ihre Trauerfeier stattfinden würde. Mit ihren Enkeln, die noch so jung waren. Der Enkelin vom Video. Ihrem Mann mit dem Schnauzer, der Tochter, um die sie sich solche Sorgen gemacht hatte.

»Hör mal, Karen, ich weiß deine Sorge zu schätzen, aber mehr gibt es dazu nicht zu sagen. Es war alles ganz harmlos.«

»Ich bin nicht blöd, Ace.« Doch selbst ich hörte den resignierten Unterton in meiner Stimme. »Du musst mir nichts vorlügen.«

»Sie war nur eineinhalb Tage da, bevor sie zu Freunden nach England weitergeflogen ist.«

»Frankreich liegt nicht auf dem Weg nach England.«

»Kommt drauf an, wie man fliegt.«

»Wie lautet ihr Name?«

»Das musst du nicht wissen.«

»Wenn Jorge Grubar ihn weiß, muss ich ihn auch wissen.«

»Wer ist Jorge Grubar?«

»Der Leiter des Hernandez-Teams.«

»Es gibt kein Hernandez-Team mehr.«

Ich war so müde. »Jorge hat mich angerufen, um mir zu berichten, dass nach Jills Abreise eine deiner Praktikantinnen zu dir nach Frankreich geflogen ist. Ace, wenn Jorge Grubar das weiß, meinst du nicht, dass Jill es auch rausfindet?«

»Da gibt es nichts, was Jill rausfinden könnte.«

»Soll das ein Scherz sein?«

»Lass meine Frau da raus, Karen. Es gibt nichts, was sie wissen müsste.«

»Wie konntest du ihr das antun, Ace? Schon wieder.«

»Hör mal, wenn ich sage, es war alles ganz harmlos, dann war es das auch.« Seine Stimme war kalt geworden. Er verstummte kurz und versuchte, wieder jovialer zu klingen. »Was sagt das über mich aus, wenn meine eigene Wahlkampfmanagerin mir nicht mehr vertraut?«

Ich ließ mich mit dem Rücken auf mein Bett sinken, so erschöpft war ich. Ich vertraute Ace nicht, weil er einer der am wenigsten vertrauenswürdigen Menschen war, die ich je kennengelernt hatte, und er log mich an, den wirklich allerletzten Menschen, den er nicht anlügen sollte. Doch Bev war tot, und schon bald würde ich auch tot sein, da konnte er mich wohl ruhig anlügen.

»Ace, sollte das rauskommen, würde es übel für dich enden.«

»Da kann nichts rauskommen, Karen. Ehrlich. Es gibt keinen Grund, so besorgt zu klingen.«

»Ich bin nicht besorgt«, entgegnete ich, »sondern stocksauer.« Dabei war ich in Wahrheit von Trauer überwältigt.

»Da war nichts«, sagte er. »Und selbst wenn da was gewesen wäre, wäre es deine Aufgabe, das aus dem Weg zu räumen. Mehr nicht.«

»Gibt es da etwas aus dem Weg zu räumen?« Schweigen. »Ace?«

Da wurde unser Gespräch unterbrochen. Ich wusste, ich hätte zurückrufen sollen, doch ich hatte einfach keine Kraft mehr, um die Wahrheit zu betteln oder sie zu erzwingen.

Ich hatte keine Kraft mehr, das wie früher anzugehen.

Ich wartete darauf, dass das Handy klingelte, doch es blieb stumm.

Er hatte Glück gehabt. Und Bev war tot. Früher hätte es mich nicht gestört, wenn einer meiner Kandidaten solch ein Glück hatte, ob moralisch angemessen oder nicht.

Wenn die Welt nun noch von seiner Eskapade erführe, würde Ace eine Erklärung abgeben, es leugnen oder die Glaubwürdigkeit der Praktikantin in Frage stellen, und damit wäre die Sache erledigt. Dann bräuchte er nur noch seine Frau zu beschwichtigen. Die sich doch sicher beschwichtigen lassen würde. Wieso also missgönnte ich ihm sein Glück?

Als ich Bevs Webseite von neuem anklickte, entdeckte ich eine Erklärung: *In großer Trauer und Betroffenheit geben wir den Tod von Beverly A. Hernandez bekannt, unserer Mutter, Großmutter, Tochter und Ehefrau, die seit einundzwanzig Jahren Verwaltungsleiterin im Gesundheitswesen und eine engagierte Politikerin war.*

Ich holte tief Luft und spürte den Verband an meinem Bauch schmerzhaft drücken.

Beverlys Familie bittet, von Blumen abzusehen und stattdessen für das Brustkrebszentrum im Roosevelt Medical Center zu spenden. Der Termin der Trauerfeier wird in Kürze bekanntgegeben.

Erst da wusste ich, dass es wahr war. Es aus Ace' Mund zu hören, war für mich kein zwingender Grund gewesen, es zu glauben.

KAPITEL 13

Allie bestand darauf, zu bleiben, obwohl ich ihr sagte, sie könne ruhig nach Hause fahren. Sie müsse sich erst vergewissern, behauptete sie, dass ich mit den neuen Medikamenten zurechtkäme. Und tatsächlich war mir nach einem Tag Chemo alle drei Wochen morgens immer übel und den Rest des Tages schwindlig. Meine Haare dünnten so sehr aus, dass ich wieder zur Perücke greifen musste. (Weißt du das noch, Jake? Hast du es überhaupt bemerkt?) Insgeheim vermutete ich jedoch, dass Allie auch deswegen blieb, weil es einfacher war, sich um mich gefügiges Ding als um ihre Familie zu kümmern. Die Streithähne Bruce und Ross gingen sich unverändert an die Kehle. Camilla hatte es tatsächlich gewagt, sich die Nasenscheidewand piercen zu lassen, und Dustin hatte im Poolhaus eine kleine Population Blindschleichen versteckt gehalten, die den Hausmeister zu Tode erschreckten, als er auf sie stieß. Möglicherweise erschien ihr das Leben in unserer etwas beengten Großstadtwohnung verlockender.

In den folgenden Tagen machte ich mich wieder an meine Arbeit, wenn auch nur in kurzen Intervallen. Ich schrieb für Ace eine bewegende Verlautbarung zu Bevs Tod und riet ihm, sich allen Ärger vom Hals zu halten. »Aber dafür bezahl ich doch dich«, erwiderte er darauf, womit er recht hatte: Ohne echte Konkurrenz war das die einzige mir verbleibende Aufgabe. Er hatte geradezu aberwitzig gute Laune und dankte mir unablässig für meine großartige Arbeit.

Ich rief Jorge Grubar an, um mein Beileid zu bekunden. Aber er rief nicht zurück.

Nachmittags unternahm ich mit dir all die Sachen, die wir gern zusammen machten: Wir gingen in den Zoo des Central Park und ins Kino, und einmal nahmen wir sogar die elend lange Fahrt zum dämlichen Jones Beach auf uns. Immer wieder musste ich an Bev denken, an ihre warme Stimme, und dann durchflutete mich Dankbarkeit, sie kennengelernt zu haben. Ich empfand es als echtes Glück, dass ich noch rechtzeitig zu ihr gegangen war.

Der August war zu unserer Erleichterung außerordentlich mild, so dass wir nachts die Fenster öffnen und die Klimaanlage ausschalten konnten. Du hattest eine lange Leseliste für die erste Klasse abzuarbeiten, aber ich las dir auch einige der Bücher vor, die ich in deinem Alter geliebt hatte, und du ließest geduldig die Lektüre von *Milos ganz und gar unmögliche Reise* oder Kiplings *Geschichten für den allerliebsten Liebling* über dich ergehen. Ich las dir immer so lange vor, bis du halb eingeschlafen warst, und es waren für mich die schönsten Momente des Tages.

Und dann, vier Tage bevor Allie doch schließlich abreisen wollte, rief dein Vater an. »Hey«, sagte er.

Ich erkannte ihn sofort, ließ es mir jedoch nicht anmerken. »Ja, bitte?«

»Hier ist Dave«, sagte er. »Dave Kersey.«

»Ja«, sagte ich und ließ zu, dass das Schweigen sich ausdehnte. Spätnachts, wenn ich nicht schlafen konnte, hatte ich an diesem Buch für dich gearbeitet und versucht, die Abschnitte über Dave nicht noch einmal zu lesen, doch manchmal konnte ich einfach nicht anders, und dann setzte mir das Bild zu, wie du in seine Arme gerannt warst. Wie du dabei ausgesehen hattest. Diese Stelle musste ich wieder und wieder lesen. Sie tat so weh, dass ich schon daran gedacht hatte, sie zu löschen.

»Wie geht es dir?«

»Alles wunderbar«, sagte ich, obwohl ich im Gegenteil gerade spürte, wie das Eis sich in mir ausbreitete. Es war zwei Uhr mittags, und wir wollten einkaufen gehen. Allie suchte schon nach unseren Einkaufsbeuteln.

»Keine … schlechten Nachrichten? Von der medizinischen Front?«

»Dave, was kann ich für dich tun?«

»Ich, äh …« Er räusperte sich. »Ich habe mich gefragt, ob du nicht Lust hättest, mit Jacob dieses Wochenende zum Abendessen zu kommen. Falls du keine anderen Pläne hast.«

»Doch, die habe ich«, sagte ich.

»Mom! Wir sind fertig!« Du und Allie standet in der Schlafzimmertür und schwenktet die Beutel. Auf in den Supermarkt. Ich hatte die Liste.

»An beiden Abenden?«, hakte Dave nach. »Megan ist aus Brasilien zurück und würde euch beide wirklich gerne kennenlernen.«

Mein Magen verkrampfte sich. Megan.

»Oder«, fuhr Dave fort, »vielleicht könntet ihr zum Brunch kommen?«

»Mom! Komm schon, wir wollen los!«

»Ist das Jake?«, fragte Dave.

Das musste ich zugeben.

»Kann ich ihn kurz sprechen?«

»Wir sind auf dem Sprung, Dave.«

»Nur eine Minute.«

»Dave? Ist das mein Dad?« Du ließest alles fallen und stürztest zum Telefon. »Hey! Ich hab Level fünf bei Rabbit Invasion geschafft.«

Gequake am anderen Ende der Leitung.

»Ja, im Gartenlevel hab ich einfach alles gesmasht, und dann kam ich zu der Stelle, wo die Häschen die Farm in die Luft jagen.«

Kurz darauf gabst du mir den Hörer zurück – selbst mit deinem Vater hieltest du es nicht lange am Telefon aus. »Können wir hin, Mom?«

»Was?«

»Dave hat gesagt, wir wären dieses Wochenende zum Lunch in seinem Haus eingeladen. Wir alle. Können wir hin? Bitte.«

Er benutzte dich, um an dich ranzukommen. Ich nahm den Hörer.

»Tut mir leid, Dave, aber dieses Wochenende haben wir einfach keine Zeit.«

»Karen, tu das nicht.« Allie stand neben dir und sah mich enttäuscht an.

»Allie, wir haben wirklich viel vor«, sagte ich laut genug zu ihr, damit dein Vater es auch hören konnte. »Schließlich fliegst du am Sonntag.«

»Und, was macht das schon?«

»Mom! Ich will ihn sehen!«

»Karen?«, meldete sich dein Vater vorsichtig am anderen Ende der Leitung. »Es muss keine große Sache sein, nur Mittagessen. Wir können in irgendeinem Restaurant essen, wenn dir das lieber ist. Aber eigentlich würden wir euch gern einladen. Ihr könntet das Haus sehen.«

»Das kenne ich schon.«

»Aber es sieht jetzt ganz anders aus.«

Darauf sagte ich nichts.

»Du könntest sehen, wo Jake bei seinem Besuch geschlafen hat«, fuhr er fort. »Ich weiß, du hast dir Sorgen gemacht.«

»*Mo-om!*«, quengeltest du, und ich wusste, dass Dave dich genau hören konnte.

Genervt seufzte ich auf. »Wann sollen wir kommen, und was sollen wir mitbringen?«

Er wollte, dass wir Samstagmittag kämen, was hieß, dass Allie glücklicherweise noch da wäre. Ich wusste nicht, ob ich das ohne sie durchstehen konnte. Dabei lag ihr Sohn mit ihrem Mann im Krieg, und ihre Tochter musste sich einen Nasenring entfernen und ihr perforiertes Septum heilen lassen. Und unser Vater – es musste sich auch jemand um unseren Vater kümmern. Dennoch wollte ich meine Schwester für mich ganz allein.

»Danke, Karen«, sagte dein Vater.

»Hör auf, dich zu bedanken«, erwiderte ich.

Danach stapfte ich durch den Supermarkt und warf überflüssige Waren in unseren Korb: Frühstücksflocken, die du nie essen würdest; Weichkäse, der für mich kaum zu verdauen war. Und da ich noch Resthaare unter meiner Perücke hatte, juckte mir bei alldem die Kopfhaut.

»Karen?«, fragte Allie, als ich mich durch die Geflügelabteilung pflügte (Bodenhaltung, ganzes Hähnchen, Bio, koscher). »Karen, was tust du da?«

Ich gab keine Antwort, sondern kachelte nur um die Ecke, Allie dicht hinter mir, und lud Salsas in merkwürdigen Farben in den Wagen. Da du dich in die Chips-und-Cookies-Abteilung verdrückt hattest, beorderte ich dich – zu laut – zurück.

»Karen, kaufst du tatsächlich Entenkeulen?«

Ich warf einen Blick in den Korb. Wenn ich wollte, konnte ich einen Trotzanfall bekommen; das war ja wohl mein gutes Recht als Todkranke. »Ja«, sagte ich. »Ich kaufe Entenkeulen. Ist das ein Problem?« Überall um uns herum waren Leute, Mütter luden Familienpackungen Saft in ihre Wagen, alleinstehende Frauen mit ihren Joghurts, Lebensmittelsnobs, die sich mit Galgant und Zitronengras ausstatteten. Dieser Supermarkt war wie ein gigantischer Hangar, in dem man leichter exotische Früchte als leichte Kost fand. Ich packte dich am Ärmel, riss meinen Einkaufswagen in die andere Richtung, ging zum Geflügel zurück und schmiss zwei weitere Entenkeulen auf den Haufen.

»Herrgott!«, sagte Allie, aber ich reagierte nicht.

An der Kasse zahlte ich über dreihundert Dollar für unnützes Zeug. »Karen, was willst du denn damit anfangen?«, erkundigte sich Allie sanft, woraufhin ich mich fragte, ob sie mich wegen der Geldverschwendung oder nur für meinen Trotzanfall tadeln wollte.

»Essen!«

»Hmmm«, sagte Allie.

Wegen der vielen Tüten mussten wir ein Taxi nach Hause nehmen – weitere zehn Dollar, die du nicht erben würdest. Am Abend ging Allie mit dir ins Kino, was mir die Gelegenheit gab, mich wieder zu beruhigen. Ich nutzte die Zeit, Megan in jedem zugänglichen sozialen Netzwerk zu stalken, bis ich schließlich, mit meiner Perücke auf dem Kopf, einschlief.

Zwei Tage später traf ich mich mit Ace zum Frühstück in einem Diner in der Bronx direkt neben dem Yankee-Stadion. Von hier aus wollten wir zu Beverly Hernandez' Trauerfeier in der katholischen Kirche St. Boniface gehen, die von Ace einmal jährlich eine beträchtliche Spende bekam, damit seine liberale Position gegenüber Abtreibungen nicht zum Thema gemacht wurde. Ich freute mich darauf, Beverlys Freunde und Bekannte zu sehen und Ace die Möglichkeit zu bieten, sich von seiner menschlichen Seite zu zeigen.

Als ich das Diner betrat, wartete er schon, was eine Überraschung war, denn normalerweise kam Ace selten pünktlich. Er sah gut aus: schöner dunkelblauer Anzug, braune Krawatte, dichtes, wie bei einem Schnulzensänger zurückgegeltes Haar. Doch als er zu mir aufblickte, zuckte er zusammen, und da wurde mir bewusst, dass wir uns seit mehreren Monaten nicht begegnet waren.

»Wie schlägst du dich?«, fragte er, und seine Stimme klang wesentlich sanfter als am Telefon. Er fasste mich am Arm und küsste mich zur Begrüßung auf die Wange, wobei mir der Geruch seines Rasierwassers, nach Leder und Kiefernnadeln, in die Nase stieg.

»Mir geht's gut, Ace.«

»Ist das da eine Perücke auf deinem Kopf?«

Unwillkürlich berührte ich meine Haare und ließ mich auf den Stuhl sinken.

»Hast du nicht gesagt, es wäre alles in Ordnung?«, fragte er.

»Ich bekomme neue Medikamente, von denen mir die Haare wieder ausfallen.«

Er beugte sich über den Tisch und tätschelte mir unbeholfen die Hand. »Was sagen denn deine Ärzte?«

»Die sagen, es ist alles in Ordnung.«

»Wirklich?« Er lehnte sich zurück und musterte mich prüfend, ohne dass seine besorgte Miene verschwand. Herrgott, wie mies sah ich denn aus? Ich hatte mich an diesem Morgen besonders sorgfältig geschminkt, und normalerweise ließ mich die Perücke trotz meines fleckigen Teints gesünder wirken. Außerdem trug ich ein schönes dunkelrotes Kleid und meine neue Lederjacke!

»Ace, du machst mir noch Komplexe.«

»Es ist nur ... mir war nicht klar ...«

»Was war dir nicht klar?«

Die Kellnerin kam und brachte uns zwei Tassen Kaffee. »Brauchen Sie sonst noch was, Ace? Die Eier sind gleich fertig.«

»Möchtest du etwas?«, fragte er und wies mit seiner Tasse auf mich. Ich hatte zwar keinen Appetit, wollte Ace aber nicht den Eindruck vermitteln, dass ich jeden Moment umkippen konnte, daher bestellte ich mir ein paar Scheiben Toastbrot.

»Mehr nicht?«, fragten Ace und die Kellnerin gleichzeitig.

»Mehr nicht«, nickte ich verlegen.

Das Diner war eine für die Bronx typische Mischung aus griechischem Imbiss und dominikanischem Männerclub, mit Feta-Omelettes und ein paar Greisen, die in einer Ecke über ihren *Cafés con leche* hockten und sich leise auf Spanisch unterhielten. Es lief Musik aus den Fünfzigern – Dion DiMucci und Gerry & the Pacemakers –, und die drallen Kellnerinnen trugen blassrosa

Uniformen. Ace hielt die meisten seiner Geschäftsmeetings in der Bronx in diesem Lokal ab, da die Hälfte seiner Wähler mindestens einmal pro Woche hier aß und ihn gern an seinem Stammplatz sah.

»Also«, sagte er und kippte drei Döschen halbfette Kaffeesahne in seine Tasse, »wollt ihr eigentlich immer noch diesen Flyer verteilen?«

»Kann nicht schaden«, erwiderte ich. »Schließlich haben wir ihn schon drucken lassen, und du hast ihn schon bezahlt.«

Ace nickte und riss ein paar Süßstofftütchen auf. Dann stopfte er sich wie ein Vielfraß eine Serviette in den Hemdkragen. »Weißt du, ein bisschen bedaure ich es schon, keinen Gegner mehr zu haben. Ist doch gar nicht mehr spannend. Und was für eine erbärmliche Art zu sterben. Schlaganfall am Arbeitsplatz. An einem Sonntag! Ich meine: bitte!«

»Wenigstens nicht in einem Krankenhausbett«, wandte ich ein. »Sie hat ihr Leben gelebt.«

»Ja, aber –«

»Sie hat ihr Leben ausgekostet, bis zuletzt.« Er sollte nichts Schlechtes über Bev sagen, das würde ich nicht zulassen. Trotz meiner Lederjacke fröstelte ich; die Klimaanlage war zu kühl. »Triffst du dich immer noch mit diesem College-Girl?«, fragte ich.

»Ist das dein Ernst?«, lachte Ace und rührte mit dem Löffel in seinem Kaffee. »Sind wir jetzt wieder bei dem Thema?«

»Ich begreif einfach nicht, wie du das tun konntest«, sagte ich. »Nach allem, was ihr durchgemacht habt.«

Die Kellnerin kam mit unserem Essen zurück, stellte es auf den Tisch und wandte sich mit einem koketten Hüftschwung wieder ab. Ace sah ihr anerkennend nach. »Es ist vorbei«, sagte er leise, immer noch den Blick auf die Kellnerin gerichtet. »Darüber musst du dir keine Gedanken mehr machen.«

»Was für ein dämliches Risiko du eingegangen bist.«

Seine Miene wurde hart. »Es reicht, Karen. In vier Jahren werde ich für das Bürgermeisteramt kandidieren. Ich werde der Stadt New York weitere vier Jahre als Stadtrat dienen und mich dann als Bürgermeister zur Wahl stellen. Nur das zählt. Also hör bitte mit dem Quatsch auf. Das geht dich nichts an.«

Aber ich ließ mich nicht einschüchtern. »Selbstverständlich geht mich das was an. Ich versuche, auf dich aufzupassen.«

»Pass auf meinen Wahlkampf auf«, sagte er. »Nicht auf mein Privatleben.«

»Du weißt, das ist ein und dasselbe«, erwiderte ich.

Daraufhin verzog er das Gesicht.

»Nenn mir nur einfach einen Grund«, sagte ich. »Wenn du mir einen Grund nennst, kann ich dir vielleicht helfen – es erklären. Falls nötig. Falls ich es in Ordnung bringen muss.«

»Es gibt nichts mehr dazu zu sagen.«

Ich ertappte mich dabei, wie ich meine Scheibe Toast zwanghaft mit Butter bestrich, nur um etwas zu tun zu haben. »Aber du liebst deine Frau doch, oder nicht? Ich meine, ich weiß, es klingt altmodisch, aber –«

»Natürlich tue ich das«, sagte er. »Sei nicht albern.«

»Warum dann?«

Eine ganze Weile lang sagte er gar nichts und dann: »Das Leben eben.« Wieder schwieg er. »Weißt du, was ich meine?«

»Erklär es mir«, forderte ich ihn auf, weil ich wissen wollte, ob er es konnte.

»Junge Frauen«, setzte er an, »und ich weiß, wie das klingt, aber ich brauche diese Energie. Diesen Enthusiasmus, den sie einem geben. Es ist nicht wie mit Jill. Jillie ist meine Vergangenheit, meine ganze Lebensgeschichte. Aber mit jungen Mädchen fühle ich mich lebendig.«

»Wieso kannst du dir nicht Energie und Enthusiasmus von jemandem besorgen, der nicht so skandalös jung ist?«, fragte ich. »Du bist ein Stadtrat von New York. Du bist *Großvater*!«

»Ich bin alt«, seufzte er.

»Das ist es also?«

»Muss es noch was anderes sein?«

Liebe Güte! »Weißt du eigentlich, wie glücklich du dich schätzen kannst, alt zu werden?«, fragte ich, worauf er mich einen Moment perplex ansah und dann mitfühlend das Gesicht verzog. Das war das Schlimmste.

»So empfindet man das aber nicht«, sagte er.

»Woher wusste Grubar Bescheid?«

»Sie stammt aus der Bronx«, erklärte er. »Und hier kriegt jeder alles mit.«

»Verdammt«, sagte ich nur. Mehr gab es nicht mehr zu sagen. Wenn es rauskam, würden wir uns darum kümmern, doch wahrscheinlich erführe niemand davon. Und ich hatte Angst, zu spät zu Bevs Trauerfeier zu kommen, die ich auf keinen Fall verpassen wollte. »Die Nachrufe waren ziemlich nichtssagend«, bemerkte ich.

»Wessen Nachrufe?«

»Bevs.«

»Du liest Nachrufe?«

»Du nicht?«

»Gab doch auch nicht viel zu sagen: Verwaltungsangestellte

aus der Dominikanischen Republik starb während unausgegorenem Wahlkampf für den Stadtrat von New York. Hinterlässt trauernde Angehörige. Um Spenden für irgendwas wird gebeten. Ich hab Amani angewiesen zu spenden.«

»Könntest du nicht mal für eine Sekunde mehr Nächstenliebe zeigen?«

»Ich sagte doch, ich hätte eine Spende veranlasst«, gab er zurück.

»Es sind noch dreieinhalb Monate bis zur Wahl«, erwiderte ich. »Sei ein Gentleman.«

»Komm schon, Karen«, sagte er. »Du kennst mich.«

Ja, ich kannte ihn. Als wir die kurze Strecke zur Kirche mit seinem Auto zurücklegten, fiel mir auf, dass Ace viel vorsichtiger fuhr: In unserer Anfangszeit war er wie ein Rennfahrer durch die Stadt gebrettert, doch jetzt saß er dicht hinter dem Lenkrad und hielt seine Hände auf zehn und zwei Uhr. Er wurde tatsächlich älter. Was noch lange kein Grund war, Mitleid mit ihm zu haben.

Es war schon spät, als wir vor der Kirche hielten; auf dem Vorplatz und der Treppe zur Kirche hatte sich bereits eine Menge versammelt.

»Komm schon«, sagte ich.

»Warum hast du es denn so eilig?«, fragte er. »Ist doch nur eine Trauerfeier.« Er übergab den Wagenschlüssel an einen Angestellten, schob meine Hand unter seine Armbeuge und führte mich zur Kirche wie ein Kavalier.

Von einer Lokalzeitung waren ein Reporter und ein Fotograf da, die mir bekannt vorkamen; Ace bedachte sie mit einem strahlenden Lächeln, als wir in die Kirche gingen und der Fotograf eine Aufnahme nach der anderen schoss. In der Kirche nahm ich ein Programm und eine Trauerkarte von einer freundlich wirkenden Dame in einem billigen Kostüm entgegen. *Beverly Anunncia Hernandez* stand auf der Vorderseite des Programms über einem Bild von einem Engel, der ein Kreuz umschlang. So etwas gibt es bei uns Juden ja nicht. Keine Engel, keine Kreuze. Keinen Himmel und keine Hölle. Ich hoffe, Allie hat dich mit dem Geld, das ich beiseitegelegt habe, zur hebräischen Sonntagsschule geschickt.

Ich ließ mich neben Ace auf einer Bank irgendwo in der Mitte der Kirche nieder; er hatte im Vorbeigehen ein paar Hände geschüttelt. Pancakebasare, Krankenhauseröffnungen, Schulabschlussfeiern und Trauermessen waren für ihn in erster Linie öffentliche Auftritte, die er stets hervorragend meisterte. Er hatte seine Politikermiene aufgesetzt und blickte mit gerunzelter Stirn auf das Programm und die Karte in seiner Hand, auf den Engel, das Kreuz und den kitschig gestalteten Lebenslauf, an dessen Ende alle Gäste der Trauerfeier gebeten wurden, Bev zu Ehren am nächsten Tag etwas Rosafarbenes zu tragen und eine Spende für das Brustkrebszentrum im Roosevelt zu leisten.

(Jake, ich weigere mich schlichtweg, Rosa zu tragen. Tut mir leid, Bev. Tut mir leid, ihr Frauen der Erde, Überlebende und Nichtüberlebende des Brustkrebses. Ich sehe einfach grässlich in Rosa aus, das war schon immer so.) (Außerdem ist, wenn ich mich recht erinnere, Türkis die Farbe für Solidarität mit den Opfern von Eierstockkrebs. Das steht mir auch nicht viel besser.)

Ich wusste inzwischen, dass Bev viel interessanter gewesen war, als die öden Fakten ihres Lebenslaufs ahnen ließen. Man musste ja nur auf YouTube nachschauen. Ich machte mir eine Notiz im Hinterkopf, meinen eigenen Nachruf für meine eigene

Trauerfeier zu hinterlassen, in dem etwa eine Liste meiner Lieblingsbücher eingefügt wäre. Und vielleicht einige meiner politischen Überzeugungen.

Die Feier begann mit einer Fürbitte des Priesters, und offenbar war ich die Einzige, die den Wortlaut nicht kannte. Darauf folgten ein christliches Lied und etwas, das klang wie ein Spruch der Anonymen Alkoholiker, bei dem ich nur die Lippen bewegte. Nachdem der Priester beiseitegetreten war, gingen der Reihe nach Freunde und Kollegen nach vorn, um über Bev zu sprechen – und erneut die nichtssagendsten Plattitüden zu verbreiten. Ich hatte genug Trauerfeiern erlebt (sogar die meiner eigenen Mutter), um zu wissen, dass eine gute Totenrede so selten ist wie ein gutes Steak. Dennoch verstörte es mich, dass niemand über Beverly sprechen konnte, ohne Wörter wie *tapfer, Kampf* und *liebend* zu verwenden. Offenbar konnte niemand über ihr Leben reden, ohne Krankheit und Tod zu erwähnen.

Meine Gedanken schweiften ab, und ich erstellte im Geiste gerade eine Liste von Rednern bei meiner eigenen Trauerfeier (Chuck? Würde er etwas Gutes über mich sagen?), als sich Beverlys Tochter Rosanna dem Podium näherte. Es wurde allmählich heiß auf den Kirchenbänken, und ich hatte das Gefühl, schon viel zu lange unter den wachsamen Blicken der zahlreichen Buntglasheiligen dagesessen zu haben. Doch als Rosanna nach vorn trat, schienen sich alle Trauergäste auf ihren Plätzen aufzurichten, denn hier war eine der trauernden Töchter, und sie wirkte so selbstbewusst und reizend, dass alle um mich herum die Köpfe reckten, um einen Blick auf sie und ihre Trauer zu erhaschen. Das muss sie sein, dachte ich. Die Lieblingstochter.

Sie raschelte mit den Blättern vor sich.

»Die Sache ist die«, begann sie, »es ist schwer, eine Totenrede auf eine Frau zu halten, die ich für unsterblich hielt. Nie hätte ich gedacht, dass meine Mutter sterben könnte.« Sie hustete kurz und räusperte sich. Sie war Mitte zwanzig, schlank und hatte glänzend schwarze Haare, die sie hinter die Ohren gestrichen hatte. Ihr Gesicht war fleckig, als hätte sie sehr viel geweint.

»Und jeden Morgen von neuem frage ich mich nun, wie ich den Tag ohne meine Mutter überstehen soll«, sagte sie. »Ich weiß es nicht …« Ihre Stimme hallte über die Bänke der vollen Kirche.

»Ich weiß nicht, wie ich eines Tages heiraten könnte, ohne dass sie dabei ist. Ich weiß nicht, wie ich ein Kind zur Welt bringen soll, ohne dass sie mir während der Schwangerschaft und bei alldem zur Seite steht. Denn als meine Nichten und Neffen geboren wurden, war immer meine Mutter dabei und versicherte meinen Schwestern, dass sie es schaffen konnten. *Einfach weiteratmen*, sagte sie. *Du schaffst das*. Und dann kamen sie mit ihren Babys nach Hause, und meine Mutter blieb bei ihnen und half, wenn die Kleinen nachts nicht schlafen wollten. Meine Mutter übernahm, wenn meine Schwestern eine Pause brauchten. Meine Mutter brachte ihnen bei, wie man Babybrei kocht und was man tun muss, wenn die Kleinen Fieber haben. Meine Mutter war immer für uns da, und ich weiß, ohne sie hätten meine Schwestern es nicht geschafft, selbst Mütter zu werden.« Ich musste an Monica aus dem Video denken.

Jemand ganz vorn – vielleicht sogar sie selbst – stieß einen quallvollen Schluchzer aus.

»Wie soll man ohne seine Mutter weiterleben?«, fragte Rosanna. »Wie soll ich weiterleben, mein ganzes Leben, ohne sie?«

Erst jetzt fiel mir auf, dass in den Kirchenbänken Taschentücher bereitlagen, denn die Trauergäste fingen an, nach ihnen zu greifen.

»Ich weiß ... ich weiß, dass ich darauf hätte vorbereitet sein müssen. Sie war krank und wurde nie ganz geheilt. Und ich weiß auch, dass Menschen zu allen Zeiten ohne ihre Mütter zurechtkommen mussten. Ich bin mit Menschen aufgewachsen, die ihre Mutter nie richtig kennengelernt haben, und mit Menschen, deren Mütter sie im Stich ließen, als sie noch ganz klein waren.

Aber nicht meine Mutter. Meine Mom war da. Ganz gleich, was sie sonst noch zu tun hatte – und sie war eine vielbeschäftigte und erfolgreiche Frau –, sie war immer da. Bei allen Schulprojekten, Sportturnieren und Abschlussfeiern. Sie war da, wenn es keine besonderen Anlässe gab. Nur um mit uns essen zu gehen. Und wenn ich daran denke, dass meine Mutter nun nicht mehr da sein wird, fühle ich mich nicht mutig oder tapfer oder stark von den Lektionen, die sie mir beigebracht hat. Ich weiß nicht, wie man in einem solchen Fall weitermacht, trotz ihres Vorbilds. Tut mir leid, *mamá*, denn ich weiß, was du dir für mich wünschen würdest. Du hast mir gesagt, ich sollte mich an dich erinnern und aus dieser Erinnerung Kraft ziehen.

Aber im Moment schaffe ich das nicht, denn je mehr ich mich an dich erinnere, desto mehr spüre ich, wie sehr ich dich vermisse, und dann kann ich an nichts anderes mehr denken.« Rosanna hob den Blick von ihren Unterlagen und blickte hinauf zu dem gemalten Jesus mit dem Lamm in seinen Armen. »Ich empfinde so viel Wut, dass du uns verlassen hast, *mamá*. Ich will nicht wütend auf dich sein, aber ich kann nicht anders. Ich wünschte, du hättest noch stärker gekämpft, *mamá*. Ich wünschte, die Ärzte hätten mehr getan. Ich weiß, das sollte ich nicht sagen; ich sollte sagen, dass es nicht deine Schuld war, dass du mehr als alles andere bei uns bleiben wolltest. Aber trotzdem bist du gegangen, *mamá*, und jetzt weiß ich nicht, wer mir für den Rest meines Lebens helfen wird.«

Nein, nein, nein, wollte ich sagen. *So hat sie das nicht gewollt. Sie hat dich doch vorbereitet. Sie wollte, dass du zurechtkommst. Mehr als alles andere. Nur das wollte sie.*

Ich spürte, wie ich unter dem Blick der versteinerten Heiligen erstarrte, genau wie die anderen Trauergäste, die gleichermaßen entsetzt und gerührt waren. Und als Ace die Hand ausstreckte, um (glaube ich) meine Hand zu drücken, da stand ich auf, schob mich aus der Kirchenbank und dachte die ganze Zeit: *Jake, Jake, Jake, bitte hass mich nicht, Jake, weil ich dich verlassen muss. Es tut mir so leid, aber ich kann nichts dagegen tun, ich kämpfe so erbittert, wie ich kann.*

»Ich habe das Gefühl, dass ich betrogen worden bin und meine Mutter ebenfalls. Wir wurden sogar um unseren Abschied betrogen. Als sie krank war, probten wir so oft unseren Abschied, doch dann hat sie diesen Schlaganfall und stirbt bei der Arbeit. Im Büro! Von wem hat sie sich da verabschiedet! Ihrem Schreibtisch? Ich weiß es nicht, *mamá*. Wieso musste es so enden? Wieso hättest du nicht einfach ein bisschen länger bei uns bleiben können! Dabei weiß ich doch, selbst wenn du noch ein bisschen länger gewartet hättest, hätte ich nicht gewusst, wie ich von dir Abschied nehmen soll, *mamá*.«

Rosanna würde nicht zurechtkommen. Mir war so heiß. Ich wankte aus der Kirche, ließ mich auf den Stufen nieder. Ich zog mir die Jacke aus und sogar meine Perücke vom Kopf und saß da, entblößt, während der Fotograf eine Aufnahme nach der anderen schoss. Ich muss ein großartiges Motiv abgegeben haben: kahl und schluchzend.

»Könnten Sie bitte damit aufhören?«

»Tut mir leid, Ma'am«, sagte er, hörte aber nicht auf.

»Ich rufe die Bullen, verdammt noch mal!«, brüllte ich, was sich gut anfühlte. Es fühlte sich gut an, zu brüllen. Also gleich noch mal. »Verflucht, ich rufe die Bullen!«

»Ist gut, Ma'am, ist ja schon gut«, erwiderte der Fotograf und wich zurück.

Natürlich hatte ich inzwischen verstanden, wieso ich unbedingt zu Bevs Trauerfeier wollte. Es war wie eine Art Vorausschau auf meine eigene – und es war eine Katastrophe. Mit dem Kopf in den Händen saß ich da auf den Stufen. Die Nebenwirkungen des Avastin waren meist zu ertragen, aber sie kamen und gingen ohne Vorankündigung. Die Sonne blendete mich, und ich kniff die Augen zu. Der Schweiß malte Muster auf meinen Rücken, lief zwischen meinen Brüsten hinab. Der Metallverschluss meines BHs brannte sich mir in die Haut. Was, wenn Ace mich feuerte und ich keine Arbeit mehr hätte – und wieso sollte er mich nicht feuern? Zwar hatte ich einen Vertrag, doch was gab es für mich noch zu tun? Er hatte recht, er hatte so gut wie gewonnen.

Da spürte ich jemanden neben mir: meinen letzten Kandidaten. »Schaffst du's?«, fragte er.

»Beerdigungen setzen mir in letzter Zeit ziemlich zu.«

»Verständlich«, sagte Ace, und als er mir den Rücken tätschelte, wandte ich mich zu ihm um und spürte unerwartet ein Gefühl der Zuneigung für den alten Bock in mir aufsteigen.

Doch anstatt mich mitleidvoll anzusehen, hingen seine Augen auf der Rückenansicht zweier junger Frauen in Shorts, die vor uns die Straße entlanggingen. Ace stieß ein leises Geräusch aus.

»War das etwa ein Pfiff?«

Er nahm seine Hand von meinem Rücken. »Kann sein«, sagte er, wobei sein Blick weiterhin auf die Teenager-Arsch-Parade gerichtet blieb.

Da wurde ich so zornig, dass ich etwas Metallisches im Mund schmeckte. »Ace«, befahl ich. »Geh wieder rein.«

»Kommst du klar?«, fragte er. Als ich nicht reagierte, verschwand er.

Kurz darauf kamen der Reporter und der Fotograf wieder in mein Sichtfeld getänzelt. Es war Kit Rannells von der *Bronx Times* – ich kannte ihn von den Kongresswahlen im Vorjahr –, und er kritzelte fiebrig in sein Notizbuch.

»Kit, hey.« Er sah mit ausdruckslosem Blick zu mir. Ich setzte mir die Perücke auf. »Ich bin's, Karen Neulander.«

»Ach Karen. Hab Sie gar nicht erkannt.«

Mich durchfuhr ein Adrenalinstoß, wie damals vor all den Jahren, als ich die Sache mit der Abtreibung hatte durchsickern lassen. Ich spürte immer noch Ace' heiße Hand auf meinem Rücken, sah seinen lüsternen Blick, spürte den metallischen Geschmack im Mund.

»Sie sollten wissen, dass an diesen Gerüchten nichts dran ist«, bemerkte ich.

»Wie bitte?« Kit war höchstens Mitte zwanzig, kam gerade erst von der Journalistenschule.

»Es ist nichts dran«, wiederholte ich.

»Okay«, sagte Kit. Für den Bruchteil einer Sekunde wirkte er verwirrt, dann rückte er näher an mich heran. »Und sind es irgendwelche besonderen Gerüchte, die Sie meinen?«

»Kommen Sie schon, Kit«, erwiderte ich. »Machen Sie Ihre Hausaufgaben.«

Er steckte sein Notizbuch in die Hosentasche. »Alles klar«, nickte er.

Ich rückte mir die Perücke zurecht, trug etwas Lippenstift auf, ging wieder in die Kirche und überließ Kit seinem Handy und seiner Phantasie. Als ich Ace entdeckte, rechnete ich mit einer erneuten Aufwallung von Zorn oder auch mit Schuldgefühlen, verspürte jedoch nur einen Anflug von Rechtschaffenheit. Und dann natürlich Kummer.

KAPITEL 14

Samstagmorgen regnete es so heftig, dass wir vom Prasseln an den Scheiben geweckt wurden. Ich blieb, so lange es ging, im Bett und hörte zu, wie Allie mit dir aufstand und Frühstück machte, warf ein Xanax ein und lag da, während der Fernseher anging und die Titelmelodie einer Sendung ertönte und etwas später die Schlussmelodie und dann eine neue Sendung begann. Ich hörte dich Allie fragen, ob ich wohl noch schliefe. Sie antwortete, wahrscheinlich schon.

Schließlich, nachdem ich mir noch zwei weitere Zeichentricksendungen angehört hatte, musste ich dringend auf Toilette. Am Tag zuvor war der Verband entfernt worden, und ich spürte die wunde Haut und die schmerzende Narbe. Wie ein Kleinkind flitzte ich aus meinem Zimmer und nickte dir und Allie auf dem Weg zum Bad zu.

»Mom! Wir müssen gleich los!« Du hattest immer noch deinen Schlafanzug an, und dein Mund war joghurtverschmiert. Außerdem hattest du alle Kissen vom Sofa gezogen und throntest wie auf einem Sitzsack darauf. Allie blickte entschuldigend von ihrem Kaffee und der *Times* hoch. Heute war unser letzter gemeinsamer Tag, aber ich versuchte, nicht daran zu denken.

»Wohin denn?«

»Mom! Zu Dads nach Hause!«

»Wie sollen wir denn dahin fahren«, fragte ich, »wenn du noch nicht einmal angezogen bist?«

Du blicktest an dir hinunter und warst überrascht, dass du noch im Schlafanzug warst.

O Jakey. »Gib mir zwei Sekunden«, sagtest du und stürztest in dein Zimmer.

»In ein paar Minuten hole ich den Wagen«, bemerkte Allie, als ich mir einen Kaffee einschenkte, daran roch und ihn wieder ausgoss. Sie hatte für den Besuch bei deinem Vater einen Mietwagen genommen, da sie uns nicht den Launen des Zugverkehrs aussetzen mochte und ich deinen Vater auf gar keinen Fall bitten wollte, uns abzuholen oder auch nur an der Brücke zu erwarten. Der Mietwagen war absurd teuer, doch Allie meinte, sie würde das übernehmen. Ich kam mir noch lächerlicher vor als bei meiner Einkaufsorgie im Supermarkt. Um es wieder gutzumachen, holte ich einen Vollfett-Joghurt mit Kirsch-Ingwer-Geschmack aus dem Kühlschrank.

»Willst du den wirklich essen?«, erkundigte sich Allie.

Ich nickte tapfer und brachte tatsächlich die Hälfte davon runter.

Eine Stunde später steckten wir im zähfließenden Verkehr auf dem West Side Highway Richtung George Washington Bridge und danach Richtung Englewood Cliffs. Jedes Mal, wenn wir halten mussten, schlugst du frustriert mit deinem Fäustchen gegen das Fenster. Mir hätte es nichts ausgemacht, für den Rest meines Lebens hier festzustecken. Nach einiger Überlegung hatte ich mich dazu entschieden, die Perücke zu tragen, obwohl ich befürchtete, ihre Pracht würde den Rest von mir noch kränker wirken lassen. Allie meinte, ich machte mir zu viele Gedanken, die beiden wüssten doch, dass ich Krebs hatte. Das war mir klar, doch sollten sie nicht auch noch die ganze Zeit daran denken.

»Du weißt, dass sie einen Leguan haben, oder?«, fragtest du vom Rücksitz aus.

»Nein, das wusste ich nicht«, antwortete ich.

»Doch. Sein Name ist Friendly.«

»Immer noch besser als ein Schlangennest im Poolhaus«, schnaubte Allie. Sie fädelte den Wagen in den Verkehr Richtung Brücke ein, und mich überkam kurz Bedauern, dass sie dabei niemanden streifte und wir notgedrungen weiterfahren mussten. Schon bald sah man die Brücke, von deren höchstem Mast die amerikanische Flagge hing (wie jeder gute Demokrat fand ich die öffentliche Zurschaustellung von Nationalstolz einfach grotesk), und dann folgten wir den Angaben des GPS auf meinem Handy in Richtung der sanften Hügel, die auf den Hudson blickten. Ich merkte, wie ich schwitzte, und fragte mich, ob das am Avastin lag oder an meiner Nervosität oder an den Ausreißerzellen oder vielleicht auch nur an der Hitze. Vorsichtshalber drehte ich die Klimaanlage voll auf.

»Mom, ich erfriere!«

»Darauf kann ich gerade keine Rücksicht nehmen«, sagte ich. Allie hatte einen großen alten SUV gemietet, und die Klimaanlage frostete alles. Ich wischte mir den Schweiß von der Stirn.

»Bist du nervös?«, fragte Allie.

»Nein«, sagte ich.

»Zumindest wirkst du nicht so«, erwiderte sie.

»Gut.« Dann näherten wir uns den Palisades, jenem schmalen Klippenabschnitt, der über den Hudson auf die Metropole blickt. An der ersten Ausfahrt abbiegen, dann kurz nach Süden und schließlich eine kurze Strecke durch ein plötzlich auftauchendes Wäldchen.

Es war noch genau so, wie ich es in Erinnerung hatte. Wir umrundeten eine kreisförmige Auffahrt, wo ein Portier in Uniform (der mir bekannt vorkam, aber sein Name wollte mir nicht einfallen) unsere Wagenschlüssel entgegennahm, um das Parken für uns zu übernehmen. Ich dankte ihm. Allie dankte ihm.

Als wir durch die Eingangshalle schritten, versuchte ich, an nichts zu denken, mich an nichts zu erinnern. Als wir den Aufzug betraten, sperrte ich mich erneut gegen jede Erinnerung.

»Sechster Stock, Mom. Das Penthouse.«

Nur in New Jersey konnte sich ein Penthouse im sechsten Stock befinden.

Als wir vor Daves Tür standen, pochte mein Herz so rasend schnell, dass ich das Schlimmste befürchtete, doch allein die Vorstellung, ohnmächtig zu werden, und die Demütigung, die damit einherginge, hielten mich aufrecht. Ich klopfte an die Tür, du hämmertest dagegen. Allie stand direkt hinter mir, so als wollte sie mich stützen, falls ich umkippte. Sie legte mir sogar kurz die Hand auf den Rücken.

Die Tür ging auf. Die alte Wohnung. Der alte Geruch der Wohnung. Man sollte doch meinen, dass nach all den Veränderungen – Jahre vergehen, eine andere Frau zieht ein, man heiratet, schafft neue Möbel, Teppiche und Zimmerpflanzen an, adoptiert einen Leguan – auch der Geruch einer Wohnung sich verändert, aber nein, das tat er nicht, es roch noch genauso wie früher: nach Lufterfrischer mit ziemlich durchdringendem Apfelaroma, und er setzte mir genauso zu wie damals, als ich schwanger mit dir war, in jener kurzen Zeit, bevor ich wusste, dass ich mit dir schwanger war. Als alle Gerüche unglaublich intensiv waren. Als ich spürte, wie sich in mir etwas veränderte, jedoch noch nicht wusste, was ich da spürte.

»Dad!« Du ranntest an mir vorbei und stürztest dich in Daves Arme. Er hob dich hoch und wirbelte dich im Kreis. Wieso liebte er dich so sehr? Er hatte doch nur zwei Tage mit dir verbracht! Oder etwa nicht? Den Tag in Seattle und den Tag, als ich im Krankenhaus lag – und nun das: sein Gesichtsausdruck und deiner und wie er dich herumwirbelte.

»Wow«, sagte die Frau, die die Tür geöffnet hatte. Bis jetzt hatte ich sie keines Blickes gewürdigt. Aber hier war sie. Das kleine Frauchen.

Das Eis war wieder da, es durchzog meinen ganzen Körper.

»Da haben sich aber zwei gesucht und gefunden«, sagte Frauchen und ließ ihre Zähne aufblitzen. Sie trug die Haare in einem glattgebügelten Pagenkopf mit bravem Seitenscheitel. »Ich bin Megan. Kommt doch rein.«

Wir gaben uns die Hand, erst Megan, Allie und ich, dann Dave und Allie, und dann umarmte mich Dave halb, und ich umarmte ihn halb, obwohl in dieser Wohnung mit dem künstlichen Apfelduft fast meine Fähigkeit abhandenkam, jemanden zu umarmen, mich zu bewegen oder sonst irgendwas zu tun. Ich konnte kaum sprechen. Eine Sekunde lang meinte ich, mich übergeben zu müssen. Doch dann dachte ich: *Herrgott, Karen, reiß dich zusammen!*

Wenigstens sah die Wohnung (trotz des gleichgebliebenen Geruchs) vollkommen anders aus. Auf dem Boden lag ein teuer aussehender indischer Teppich, und die schwarze Couchgarnitur war gegen eine hip wirkende aus den Fünfzigern ausgetauscht worden; außerdem gab es einen Sofatisch von Noguchi, einen Sessel von Eames und exzentrische Lampen. Auch die offene Küche war umgebaut worden und nun voller teuer wirkender neuer Geräte. An einer Granitinsel standen Barhocker mit Ledergeflechtsitzen. Der Esszimmertisch sah aus, als käme er nicht aus einem teuren Designerladen, sondern direkt aus der Küche der Waltons, und war mit Delikatessen und einem Eiskübel mit zwei Flaschen Champagner gedeckt.

Noch bevor mich jemand dazu aufforderte, ließ ich mich auf einem der Fünfziger-Jahre-Sofas nieder.

»Karen«, sagte Megan und nahm mir gegenüber Platz. »Es freut mich so, dass du kommen konntest. Ich weiß, es ist gerade schwierig, aber ich wollte dich und Jacob so gern kennenlernen.«

Von nahem sah Megan bei weitem nicht so gut aus wie auf ihren (offensichtlich klug gewählten) Facebook-Fotos, dennoch war sie attraktiv und hatte einen breiten, wenn auch schmallippigen Mund, der sich jetzt zu einem strahlenden Lächeln verzog. Sie trug ein weites schwarzes T-Shirt und schwarze Leggins, was locker und chic zugleich aussah. Ich hingegen fühlte mich in meinem langen Leinenrock und dem weißen Top uralt und trutschig, aber der Stoff war kühl, und meine Beine schmerzten und waren voller Krampfadern. Ich musste also etwas Bequemes tragen. Außerdem hatte Allie mich angelogen und behauptet, ich sähe aus wie eine Figur aus einem Roman von Graham Greene.

»Es war nett von dir, uns einzuladen.«

»Nicht doch!«, sagte Megan. »Ich meine, Dave ist so aufgeregt, weil er Jake treffen darf, und es klingt so, als wäre Jake ein ganz unglaublicher kleiner Junge –«

»Das ist er«, bestätigte ich. »Er ist unglaublich.«

»Das habe ich gehört«, nickte Megan, und für den Bruchteil einer Sekunde huschte Unbehagen über ihr Gesicht. Sofort fühlte ich mich ein bisschen besser.

»Mom, willst du Friendly mal sehen?«

Um Megan zu entkommen, wollte ich das selbstverständlich; ich folgte dir ins Gästezimmer. Auch das war neu gestaltet worden – und zwar komplett nach deinen Bedürfnissen und Interessen. Die Regale auf der einen Seite trugen Legomodelle des Yankee-Stadions und des furchterregenden AT-AT-Läufers; die Regale auf der anderen Seite beherbergten Playmobilmodelle für Fortgeschrittene. Es gab einen Schreibtisch genau in der richtigen Größe für Sechsjährige und ein breites Bett mit Star-Wars-Bettwäsche. Und ein Bücherregal voller Kinderbücher. Der Leguan wohnte in einem riesigen Käfig auf der zum Schreibtisch passenden Kommode (die neu aussah und wahrscheinlich keinerlei Kleider enthielt, da Dave all deine Sachen wieder zurückgebracht hatte).

»Dave, wie lang hast du Friendly schon?«, fragte ich, als du in den Käfig griffst, um den Leguan herauszunehmen.

»Seit dem Abend, als ich hier war!«

»Ach wirklich?«

Wieso hattest du mir das nicht erzählt? Oder hattest du es mir erzählt, und ich hatte es wieder vergessen? Hätte ich einen Leguan vergessen? Dave zuckte die Achseln. »Ich hatte schon länger über ein Haustier nachgedacht. Und fand, es wäre doch nett, wenn Jake eins für uns aussuchen könnte.«

Er hatte Friendly für dich gekauft.

»Das ist wirklich ein schönes Zimmer, Dave«, sagte ich. Es war eigentlich vorwurfsvoll gemeint, klang jedoch wie ein Lob.

»Danke«, erwiderte er. »Ich wollte, dass Jake sich hier wohl fühlt.«

Also wollte er versuchen, dich mir wegzunehmen. Wirklich und wahrhaftig. Er gab es auch noch zu! Aber das konnte er vergessen. Ich würde ihn verklagen, dass ihm Hören und Sehen verginge! Ich würde ihn mit Prozessen überziehen, und wenn ich dafür jeden Penny brauchte, den ich für dich gespart hatte! Ich würde ihn so furchtbar bloßstellen, dass sein eigenes Spiegelbild ihm nicht mehr ins Gesicht sehen konnte. Wie das ging, wusste ich nur zu gut.

Ich suchte Allies Blick, doch sie betrachtete nur anerkennend die Playmobilmodelle und die Aussicht auf die George Washington Bridge.

Und dann wurde mir klar, dass sie das alles gemeinsam geplant hatten. Da war eine riesige Verschwörung im Gange. Allie wollte dich nicht, sie würde dich nicht zu sich nehmen. Sie hatte Yuki geraten, deinen Vater anzurufen, und dein Vater würde dich mit der Zustimmung aller zu sich nehmen. Er musste dich ja nicht mal verklagen – die ganze Zeit hatte ich geglaubt, er würde versuchen, dich mir wegzunehmen. Aber wozu denn? Das brauchte er doch gar nicht!

Er musste nur warten, bis ich tot war.

Er konnte die nächsten zwei Jahre versuchen, sich einen Weg

durch die juristische Vorhölle zu bahnen – oder einfach abwarten.

Und dann wäre ich aus dem Weg. Und er bekäme dich. Ich hielt mich am Schreibtisch fest.

»Karen?«

Du würdest ihm gehören.

»Alles in Ordnung? Willst du dich hinsetzen?« Dein gottverdammter scheinheiliger Vater. »Oder hinlegen? Unser Schlafzimmer ist direkt –«

Ich sollte mich aufs Bett deines Vaters legen? Mir entfuhr ein Schrei, doch glücklicherweise konnte ich so tun, als läge es daran, dass du mir den Leguan in die Arme gelegt hattest. »Ist er nicht süß?«, fragtest du.

Ich holte tief Luft. Ich würde nicht zulassen, dass ich umkippte, auf gar keinen Fall! Und dieses schuppige Ding auf meinen Armen musste ich so schnell wie möglich loswerden.

»Oder, Mom? Findest du nicht?«

Tief Luft holen. Alles ist gut. Solange du lebst, ist es noch nicht vorbei. »Nicht ganz so süß wie Kelly«, sagte ich, obwohl ich Kelly hasste.

»Ich hatte auch meine Zweifel«, bemerkte Megan, nahm ihn mir ab und setzte ihn zurück in den Käfig.

Wieder holte ich tief Luft, doch das Schwindelgefühl wollte nicht weichen. All das und dazu noch dieser Leguan.

»Komm, Karen, ich hol dir was zu trinken.«

»Mir geht's gut«, erwiderte ich, doch Megan hatte mich schon sanft am Arm gefasst – wie krank musste ich eigentlich aussehen, dass sie mich anfasste, dass sie meinte, mich anfassen zu dürfen! –, und dann ging's im Trupp zurück ins Wohnzimmer, das, je länger ich es mir anschaute, immer mehr wie der phantasielose Abklatsch aus einer der tausend Renovierungsshows aus dem Fernsehen wirkte, und ich fragte mich, wer diese Megan mit ihren Leggins und ihrer Granitinsel eigentlich war: Wer wohnte denn so? Wer brachte Dave Kersey dazu, so zu wohnen? Wer renovierte ein Zimmer für das lang ersehnte Kind, das der eigene Mann mit einer anderen hatte? Wer machte dabei mit, den Tod dieser anderen abzuwarten, um das Kind zu sich zu nehmen?

»Ein wirklich schönes Zimmer«, bemerkte ich. »Hat Dave es ganz allein eingerichtet?«

»Nein, wir haben nur ein paar Sachen für Jakey hinzugefügt«, antwortete Megan.

»Jake«, sagte ich. »Nur ... er heißt nur Jake. Ich bin die Einzige, die ihn Jakey nennt.«

»Aber ja, natürlich«, erwiderte Megan aalglatt. »Jake.« Sie holte eine Flasche Champagner aus dem Kübel und entkorkte sie. »Als Mimosa oder pur?«, fragte sie.

»Er wird nicht hier einziehen«, sagte ich.

»Selbstverständlich nicht«, nickte Megan. »Das wissen wir. Es ist nur für seine Besuche.«

»Auch wenn ich ... wenn ich nicht mehr da bin. Er wird bei meiner Schwester wohnen«, sagte ich. »Bei ihr.«

»Ach Karen.« Sie gab mir ein Glas Champagner. »Bis dahin ist es doch lange hin. Noch bist du da, oder?«

Was meinte sie damit? »Ich möchte nur klarstellen –«

»Was für ein schönes Bild das ist, Megan«, sagte Allie und zeigte auf etwas an der Wand. Ich dachte, dass ich mich wahrscheinlich ziemlich verrückt anhörte und den Rest des Nachmittags zusammenreißen musste. Sobald wir zu Hause wären, konnte ich den

Anwalt anrufen; ich konnte Vorkehrungen treffen. Selbst nach meinem Tod würde er dich nicht kampflos kriegen.

Du und Dave wart irgendwo verschwunden – vermutlich in deinem Zimmer, denn nach ein paar Sekunden hörte ich die Geräusche eines Videospiels. Dabei wusstest du doch ganz genau, dass du vorher fragen solltest!

Allie und Megan setzten sich lächelnd, jede mit einem Glas Mimosa in der Hand, auf die Couch. »Karen, das ist eine Lithographie von Francis Bacon!«

»Nur eine ganz kleine«, wehrte Megan ab. »Es war das Erste, was ich angeschafft habe, als ich ein bisschen mehr Geld verdiente. Andere kaufen sich Autos oder fahren in Urlaub. Ich habe mich für Kunst entschieden.«

Applaus, Applaus.

»Beeindruckend«, schwärmte Allie, die Verräterin.

»Wie war das Zimmer denn vorher? Das, in dem Jake geschlafen hat?«, fragte ich. »Als ich das letzte Mal in dieser Wohnung war« *– ja, hör gut zu, Megan, ich war schon hier, lange bevor Dave auch nur deinen Namen kannte –,* »war es eher eine Art Rumpelkammer.«

»Eine Weile haben wir es als Gästezimmer genutzt«, antwortete Megan. »Manchmal besuchen uns meine Eltern, oder Freunde bleiben über Nacht.«

»Wo wohnen deine Eltern denn?«, erkundigte sich Allie.

»In Tacoma, Washington«, sagte Megan. »Ich bin dort aufgewachsen.«

»Im Ernst?«, fragte Allie. »Ich wohne in Seattle.«

»Ich weiß«, nickte Megan. »Dave hat mir erzählt, dass ihr auf Mercer Island lebt. Er meinte, es sei ein großartiges Haus.«

Allie wurde rot. Ich hingegen dachte nur: *Verdammt, sie werden dir auch noch nach Seattle folgen, überallhin!* In meinem Kopf verschmolzen die Worte: LegoStarWarsFrancisBacon.

»Uns gefällt es auch sehr«, bestätigte Allie.

»Leben eure Eltern noch?«

Megan sah mich blinzelnd an. »Ja.«

Allie warf mir einen raschen Blick zu und lenkte das Gespräch diplomatisch auf den Nordwesten Amerikas – Skifahren, Wandern, Friday Harbor, den ganzen Sermon –, während ich unauffällig versuchte, mich mit Atemübungen zu beruhigen.

Das Kodein in meiner Tasche fiel mir wieder ein. Das würde mir helfen durchzuhalten. Wenn ich es nur fertigbrachte aufzustehen.

»Und die Sommer verbrachten wir in Yachats, an der Küste von Oregon«, sagte Megan, die noch immer in Kindheitserinnerungen schwelgte.

Meine Tasche stand in einer Ecke, aber Allie schoss mir warnende Blicke zu. *Bleib sitzen, entspann dich, alles wird gut*, sagten mir ihre Augen.

Aber konnte ich ihr noch vertrauen? Dein eigenes Zimmer, der Leguan, das Spielzeug: All das zeigte, dass dein Vater ernsthaft bestrebt war, dich Teil seines Lebens werden zu lassen. Wieder musste ich an das Kodein denken und daran, ob ich in meinem Testament eine Klausel unterbringen könnte, in der die Zeit deines Vaters mit dir begrenzt werden konnte.

»Warst du mal auf dem Shakespeare-Festival in Ashland?«, fragte Allie.

Aus deinem Zimmer ertönte lautes Piepen, dann ein alarmierendes Krachen.

»Ob da drüben wohl alles klar ist?«, fragte ich.

»Das ist bloß NHL-Hockey«, lachte Megan. »Dave wollte ihm Spec Ops kaufen, aber davon konnte ich ihn gerade noch abbringen. Jake ist doch erst sechs! Aber du weißt ja: Jungs!«

»Spec Ops?« Ich sackte zusammen. »Dave fand es … passend, einem Kind ein Shooter-Spiel zu kaufen?« *Spider Man 3*. Ich hatte verloren, vollkommen verloren.

»Ach, du weißt schon, er ist völlig aus dem Häuschen«, erklärte Megan. »Er bemüht sich, alles in Erfahrung zu bringen, was man über sechsjährige Jungen wissen muss, aber manchmal geht es einfach mit ihm durch. Er war sich nicht bewusst, wie brutal diese Spiele sein können.«

»Wie will er denn was über Sechsjährige in Erfahrung bringen?«

»Meine Kinder durften erst mit zehn Spec Ops spielen«, erklärte Allie und trank einen Schluck von ihrem Mimosa.

Megan hatte ihren bereits geleert. »Er gibt sein Bestes«, sagte sie und blickte auf ihre Hände.

»Ich muss sagen, diese Aussicht ist einfach phantastisch«, verkündete Allie.

»Danke.« Megan wurde wieder munterer. »Wirklich schön, nicht wahr? Das ist der Grund, warum wir hiergeblieben sind. Und das Pendeln ist gar nicht so schlimm. Wie lang habt ihr von der Upper West Side gebraucht? Zwanzig Minuten?« Sie stand auf, ging zum Kühlschrank, wühlte darin herum und kam mit leeren Händen zum Tisch zurück. War sie etwa auch nervös? Warum sollte sie? Sie hatte gewonnen und ich verloren.

»Karen, Dave hat mir erzählt, dass du politische Beraterin bist. Das muss faszinierend sein.«

Ach du Scheiße, auch das noch. »Manchmal ist es das«, sagte ich.

»An welchen Kampagnen warst du denn beteiligt?«

Ich holte tief Luft und erzählte ihr dann von Griffith und ein paar anderen wichtigen Klienten – Kongressabgeordneten, die sie zu kennen vorgab – und ihren Wahlkämpfen. Ich entdeckte, dass mich beruhigte, über meine Arbeit zu sprechen, und auch die drohende Panik damit schwand. Wenn ich das hier durchstehen sollte, durfte ich nicht durchdrehen.

Allie erwähnte, dass ich vier Jahre zuvor Ace Reynolds' Karriere gerettet hatte und nun wieder für ihn arbeitete, und selbstverständlich erinnerte sich Megan an Ace und fragte, ob es nicht manchmal schwer sei, Kandidaten vor ihrem eigenen Selbstzerstörungstrieb zu retten.

»Nicht für Karen«, gab Allie zurück. »Das ist ihre Stärke. Sie sorgt dafür, dass ihre Kandidaten wie Übermenschen wirken.«

Das stimmte zwar nicht, dennoch nickte Megan. »Das kann ich mir vorstellen. Du wirkst, als wärst du großartig darin.«

»Wieso?«, fragte ich. »Wieso wirke ich so?«

»Und du bist Bankerin?«, erkundigte sich Allie.

»Im weitesten Sinne«, antwortete Megan. »Eigentlich erkunde ich Investitionsmöglichkeiten für Banken in Südamerika.«

»In welchen Industriezweigen?« Allie hatte sich einen weiteren Mimosa gemixt und mir Orangensaft nachgeschenkt, was mir die Gelegenheit verschaffte, aufzustehen, mir eine Kodeintablette einzuwerfen und auf das sanfte Anfluten des süßen Nichts zu warten. Ich fühlte mich schlecht, dass ich darauf hatte zurückgreifen müssen, aber ich wusste, bald würde ich mich besser fühlen und das schlechte Gewissen vergessen.

Während Megan etwas von Stahl, Industrie, Brasilien und Produktionsstätten plapperte, kam Dave mit dir zum Tisch. Er goss dir etwas Orangensaft ein, du schnapptest dir einen Bagel, den Dave für dich aufschnitt. Ich sah nur zu. Das Kodein wirkte noch nicht richtig, aber allein die Gewissheit, dass es durch meine Adern strömte, beruhigte mich und ließ mich auf Distanz zu allem gehen, so als könnte ich einfach aus der Ferne zusehen, wie es war, wenn ihr beide Zeit miteinander verbrachtet. Wie war es wohl für ihn, dir einen Bagel zu machen? Wusste er, dass du lieber Butter als Frischkäse hattest? Nein, wusste er nicht, aber du klärtest ihn auf. Wusste er, dass du auf deinem Bagel mit Salz und Butter eine Tomatenscheibe haben wolltest, die einzige Gelegenheit, bei der deine kleinen Lippen je Tomaten berührten? Das wusste er nicht. Also legtest du die Tomatenscheibe auf deinen Bagel und nahmst mir gegenüber Platz.

»Hey Mom«, sagtest du.

»Hey Jakey«, sagte ich. »Alles gut?«

Du nicktest und stopftest dir den Bagel in den Mund. Doktor Susan meinte, das Beste, was ich tun könnte, besonders, wenn mich Panik überkam – *Ich sterbe, Jake* –, wäre, mich einfach auf die Dinge, die um mich herum geschahen, zu konzentrieren. Was war um mich herum? Was spürte ich? Die Luft, das Gefühl des Leinens auf meinen Beinen. Das Holz des Stuhls, auf dem ich saß. Der Geruch von Lufterfrischer mit Apfelaroma und Mimosas und Räucherlachs. Kapern. Das Parfüm meiner Schwester. Der Anblick deiner leicht aufgesprungenen Lippen, des unwiderstehlichen Bogens deiner Nase. Deine schwarzen, langen, absurd dichten Wimpern. Deine hellbraunen, welligen Haare. Deine muschelähnlichen Ohren. Das Gelb um deine Iris herum. Dein glatter weißer Nacken und die Spitze deines linken Schlüsselbeins unter dem verdrehten Kragen deines New-York-Yankees-Shirts.

Dein Schmatzen, als du den Bagel aßest.

Ich spürte, wie das Kodein wie Wasser gegen mein Inneres schwappte. Es nahm mir die Panik, nicht jedoch den Schmerz.

An den Rest des Nachmittags erinnere ich mich kaum noch, nur dass wir viel zu lange dortblieben und ich am Ende Müdigkeit vorschützen musste, damit wir endlich aufbrechen konnten. Allie und Megan schienen sich sehr gut zu verstehen. Jedes Mal, wenn die Unterhaltung stockte, kam eine von beiden wieder auf den Nordwesten zu sprechen, auf all die wundervollen Dinge, die man dort machen und essen konnte, den verdammten Räucherlachs.

Irgendwann fragte dich Dave, wann für dich die Schule anfinge, und du sagtest: »Dienstag nach dem Labor Day, stimmt's, Mom?« Das stimmte und jagte mir einen Heidenschreck ein, denn bis dahin waren es nur noch neun Tage, und wir hatten noch so viel zu besorgen: Gesundheitsatteste, neue Turnschuhe, Brotdosen und all das. Ich rechnete jeden Tag mit dem Brief mit der Liste der Besorgungen, die zu erledigen wären, und dem Termin für den ersten Elternabend. Ich fragte mich, ob dies dein letztes Jahr an der PS 199 sein würde. Nächstes Jahr um diese Zeit wären wir vielleicht schon nach Seattle umgezogen. Seltsamerweise verspürte ich in diesem Moment Sehnsucht nach meinem Vater.

Auf dem Weg zur Tür drückte mir Megan eine Tüte mit Bagels in die Hand und sagte, sie freue sich schon darauf, uns bald wiederzusehen. Dave sagte, er frage sich, ob Leguane in der U-Bahn erlaubt seien, worauf du lachtest, und dann gab es ein paar Überlegungen dazu, Friendly zu Besuch kommen zu lassen, und ich versuchte, einen Witz darüber zu machen, wie Friendly der Leguan Kelly den Hamster verspeist, aber du sagtest: »Mom, Leguane sind Vegetarier! Das weiß doch jeder!« Und ich sagte: »Vergessen. Wie dumm von mir!«

Dann umarmte jeder jeden. Ich bemühte mich, nichts zu empfinden, als Dave mich umarmte, was mir wohl auch ganz gut gelang, doch ich konnte nichts dagegen tun, zu bemerken, wie weich Megans Haut war und wie gut ihr schönes Haar duftete. Die letzte Umarmung war die von dir und Megan, und sie schloss dich in ihre Arme, als hätte sie dich wirklich gern und du sie auch. Dabei kanntet ihr euch doch kaum.

Und dann waren wir im Wagen, und ich schlief prompt auf dem Beifahrersitz ein, das heißt, genau genommen war es kein Schlaf, sondern ich verlor das Bewusstsein, weil ich im Bad eine weitere Kodeintablette genommen hatte, als du, Dave und Megan darüber redetet, wie viel Spaß man am Labor Day in Quogue haben konnte. Können wir dahin?, fragtest du. Nein, können wir nicht, antwortete ich, und ausnahmsweise setzte Dave nicht nach. »Beim nächsten Mal, Kumpel«, sagte er zu dir, was ich ignorierte.

Zu Hause fing Allie an zu packen. Ich war im Wohnzimmer und sie im Schlafzimmer, wo sie sich vergebens mühte, die Gesetze der Physik zu überwinden, indem sie alles, was sie in den vergangenen drei Wochen gekauft hatte, in ihren Samsonite zu stopfen versuchte. Ich stellte mich an den Türrahmen und sah ihr eine Weile dabei zu. Morgen wäre Julisa wieder zurück; morgen müsste ich ins Krankenhaus; morgen könnte ich sie nicht zum Flughafen bringen.

»Wirst du ihn Dave überlassen?«, flüsterte ich.

»Was?«

»Wenn ich sterbe«, sagte ich. »Überlässt du Jacob dann ihm?«

»Karen«, setzte sie an. Im gedämpften Licht des Schlafzimmers wirkte meine Schwester älter.

»Bitte lass nicht zu, dass er ihn zu sich nimmt.«

»Nein, Karen, das tue ich nicht.«

»Versprichst du das?«

»Ich verspreche es«, sagte sie und machte sich wieder ans Packen.

»Großes Ehrenwort?«

»Karen, du musst damit aufhören.«

»Bitte.«

»Großes Ehrenwort«, sagte sie, aber sie stopfte dabei Unterwäsche in eine Kofferecke und sah mich nicht an; ich wollte ihr zwar glauben, war jedoch nicht restlos überzeugt, und ich konnte sie kaum zwingen, mir etwas für die Zeit nach meinem Tod zu versprechen, wenn sie nicht einmal akzeptieren konnte, dass ich sterben würde.

Ganz kurz barg sie den Kopf in ihren Händen, dann packte sie weiter.

»Ich wünschte, du würdest nicht abreisen«, sagte ich.

»Ich kann ja bald wieder zurückkommen«, erwiderte sie.

»Nein, kannst du nicht«, widersprach ich, denn schließlich hatte sie ihr eigenes Leben in Seattle. Sie hatte ihre Familie. Eine Tochter mit einem Nasenring.

»Ich überlege mir was«, sagte sie. »Das kriege ich schon hin.«

»Was könnte das sein?«

»Das weiß ich nicht«, sagte sie. »Aber ich bin in ein, zwei Wochen wieder da. Ich hab schon darüber nachgedacht, wie ich es organisieren kann.«

»Allie, das kannst du nicht.«

»Sag mir nicht, was ich kann und was nicht.«

Unbewusst hatte ich schon den ganzen Nachmittag meine Atemübungen gemacht, und jetzt ertappte ich mich erneut dabei: durch die Nase ein-, durch den Mund ausatmen. Am liebsten hätte ich zu Allie gesagt, wie viel Angst ich hatte, weil sie abreiste, doch wollte ich nicht, dass sie sich noch schlechter fühlte als ohnehin schon. Außerdem war ich die große Schwester: Ich hätte mich um *sie* kümmern müssen. So sollte es doch eigentlich sein, und so war es immer gewesen. Als sie noch klein war, drei oder vier Jahre alt, hatte sie schreckliche Alpträume. Dann saß sie mit vollkommen leerem Gesichtsausdruck aufrecht im Bett und schrie, ohne jedoch bei Bewusstsein zu sein, und ich musste ihr eine Ohrfeige geben, damit sie zu sich kam, und sie dann im Arm halten, während sie sich ausweinte. Sie wollte mir erzählen, wovon sie geträumt hatte, aber es kam ihr einfach zu schrecklich und real vor, und sie brachte es nicht über die Lippen. Irgendwann schlief sie dann in meinen Armen ein, und ich hielt das kleine Mädchen mit den blonden Haaren und seinem Nachthemd mit dem Spitzenkragen fest in den Armen und tröstete es.

Am nächsten Morgen merkten unsere Großeltern manchmal an, sie hätten sie schreien hören und ob sie sich nicht zusammenreißen könnte. Weil es sie zu sehr an ihre Leiden in der Vergangenheit erinnerte. An den Krieg.

»Sie kann doch nichts dafür«, sagte ich einmal. »Auch wenn ihr eine schlimme Vergangenheit hattet, darf meine Schwester trotzdem Alpträume haben.« Für diese Frechheit bekam ich einen Schlag gegen den Hinterkopf.

»Allie …«, setzte ich an, beendete den Satz jedoch nicht, sondern biss mir auf die Zunge, um sie nicht zu bitten, zu bleiben.

»Ja?« Sie sah mich nicht an. Keine von uns würde zu weinen beginnen, aber dafür durften wir uns nicht ansehen.

»Willst du was essen?«

»Nein«, sagte sie. »Ich habe eigentlich keinen Hunger.«

»Ich auch nicht«, nickte ich.

»Vielleicht in einer Stunde? Oder wenn Jake was isst?«

»Ich sehe mal nach ihm«, sagte ich und löste mich vom Türrahmen. Sie hatte den Blick auf einen Stapel neuer T-Shirts gesenkt und sah mich immer noch nicht an. Penibel faltete sie ein T-Shirt.

Erst meine Mutter, dann mein Vater und jetzt ich. Wie mochte es sein, als letzte Überlebende zurückzubleiben? Oder war es einfacher, in den Abgrund zu stürzen?

Du spieltest mit der Wii im Wohnzimmer das NHL-Hockeyspiel, das Dave dir mitgegeben hatte. Eine Weile sah ich dir zu, wie du unbeholfen herumtänzeltest; das gegnerische Team durchbrach ständig deine Verteidigung. Es schien dir nicht besonders viel auszumachen, dass du verlorst. Die Effekte des Spiels waren wirklich gut: Die jubelnde Menge klang echt, und der Spielverlauf wurde von jemandem kommentiert, der so sehr wie ein professioneller Sportreporter klang, dass es schon fast unheimlich war. Ich sah mir die Hülle des Spiels näher an. Das Preisschildchen klebte noch darauf: achtundvierzig Dollar, und es war brandneu.

Nachdem du verloren hattest, schaltete ich die Wii aus. »Zeit fürs Abendessen«, sagte ich. Es war bereits sieben, später, als wir sonst zu Abend aßen, doch schließlich hatten wir den ganzen Nachmittag gegessen.

»Ich habe keinen Hunger«, sagtest du. »Ich will spielen.«

»Zuerst musst du was essen.«

»Aber ich habe keinen Hunger!«, widersprachst du. Als du nach dem Controller greifen wolltest, hielt ich ihn in die Höhe.

»Mo-om! Gib ihn mir!« Du hüpftest, um ihn zu schnappen, und ich wich schnell aus, damit du nicht an meine Rippen kamst, aber dadurch wurde meine Haut schmerzhaft gespannt.

»Jake, du weißt doch, dass du mich nicht anspringen sollst. Außerdem reicht es jetzt, du hast den ganzen Tag gespielt. Möchtest du Spaghetti essen?«

»Ich hab doch gesagt, ich habe keinen Hunger!«

»Fleischbällchen? Pizza? Na komm. Ich mach dir ein Brot mit Erdnussbutter, wenn du magst.«

»Ich will nichts essen!«, riefst du und schaltetest übergangslos von quengelig auf wütend. »Ich hab den ganzen Tag gegessen!« Ich weiß noch, dass ich genau solche Auseinandersetzungen mit meiner Mutter hatte, als ich klein war. Und welche Köstlichkeiten sie für mich machte: Zitronenhühnchen, Kartoffelbrei, Nudeln mit Käse! Aber ich wollte nur in Ruhe gelassen werden.

»Soll ich dir Nudeln mit Käse machen?«

Du sandtest mir einen bitterbösen Blick und ließest dich auf die Couch fallen.

»Wenn du nichts zu Abend isst, wirst du mitten in der Nacht vor Hunger aufwachen, und dann ist es zu spät.«

Wieder warfst du mir einen abschätzigen Blick zu, dann machtest du Anstalten, die Wii einzuschalten, was strikt verboten war:

Nur ich durfte das, das war eine der Grundregeln, sonst hätte ich die Konsole nicht gekauft.

»Was machst du da?«

»Ich will spielen«, sagtest du.

»Du hast genug gespielt. Jetzt ist es Zeit fürs Abendessen.«

»Ich esse später.«

»Später ist es zu spät.«

»Wieso?«

»Weil ich nicht um zwei Uhr nachts aufstehen werde, um dir etwas zu essen zu machen, Jacob!«

Als du mich anschautest, lag etwas Berechnendes in deinem Blick. Du hattest immer noch die Hand auf dem Wii-Controller. Dann murmeltest du etwas, das ich nicht verstehen konnte.

»Wie bitte?«

»Megan würde es tun.«

Ich holte tief Luft und riss dir den Controller aus deiner kleinen Hand.

»Wenn ich in Dads Haus wäre und mitten in der Nacht Hunger bekäme, würde Megan mir bestimmt was zu essen machen. Sie würde mich nicht hungern lassen.«

Ich merkte, dass ich mich gegen die Wand lehnte und mit der Wii auf dich zeigte. Du standest an der Couch und hattest die Hand ausgestreckt, als wolltest du sie nehmen.

»Megan würde es also tun?«

»Ja«, beharrtest du, wichst aber meinem Blick aus.

»Megan ist nicht deine Mutter«, zischte ich. »Und sie wird nie deine Mutter sein.«

»Ich weiß«, sagtest du.

»Sie wird nie deine Mutter sein.«

»Ich weiß«, wiederholtest du, und nun war aller Trotz aus deiner Miene gewichen.

»Sie ist nicht deine Mutter.«

»Ja, Mom, ich weiß.«

»Sie ist NICHT DEINE MUTTER!«

»Mom! Ich weiß. Es tut mir leid, ich weiß es!«

»SIE HAT DICH NICHT AUFGEZOGEN! ICH BIN DEINE MUTTER!« Allie kam aus dem Schlafzimmer gestürzt. Du fingst an zu weinen.

»ICH BIN DEINE MUTTER! NIEMAND SONST! ICH HABE DICH GANZ ALLEIN AUFGEZOGEN! DU BIST NUR MEINETWEGEN SO, WIE DU BIST! VERSTEHST DU?«

»Karen! Hör auf, so zu schreien!«

»VERSTEHST DU DAS?«

»Mommy! Hör auf!«

»VERSTEHST DU DAS, VERDAMMT NOCH MAL? ICH BIN DEINE MUTTER!«

Der Raum um mich herum drehte sich, und alles verschwamm mir vor den Augen. Du hocktest weinend auf dem Sofa und presstest ein Kissen gegen deine Ohren. »Es tut mir leid«, sagtest du. »Es tut mir leid, Mommy.«

»ICH BIN DEINE MUTTER!«, schrie ich, vollkommen in den Fängen eines Gefühls, das ich bislang noch nie empfunden hatte. *»WAGE ES JA NICHT, NOCH EIN EINZIGES MAL –«*

»Karen!« Allie hatte die Arme um mich geschlungen, als wollte sie mich zurückhalten.

»ICH BIN DEINE MUTTER!«

»Karen! Hör auf!«

»NUR ICH! NIEMAND SONST! ICH WILL KEIN WORT MEHR VON MEGAN HÖREN!«

»Mommy!« Du warst außer dir vor Angst.

»NIEMAND SONST! ICH BIN DEINE EINZIGE MUTTER!«

»Bitte, Mommy!«

»SONST NIEMAND!«

Ich wusste nicht mehr, was ich tat. Stocksteif stand ich mit dem Controller in der Hand vor dir, zurückgehalten nur von Allie. Wollte ich dir weh tun? Wie hätte ich dir weh tun können? Dir? Meinem wunderbaren kleinen Jungen? Und doch hatte ich dich mit meiner freien Hand am Arm gepackt.

»Mommy, bitte.« Du versuchtest, dich meinem Griff zu entwinden.

Allie zog mich zurück, weg von dir.

»Es tut mir leid«, wiederholtest du mit erstickter Stimme.

»Niemand sonst«, flüsterte ich heiser.

»Es tut mir leid«, sagtest du noch einmal. Du hattest dich von mir befreit und verstecktest dich auf der Couch unter den Kissen.

»Jacob, das wird schon wieder. Geh in dein Zimmer«, sagte Allie. »Ich muss mit deiner Mom reden.«

»Mommy.« Zitternd lagst du unter den Kissen. »Es tut mir leid, Mommy.«

»Dir muss nichts leidtun, Jacob«, sagte Allie. »Geh jetzt einfach in dein Zimmer. Ich muss mit deiner Mutter reden.«

Sie hielt mich immer noch zurück, aber ich schüttelte sie ab. Wollte ich dir weh tun? Hätte ich dir weh getan?

»Mommy.« Aus deiner Kissenfestung strecktest du die Arme nach mir aus, bleich, verweint, verrotzt. In meinem ganzen Leben hatte ich dich noch nie so angeschrien. Meinen wunderbaren Jungen. Noch nie hatte ich dir weh getan. Ich nahm dich in die Arme.

Stunden später schreibe ich das jetzt auf. Alles. Rückhaltlos. Die Wahrheit.

Wenn Allie nicht da gewesen wäre, hätte ich vielleicht allem ein Ende gemacht.

KAPITEL 15

Später in der Nacht verspürte ich seltsamerweise das Bedürfnis, mit meinem Vater zu sprechen. Ich wusste, es wäre kein richtiges Gespräch – ich rechnete nicht damit, dass er wirklich etwas sagen konnte –, aber hin und wieder gab es Momente der Klarheit, in denen er aus seinem katatonischen Zustand erwachte und mit einem Grunzen auf Fragen antwortete oder kurze Laute von sich gab. Ich wollte seine Stimme hören. In jener Nacht, als vorm Fenster die Krankenwagen heulten, während du und Allie im anderen Zimmer schlieft und ich auf der Couch saß und den Geräuschen dieser Stadt lauschte, die niemals schlief, da kam es mir so vor, als hätte ich vielleicht bald nicht mehr die Gelegenheit, mit meinem Vater zu sprechen.

Es war zwei Uhr nachts, also dreiundzwanzig Uhr in Bellevue, aber das war egal. Bei Demenz war Zeit unwichtig. Ich wählte die Nummer und wurde durchgestellt. »Schläft er, Olga?«, fragte ich.

»Nein«, antwortete sie. Sie klang sanft, und ich fühlte mich, als hätte ich ihre Sanftheit nicht verdient. »Möchten Sie mit ihm reden?« Ich wollte. »Mr. Gil, Ihre Tochter ist am Telefon. Ihre wunderbare Tochter Karen aus New York.« Ich hörte eine Art

Gurgeln. Ich hatte den richtigen Zeitpunkt erwischt, eine gute Nacht zum Anrufen. »Hier, ich stelle sie auf laut.«

»Daddy?«, fragte ich.

Da war es, unmissverständlich, ein Gurgeln. Er konnte mich hören.

»Daddy, ich muss dir was erzählen. Hier ist Karen. Deine Tochter. Kannst du mich verstehen, Daddy?«

Schweigen am anderen Ende. Ich fragte mich, ob Olga zuhörte oder sich wieder in ihren Stapel Klatschzeitschriften vertieft hatte.

Ein weiteres Gurgeln, was ich als Aufforderung verstand fortzufahren. »Daddy, ich habe heute Abend etwas Furchtbares getan. Ich habe Jacob angeschrien. Ich war völlig außer mir und kurz davor, ihm weh zu tun. Ich fühle mich schrecklich. Ich weiß nicht, wie ich damit zurechtkommen soll. Ich fasse es einfach nicht, was ich getan habe.«

Vor meinem Fenster ging die Alarmanlage eines Autos an und verstummte kurz darauf. Ein betrunkenes Mädchen gackerte. Samstagnacht.

Mein Vater sollte mir sagen, dass alles gut war. Dass alle Eltern Fehler machten. Er sollte mir sagen, dass du mir verzeihen würdest. Dass du mich am nächsten Morgen immer noch liebhättest. Dass er mich liebte. Und ich immer sein kleines Mädchen bliebe.

»Und ich muss dir noch etwas sagen. Ich sterbe, Daddy. Ich ... ich habe Krebs. Eierstockkrebs. Mir bleiben vielleicht noch zwei Jahre. Falls ich so lange durchhalte.«

Schweigen. »Verstehst du mich? Ich sterbe.«

Ich wartete auf ein Gurgeln oder irgendetwas. Dann dachte ich an dich und wie glücklich ich mich schätzen konnte, dass du diese Worte nie zu mir sagen würdest.

»Daddy, du musst weiterleben, hörst du? Einfach ... weiterleben. Für Allison. Deine andere Tochter. Sie soll nicht allein zurückbleiben. Sie rettet mich, und du musst für sie dableiben. Halte durch. Solange du kannst. Ja, Daddy?«

Ich stellte mir vor, wie er da saß, mit regloser Miene, und auf das dunkle, stille Wasser des Lake Washington blickte. In seinem gestreiften Schlafanzug. Mit seinem immer noch dichten Haarschopf. »Daddy?«

»Ich glaube, er hört Sie, Miss Karen«, sagte Olga. »Er blinzelt die ganze Zeit.«

»Daddy? Du musst leben, solange du kannst.«

»Er wird weiterleben«, sagte Olga. »Er ist ein zäher alter Bursche, nicht wahr, Mr. Gil?«

»Bitte, Daddy«, sagte ich.

Da, endlich, hörte ich ein Geräusch. Einen erstickten Laut, ein gurgelndes Etwas.

»Hören Sie ihn, Miss Karen?«

»Daddy?«

»Er spricht, Miss Karen.«

»Daddy?«

Da waren wir alle drei ganz still und New York City und der gesamte Kontinent auch. Und dann: *szerelem*. Ich hörte ihn es sagen.

Es gab noch jemanden, der mich liebte.

»Ich liebe dich auch«, sagte ich und lauschte noch ein bisschen, und dann setzten die Geräusche wieder ein. Ich lauschte dem Lärm von der Straße, dem Knacken der alten Wohnung, den

Schritten der Nachbarn von oben, dem Murmeln der Nachbarn von unten und dem mühsamen Atmen eines alten Mannes auf der anderen Seite des Landes und dem dunklen Wasser des Sees und dem Rest der Welt.

Es war Zeit, ins Bett zu gehen, doch ich konnte nicht einschlafen. Also schlich ich mich in dein Zimmer. Du schliefst unten, Allison oben. Vor deinem Bett lag ein marineblauer Teppich auf dem Boden – im Blau der Yankees –, und als ich mich darauflegte, tat es weh, aber der Schmerz kam mir fast wohltuend vor. Ich griff mir eines deiner Stofftiere, um es als Kopfkissen zu nehmen, und dann stellte ich mir vor, wir lebten vor Tausenden von Jahren in einer Höhle und ich müsste euch vor allem beschützen, was da draußen tobte – und in mir tobte. Und als das nicht funktionierte, betete ich, endlich meinen Raketenrucksack zu bekommen.

TEIL III

IN EINEM ANDEREN LAND

KAPITEL 16

Der Dienstag nach dem Labor Day war gekommen. Dein erster Schultag. In der ersten Klasse. Ich erinnerte mich noch gut an mein erstes Jahr in der Schule: Die Lehrerin hieß Mrs. Penny, hatte rote Haare und eine schöne Singstimme. Sie trug immer bunte Strickjacken, und ich liebte sie. Sie war der erste Mensch, der mir sagte, dass ich klug sei.

Es war tröstlich, dass ich mich an die erste Klasse erinnerte, denn dann würdest auch du dich wahrscheinlich daran erinnern, vielleicht sogar an den heutigen Tag, an dem du deinen neuen Darth-Maul-Rucksack trugst und dein Derek-Jeter-Trikot und die bei jedem Schritt blinkenden Turnschuhe, die du nach endlosen Diskussionen lieber haben wolltest als die schlichten blauen, für die ich plädiert hatte. Wir standen früh auf, aßen Eier und Muffins zum Frühstück und unterhielten uns über all die Dinge, die du in diesem Jahr lernen würdest: Addition und Subtraktion und Lesen und Schreiben natürlich, aber auch Naturkunde, und wenn du wolltest, konntest du in die Spanisch-AG gehen. Du warst der Meinung, das wäre deutlich zu viel Arbeit für einen Jungen in deinem Alter, aber ich fand, es wäre die perfekte Vorbereitung auf das Leben in diesem Jahrhundert.

Über das, was am Abend vor Allies Abreise vorgefallen war, würden wir niemals richtig sprechen. Ich versuchte zwar, mich zu entschuldigen, aber dann fingst du ebenfalls an, dich zu entschuldigen, und ich bat dich darum, das zu lassen, weil es meine Schuld gewesen war und mir schon wieder die Tränen kamen. Was dir Angst machte. Aber bitte sei dir bewusst, Jake in der Zukunft, wenn du dies liest, sei dir bitte bewusst, wie sehr ich mich wegen meines Verhaltens schäme. Ich habe alles hier aufgezeichnet, sowohl was ich zu dir sagte, als auch meine Befürchtung, nie darüber hinwegzukommen, damit du weißt, dass ich mir nicht verzeihen konnte, diese Grenze überschritten zu haben.

Aber wir mussten weitermachen, das Leben hielt nicht inne. Nach dem Frühstück fütterten wir Kelly und kämmten deine Haare, und ich vergewisserte mich ein letztes Mal, dass du alles im Rucksack hattest, was du brauchtest. Mrs. Dubrov hatte eine umfangreiche Liste mit all den Dingen geschickt, die für den Unterricht notwendig waren, zum Beispiel verschiedene Stifte und ein Speicherstick. Ein Speicherstick! Zu meiner Zeit brauchte man noch einen Klebestift und ein paar Hefter. Aber du hattest deinen Speicherstick, deine Stifte und, im vorderen Fach des Rucksacks, deinen Kraftkürbis. Für alle Fälle.

Und so würde das Leben weitergehen.

Um zwanzig vor acht gingen wir die vier Stockwerke hinunter – du hüpftest vorneweg, ich kämpfte gegen meinen Schwindel an – und traten auf die 74th Street, wo eine ganze Parade von Kindern mit neuen Rucksäcken und neuen Turnschuhen Richtung PS 199 strömte. Kyle und seine Eltern waren einen halben Block vor uns, aber du ranntest nicht zu ihnen. Du gingst an meiner Hand.

An der Ecke konnte ich nicht mehr weiter und musste stehen bleiben. Ich tat so, als müsste ich niesen, um dich nicht zu beunruhigen.

»Mom?« Du wurdest blass.

Zur Tarnung wischte ich mir mit dem Handgelenk über die Nase. »Ich habe eine Überraschung für dich«, sagte ich.

Eigentlich hatte ich es dir erst später sagen wollen, als Belohnung, doch jetzt hätte ich alles gesagt, um deine besorgte Miene zu vertreiben. Aber natürlich wirktest du nur noch besorgter. »Eine gute?«

»Ja! Eine gute Überraschung. Ich hab dir Tennisstunden organisiert. Bei einem Privatlehrer. Zweimal die Woche.«

Zwar lächeltest du nicht, aber du bekamst wieder Farbe.

»Ich hab mich erkundigt, dieser Lehrer ist der beste. Ein paar Kinder aus deiner Schule gehen auch zu ihm.«

»Wer denn?«

»Er hat mir von einer Emma erzählt. Aus der zweiten Klasse?«

»Kenne ich nicht.«

»Mit Einzelstunden wirst du sehr schnell Fortschritte machen«, sagte ich. »Nicht wie beim Training in der Gruppe. Es wird viel besser sein.«

»Cool«, nicktest du. Dann nahmst du wieder meine Hand, und wir schlossen uns erneut der Parade an, hinter einer vierköpfigen Familie und einem alten Mann mit einem Hund an der Leine.

Ein paar Sekunden vergingen. »Du willst doch noch Tennis spielen, oder?«

»Ja, schon«, sagtest du. »Aber kann ich dann auch Fußball weitermachen?«

»Klar«, antwortete ich. »Fußball ist doch nur am Sonntagnachmittag. Tennis ist unter der Woche.«

»Cool«, sagtest du noch einmal. Seit wann benutztest du das Wort *cool*? Ich hatte Schmerzen in der Seite und wusste nicht, warum, schrieb es jedoch der Aufregung zu. Mir schwirrte der Kopf. Mein Sohn wurde groß. Von nun an ging er zur Schule. Ich hatte gedacht, er würde sich über die Tennisstunden freuen. Wenn er nicht in die Spanisch-AG wollte, würde er auf keinen Fall dorthin gehen müssen.

Kaum hatten wir den Eingang der Schule erreicht, ließest du meine Hand fallen wie eine Granate und ranntest hinein. Drinnen herrschte Hochbetrieb. Alle Erstklässler rannten durcheinander, als gehörte ihnen die ganze Schule, während die Vorschulkinder sich schüchtern zurückhielten, ihre Eltern leicht verstört wirkten und die Zweitklässler cool und mit den Eltern zehn Meter hinter ihnen zu ihren Klassenzimmern schlenderten. Überall sah man Primärfarben, Wandtafeln, Poster mit grellbunten Buchstaben und Lehrer, die lächelnd vor ihrer Klasse standen und alle freundlich hineinwinkten. Ich holte tief Luft und folgte schleichend wie eine Greisin den gelben Pfeilen zu Mrs. Dubrovs Klassenraum. Vor knapp einem Jahr war ich in Remission gekommen. Und nun war es vorbei.

Dein Klassenzimmer war groß und hatte Arbeitsnischen an den Wänden. Ich entdeckte deinen Tisch, an dem du bereits saßest. Jacob Neulander. Du hattest den besten Platz erwischt.

»Soll ich dir beim Auspacken helfen?« Aber du machtest eine abwehrende Geste, weil du das allein machen wolltest.

Mrs. Dubrov hatte rote Haare, genau wie meine erste Klassenlehrerin, und ich mochte sie auf Anhieb. »Willkommen, willkommen!« Ihr Erstklässler wirktet im Vergleich zum letzten Jahr so groß und selbstbewusst. Die Jungen trugen Fußball- oder Baseball-Trikots; die Mädchen hatten glitzernde Kleider und Leggins an. Mrs. Dubrov schoss mit der wahrscheinlich letzten Polaroidkamera auf Erden Familienfotos, wobei die kleinen Mädchen hübsch posierten, während die Jungen peinlich berührt zu Salzsäulen erstarrten.

»Jacob!« Sie erkannte dich, bevor ich dich vorstellte. »Ist das deine Mom? Mrs. Neulander?« Wir gaben uns die Hand. Einen Augenblick sah sie mich prüfend an. Dann hielt sie ihre Kamera vors Gesicht.

Es klickte, dann blitzte es: Du ergabst dich deinem Schicksal. Mrs. Dubrov reichte uns das Foto, und wir sahen gemeinsam zu, wie unser Abbild Gestalt annahm: Deine Sommersprossen tauchten auf, dein gewelltes Haar, meine Hand auf deiner Schulter. Schließlich auch mein Gesicht, geisterhaft und viel älter, als ich je zuvor ausgesehen hatte. War das wirklich ich? Im Neonlicht sah kein Mensch gut aus, das wusste ich, aber – Mann. Obwohl ich meine Perücke trug.

»Danke«, murmelte ich zu Mrs. Dubrov gewandt. Ich gab mir Mühe, dass mein Dank echt klang.

Wieder lächelte sie mich an, dann tätschelte sie mir die Schulter. »Wir haben ein großartiges Jahr vor uns, Jacob.«

»Sie können mich Jake nennen.«

»Wir haben ein großartiges Jahr vor uns, Jake.« Du schautest dir das Bild an. Ich nahm es dir ab und überließ dich deinen Freunden. Du solltest mich nicht so sehen.

Die anderen Eltern wimmelten durch das Klassenzimmer, und als ich ein paar Bekannte entdeckte, unterhielt ich mich mit ihnen darüber, was wir in den Ferien gemacht hatten – Hamptons, Catskills. Niemand fragte mich, wie es mir ging. Vielleicht sah ich doch nicht so schrecklich aus, wie ich meinte. Und dann forderte Mrs. Dubrov die Kinder auf, sich von ihren Eltern zu verabschieden, und wir machten uns für eine letzte große Umarmung bereit, die einige Kinder zuließen, andere nicht. Ich war froh, dass es mir noch gestattet wurde, und schloss dich in meine Arme. Ich wuschelte dir durchs Haar, küsste dich auf die Stirn und ging.

Der Heimweg dauerte Stunden, Jacob. So leid es mir tut, aber so war es. Die kurze Strecke kostete mich mindestens eine Million Jahre.

Es war nun September und deutlich kühler geworden, noch kein Pulloverwetter, aber die Ginkgos an den Bürgersteigen wechselten die Farbe, und zu Hause öffnete ich die Fenster, statt die Klimaanlage einzuschalten. Ich habe nie viel von Zeichen oder Symbolen gehalten – wenn man in meiner Branche etwas zu sagen hat, tut man es einfach –, aber plötzlich hatte ich das Gefühl, ich könnte das Verfärben der Blätter und die Abendkühle erahnen. Vielleicht war das alles ein Zeichen. Die Vögel schienen in diesen Tagen alle in eine Richtung zu fliegen, ihr V bildete einen Pfeil hin zu einem Land, das ich nicht sehen konnte.

Ich bekam meine Diagnose vor zwei Jahren, als ich einundvierzig war. Die Ärzte gaben mir eine Prognose von vier, fünf Jahren. Die Hälfte dieser vier, fünf Jahre lag nun hinter mir. Also sollten mir noch zwei oder gar zweieinhalb bleiben, und lange Zeit verließ ich mich darauf, auch wirklich jeden einzelnen Tag, jede einzelne Stunde dieser vier, fünf Jahre zu bekommen. Jede

Sekunde. Doch nun wusste ich nicht mehr, worauf ich mich verlassen konnte.

Jacob, wenn du die Wahrheit darüber wissen willst, wie ich seit meiner Diagnose gelebt habe, was ich mir überlegt und geplant habe, wie ich es fertiggebracht habe, dich großzuziehen, dann lautet die Antwort, dass ich im tiefsten Innern immer hoffte, es würde doch noch ein Wunder geschehen. Ich wäre die Frau, die den Krebs besiegte. Nicht auf spektakuläre Weise, so dass ich fünf Jahre nach meiner Diagnose einen Marathon liefe oder für eine Präsidentenwahl engagiert würde. Ich dachte nur, man würde vielleicht ein Medikament entdecken, mit dem ich weitere sechs Monate leben könnte. Und dann noch einmal sechs Monate. Und dann, bevor man ganz genau hinschaute, würde sich zeigen, dass ich nach sieben, acht Jahren immer noch da wäre, und ich würde noch miterleben, wie du die High School beendest und aufs College gehst, heiratest gar, und wenn man es nicht beschrie, wenn ich das Wunder nicht herumposaunte, würde vielleicht niemand mitkriegen, dass ich gar nicht so lange hätte leben sollen. All die zusätzlichen Jahre würden mein kleines Geheimnis bleiben, mein Bonbon, das ich heimlich lutschte, obwohl ich doch längst hätte ins Bett gehen müssen.

Wenn es Wunder gab, warum dann nicht für mich? Zehn Monate nach meiner Diagnose, nach OP und Chemotherapie war ich in Remission. Die Ärzte erklärten, sie hätten den Tumor zwar nicht vollständig entfernen können, aber fast. Sie gingen davon aus, dass ein paar Runden Chemotherapie diese Tumorreste in Schach halten würden. Sie erwarteten, dass mein Körper gut auf die Behandlung ansprechen würde, weil ich jung und relativ gesund war. Sie wirkten so optimistisch! Der Darmverschluss war nur eine Komplikation. Die Erschöpfung eine normale Nebenwirkung der Behandlung. Angst und Depression gehörten zum Krebs einfach dazu. Wenn ich deprimiert war, sollte ich mit Doktor Susan reden.

Steiner versprach mir – oder etwa nicht? –, die endlosen, zähen, widerwärtigen Infusionen würden das Wachstum des Tumors unterbinden. Aber jetzt frage ich mich, ob der Tumor einfach nur nicht dort wächst, wo man es erwartet hat. Denn der Krebs ist in mir, Jacob. Er ist in mir und beobachtet mich, wartet darauf, dass ich nicht mehr genug Kraft habe, ihm zu widerstehen, um dann wieder anzufangen zu wachsen und mich von dir fortzureißen. Ich wusste nicht, womit ich das verdient hatte. Ich wusste nicht, warum ich mir die Jahre erschleichen musste, die mir doch rechtmäßig zustehen. Ich wollte die Zeit, die mir bliebe, nicht in Angst und Sorge erleben. Aber meine Hoffnung auf ein Wunder schwand.

Jacob, mein wunderbarer Junge, nun warst du ein Schulkind. Zumindest bis hierher hatten wir es gemeinsam geschafft.

Und ich hatte noch meine Arbeit. Wir befanden uns in der heißen Phase des Wahlkampfs, und mein Kandidat brauchte mich. Ich war so dankbar, dass mir Ace geblieben war, dieser dumme, unverbesserliche Ace. Nachdem ich dich zur Schule gebracht hatte, mühte ich mich die Treppen zu unserer Wohnung hinauf, wobei ich auf jedem Absatz pausieren musste, und ging dann ins Bad, um mich frisch zu machen, noch mehr Make-up aufzulegen und schickere Schuhe anzuziehen. In wenigen Stunden musste ich zu einem Krisentreffen in die Bronx. Das Handy klingelte bereits unablässig. Ich konnte es mir an diesem Tag nicht leisten, ängstlich oder deprimiert zu sein. Auch nicht kraftlos. Dazu hatte ich zu viel zu tun.

In den Tagen direkt nach Bevs Beerdigung grub Kit Rannells tief genug, um Ace' Untreue von neuem ins Licht der Öffentlichkeit zu rücken. Sein erster Artikel – *Mach's noch einmal, Ace* – erschien am Freitag vor dem Labor-Day-Wochenende und war vorerst nicht mehr als eine Randnotiz. Das hätten wir noch ignoriert, doch dann schrieb er einen weiteren Artikel für die Sonntagsausgabe, der auf der Titelseite landete und bedrohlich genug war, um Ace' Aufmerksamkeit zu erregen. Kit nannte weder Namen, noch machte er konkrete Anschuldigungen. Er erwähnte lediglich »gewisse Gerüchte in Riverdale« und dass man dem »alten Hasen Ace Reynolds« keine »neuen Tricks« beibringen könne. Zwar hatte die *Sunday Bronx Times* nicht mehr als achttausend Leser, aber die größeren Zeitungen stürzten sich darauf und baten mich um einen Kommentar.

Leugnen, leugnen, leugnen. Krisenmanagement.

Andererseits wartete Kit weder mit einer Anschuldigung noch mit einem Namen auf, sondern nur mit ein paar vagen Geschichten alter Bekannter, die mit ihm ein Hühnchen zu rupfen und Lügenmärchen zu erzählen hatten. Oder war da mehr?

Ace hatte am Abend zuvor angerufen, als wir zwei gerade beim Essen saßen. »Wer ist dieser Reporter? Ein zwanzigjähriges Jüngelchen? Sorg dafür, dass er gefeuert wird!«

Du blicktest von deinen Spaghetti auf. »Ist das Ace?«

Ich nickte. Wir konnten beide hören, wie er in den Hörer bellte. Du lachtest, schütteltest den Kopf und sahst amüsiert zu, wie ich versuchte, den Wildgewordenen am anderen Ende der Leitung zu beruhigen.

»Hast du dem Mädchen befohlen, den Mund zu halten? Wird sie an die Öffentlichkeit gehen?«

»Welches Mädchen? Da gab's kein Mädchen.«

»Ace, du hast mir gesagt –«

»Nichts habe ich gesagt. Da war nichts! Und niemand wird irgendwas sagen!«

»Herrgott, Ace«, sagte ich, während du kichertest. Ich ließ meinen Zeigefinger an meiner Schläfe kreisen.

»Er wird sie doch nicht ausfindig machen, oder?«

»Nicht, wenn es kein Mädchen gab«, antwortete ich. (Dabei hatte ich so eine Ahnung, dass Kit das Mädchen finden würde, doch wenn Ace mir ihren Namen nicht nennen wollte, konnte ich nichts unternehmen, um das zu verhindern.)

Dann, nachdem ich dich zu Bett gebracht hatte, rief mich Ace' Tochter aus South Carolina an. Sie war eine nette junge Frau Ende zwanzig, die Golfprofi geworden war und so gut wie möglich versuchte, Distanz zu ihrem Vater zu wahren. Sie flehte mich an, diese Gerüchte bitte, bitte zu unterbinden. Ihrer Mutter zuliebe, die derlei einfach nicht mehr ertragen konnte.

Ich lag mit einer Wärmflasche auf dem Rücken auf der Couch. »Hören Sie«, sagte ich zu ihr, »ich kann zwar das Verhältnis Ihres Vaters zur Öffentlichkeit beeinflussen, nicht aber sein Verhältnis zu Ihrer Mutter.«

»Diesmal könnte sie ihn wirklich verlassen«, sagte Ruth. »Er wäre am Boden zerstört. Trotz allem liebt er sie.« Sie schien geweint zu haben. »Ich fürchte, er versteht nicht, wie ernst die Lage ist.«

»Doch, das ist ihm klar«, erwiderte ich und dachte: Wenn er sie so sehr liebt, wieso hat er sich dann nicht zusammengerissen?

Wieso fühlt er sich dann nicht an seinen Treueschwur gebunden? Wieso schafft er es nicht, sich an der Seite seiner Frau lebendig zu fühlen, mit der er seit fünfunddreißig Jahren lebt? Wieso braucht er dazu irgendeine namenlose Zwanzigjährige?

»Glauben Sie, er hat es getan?«, fragte Ruth.

»Er sagt, nein.«

»Ja, aber was glauben Sie?«

»Die Presse hat noch nichts gefunden.«

Wieder schniefte die Tochter. »Was für ein Arschloch«, sagte sie dann. »Und trotz allem will er noch Bürgermeister werden.«

»Das«, erwiderte ich, »wollen sie doch alle.«

Bevor ich schlafen ging, sah ich noch mal nach dir. Du schliefst tief und fest in deinem Etagenbett und klammertest dich dabei an die Bettdecke. Ich dachte: Du, mein Sohn, kannst eines Tages werden, was du willst, und dann gab ich dir einen Kuss auf die Stirn und ging zu Bett.

Als ich gerade im Bad stand und noch eine Schicht Lidschatten auftrug, klingelte wieder das Telefon, und ich ging ran und sagte: »Es gibt nichts zu berichten«, ohne darauf zu achten, wer da anrief. Ich war wohl etwas durcheinander, immerhin war es Jahre her, dass ich eine echte Krise in den Griff hatte bekommen müssen.

»Wie beruhigend«, erwiderte meine Schwester. »Ist doch immer gut, wenn es nichts zu berichten gibt.«

Ich hätte wissen müssen, dass es Allison war: Sie rief mich alle drei Stunden an, und wenn ich mich nicht meldete, versuchte sie es nach einer halben Stunde wieder. Sie wollte, dass ich dir ein Handy kaufte, damit sie dich immer erreichen könnte, aber bei aller Liebe: Sechsjährige sollten kein Handy haben, nicht einmal an der Upper West Side.

»Geht es dir gut?«, fragte sie.

Allie war nicht wütend auf mich; als ich mich bei ihr entschuldigen wollte, die Fassung verloren zu haben, sagte sie, sie würde mich verstehen und habe sich nur gewundert, dass ich erst jetzt ausgerastet sei. Als ich noch einmal versuchte, um Verzeihung zu bitten, meinte sie, wahrscheinlich habe die neue Medikation auch Einfluss auf meine Stimmungen, und ließ es nicht zu, dass ich noch einmal darauf zu sprechen kam.

»Karen – ist alles in Ordnung?«

Ich würde kein Wort über die Schmerzen in meiner Seite fallenlassen. »Alles wunderbar«, sagte ich so bestimmt, dass sie mir glaubte, aber nicht auf die Idee käme, ich machte gute Miene zum bösen Spiel.

Kurz vor ihrem Aufbruch zum Flughafen hatte sie mich noch einmal lange angesehen und gesagt, sie müsse nicht abreisen. Sie würde ihren Flug sausenlassen, das sei ihr egal, sie könne bleiben. Darauf erwiderte ich, sie müsse natürlich fliegen, sie müsse sich um ihre Familie kümmern und den Streit zwischen ihrem Mann und ihrem Sohn schlichten. Sie versprach, in ein paar Wochen wieder da zu sein, worauf ich entgegnete, es sei nicht nötig, die Märtyrerin zu spielen. Das brachte sie gerade genug in Rage, dass sie aus der Wohnung marschierte und ins Taxi stieg.

»Hast du am Donnerstag wieder Chemo?«, erkundigte sie sich.

»Hast du immer noch meine Arzttermine im Kalender?«, gab ich zurück.

»Jeden einzelnen«, bestätigte sie.

Ich betrachtete mich im Spiegel. Mit Lidschatten sah ich schon besser aus. »Wie läuft's bei dir zu Hause?«

»Na ja, Dustin sammelt immer noch Schlangen. Wir haben neulich ein paar in der Garage gefunden.«

»Tot oder lebendig?«

»Tot. Er überschätzt die Fähigkeit von Schlangen, in einer luftdichten Plastikbox zu überleben.«

»O Gott«, sagte ich. »Und was ist mit Bruce und Ross?«

»Keiner weiß, warum, aber sie verstehen sich wieder besser. Offensichtlich hat Ross sich nun doch dazu durchgerungen, das Studium an der U Dub aufzunehmen. Zumindest hat er sich mit ein paar Freunden eine Wohnung in Campusnähe genommen.«

»Einfach so?«

»Einfach so«, sage Allie. »Und nun rückt der Tag seines Umzugs immer näher, und die beiden verstehen sich viel besser. Wahrscheinlich ist ihnen einfach klargeworden, dass ihnen gar nicht mehr so viel Zeit bleibt, um sich zu streiten. Nicht mehr lange, und er ist weg«, wiederholte sie. »Warum also auch nur eine Sekunde mit solchem Scheiß verschwenden?«

»Allerdings«, bestätigte ich.

»Tja«, sagte sie. Und dann, nach ein paar Sekunden: »Du klingst gut. Stark.«

»Ich habe im Moment eine Menge zu tun«, erklärte ich. »Ace hat mal wieder Mist gebaut, und ich muss mich jetzt darum kümmern. Und ich habe Jake gerade zum ersten Mal zur Schule gebracht.«

»Ach ja! Er geht ja jetzt in die erste Klasse!«

»Ich habe ihm von den Tennisstunden erzählt. Er war begeistert.«

»Das freut mich«, sagte Allie. »Die nächste Runde geht auf mich.«

»Du musst nicht für alles aufkommen, Allie.«

»Das ist doch das mindeste, was ich von hier aus tun kann«, erwiderte sie.

Auf meinem Handy klopfte jemand an: der Taxiservice. »Ich muss jetzt los«, sagte ich. Zwar war ich nur halb geschminkt, konnte mich aber im Wagen fertigmachen.

»Ich lieb dich so, große Schwester«, sagte Allie. Das wusste ich, aber es machte mich traurig, dass sie es neuerdings am Ende jedes Telefonats sagte, so als fürchtete sie, bald keine Gelegenheit mehr dazu zu haben.

»Ich rufe dich später an.«

»Ich bitte darum«, sagte sie.

»Versprochen.« Ihr zuliebe tat ich also so, als wäre ich wieder ganz die Alte, trug ein bisschen Lippenstift auf, schnappte mir meine Aktentasche und ging zur Tür hinaus, ohne einen Gedanken an die Schmerzen zu verschwenden, die jetzt über meine ganze Seite strahlten; ich dachte weder an sie noch an mich, sondern nur an meinen Job und den Wagen, der unten auf mich wartete, um mich ins Herz der Krise zu bringen, für die ich unendlich dankbar war, denn sie hielt mich am Leben (genauso wie du und Allie es taten).

Die Fahrt auf dem West Side Highway verlief stockend: Ohne erkennbaren Grund verdichtete sich der Verkehr und löste sich wieder auf. Obwohl ich für Ace all meine Sinne beisammenhaben wollte, warf ich mir eine Kodeintablette ein; ich war mittlerweile so an die Schmerzmittel gewöhnt, dass Ace sicher nichts davon merken würde. Nur er, ich und vielleicht noch Amani sollten bei dem Treffen dabei sein. Keine Angehörigen oder Juristen – noch nicht. Bis wir nicht sicher waren, was jemand wusste, gab es keinen Grund, die Truppen zusammenzurufen.

Mein Handy klingelte, Ace war dran – plötzlich war er immer erreichbar. »Ich versteh einfach nicht, woher das mit einem Mal kommt. Wie ist er darauf gekommen?«

Zu meiner Linken strömte der Hudson grau und träge zum Hafen von New York. »Ace, ausgerechnet du solltest doch wissen, dass in der Politik nichts geheim bleibt.«

»Aber es hatte nichts zu bedeuten!«

»Ace, komm schon.«

(Hör mal, ich weiß, was du dich fragst.)

»Aber wie ist er darauf gekommen?«

(Darauf kann ich dir keine eindeutige Antwort geben.)

»Wie, Karen?«

Wieso hatte ich Kit Rannells davon erzählt – befand ich mich auf einer Art Rachefeldzug? Wollte ich Gerechtigkeit, wollte ich Ace einen kleinen Dämpfer versetzen? Oder hatte ich es für Bev getan? Oder weil ich noch ein paar Monate weiterarbeiten wollte? (Ohne Krise hätte ich an diesem Tag nichts anderes zu tun gehabt, als in die Notaufnahme zu gehen.)

Um halb elf fuhren wir durch das Eingangstor zu Ace' Anwesen. Die Sonne sprenkelte durch das Laubdach ein Muster auf die Zufahrt. Am Haus waren alle Jalousien herabgelassen. Ich sah mich nach Reportern und TV-Sendewagen um, aber es war niemand da. Ich gab dem Fahrer Trinkgeld, nahm die Quittung in Empfang und ging zu Ace' Haus, während das Kodein seine Wirkung entfaltete. Noch bevor ich klingelte, wurde die Tür aufgerissen.

»Karen, Gott sei Dank!«

»Hey Jill«, sagte ich überrascht. Ich hätte sie nicht hier erwartet. Sie quetschte meine Hände.

Ich wusste, wie mies ich aussah, doch im Vergleich zu ihr schnitt ich nicht schlecht ab. Die Jill, an die ich mich erinnerte, war auf eine intellektuell-elegante Weise attraktiv mit einem rötlich blonden Bob und einer schicken Brille. Die Jill, die jetzt vor mir stand, hatte ein verquollenes Gesicht, zerzauste Haare und roch nach zu vielen Zigaretten. Sie trug ein fleckiges T-Shirt und eine Jogginghose. Bei meinem Anblick zuckte sie nicht mit der Wimper. Mit einem Mal kam ich mir schrecklich vor. Ich hatte ihr das angetan – das heißt, natürlich hatte es ihr eigentlich ihr Mann angetan. Aber ohne mich hätte sie es vielleicht nie herausgefunden.

»Mom, ist das Karen?« Neben ihr tauchte Ruth auf, die offenbar einen frühen Flug genommen hatte. Wie hatte ich so rücksichtslos mit dem Leben eines anderen umgehen können?

»Sagen Sie mir nur, dass er es nicht schon wieder getan hat. Weil ich das nicht ertragen würde – ich kann es einfach nicht. Noch einmal kann ich ihm nicht zur Seite stehen und das liebende Weib spielen, das ihm verzeiht. Sagen Sie es mir, Karen, ganz ehrlich. Bitte.«

»Ist er hier?«

»Karen, ich frage Sie: Hat er es getan?«

Vom Kodein kribbelte es mir in den Fingerspitzen und in der Wirbelsäule; gut möglich, dass ich sogar zwei Tabletten genommen hatte.

»Natürlich nicht, Jill.«

Da brach sie in Tränen aus, und ihre Tochter umfasste ihre

Schultern und führte sie von der Tür fort. »Komm schon, Mom. Lass Karen herein.«

Ich wollte sie in den Arm nehmen und trösten, aber das stand mir nicht zu. Eine Sekunde lang hasste ich, was ich getan hatte. »Ist Ace da?«

»Er versteckt sich im Arbeitszimmer«, erklärte Ruth. »Gestern am späten Abend tauchte ein Reporter hier auf und wollte einen Kommentar von ihm. Mein Vater schrie ihn an, und seitdem ist meine Mom in diesem Zustand.«

»Sprich nicht so, als wäre ich nicht da!«, zischte Jill.

»Mom«, mahnte Ruth.

»Jill, ich verspreche, es wird alles wieder gut.« Sie sah mich nicht einmal an, sondern wedelte nur abwehrend mit der Hand.

Im Haus war es warm und roch ein bisschen nach Hund; ein Terrier kläffte in der Küche.

Ich folgte ihnen zum Küchentisch. »Von welcher Zeitung kam der Reporter? Wer war das?«

»Ist das wichtig?«

»Nicht, solange er nicht von der *Times* kam«, erwiderte ich. »Solange Nachrichten nicht von der *Times* gebracht werden, sind es keine echten Nachrichten.«

»Glauben Sie, es sind echte Nachrichten?« Jill ließ sich schwer auf ihren Stuhl sinken; ihre Tochter nahm den Terrier hoch und verschwand mit ihm. »Glauben Sie, er könnte es wieder getan haben? In Frankreich? Nach unserem Hochzeitstag?«

»Nein, Jill, natürlich nicht.« Wieder das Kribbeln.

»Denn das würde ich kein zweites Mal durchstehen. In meinem ganzen Leben habe ich keine derartige Demütigung erlebt wie an dem Tag, als ich neben ihm stehen musste, während er zugab, in unserer Ehe *Fehler* gemacht zu haben. Fehler! Wenn man vergisst, den Ofen auszumachen: Das ist ein Fehler! Ein Auffahrunfall ist ein Fehler.«

»Kommen Sie schon, Jill.«

»Als hätte ich ihm je vergeben. Als hätte ich ihn unterstützt! Die ganze Zeit wollte ich ihn am liebsten umbringen.« Ach wirklich? Ich hatte sie als sehr freundlich und entgegenkommend in Erinnerung. Ich weiß noch, dass ich beeindruckt war.

»Ich weiß, hören Sie –«

»Aber wenn er es wirklich wieder gemacht haben sollte – wie konnte er das unserer Familie antun? Wir haben zwei Töchter! Ruth ist verlobt und will demnächst *heiraten*. Werden wir sie also nicht gemeinsam zum Altar führen? Werden wir nicht nebeneinanderstehen, wenn sie die Ehe eingeht? Werden wir so tun, als hätte eine Ehe nichts zu bedeuten?«

»Jill ...« Ich überlegte, ob ich ihr eine Kodeintablette anbieten sollte. Besser ein Xanax. »Möchten Sie ein Xanax?«

»Ich habe schon zwei genommen«, sagte sie. Dann blickte sie abrupt auf. Ace stand an der Küchentür.

»Komm schon, Jillie«, sagte er.

Sie wurde stocksteif und warf ihm einen giftigen Blick zu. »Ich gehe«, sagte sie.

»Wo willst du denn hin?«

»Hauptsache, weg.« Damit erhob sie sich und rauschte in einer Sturmwolke an ihm vorbei. Irgendwo im Haus kläffte der Terrier. Ace trug Jeans und ein weißes T-Shirt mit V-Ausschnitt. So locker gekleidet hatte ich ihn noch nie gesehen. Unter seinen Augen waren die Tränensäcke zu sehen. Aber seine Frisur saß noch immer perfekt. Er ließ sich neben mir am Tisch nieder.

Wir schwiegen. Nach einer Weile hörten wir, wie das Garagentor aufging und Jills Wagen herauskam.

»Du liebe Güte«, sagte ich, fühlte mich jedoch ohne sie im Zimmer besser.

»Ich weiß.« Er lehnte sich auf dem Stuhl zurück und rieb sich über den Mund. Aber er wirkte nicht gequält, sondern eher wachsam. »Ich weiß es einfach nicht ... ich weiß einfach nicht, wie ich ...«

Ich wartete darauf, dass er den Satz beendete, aber das tat er nicht. »Wie du – *was*?«

»Ich hab einfach nicht nachgedacht«, sagte er.

»Das ist wahr«, nickte ich.

»Möchtest du was trinken?«, fragte Ace. »Kaffee? Oder was anderes?«

»Nein, danke«, sagte ich, aber Ace stand auf, goss Kaffee in zwei Becher, holte eine Flasche Bourbon aus dem Schrank, gab in einen der Becher einen Schuss davon und, nach kurzem Zögern, auch in den anderen. Mit den ganzen Medikamenten im Blut konnte ich auf keinen Fall Bourbon trinken, aber ich mochte den Geruch.

Ace' Küche war schön: Oberlichter, ein großer Ofen von Wolf. Er war immer stolz darauf gewesen, dass Jill eine sehr gute Köchin war. Sie hatten die halbe Bronx zu Thanksgiving eingeladen und Dutzende Würdenträger von New York in ihrem Esszimmer empfangen: Bloomberg, Koch, Cuomo. Immer gab es viel italienisches Essen und reichlich Backwaren.

Ace setzte sich wieder und schob mir einen Becher zu.

»Und was jetzt?«, fragte ich ihn.

»Du weißt doch, dass ich vor einer Million Jahren Lehrer für Geschichte war. Das ist dir bekannt.«

»Ja«, sagte ich. Draußen zwitscherten Vögel. Man hätte nie gedacht, sich mitten in der Bronx zu befinden.

»Nach dem College und nach Vietnam bekam ich meine Ausbildung, auf Kosten des Staates, als Erster in meiner Familie, ganz große Sache. Am ersten Vorlesungstag lernte ich Jillie kennen. Irgendwie brachte ich den Mut auf, sie um eine Verabredung zu bitten. Und danach den Mut, sie zu fragen, ob sie mich heiraten wollte. Mich! Einen Trottel aus der Bronx, während sie doch das wunderschöne Mädchen aus Manhattan war. Aber irgendwie konnte ich sie davon überzeugen, meine Frau zu werden.«

Er trommelte mit den Fingern auf die Tischplatte. Wollte er, dass ich ihm sagte, er wäre kein Trottel?

»Ich machte meinen Abschluss an der New York University und fing an zu unterrichten. Amerikanische Geschichte. Von der Revolution bis zur Depression, jedes Jahr. Und jedes Jahr erzählte ich davon, wie Menschen Fehler machen: König George III., der die amerikanischen Kolonisten unterschätzte. Präsident Coolidge vor der Finanzkrise, der die Gefahren des Kapitalismus unterschätzte. Präsident Woodrow Wilson, der unterschätzte, was der Versailler Vertrag bedeuten könne. Immer und immer wieder dieselben Fehler. Ich hörte mir selbst schon gar nicht mehr zu. In der Zwischenzeit zog Jillie die Kinder auf, hielt das Haus in Schuss, und dann starb ihr Vater, und sie erbte das ganze Geld, und wofür gab sie es aus? Für ein schönes Haus für unsere Familie. Für gute Schulen für die Mädchen. Jill tut nie etwas für sich selbst. Sie möchte eine schöne Küche, aber nur, damit sie uns bekochen kann.«

»Aha.« Ich war mir sicher, dass er als Geschichtslehrer nicht einmal halb so gut wie mein Vater gewesen war.

»Ach«, sagte Ace. Er nahm einen etwas zu großen Schluck aus seinem Kaffeebecher. »Und ich sagte mir, das konnte doch noch nicht alles gewesen sein. Ich wollte nicht nur ein Lehrer sein, also ging ich in die Politik. Erst als Bezirksabgeordneter, dann als Bezirksbürgermeister der Bronx. Dann als Stadtrat von New York. Und die ganze Zeit hielt ich es für selbstverständlich, dass es nur um mich ging, darum, was *ich* wollte, denn was gut für mich war, musste auch gut für meine Wähler und für meine Familie sein. Gut für meine Frau. Wieso auch nicht? Schließlich wollte ich es. Und ich wollte ja niemandem schaden. Ich würde mich nie bestechen lassen oder so was. Ich wäre niemals korrupt. Ich tue das Richtige für die Menschen, die mich ins Amt gewählt haben. Ich tue das Richtige für meine Familie und für die Bronx.«

»Du hast das Richtige getan, Ace.«

»Nein, nicht immer, Karen.«

Ich blickte auf die Tischplatte.

»Manchmal, nachts – wenn man ganz ehrlich mit sich sein sollte, denn nur man selbst und Gott hören zu –, dann wusste ich, dass es nicht so war. Und ich tat es trotzdem.«

Ich wusste nicht, was ich darauf sagen sollte. Also roch ich an meinem Kaffee und widerstand dem Drang, davon zu trinken.

»Und dann, das eine Mal, als ich erwischt wurde, kam ich davon – das habe ich dir zu verdanken, Karen –, und da fing ich langsam an zu glauben, ich wäre unbesiegbar. Denn sonst wäre ich doch wohl nicht, wo ich war, oder? Ich hatte nichts gelernt. Ein paar Jahre lang war ich ein braver Junge, aber dann konnte ich einfach nicht anders und baute wieder Mist. Und ich dachte immer noch, ich würde ungeschoren davonkommen, denn schließlich war mir nie etwas Schlimmes passiert ... nicht einmal, als ich erwischt wurde.«

»So was kommt vor«, sagte ich lahm.

»Ich kam mit einer Dummheit durch, mit der ich nie hätte durchkommen sollen.«

»Ja, aber –«

»Es geht im Leben nicht nur um mich, Karen. Nur weil ich nicht leide, heißt das noch lange nicht, dass nicht andere um mich herum leiden.«

Ich seufzte und sog den Geruch meines Kaffees ein.

»Ich bin neunundfünfzig Jahre alt. Und ich weiß nicht, wieso ich das jetzt erst erkenne.«

Ich nippte an meinem Kaffee, und kaum hatte ich das getan, schoss mir der Alkohol derart ins Gehirn, dass ich heftig blinzeln musste.

»Ich steige aus, Karen.«

Ich brauchte eine Sekunde, um zu begreifen, was er meinte. »*Was?*«

»Ich kann das Jill nicht antun. Sie darf das kein zweites Mal durchstehen. Ich liebe meine Frau, Karen.«

»Aber sie werden es nie rauskriegen, Ace!«

»Doch, das werden sie«, nickte Ace. »Am Ende kriegen sie alles raus.«

Du meine Güte. »Ace, seit ich dich kenne, sprichst du von nichts anderem, als eines Tages Bürgermeister von New York zu werden.« Ich fühlte mich benommen und wusste nicht, ob es vom Kodein plus Bourbon kam oder von dem, was Ace sagte. »Du musst doch nicht wegen eines plötzlichen Anfalls von Reue das Ziel deines Lebens fallenlassen.«

»Aber es ist das Richtige.«

Verdammt noch mal! Wusste er nicht, dass dies meine letzte Kampagne war? Panik stieg in mir auf, mir schwirrte der Kopf. Wie sollte ich ohne Arbeit noch ich selbst sein?

»Sie hat meinetwegen genug durchgemacht«, sagte er.

»Jetzt werd nicht melodramatisch! Hier geht's doch nur um ein paar dämliche Gerüchte in der *Bronx Times*. Völliger Quatsch!« Ich hoffte, ich konnte mich so klar ausdrücken, wie ich wollte. »Wegen eines dummen Fehltritts musst du dich doch nicht gleich ins Schwert stürzen.«

»Es war mehr als nur ein dummer Fehltritt.«

Da fing mein Herz an zu hämmern, donnerte gegen den Bourbon an, gegen das Kodein und alle Sedativa. Zwar tat es mir für Jill leid, aber noch mehr tat ich mir leid. »Und deine Verantwortung gegenüber deinen Wählern?«, fragte ich. »Gegenüber den Menschen, die dich gewählt haben?«

»Die werden jemand anderen wählen. Oder auch nicht. Hier liegt die Wahlbeteiligung doch ohnehin nur bei höchstens dreißig Prozent.«

»Ace« – ich nuschelte, das hörte ich ganz deutlich –, »Ace, ich empfehle dir dringend, das noch einmal zu überdenken. Du hast keinen Gegner. Niemand kann dich schlagen. Selbst wenn Rannells es irgendwie schafft, etwas auszugraben –«

»Ich bin fest entschlossen. Letzte Nacht habe ich auf der Couch geschlafen. Genauer gesagt, war ich wach bis vier Uhr morgens. Weißt du, wie sich das anfühlt?«

Das wusste ich nur zu gut.

»Und da kam endlich der Zeitpunkt, ehrlich zu mir zu sein. Selbst wenn ich gegenüber niemand anderem ehrlich sein kann, muss ich es doch zumindest mir selbst gegenüber sein. Ich schlich nach oben und sah nach Jill: Sie schlief tief und fest, aber überall um sie herum lagen Taschentücher, weil sie so geweint hatte. Da lag immer noch die wunderschöne Frau, die ich vor fünfunddreißig Jahren geheiratet habe. Als wäre kein Tag vergangen. Wie kann ich da einfach nur um mich kreisen, statt mich darum zu kümmern, was sie braucht? Sie ist doch meine Frau. Die Frau, mit der ich mein Leben teile.«

In der Nacht zuvor hatte ich dir einen Kuss auf die Stirn gedrückt, während du in deinem Bett schliefst. Deine schönen langen Wimpern gesehen. Wie du die Bettdecke in deinen Fäustchen hieltest.

»Ich verstehe.«

Alles, was Ace je gewollt hatte, war, Bürgermeister zu werden, und alles, was ich je gewollt hatte – zumindest fast alles –, war, dir eine gute Mutter zu sein.

Ich entschuldigte mich und ging ins Bad. Ich sah aus wie eine Tote. Keine Kampagne mehr. Keine Arbeit mehr. Ich spritzte mir Wasser ins Gesicht und atmete tief ein und wieder aus. Und allmählich fand mein Herz zu seinem normalen Rhythmus zurück.

Jacob, seit der High School hatte ich ununterbrochen gearbeitet. Zuerst in der Reinigung neben unserem Haus. Dann zur Mittagszeit in der Uni-Mensa. Fünf lange Jahre für Harley Political. Und seitdem für mein eigenes Unternehmen. Aber jetzt, einfach so, hatte ich keine Arbeit mehr, da war nur noch ich.

Aber ich hatte dich. Und ohne Ace würde ich viel mehr Zeit haben, die ich mit dir verbringen könnte.

Ohne mir dessen bewusst zu sein, hatte ich mir Zeit mit dir geschenkt.

Mein Gesicht war tropfnass. Ich trocknete es ab, ging in die Küche zurück und setzte mich zu Ace an den Tisch. Eine ganze Weile schwiegen wir beide. Was gab es noch zu sagen? Irgendwann stand Ace auf, goss den restlichen Kaffee in den Ausguss, durchwühlte eine Schublade und holte ein Scheckbuch heraus. Nachdem er mir einen beträchtlichen Scheck ausgestellt hatte, war ich entlassen.

Mein Kandidat, meine Krise, mein Job, mein Leben. Der Scheck in meiner Tasche. All dies war mir kaum einen Gedanken wert. Ich dachte nur an dich, an dein Leben, das Leben, das ich dir geschenkt hatte und das dein war.

Nach dem Abendessen und einem detaillierten Bericht über deinen ersten Schultag (du hattest ein Lied über die Jahreszeiten gelernt und wusstest schon, dass die Schulbibliothek »Mediencenter« hieß) erzähltest du mir, warum du dich am Morgen nicht so über meine Überraschung für dich gefreut hattest, wie ich es erwartet hatte.

»Ich will total gern Tennis spielen lernen«, sagtest du. »Aber eigentlich dachte ich, du würdest mir sagen, dass ich meinen Dad sehen darf.«

KAPITEL 17

In diesem Herbst begannen die Tage früh dunkel zu werden, weshalb du im Flutlicht Tennis spieltest. Entweder machte es dir Topher, dein Lehrer, leicht, oder du warst seit der letzten Woche noch besser geworden. Deine Schläge jagten den Ball dicht übers Netz, und du übtest schon, deine Rückhand einzusetzen. Und wie schnell du warst. Mit einem Mal fiel mir jeder Muskel deines Körpers auf. Wenn ich dir beim Spielen zusah, kamst du mir vor wie ein anderer Mensch. Es war verblüffend.

Aus irgendeinem Grund fiel es mir immer schwerer, mich warm zu halten; meine Hände und Füße waren fast ständig eiskalt. Obwohl es fünfzehn Grad war, trug ich einen Fleece-Pullover, eine Daunenjacke und ein hässliches Schultertuch aus Wolle. Du hingegen hattest darauf bestanden, nur Shorts und ein dünnes T-Shirt anzuziehen. Und natürlich dein Stirnband. Ich saß direkt am Platz auf der Tribüne, und obwohl ich wusste, dass dein Vater kommen würde, war ich nicht in Alarmbereitschaft. Ich schrak sogar kurz zusammen, als er plötzlich neben mir stand.

»Hey«, sagte er sanft. Er ließ sich neben mir nieder; zwar rutschte ich ein Stück beiseite, aber nicht genug, so dass unsere Körper sich berührten. Statt der Perücke trug ich eine dicke Wollmütze. Meine Augenbrauen waren kaum noch vorhanden, aber ich hatte sie nicht nachgezogen. Allerdings hatte ich schimmerndes Lipgloss aufgetragen. Hauptsächlich, weil es so gut schmeckte.

Ich spürte den starken, vertrauten Körper deines Vaters neben mir. Seinen Geruch oder auch nur den Geruch des Laubs. Ich hatte ihn im Herbst kennengelernt. Jetzt roch es genau so wie an dem Abend, als wir uns bei diesem Essen zum ersten Mal begegneten. An jenem Abend verließen wir irgendwann den Saal und machten einen Spaziergang an dem seltsamen künstlichen See des Hotels. Als wären wir in Paris. Als wären wir ein richtiges Liebespaar. Einst hatte er mich geliebt, dein Vater. Davon bin ich überzeugt.

»Wow«, bemerkte er, als du einen harten Aufschlag Tophers zurückschlugst.

»Ja, nicht wahr?«, sagte ich. Du machtest einen spektakulären Hechtsprung und nahmst sofort wieder Position ein, wipptest in den Knien und warfst den Schläger erwartungsvoll von einer Hand in die andere. Zwischen deinen Lippen war deine Zungenspitze zu sehen.

»Bilde ich mir das nur ein, oder –«

»Nein«, sagte ich. »Er ist wirklich gut.«

Eine Weile sahen wir dir schweigend zu. Du hattest wohl nicht bemerkt, dass dein Vater gekommen war, sonst hättest du nicht so konzentriert gespielt.

»Also, was ist los?«, fragte dein Vater schließlich.

»In der Woche vor Thanksgiving findet der Elternsprechtag statt«, sagte ich.

Verwirrt sah er mich an.

»Jake ist ziemlich gut in Mathe, aber seine Schrift ist grässlich. Viele Jungen in seinem Alter haben wohl Probleme mit der Feinmotorik, also ist es kein großes Problem, aber die Lehrerin meint, es sei gut, mit ihm zu trainieren. Ihn zum Beispiel kleine Gegenstände greifen zu lassen oder so. Münzen, Murmeln und so weiter. Sonst scheint seine Motorik sehr gut zu sein.«

»Spielen Kinder immer noch mit Murmeln?«

»Manchmal.«

»Aha«, sagte dein Vater, woraufhin wir erneut schwiegen. Ein paar Krähen landeten auf einem Baum in der Nähe. Du ranntest keuchend über den Platz.

»Außerdem habe ich mir überlegt, ihn bei der Spanisch-AG mitmachen zu lassen. Er hat schon einiges von Julisa aufgeschnappt, ein paar Grundbegriffe, um sich zu unterhalten, aber er kann natürlich nichts schreiben oder lesen. Doch wenn er wollte, könnte er es schnell lernen. Die Spanisch-AG wird an den Unterricht angehängt und dauert eine Stunde. Zusätzlich zum Tennis wäre das zwar ein bisschen viel, andererseits ist es eben sinnvoll, Kinder frühzeitig Fremdsprachen lernen zu lassen.«

»Aha«, sagte dein Vater erneut.

»Ich habe mit ihm darüber geredet, und er klang nicht besonders angetan, aber ich weiß nicht … Ich bin mir einfach unsicher, welche Entscheidungen ihm überlassen werden sollten.«

»Was meint denn seine Lehrerin?«

»Das wollte ich sie beim Elternsprechtag fragen.«

Du machtest eine Pause, um etwas zu trinken, blicktest aber nicht zu uns hoch. Wenn du ihn auf der Tribüne hättest sitzen sehen, hättest du ihn sofort erkannt?

Jetzt schaltete Topher die Ballmaschine ein, stellte sich hinter dich und korrigierte deine Haltung. Neben ihm wirktest du so zart, fast zerbrechlich. Sonst kamst du mir oft schon so groß vor. Sechsjährige Kinder sind wirklich ein Phänomen: Sie können schon so viel und lernen so schnell, dass man leicht vergisst, wie klein sie noch sind. Du passtest deine Haltung an und schlugst den nächsten Ball mit voller Wucht zurück.

»Wenn du möchtest, könntest du gern zum Elternsprechtag mitkommen.«

Dein Vater sah mich an. »Selbstverständlich möchte ich«, sagte er. Dann sahen wir dir wieder eine Minute zu. »Wieso? Ich meine, wieso willst du mich dabeihaben?«

»Ich glaube, es ist der Zeitpunkt gekommen, da Jake mehr Menschen in seinem Leben braucht«, erklärte ich. »Und nicht weniger.«

Immer noch sah dein Vater mich an, und dabei wirkte er – ehrlich gesagt: bekümmert. Nicht wie jemand, der mir etwas wegnehmen wollte. Nicht wie jemand, der einen Prozess gegen mich führen würde. Ich musste mir und dir gegenüber ehrlich sein. »Hat sich etwas verändert?«

»Ich habe keinen Job mehr«, sagte ich. »Mein Kandidat hat einen Rückzieher gemacht.«

»Das habe ich in der *Times* gelesen«, nickte er. »Wie geht es dir gesundheitlich?«

»Ich weiß nicht«, erwiderte ich. »Meine Ärzte behaupten, es bestünde immer noch Grund zum Optimismus, aber ich fühle mich in letzter Zeit nicht besonders. Aber das ist auch nicht der eigentliche Grund. Er liebt dich, Dave. Ich habe keine Wahl, ich muss das für ihn tun.«

Dave schloss die Augen und presste die Fingerspitzen dagegen.

»Du solltest wissen, dass es mir das Herz bricht.«

»Ich weiß«, sagte er, immer noch mit geschlossenen Augen.

»Wirklich?«, fragte ich. Dabei behielt ich dich weiter im Auge; ich hätte es nicht geschafft, deinen Vater anzusehen. »Weißt du, wie es sich für mich anfühlt, dich mit ihm spielen oder auch nur zusammen sein zu lassen? Mich wolltest du nicht, aber ihn kriegst du trotzdem«, bemerkte ich. Es sollte beiläufig klingen, was nicht gelang.

»Karen«, sagte er.

»Ich habe dich so sehr geliebt. Ich habe dich einfach geliebt. Und du hast mir das Herz gebrochen. Hast gesagt, du wolltest unser Kind nicht. Das hast du gesagt, und dann hast du mich einfach fortgeschickt. Dabei hattest du doch gesagt, du liebst mich. Aber dann sollten wir ein Kind bekommen, und du hast einfach gesagt, ich solle gehen.«

Jetzt klang ich ganz und gar nicht mehr beiläufig. Und mir liefen die Tränen übers Gesicht. Was du auf keinen Fall sehen solltest.

»Wieso hast du mich weggeschickt? *Du hattest doch gesagt, du liebst mich.*« Ich hatte die Kontrolle verloren. Aber ich vertraute mir oder darauf, wie ich in diesem Augenblick war. Ich versuchte, einen Sinn zu finden. »Warum hast du mir das angetan?«

»Karen.«

»Und jetzt sitze ich hier.« Ich verschränkte meine kalten Hände. »Hast du mich geliebt, Dave? War es wahr, was du gesagt hast?«

Dave wirkte gequält. »Karen«, sagte er. Er starrte ins Leere. Ich rechnete gar nicht mehr damit, dass er noch etwas sagen würde, doch dann erklärte er: »Ich habe dich nicht genug geliebt. Ich dachte es, und es war so leicht, es dir zu sagen. Es war schön. Es war schön mit dir, und ich war glücklich. Aber zu mehr war ich nicht bereit. Ich war einfach nicht bereit für das, was du wolltest: ein Kind, eine Familie und all das. Ich hätte das deutlicher zeigen müssen.«

Meine Hände waren so, so kalt.

»Ich war nicht bereit dazu. Das tut mir leid.« Ich konnte ihn nicht anblicken, aber es kam mir so vor, als weinte er nun auch.

Aber wer sagt, dass man bereit sein muss? Wer sagt, dass man das Herz eines anderen erobern und es dann einfach fallen lassen kann? So etwas tut man einfach nicht, wenn man erwachsen ist. Man tut das nicht und kommt damit durch. Das wollte ich ihm sagen – aber welchen Sinn hätte es gehabt? Wie hätte er es wiedergutmachen können? Es waren seitdem fast sieben Jahre vergangen. Dave war verheiratet, und ich wäre nicht mehr lange am Leben. Welchen Sinn hätte es da, ihn anzuschreien oder ihm etwas Unverzeihliches an den Kopf zu werfen? Welchen Sinn hätte es, ihn zu beschimpfen? An meinem traurigen Rachefeldzug festzuhalten?

Da nahm er meine Hände in seine. Wenn ihn ihre Kälte erschreckte, zeigte er es nicht. »Es wird mir auf ewig leidtun«, sagte er.

Ich entzog ihm meine Hände und blies darauf. Ich konnte meine Hände verdammt noch mal selbst wärmen.

»Es ist mittlerweile egal«, sagte ich. Seine Entschuldigungen hatte ich ebenfalls satt. »Mein Sohn liebt dich. Und ich liebe meinen Sohn.«

Du machtest vor unseren Augen einen Aufschlag. Der Ball ging ins Netz. »Ich liebe ihn zu sehr, um ihn von dir fernzuhalten. Deshalb lasse ich dich gewinnen. Ich liebe ihn mehr, als ich dich je geliebt habe. Mehr als mich selbst. Also kriegt er dich. Weil er sich das wünscht. Und ich habe keine Zeit mehr zu streiten.« Hier zitierte ich meine Schwester.

Dein Vater kniff die Augen zu und zog die Nase hoch. So gerührt hatte ich ihn noch nie gesehen. Genau so hätte er aussehen sollen, als ich ihm sagte, dass ich ein Kind von ihm erwartete.

»Jacob wird das Schuljahr hier noch beenden. Das möchte ich, ihm zuliebe. Ich möchte, dass er Tennisunterricht bekommt und mit seinen Freunden spielen kann und so weiter – es soll alles so normal wie möglich für ihn weitergehen. Und da er dich sehen will, darf er das auch.«

Dein Vater öffnete die Augen. Der Wind fuhr ihm durch sein dünner werdendes Haar. Er hatte Fältchen am Mund und um die Augen, die mir fremd waren.

»Aber wenn du ein Teil seines Lebens sein willst, dann reicht es nicht, den Weihnachtsmann zu spielen, klar? Du kannst ihm nicht einfach ein Haustier schenken und ihn gruslige Filme sehen lassen. Es gibt Regeln. Und diese Regeln musst du kennen.«

»Wie lauten die Regeln?«, fragte dein Vater leise.

»Nur Filme ab sechs, es sei denn Zeichentrick oder Superhelden. Dann musst du sie dir vorher ansehen. Keine Filme mit Gewalt. Das war Wahnsinn.«

»Ich weiß«, gab dein Vater zu.

»Er ist erst sechs«, sagte ich. »Du musst verstehen, was das bedeutet.«

»Okay«, nickte dein Vater.

»Ich versuche, ihn auf ein Leben ohne mich vorzubereiten«, fuhr ich fort. »Dabei musst du mir helfen.«

»Aber du wirst doch nicht –«

»Bitte«, unterbrach ich ihn. Ich fing an zu zittern und schlang das Schultertuch enger um mich. Ich fragte mich, ob ich zu früh aufgegeben, kapituliert hatte, bevor dein Vater auch nur einen Schuss abgegeben hatte. Doch dann fiel mir wieder ein, dass es hier nicht um eine Schlacht ging. Oder auch nur um einen Wahlkampf. Sondern um dich.

»Karen«, sagte Dave, »du bist eine so gute Mutter. Ich möchte ... du sollst wissen, dass ich alles, was du geschafft hast, bewundere. Ehrlich, ich wollte, ich wäre als Vater nur halb so gut wie du als Mutter. Nicht, dass ich ihn die Hälfte der Zeit wollte, nicht, dass ich versuche –«

»Ich weiß«, flüsterte ich.

»Wenn ich auch nur halb so viel richtig machen kann, wie du es tust, dann wäre ich schon ein viel besserer Vater, als ich mir jemals hätte vorstellen können.«

Ich schwieg, weil ich nicht wusste, was ich darauf sagen sollte. Ich versuchte, mich auf etwas anderes zu konzentrieren, auf den Wind, die Vögel, auf dich und deinen Schläger und das Tennisnetz vor dir. Es kam mir so vor, als würde alles in meinem Leben miteinander verschwimmen. Meine Kindheit auf Long Island. Meine Schwester Allison. Die Träume, die ich damals für mich hatte. Die Träume, die ich für dich hatte.

Was bedeutet dieses Leben überhaupt? Worum geht es dabei? Wieso könnte ich erwarten, dass es besser sein sollte, als es war?

Hätte es denn überhaupt besser sein können?

Jetzt zitterte ich noch heftiger. Dave legte den Arm um mich. Als deine Stunde zu Ende war und du ihn entdecktest, breitete sich ein Strahlen über dein Gesicht aus. Du ließest den teuren

Tennisschläger fallen und rastest zu uns. »Dad!« Du stürztest dich auf ihn. Und dein Dad schaffte es, dich zu umarmen, ohne seinen starken, warmen Arm von meiner Schulter zu lösen.

»Hey Jacob«, sagte dein Vater. »Du hast mir gefehlt.«

»Du hast mir auch gefehlt«, erwidertest du und schmiegtest dich in seinen anderen Arm.

Dein Vater durfte uns bis nach Hause begleiten, obwohl die Wohnung ein einziges Chaos war und ich ihm außer Tiefkühl-Chicken-Nuggets und Leitungswasser nichts anbieten konnte.

»Habt ihr Lust auf eine Pizza oder so was?«, fragte dein Vater. »Ich könnte was zu essen bestellen.«

»Mom, darf er?«

Also ließ ich zu, dass dein Vater Pizza bestellte. Ich wartete noch immer darauf, dass sich das Gefühl der Kapitulation wieder meldete, doch eigentlich fühlte ich mich gut. Ich würde das für dich überstehen. Um die Mütze gegen ein Kopftuch zu tauschen, zog ich mich ins Bad zurück. Ich überlegte, ob ich mich schminken sollte, verwarf es jedoch. Mein Bett war gemacht, auf der Kommode standen meine Medikamente aufgereiht, die Perücke lag auf dem Styroporkopf am Fenster, auf der einen Seite meines Betts wartete ein Stapel Handtücher auf nächtliche Schweißausbrüche, neben dem Bett standen ein Eimer und auch ein Rollator, falls ich mich zu schwach zum Gehen fühlen sollte, doch den hatte ich bislang nie benutzt (wenn ich mich so schwach fühlte, blieb ich einfach im Bett). Insgesamt sah mein Zimmer also nicht allzu schrecklich aus, nicht wie ein Leichenschauhaus oder so. Die Fotos an der Wand waren alle fröhlich, denn sie zeigten nur dich.

Ich blickte zu der Schachtel, in der ich dieses Manuskript und ein paar weitere Sachen für dich aufbewahrte. »Dave?«, rief ich. Er sah mit dir deine Matheaufgaben durch und versuchte wohl, deine Schrift zu entziffern. »Dave?«

Nun steckte er den Kopf durch die Tür.

»Ich möchte dir etwas zeigen«, erklärte ich. Der Schmerz in meiner Seite flammte wieder auf. Ich ignorierte ihn.

Da trat dein Vater ins Zimmer, und ich zeigte ihm diese Schachtel mit den Unterlagen und Fotos, die du eines Tages bekommen solltest. Ich zeigte ihm den alten Hut meines Vaters. Das Album mit deinen Babyfotos, das mit meinen Babyfotos. Den Platinring.

»Gib ihm den bitte, wenn du meinst, dass er groß genug ist, um ihn nicht zu verlieren. Vielleicht zu seiner Bar-Mizwa.« Ich kniete vor der Schachtel, dein Vater saß im Schneidersitz neben mir. »Du weißt doch, was eine Bar-Mizwa ist, oder?«

»Karen, ich bitte dich.«

»Er hat meinem Großvater gehört. Er trug ihn, als er sich in Ungarn im Wald versteckte. Vor den Nazis. Davor gehörte der Ring seinem Vater. Es war sein Hochzeitsring.« Ich schloss meine Finger um ihn, dann legte ich ihn in seine Hand. »Ich glaube, er bringt Glück.«

»Ja?«

Ich dachte an all das Glück in meinem Leben. »Ja«, bekräftigte ich. »Meine Finger sind zu geschwollen, ich kann ihn nicht mehr tragen.«

»Ich erinnere mich, ihn immer an deinem Daumen gesehen zu haben.«

Dein Vater nahm den Ring und steckte ihn sich auf den Finger, unwillkürlich, wie man es tut, wenn man einen Ring in die Hand nimmt, dann merkte er es und wollte ihn wieder abziehen. »Tut mir leid. Ich wollte nicht –«

»Nein, ist schon okay«, versicherte ich. »Du kannst ihn tragen, bis Jacob groß genug ist.« Ich umschloss mit meiner Hand die seine. »Hier ist ein Manuskript für ihn, das aber nur er lesen darf. Nicht du. Wenn er Fragen dazu hat ... Er soll es erst lesen, wenn er alt genug ist. Achtzehn. Allie weiß davon, aber falls ...« Ich verstummte und blickte eine Weile aus dem Fenster. Meine schöne Straße. Ich hielt immer noch Daves Hand.

»Falls was?«

Ein Fußgänger, ein Radfahrer. Zwei Taxis mit leuchtenden Dachschildern. »Ich möchte nur, dass du davon weißt. Für mich ist es das Wichtigste, was ich ihm hinterlassen möchte«, erklärte ich. »Abgesehen von dem Geld. Aber das ist komplizierter. Auf viele verschiedene Konten verteilt.«

Dave wirkte besorgt: Was genau wollte ich ihm eigentlich sagen? »Allie weiß alles, was nötig ist?«

»Natürlich«, sagte ich, obwohl mir in diesem Augenblick klarwurde, dass ich ihr längst alle Unterlagen, eine Vollmacht, meine Verfügungen und den ganzen Bankkram hatte schicken wollen. Seit Monaten schon.

»Aber ich denke, du hast doch noch jede Menge Zeit?«, fragte Dave.

Darauf erwiderte ich nichts. Die Ausreißerzellen.

»Soll ich dir beim Aufstehen helfen?«, fragte er.

Ich reichte ihm meinen Arm, und er half mir, aufzustehen und in die Küche zu gehen. Du saßest am Küchentisch und hieltest den Stift steif in deinen gekrümmten Fingern.

»Mom, ist alles in Ordnung?«

»Aber ja«, sagte ich.

»Hast du Hunger?«

»Ja«, sagte ich.

»Ehrlich?«

O Jakey.

»Ganz ehrlich«, bestätigte ich. »Ich verhungere gleich.«

»Das ist gut«, sagtest du und standest auf, um mich zu umarmen, während Dave uns Wasser aus dem Hahn eingoss und ich dich an deinen knochigen Schultern fest an mich zog.

Dann kam die Pizza, und wir drei saßen am Küchentisch. Du hattest das ganze Gesicht mit Tomatensauce verschmiert. Dave brachte dich mit einer Bemerkung zum Lachen. Mir fiel auf, dass wir noch nicht unsere zwanzig Minuten Lesen geübt hatten, was wir vor dem Zubettgehen unbedingt noch machen mussten. Du erzähltest einen Witz mit Zombies, den weder Dave noch ich ganz verstanden.

Und dann driftete ich weg, wie ich es manchmal und in letzter Zeit immer häufiger tat. Ich sah uns von außen alle am Tisch sitzen: dich und deine Mutter und deinen Vater, so wie ich es mir einst ausgemalt hatte. Gemeinsam essend und redend.

»Mom?«

»Ich bin da, Jakey.« Das würde ich immer sein.

Du bissest ein zu großes Stück ab und zogst dabei den halben Käse herunter. Ich wischte dir mit einer Serviette das Gesicht sauber, wobei du natürlich versuchtest, mir auszuweichen, wie es alle Kinder tun, wenn ihre Mutter ihnen den Mund abwischt. Ich war deine Mutter, Jacob. Ich bin so dankbar, dass ich deine Mutter sein durfte. Ich bin so dankbar, dass du mein Sohn warst.

Ich hoffe, dass – wann auch immer, wo auch immer du dieses Buch lesen wirst – du glücklich bist, so glücklich, wie du in jenem Moment damals warst, wie wir zwei, nein, wir drei es waren. Als wir an einem ganz normalen Donnerstagabend gemeinsam am Küchentisch saßen und Pizza aßen. Vergiss nie, dass wir uns liebten. Und dass es eine Zeitlang nur uns beide gab und wir eine eigene kleine, ganz besondere Familie waren.

Nun, ein paar Tage später, überlege ich, was ich dir noch zu sagen habe. Es gäbe diesen Worten unendlich vieles hinzuzufügen, Jacob, aber ich glaube, das Wichtigste zu Papier gebracht zu haben. Wahrscheinlich sollte ich diese Seiten noch einmal lesen, wahrscheinlich könnte ich vieles besser oder sorgfältiger formulieren. Vieles beschönigen oder mich in einem besseren Licht erscheinen lassen. Aber das werde ich nicht. Denn darum ging es mir nicht.

Das Wichtigste, was du von mir wissen musst, Jacob, ist, dass ich dich mehr geliebt habe, als du dir wohl vorstellen kannst. Und dass es immer so bleiben wird.

Ich bin so müde, und ich möchte dieses Buch beenden, solange ich noch die Kraft habe, klar zu denken. Ich möchte, dass du diese Zeilen liest und weißt, dass ich mir nichts auf Erden mehr wünsche, als dass es dir gutgeht. Mehr noch, als ich wieder gesund werden möchte. Mehr noch, als weiterzuleben, wünsche ich mir, dass du dein Leben lebst.

Das Letzte, was ich dir sagen will, Jacob, ist: Danke, mein großer Junge. Seit du geboren wurdest, hast du mir die Kraft gegeben, weiterzuleben. Dich anzusehen hat mir die Kraft gegeben, mich stark genug für dieses Leben zu fühlen.

Danke, dass du immer da sein wirst, denn nur so kann ich, wenn die Zeit gekommen ist – wann auch immer das sein wird –, die Kraft finden, meine Augen zu schließen.

DANK

Diesen Roman hätte ich nicht schreiben können, wenn meine Schwägerin Mychi Grodstein mich nicht dazu ermutigt hätte. Sie und ihre Familie sind unerbittliche Kämpfer gegen den Eierstockkrebs, wofür ich sie aufrichtig bewundere.

Doktor James Brust, Doktor Thomas Uldrick und Doktor Elliot Grodstein halfen mir mit wichtigen medizinischen Informationen ebenso wie Susan Gubars wundervolles Buch *Memoir of a Debulked Woman*.

Micah Lasher und Joshua Zeitz halfen mir, die Besonderheiten von Wahlkämpfen zu verstehen; und meine Freundin Allison Jaffin erklärte mir die Lokalpolitik von New York City. Jennifer Kerrs Singer half mir, die Gefühlslage trauernder Kinder nachzuvollziehen.

Die wunderbaren Autorinnen Elisa Albert, Kelly Braffet und Lisa Zeidner waren mir große Vorbilder bei der Überarbeitung des Manuskripts; und William Boggess machte unglaublich hilfreiche Vorschläge zu seiner Strukturierung.

Die Kennedys zeigten mir vor Jahren Mercer Island und empfingen mich stets herzlich, wenn ich dorthin zurückkehrte. Adele und Jerry Grodstein taten dasselbe für mich in Bergen County.

Julie Barer ist die beste Partnerin, die eine Autorin sich wünschen kann: weise, liebevoll und großmütig. Und meine Lektorin Kathy Pories ist so einfühlsam wie scharfsinnig. Ich danke den beiden, dass sie mein Leben mit ihrer Klugheit und ihrer Begeisterung bereichern.

Nathaniel Freeman verdanke ich das Geschenk, einen wunderbaren kleinen Jungen großziehen zu dürfen. Ohne ihn hätte ich dieses Buch nicht schreiben können.

Ben Freeman hält mir die Hand, liest meine Entwürfe und schenkt mir ein Glas Wein ein, wann immer ich es brauche, und aus diesen Gründen und noch vielen anderen liebe ich ihn sehr.

Zu guter Letzt möchte ich mich für die Erinnerungen aller Mütter bedanken, die mir begegnet sind und die mir zum Sinnbild für die Liebe geworden sind, vor allem die meiner lieben Freundin Marilyn Feingold.

Anmerkung der Übersetzerin

Die zitierten Gedichte von Anne Sexton und Walt Whitman sind folgenden Veröffentlichungen entnommen:

Anne Sexton, Wahrheit, die die Toten kennen. Aus: Englische und amerikanische Dichtung. Gesamtwerk in vier Bänden. Bd. 4: Amerikanische Dichtung von den Anfängen bis zur Gegenwart. Hrsg. von Eva Hesse und Heinz Ickstadt. Englisch-Deutsch. München, C. H. Beck, 2000

Walt Whitman, Gesang von mir selbst. Aus: Grashalme. Aus dem Amerikanischen von Johannes Schlaf. Rottenburg, 1950

LESEPROBE

KAPITEL 1

Ein Haus am Meer, wiederholte Maggie in Gedanken und trat benommen durch die Drehtür des Bürogebäudes in das Feierabendgewimmel von Manhattan hinaus.

Ein Haus in Sag Harbor. Allein die Worte *Sag Harbor* beschworen Bilder eines ihr bislang unbekannten Lebens herauf. Sanddünen und Wellen, Seetang und Bauernmärkte, reiche Frauen mit sonnenverwöhntem Teint und künstlich gestraffter Haut …

»Sind Sie sicher?«, hatte sie den Anwalt ungläubig gefragt.

»Ja, Miss Sheets«, erwiderte der mit freundlichem Lächeln und tippte mehrfach auf das Testament. »Hier steht es, schwarz auf weiß. Sie wollte, dass Sie es bekommen.«

Maggie konnte es immer noch nicht fassen und schüttelte den Kopf. Seit über vier Jahren hatten sie keinen Kontakt mehr gehabt. Das ergab einfach keinen Sinn.

»Sag Harbor ist wundervoll, Miss Sheets. Ein Küstenort mit dem Ambiente von New York.«

»Haben Sie da auch ein Haus?«, erkundigte sie sich, obwohl es ihr im Grunde gleichgültig war.

»Wir haben eins im Norden. Meine Frau hasst Sand.«

Maggie nickte automatisch. Es sagt viel über einen Menschen aus, wenn er Sand hasst, dachte sie. Sie selbst hasste Sand schon aus Prinzip, weil er in jede Unebenheit eines Holzbodens kroch, sich in nassen, grießigen Haufen in der Badewanne sammelte und als trockener Staub in den Knitterfalten der Bettlaken. Wo Sand hinkam, kriegte man ihn nicht mehr weg. Ihn aber zu hassen, wenn man für seinen Lebensunterhalt nicht putzen ging (und stattdessen vermutlich jemanden wie Maggie dafür bezahlte), war etwas anderes.

»Aber zurück zu Ihnen«, fuhr der Anwalt fort. »Zu dem Haus in Sag Harbor kommt noch etwas hinzu.«

»Noch was?«

»Besser gesagt: noch *jemand* ...«

Maggie seufzte. Natürlich ... »Die Mutter«, sagte sie resigniert.

»Genau ... Dann kennen Sie Edith?«

»Kennen? So würde ich es nicht ausdrücken. Wir haben uns ein Mal gesehen.«

»Aber Sie wissen, dass sie bei Liza wohnte, als sie verstarb.«

Verstarb ... Das Wort klang falsch, dachte Maggie. Liza hatte sich umgebracht.

»Ja, das weiß ich.« Sie sah zu Boden und fragte sich, wie es Edith nach dem Tod ihrer Tochter nun wohl ging. Bei ihrer ersten Begegnung war Maggie von der alten Dame nicht gerade begeistert gewesen – sie hatten gemeinsam zu Mittag gegessen, und Edith hatte Maggie wie eine Bedienstete behandelt, obwohl Liza mehrfach erklärt hatte, dass sie vor allem Freundinnen seien. Dennoch sollte keine Mutter den Tod ihres eigenen Kindes erleben müssen.

Der Anwalt faltete die Hände auf seinem Schreibtisch. »Vor kurzem ist bei Edith Alzheimer diagnostiziert worden.«

»O nein«, sagte Maggie. »Ich hatte keine Ahnung ... Liza und ich ... wir hatten seit einer Weile keinen Kontakt mehr.«

»Die Diagnose besteht auch noch nicht lange. Um genau zu sein, wusste Liza es seit zwei Monaten.«

Maggie rieb sich die Schläfen. Das alles war schwer zu fassen.

»Tut mir leid, aber wäre jemand aus der Familie nicht besser geeignet, sich um sie zu kümmern? Ich putze Häuser und Wohnungen, Mr. Barnes. Ich kann nicht ... ich habe noch nie einen älteren Menschen betreut. Davon habe ich keine Ahnung.«

Der Tod ihrer eigenen Mutter lag schon Jahre zurück, und ihr Vater hatte bald darauf ein neues Leben mit einer neuen Familie und neuen Kindern begonnen – von denen sie keines je gesehen hatte, fiel ihr nun ein, geschweige denn, dass sie sich dafür interessiert hätte. Sie dachte an all die Male, die Liza sie für ihre finanzielle Sorglosigkeit gerügt hatte, für ihr Beziehungschaos, ihren mangelnden Ehrgeiz ... dafür, dass sie im Februar eine Jeansjacke trug. Warum hatte Liza ausgerechnet sie für diese Aufgabe ausgewählt?

»Ich fürchte, nein. Edith ist die einzig Verbliebene der Familie, und Liza war ein Einzelkind.«

»Und was ist, wenn ich das Haus nicht nehme? Was passiert dann damit? Und mit Edith?«

»Das Haus wird verkauft und Edith in einem nahe gelegenen Pflegeheim untergebracht«, antwortete er.

»Und das wollte Liza nicht.«

»Nein.«

Maggie überlegte, wann Liza das Testament wohl gemacht und ob sie zu dem Zeitpunkt schon gewusst hatte, dass sie sich das Leben nehmen würde. Die Vorstellung, wie Liza in ihrer alten Wohnung am Schreibtisch saß, ihre geliebten Erdnussbutterplätzchen knabberte, deren Krümel oft an den unmöglichsten Stellen herumlagen, dazu Cola Light aus der Dose trank, was einen dieser schwer entfernbaren Ringe auf der Tischplatte hinterließ, und beschloss, ausgerechnet Maggie all ihr Hab und Gut zu hinterlassen, versetzte ihr einen Stich.

»Würde es dich umbringen, einen Untersetzer zu benutzen?«, hatte sie Liza irgendwann einmal gefragt.

»Ja, würde es«, hatte die geantwortet, ohne von ihrem Buch aufzusehen, als Maggie beim Staubsaugen vor dem Sofa innegehalten und auf den ringförmigen Fleck auf dem Couchtisch gezeigt hatte. Jetzt kam ihr die Wortwahl von damals gedankenlos vor.

Von Lizas Tod hatte sie nicht etwa durch gemeinsame Bekannte erfahren – vier Jahre nach dem Ende ihrer Freundschaft waren davon keine mehr übrig –, sondern online, im Bett, beim Durchscrollen der Schlagzeilen.

Danach war sie tagelang wie betäubt durch ihr Leben gestolpert, den Kopf voller Erinnerungen. Und dann hörte sie überraschend die Nachricht des Anwalts in ihrer Mailbox, sie möge doch bitte vorbeikommen, er habe etwas mit ihr zu besprechen. Sie konnte es immer noch nicht glauben – nichts von alldem. Liza hatte so viele Leute gekannt ... Warum hatte sie ausgerechnet Maggie auserwählt, ihr Erbe anzutreten? War das womöglich ihre Art, sich zu entschuldigen? Nein, das wäre als Geste viel zu dramatisch gewesen, zu übertrieben für die Situation. Und wer wusste schon, ob es überhaupt als Entschuldigung gemeint war?

Ganz gleich, was Lizas Beweggründe gewesen sein mochten, es war offensichtlich, was dieses Angebot bedeutete: mietfreies Wohnen sowie ein beachtliches monatliches Einkommen – und das weit über die absehbare Zukunft hinaus. Mit anderen Worten: Sicherheit für ihre Tochter Lucy. Als Maggie nur für den eigenen Lebensunterhalt geputzt hatte, war das ja eine Sache gewesen, aber jetzt, da sie für zwei Personen plus Kinderbetreuung arbeitete, eine ganz andere. Seit Lucys Geburt war es schwerer für sie geworden, das war nicht zu leugnen.

Maggie dachte an Strand und Meer ... an das Gefühl von Sand zwischen den Zehen und an Lucys Lachen, wenn sie vor den Wellen davonliefe ... Es wäre ein so viel schöneres Leben für ihre Tochter. Und alles wäre einfacher.

Maggie würde keine fremden Häuser mehr putzen müssen, nur noch ihr eigenes. In letzter Zeit war ihr die Arbeit immer mehr zuwider geworden – fremde Fußböden zu schrubben, während sie jemand anderen bezahlte, um auf Lucy aufzupassen, erschien ihr nicht sonderlich sinnvoll. Was das Finanzielle betraf, kam Lizas Angebot einem Lottogewinn gleich.

Aber: Das große Los bedeutete als Dreingabe eine eigenwillige alte Dame, die Maggie zu betreuen hätte. Es bedeutete außerdem, dass sie und Lucy ihr altes Leben aufgeben und an einen Ort ziehen müssten, an dem sie niemanden kannten. Und würden sie sich dort nicht auch der Schwermut und Schuld aussetzen, die Liza zurückgelassen hatte? Zwar glaubte Maggie nicht an Geister, aber die Reue, die sie schon jetzt nach dem Tod der Freundin empfand, verfolgte sie selbst hier in sicherer Entfernung schon wie ein Spuk.

Die Ampel auf der gegenüberliegenden Seite blinkte rot, aber Maggie sah kurz in beide Richtungen und lief trotzdem über die Straße.

Sie hatte Liza vor zehn Jahren kennengelernt, mit achtundzwanzig. Maggie hatte das Gefühl, seitdem sei ein ganzes Leben vergangen. Damals hatte sie gerade erst angefangen, für die Reinigungsfirma zu arbeiten. Es hörte sich zwar kläglich an, wenn eine Frau mit einem College-Abschluss putzen ging, aber die Rechnungen ließen sich damit besser bezahlen als mit dem Bürojob, den sie davor gehabt hatte.

Außerdem war es deutlich interessanter, als sie ursprünglich angenommen hatte, denn die Firma betreute ausschließlich vermögende Leute mit luxuriös ausgestatteten Häusern oder Wohnungen. Maggie gefiel ihre Arbeit. Die körperliche Betätigung war ihr lieber als Schreibtischarbeit, bei der man sich nur den Hintern platt saß und ihn mit nach Sitzungen übriggebliebenen Plunderstücken und durchweichten Nudelsalaten zusätzlich verbreiterte. Zudem lag eine große Befriedigung in dem Wissen, dass selbst reiche Leute im stillen Kämmerlein Dreck machten.